Des lendemains qui chantent

De la même autrice

Looping, Stock, 2017 (Grand Prix de l'Héroïne *Madame Figaro*).
Batailles, Stock 2021.

Alexia Stresi

Des lendemains qui chantent

roman

Flammarion

ISBN : 978-2-0804-1327-7

À mes grands-parents maternels
et à François.

Paris, 1935

Trois élèves-ingénieurs de l'école des Arts et Métiers caracolent à travers le haut Montmartre. Pans de manteaux ouverts à tout vent, allure de chauve-souris, escaliers dévalés en riant. Ces gadzarts sont tout le temps en retard. Ah non, pas pour leurs cours de génie mécanique. Cette passion pour les engrenages, les poulies et les forces les fait maintenant courir vers l'Opéra-Comique. Paraîtrait que la machinerie des décors de *Rigoletto* est prodigieuse, des gars de troisième année en ont fait les croquis. Espérons que ça vaille vraiment le coup, parce que les tickets n'étaient pas gratuits, c'était ça ou dîner, et pour pouvoir observer ces merveilles d'ingénierie, il va falloir se farcir deux heures de « hurlements de gens qu'on ébouillante », selon la formule prometteuse qui circule à l'école.

Le Sénateur Boitard est fin prêt. Sa femme, Benoite Boitard, non. Quel besoin a-t-elle de porter pareil soin à sa toilette, vu qu'il ne la regarde plus ? Dieu, que la vie est mal faite ! C'est Angela, ce petit cœur d'Angela, qui adore l'opéra, mais c'est hélas avec Benoite qu'il faut s'y rendre. La carrière vaut-elle tous ces sacrifices ? Face au miroir psyché du vestibule de leur hôtel particulier, hélas propriété de sa belle-famille, le sénateur aurait presque la faiblesse de penser oui. Il faut dire que le reflet perçu est flatteur. Moustache peignée, nœud papillon amidonné, redingote Lanvin avec rosette à la boutonnière, et tout autour de lui qui commence à s'impatienter et l'a fait savoir, bouquets de glaïeuls, stèles doriques et toiles de maître. Oui, mais tout à l'heure, entre le deuxième et le troisième acte, quand Madame bâillera d'ennui derrière son éventail authentiquement japonais, le Sénateur sait qu'il se reposera la question et qu'alors il souffrira. Car à sa manière, oui, il souffre.

La princesse Pouille d'Orset transmet ses dernières instructions avant de sortir. Nous donnerons le souper dans la véranda, compter une vingtaine de couverts. Champagne, crustacés et foie gras, quelque chose de tout simple, façon pique-nique. Soudain, son Altesse lève la main en un geste gracieux afin d'indiquer qu'elle réfléchit. Le temps est suspendu, le domestique aussi, lui en attente des ordres qui vont lui tomber dessus. Préparez aussi des entremets, finit par glousser la princesse. À quoi bon tenter de résister, les entremets, c'est son péché mignon. Il y aura aussi des fèves de marais à la crème et de la gelée d'ananas au marasquin. Et puis nous ouvrirons la malle à costumes. Il sera tellement amusant de prolonger le spectacle par un brin de fantaisie, surtout si le vrai en a manqué ! Ah, et couvrez la cage des perroquets, voulez-vous. Je préfère qu'ils se reposent maintenant et soient en verve tout à l'heure. Si seulement j'avais la possibilité d'en faire autant, hi hi hi ! Allons, approchez la voiture, ne faisons pas attendre cette belle salle Favart !

Bien sûr, parmi les spectateurs de ce soir, il y a aussi de vrais amoureux de l'opéra. Honneur insigne fait à la représentation, une grande dame de l'art lyrique a pris place dans la salle. Si Mademoiselle Henriette Renoult a l'air d'une petite chose fragile, il ne faudrait pas trop s'y fier. Cette femme a fait la pluie et le beau temps dans les théâtres du monde entier. L'Opéra Garnier, Salzbourg, le *Teatro alla* Scala de Milan, la Fenice de Venise lui doivent leurs plus belles distributions. Les néophytes n'auront jamais entendu parler de son métier, les chanteurs ne jurent que par lui. Mademoiselle Renoult était professeure de rôles. Visage impénétrable, allure disons sévère sans que l'on sache si c'est le fait de la timidité ou d'un mauvais caractère, et une mise modeste seulement démentie par un vif éclat dans le regard. Encore faut-il arriver à le croiser. La dame, mains posées sur les genoux, a l'air d'une momie. Autour d'elle, des amateurs bedonnants, partition à la main, des gueules cassées de la Grande Guerre qui viennent se nourrir de beauté, des familles pour qui cette sortie est une fête et des premières fois qui vaudront révélation, enfants fascinés par les dorures, commerçants impressionnés par l'importance du lieu, bourgeois que l'opéra ennuie mais qui persistent.

Ce n'est jamais que cela, un public, cet ensemble artificiel d'éléments disparates. Le père de famille, la tête farcie de soucis, voisine un vieux monsieur perclus d'arthrite, dont la femme pense au tricot dans son sac. Les musiciens font encore un foin épouvantable avec leurs instruments. Pendant qu'ils s'accordent, est-ce que ça gênerait qu'elle s'avance dans sa manche ? À côté d'eux, un docteur et son épouse, prise d'une soudaine quinte de toux. J'ai fini ma journée de travail, dit le mari sans trop sourire. Autant il apprécie d'écouter les bronchites au stéthoscope, autant les tousseurs de théâtre l'insupportent. Combien de somptueux si bémols détruits par une toux sèche ? Qu'ils prennent donc leur pâte pectorale avant de venir ! Oui, toi aussi, ma chérie, tu aurais dû. Derrière eux, des ouvriers occupent une moitié de rangée. Depuis deux semaines, ils tiennent sans relâche un piquet de grève et ont mérité de se détendre un peu. *Rigoletto* ? Le titre leur a plu, on verra bien. Problème, une élégante dans ses derniers éclats renâcle à s'asseoir à côté de leurs bleus de travail et s'en ouvre à l'ouvreuse.

— Mademoiselle, vous voyez ça comme moi, n'est-ce pas… Il doit bien vous rester une loge disponible pour les gens de mon rang !

Le regard de l'ouvreuse sourit, mais pas à son interlocutrice qui sent l'avantage lui échapper.

— Princesse Loupiac de Montratier.

Le nom à rallonge a claqué comme un coup de fouet. Était-ce une pointe de menace dans la voix ?

Peu importe.

— Les gens comme vous ne se sont pas tous fait couper la tête à Versailles ?

Témoins de l'échange, un député radical et son collègue communiste s'esclaffent. Un troisième député les accompagne, plus difficile à situer sur l'échiquier politique, celui-là, d'où l'invitation qui lui a été faite. L'homme est mélomane. L'opéra a servi d'appât, quand c'est le dîner d'après qui compte. Attablés dans un restaurant de la rue Taitbout, tous trois ont à parler sortie de crise, avenir du pays et alliances, espérons.

Chacun a sa raison d'être ici ce soir, des bonnes, des faiblardes, d'autres carrément mauvaises.

— Du moment qu'ils ont payé leur place, je me tamponne de savoir pourquoi ils sont là, marmonne Jean-Marie Gheusi.

C'est un directeur nerveux, monsieur Gheusi. Son visage poupon est moins jovial qu'à l'ordinaire, tirant même sur l'écarlate. En redingote de soirée, il est venu se poster à l'œilleton du rideau rouge pour regarder les retardataires finir de lui remplir sa salle. Plus un strapontin de libre ! Si seulement ça suffisait à remplir aussi les caisses… Mais non, ce théâtre est un gouffre. Toutes ses économies personnelles y sont passées sans avoir le moindre effet sur l'océan de dettes. Comment le comptable a-t-il appelé ces pertes ? Structurelles, voilà. La faute à des « pertes structurelles ». L'électricité, par exemple. Elle a tellement augmenté qu'on rêverait de revenir à l'éclairage à la bougie. Hélas, leur usage est interdit parce que trop dangereux pour les charpentes en bois. Dès lors, bien obligé de continuer à payer ces factures exorbitantes. Le loyer ? Une horreur. Il a quasiment triplé en deux ans. C'est la crise pour nous aussi, ont argué les propriétaires des murs. Peut-être est-ce vrai. Plus personne n'a les moyens de résister à autant d'inflation. Constat amer où niche un seul motif de consolation, ce n'est pas la gestion de Gheusi qui est en cause. Sous sa gouvernance, les coûts de production ont même été drastiquement réduits.

— Le public, on le garde ? Ou on renonce à ça aussi ?

Ce jour-là, l'assistant du directeur avait posé la question en plaisantant. Mais il était sérieux. À force de tout supprimer, allait-on pouvoir continuer à proposer de beaux spectacles ? Évidemment, évidemment. À condition toutefois de renoncer pour cette saison au plaisir des créations.

La première de ce soir est le résultat de cette politique rigoureuse. Ce *Rigoletto* est la reprise d'une vieille mise en scène, qu'en plus de recycler on a sévèrement rognée. Finis les décors en dur, pas de terrasse d'où lancer les sérénades, pas de palais pour le duc de Mantoue, ni de taverne où casser de la vaisselle lors de l'assassinat de cette pauvre Gilda. Des toiles peintes, vieilles de quarante ans, vont devoir faire l'affaire. Et alors ? La mise en valeur du patrimoine ne fait-elle pas partie des prestigieuses missions d'un directeur d'institution ? C'est en tout cas la formule pompeuse avec laquelle Jean-Marie Gheusi entend vendre sa reprise à la presse. Il ne dira rien de ses longues nuits d'insomnie passées à ruminer la situation. Soit on se faisait archéologue en s'en remettant au contenu de vieilles malles, soit on fermait boutique.

Ça a été vite vu.

Contre toute attente, le pari s'est révélé stimulant. Les sous-sols poussiéreux de l'Opéra-Comique recèlent de ces trésors ! Des mètres et des mètres d'étagères où des cahiers de cuir noir, tous identiques, contiennent, décrites par le menu, d'anciennes mises en scène du répertoire. En choisir une et s'y conformer permettait de réduire drastiquement les heures de répétition. Inutile de perdre son temps à chercher ce que d'autres ont déjà trouvé, n'est-ce pas ? Sauf qu'aucun metteur en scène de renom n'a goûté le marché. À la vue des cahiers, tous ont renâclé. Comment osait-on les prendre pour de simples exécutants ? L'art, c'est au futur qu'ils le conjuguaient, et blablabla. Aucun n'acceptait ? Eh bien tant mieux. Cela dispenserait d'en engager un. En lieu et place, des emplois d'assistants et d'adjoints peu coûteux ont fleuri. Ces bonnes volontés se voyaient offrir une précieuse première chance. D'ici trois heures, nous saurons si cet esprit intrépide a tourné à l'avantage du spectacle. Pourquoi pas ? Il regorge d'idées techniques innovantes, toutes obtenues gratuitement grâce au coup de main malin d'ingénieurs imberbes. Si leurs machines fonctionnent correctement, si personne ne se blesse, bref si tout roule, le public sera peut-être épaté.

Reste qu'il faut que ça chante bien.

Les voix, voilà le vrai problème. Les belles sont si difficiles à trouver. Surtout quand on n'a pas de quoi payer des cachets astronomiques. Pire encore s'il s'agit de Verdi. Tout génie qu'il était, ce monsieur s'est soucié comme d'une guigne de faciliter la tâche des chanteurs. Où avait-il la tête en écrivant ses partitions démoniaques ? Il n'a pas été plus indulgent vis-à-vis du sommeil des directeurs de théâtre. Alors pourquoi le programmer si ça complique à ce point la vie de tout le monde ? Parce que c'est beau, tout simplement.

Gheusi a cherché son Rigoletto partout. Dans la maison, personne n'était à même de relever le gant. Il a fallu regarder hors de la troupe. Gheusi a lancé des offensives. Il est allé jusqu'à flatter pour convaincre. Rien, aucune grande voix n'a accepté de rejoindre sa distribution. Oh, ils l'ont dit très poliment. Cela aurait été avec un immense plaisir si je n'étais hélas déjà retenu ailleurs. Faux-jeton ! Refuser un Verdi salle Favart pour une histoire de sous, quelle honte ! Pauvre art lyrique. Messieurs les chanteurs, avez-vous conscience qu'il existe d'autres maîtres que l'argent ? Oui, la passion par exemple. Ah, c'est parce que le rôle vous fait peur ? Mais peur de quoi ? De la puissance des sentiments ? De ne pas être de taille ? De faire un couac ? Seule la mort a les moyens de faire peur, et même elle n'empêche pas de vivre. Gheusi a ainsi sermonné à qui mieux mieux des heures durant. Il s'est emporté, en vain, avant de prendre la seule décision qu'il avait les moyens de prendre. Parier sur la jeunesse.

Ce soir, le baryton qui s'essaye au rôle-titre a moins de trente ans. Parcours académique sans faute, conservatoire consciencieux, beau timbre. Mais il y a un mais. Le jeune chanteur a peu de vie au compteur et le destin de Rigoletto est d'une telle épaisseur… Infirme de naissance, intelligent et langue de vipère, c'est aussi un père aimant, prêt à tout pour protéger l'honneur de sa fille. Il est entré comme bouffon au service du duc de Mantoue, un libertin sans scrupules. Au vu de leurs qualités respectives, ces deux-là voient sans surprise leurs ennemis se multiplier. Rigoletto s'en moque et se croit de taille à tous les défier. Il contribuera au contraire à ourdir la pire malédiction qui soit, puisque sa propre fille en sera victime. À la fin de l'acte III, quand Rigoletto recueille le dernier souffle de son enfant, son cri de désespoir est écrit pour vriller les tripes. Le rôle se gagne sur ces trois mesures. On se fiche, en cet instant, que le chanteur réussisse les notes ! C'est l'homme qu'on doit entendre, et on le veut déchirant. Merci du cadeau, monsieur Verdi. Cette fois encore, le compositeur de Bussetto n'aura pas lésiné sur la noirceur. Il a demandé à Piave, son meilleur librettiste, de mâtiner *Le roi s'amuse* de Victor Hugo d'une fatalité toute shakespearienne. Gheusi le sait, le résultat est intraitable pour les voix. Finie l'ancienne façon d'alterner airs et récitatifs, ici tout se fond dans un même coulé. Il y faut un souffle et une musicalité hors normes, qui ne doivent pas céder le moindre pouce de terrain à l'intensité des émotions. Une gageure.

En ce moment, en coulisses, il y a un gamin qui tremble. Personne ne le lui a dit, espérons qu'il l'ignore, en plus d'un rôle écrasant à tenir, il a le destin de l'Opéra-Comique entre les mains. Si la voix tient le choc, si le jeunot se transcende et livre une composition véhémente, le pari est gagné. Dans le cas contraire, la salle est pleine de critiques et de vautours qui verront avec extase s'écrouler l'édifice. Gheusi l'a encore vérifié en les accueillant en personne dans le hall.

Tout sonnait faux. La plaie que ces femmes trop bien mariées qui se croient au Derby de Chantilly et rivalisent de chapeaux à plumes. Gheusi s'est entendu les féliciter de leur élégance, alors qu'il était taraudé par l'envie d'envoyer tout ça au vestiaire. Il a ouvert les bras devant les journalistes en feignant la surprise et distribué avec générosité du cher ami, quel bonheur de vous voir. Un soir de première, passer de la pommade est une obligation, y compris dans le dos de glaçons notoires. Quel soulagement quand la sonnerie battant rappel a mis un terme à tout ce cirque. Les vautours redevenus moineaux se sont envolés vers la salle. La horde se faisait nuée, le directeur était sauvé. Momentanément du moins.

C'est à l'entracte que se prendra la vraie température. Si on lui sourit mais de loin, comme s'il était contagieux, il saura que c'est fichu. Rares articles de journaux à paraître, tous confiés à des stagiaires. Éreinter n'exige ni beaucoup de connaissances, ni grand talent. Pour des petits jeunes, c'est l'occasion rêvée de se faire les griffes. Résultat, *Rigoletto* se jouera cinq fois à peine devant des moitiés de salle. Trois petits fours et puis s'en vont. Si au contraire on accourt vers lui, si poitrails et pupilles brillent, si les hautes compétences opinent du chef au ralenti en croisant son regard, Gheusi le sait, Gheusi en rêve, son spectacle tiendra longtemps l'affiche.

Les trois coups.

Il est l'heure.

La salle s'éteint.

Des raclements de gorge la parcourent. Les spectateurs s'offrent une dernière toux avant de faire silence.

Presque nuit noire.

Temps.

Pas vide.

Devenue rectangle de lumière, la fosse d'orchestre captive. Les violonistes ont posé leurs archets. Les musiciens demeurent stoïques près de leur instrument muet. Tant d'immobilité attire le regard. Il ne se passe rien et c'est fascinant. Le suspense monte.

À cet instant, et du pas vif de celui qui sait son prestige, le chef fait son entrée.

La salle se met à applaudir. Catastrophe ! Ils ont les mains molles, note Gheusi, qui soudain se sent mal. Lui rêvait d'une clameur. Il voulait un engouement à même de faire oublier l'orage dehors, le nazisme au loin et ces tonnes de factures à payer. On n'y est pas. Il faut rester sur terre.

La baguette du chef tapote à deux reprises le pupitre. Puis se fige le temps d'un silence si précaire qu'on n'entend que lui.

Une paume s'élève, l'autre s'écarte.

Bam !

Ouverture !

Le lever de rideau à la française dévoile le décor en un mouvement conjoint de bas en haut, de gauche à droite, qui drape et plisse à qui mieux mieux, tandis que la salle se gonfle de musique. Gheusi frémit dès les premières notes, le thème de la malédiction, idée fixe de cet opéra, n'étant pas fait pour arranger son humeur. Chacun est capable d'entendre la tension extrême de ce prélude. Gheusi, lui, la comprend. Plus que quelques minutes avant de savoir si Rigoletto est en voix. Il y a d'abord l'entrée du duc de Mantoue. Quelques vers de présentation, le salopard dans toutes ses œuvres qui raconte à un courtisan avoir séduit une vierge à l'église. Euh vierge, c'est-à-dire qu'elle ne l'est plus depuis qu'il lui a rendu quelques visites nocturnes. L'air est joyeux. Le duc désormais des vues sur la femme du comte de Ceprano. Rien ne vous arrête, s'enthousiasme Borsa, un petit courtisan doté de quelques répliques en accord avec sa fonction. La salle réagit. Une modification infime mais Gheusi connaît son public, quelque chose se passe. Est-ce une condamnation du cynisme de Mantoue ? Une protestation contre sa misogynie ? Peu probable. L'écho d'un énième scandale de mœurs qui aurait enflammé les gazettes pendant que le directeur avait le dos tourné, la tête trop à son spectacle ? Stop, retenez votre respiration, c'est maintenant ! Apparition de Rigoletto. Bon sang, une attaque franche, déjà des nuances dans le médium, oh, quel soulagement ! Mais Gheusi, à cet instant, a l'impression étrange d'être le seul à écouter. Quelque chose cloche. Toutes les têtes restent tournées vers Mantoue. Même pas, c'est Borsa qui les attire, le petit courtisan. Mademoiselle Renoult avait tenu à ce qu'on distribue son élève dans le rôle. Où et comment a-t-elle découvert ce tout jeune ténor, Gheusi ne s'en souvient pas. Ce qu'elle lui avait raconté était un peu long, il n'avait pas écouté dans le détail. De toute façon, il dirait oui. Quand on connaît l'histoire de l'art lyrique, on ne refuse rien à Henriette Renoult.

— Confiez-lui Borsa. Vous ne le regretterez pas.

En acceptant, Gheusi savait que c'était à Mademoiselle qu'il confiait la partition. Ce n'était pas prendre un gros risque. Mademoiselle Renoult a été la meilleure préparatrice de rôles de France. Non, du monde. Seul le Metropolitan Opera de New York ne l'a pas employée. Il est vrai qu'ils ont tout ce qu'il leur faut sur place. Il se raconte aussi que dès les premiers contacts, Mademoiselle aurait opposé un refus catégorique à l'idée d'une traversée de l'Atlantique en paquebot. C'était aux chanteurs de se déplacer, aurait-elle martelé. Selon l'usage, on venait de loin pour bénéficier de ses leçons, de Russie, d'Argentine, d'Angleterre. Seuls de rares chanceux avaient la chance de jouer à domicile.

Henriette Renoult m'a tout appris, se plaît à répéter George Thill, l'immense ténor français de ce début de siècle.

— Allons, George ! Attendez que je sois morte pour me témoigner autant de gentillesse…

Rien n'y fait. Le grand monsieur aime rendre hommage à la grande dame, y compris dans son dos.

Plusieurs fois annoncé, repoussé autant de fois, le départ à la retraite de Mademoiselle Renoult a été vécu comme un cataclysme par le métier. Ceux qui avaient tant appris auprès d'elle n'imaginaient pas devoir arrêter. Ceux qu'elle n'avait jamais acceptés comme élèves refusaient de renoncer à ses conseils avant d'en avoir bénéficié. Mais Mademoiselle Renoult a tenu bon et a refusé toutes les sollicitations. Elle n'a fait qu'une exception, pour George d'ailleurs, une nuit qu'il a été pris d'angoisse. Je dois travailler, je dois travailler, hurlait-il dans sa chambre. On aurait pu s'enquérir d'un médecin, c'est elle qu'on est allé prévenir. Arrivée en chemise de nuit, chaussons aux pieds, ses bigoudis encore sur la tête, elle a fait vocaliser le célèbre ténor jusqu'à ce qu'il s'endorme comme un bébé.

Mais dans les théâtres, non, on ne l'y voyait plus.

— Je n'ouvre plus une partition, affirmait-elle.

Force est de constater que la grande habituée des fauteuils d'orchestre ne venait plus jamais s'y asseoir. Il y a un mois, quand elle a humblement demandé à Gheusi de lui accorder un rendez-vous, il aurait dû se méfier. La légende des professeures de rôles n'aurait pas quitté sa tanière sans une très bonne raison.

Il l'a croisée tout à l'heure dans les coulisses. Comme à son habitude, elle ne payait pas de mine. Silhouette menue, mise simple, du rouge à lèvres mais pas de poudre, et ses yeux vifs. Tout, chez Mademoiselle, paraît très vieux, sauf son regard. Quand ils se sont salués, rien de particulier n'a été dit. Les cordialités de circonstances. J'espère sincèrement que ce *Rigoletto* vous plaira. Je n'en doute pas et me réjouis d'être là. Gheusi a beau chercher dans ses souvenirs, non, décidément rien dans les propos de Mademoiselle n'aurait pu, ou dû, l'alerter. Il lui semble maintenant que cette conversation a eu lieu il y a une éternité, quand la soirée s'annonçait encore bien. Du moins quand elle suivait son cours normal. Que s'est-il passé depuis ? Quel sortilège a pu frapper ce spectacle pour que les dix répliques d'un inconnu suffisent à éclipser tous les efforts d'un bon Rigoletto ?

Des spectateurs penchés sur le programme tentent d'y déchiffrer un nom écrit en petits caractères. Ils y cherchent ce Borsa. Le directeur, de plus en plus médusé, les voit se murmurer leur nouveau secret à l'oreille. Nom de Dieu, relevez la tête, tous ! Écoutez-moi la beauté musicale des phrases de la comtesse ! Que nenni. Les jumelles de théâtre sont sorties de leurs étuis. Sont-elles dirigées vers le ballet de vierges suspendues dans les airs ? Pensez-vous, pourquoi y prêter attention ? ! Combien d'heures les Gadzarts ont-ils trimé pour installer ce système de portage arrimé aux cintres ? Il fallait du leste, du gracieux, et surtout de la sécurité, un vrai casse-tête. Plus personne pour s'étonner du résultat. Tout cela est affreusement déroutant. Gheusi a beau rouler des yeux fous sur ses spectateurs indociles, il sait. Inutile de continuer à se fouetter les sangs, on ne peut rien contre la décision d'une salle. Adrien Vincourt pourra se démener tout ce qu'il voudra, l'attraction désormais est ailleurs. Gheusi voudrait bondir sur scène afin de féliciter son chanteur dont l'interprétation déchirante a peut-être à voir avec l'indifférence croissante de la salle à son égard. L'hypothèse a de quoi inquiéter. Si Vincourt se décourage et baisse de régime, le rôle sombre. Comment croire que le personnage accomplira son destin jusqu'au bout si celui qui l'incarne démissionne ? Pourvu qu'il ne lâche rien, pense Gheusi. S'il parvient à retourner le public en sa faveur, la soirée peut encore être sauvée. Ouf, sa scène finie, Borsa vient de nous débarrasser le plancher. Ça devrait aider.

À l'entracte, le directeur fonce trouver le chef de chant pour exiger des explications. Pourquoi ne l'a-t-on pas averti du problème Borsa ? On se serait organisé en conséquence. Un charisme pareil exige d'être mis en valeur, sinon il se retourne contre le spectacle, on voit le résultat. Au lieu de subir, on aurait pu canaliser. Bref, Gheusi est furieux de ne pas avoir été prévenu. Aurait-il su ce qui se tramait qu'il aurait modifié la distribution. Que fait une voix pareille enfermée dans un si petit rôle ? Eh bien… Ma foi… Personne n'a de réponse convaincante à lui fournir. L'énergumène fait ses débuts, c'est tout ce qu'on sait. Ah, aussi qu'il est italien. Mademoiselle Renoult a fait savoir qu'elle tenait à préparer elle-même son chanteur et tout le monde a pensé que cela avait été vu avec la direction. Ce Borsa… Tiens, son vrai nom leur échappe. Borsa n'est venu que deux fois aux répétitions, seulement pour la mise en scène. Il a trouvé ses déplacements, fixé ses places et non, rien d'autre à signaler.

C'est donc Mademoiselle Renoult qui a tout manigancé.

Elle a caché son prodige jusqu'au soir de la première, et vlan !

Maintenant, tout Paris sait.

Gheusi hésite à aller la trouver pour la sommer de s'expliquer, se ravise, songe alors à filer dans les loges féliciter le grand gagnant de la soirée. D'autres s'en chargent sûrement déjà… À moins qu'ils ne soient en train de l'étriper. Quoique, à bien y réfléchir, qu'a-t-on de si grave à lui reprocher ? Ce garçon fait son métier mieux que les autres, est-ce un crime ?

Le dernier acte se passe sans incident notable, ni franche amélioration. L'ensemble continue d'être déséquilibré. La salle s'enthousiasme à chacune des apparitions de Borsa, qui sont malheureusement rares et fugaces. Maintenant, Gheusi a hâte qu'on en termine. Il a trouvé quoi exiger de Mademoiselle Renoult, toute Mademoiselle Renoult qu'elle soit. Elle lui doit réparation.

Peu avant la fin de la représentation, le directeur rejoint les coulisses côté cour, où se tiennent les chefs de pupitres. C'est la tradition de venir y accueillir les chanteurs à leur dernière sortie de scène. Tiens donc, regardez-moi qui est là. Mademoiselle… Un long regard s'échange, sans besoin d'autre commentaire. Tous deux connaissent suffisamment le métier pour savoir ce à quoi ils viennent d'assister. Debout l'un à côté de l'autre, très silencieux, ils observent la troupe s'incliner devant le public. Le salut est un élément de jeu travaillé en répétition, à l'instar du reste de la mise en scène. D'abord en rang d'oignon, main dans la main, les visages encore marqués par l'effort. Puis les chanteurs disparaissent en courant par le fond du décor, avant de revenir à tour de rôle, par importance croissante.

— Je veux la priorité sur tous les autres théâtres pour trois soirées avec lui. Vous me les devez.

— Je ne vous dois rien du tout. Mais vous aurez vos trois représentations.

Le nom de l'intéressé n'a pas été précisé. Inutile, n'est-ce pas. Le directeur et Mademoiselle Renoult se sont parlé sans se regarder, en continuant d'applaudir. Le calme de la vieille dame est impressionnant. Elle ne manifeste pas plus d'émotion quand son poulain se présente seul à l'avant-scène. Si les artistes précédents ont bien été applaudis, lui est ovationné. Des bravos fusent, quelques hourras, la salle vibre à l'unisson. Les spectateurs étaient des particules éclatées, les voilà bloc. Heureux surtout, constate Gheusi, qui maintenant l'est aussi. Il en est certain, le succès est assuré. Son théâtre est sauvé ! Non, comme espéré, grâce aux prouesses du rôle-titre, mais parce qu'une météorite vient de crever le plafond.

Un événement rare, totalement imprévisible et pourtant écrit, la naissance d'une vedette.

C'est alors que Gheusi le voit, ce Borsa, se tourner dans leur direction en cherchant à discerner quelque chose dans l'obscurité des coulisses, plus vraisemblablement quelqu'un. Dans son regard, l'incrédulité d'être à ce point célébré et, sous le bonheur, une chose étrange. De la panique ? Ce jeune homme en train de recevoir son premier hommage, à quoi pense-t-il ? Au lieu de se tenir face au public, de le gratifier d'une révérence, il s'en détourne. Il le fuit. Oh, l'espace de trois secondes, ce n'est pas un affront. Mais dans cette volte, une urgence se lit. Mademoiselle continue d'applaudir au même rythme, une esquisse de sourire apparue sur les lèvres. Gheusi alors comprend. L'émotion éperdue dans le regard du jeune homme n'est autre que de la reconnaissance. En un instant pareil, beaucoup oublieraient qui ils sont, d'où ils viennent, grâce à qui. Lui vient de s'en souvenir. D'où le besoin impérieux de partager avec son professeur de rôle les vivats qu'elle a rendus possibles.

Cette dame, on la connaît. On sait ce dont elle est capable.

Mais lui, bon sang, d'où sort-il ?

Village de San Giorgio, province de Naples, 11 février 1912.

Il n'y a évidemment pas l'électricité dans la grange, ni l'eau courante, et pas de mari non plus. À quoi servirait un bonhomme près de cette couche en paille ? Sans mentionner l'inconvenance d'une présence masculine dans un moment pareil. Pas sa place. De toute façon, la question ne se pose pas. Personne n'a épousé Musetta. Elle est pourtant bien là, à espérer que ça lui naisse d'entre les cuisses d'une minute à l'autre. Debout, bras levés au-dessus de la tête pour attraper la travée de bois, elle pousse par à-coups violents.

Voilà ce qui arrive aux filles placées dans une maison sans qu'on leur ait tout expliqué. Non, idiot de dire ça. Seraient-elles prévenues qu'aucune ne parviendrait davantage à s'opposer au maître de céans si lui voulait que ça arrive. Informé du fruit de ses œuvres, le *Signore di* Costanzo s'est montré magnanime. Il lui aurait été si simple de congédier la petite bonne. Il s'est contenté de demander qu'on la lui éloigne du regard. De toute façon, avec son ventre difforme, elle faisait moins envie, sans parler de la *Signora* qui pouvait prendre ombrage de l'affaire. Après la délivrance, on verra si la reprendre à demeure. Encore faudrait-il qu'elle ne soit pas trop abîmée.

Musetta se fiche de ces histoires, tout occupée qu'elle est à avoir très mal. De loin les pires douleurs qu'elle ait jamais dû supporter. Dès la prochaine accalmie, elle tentera de s'accroupir. Les poules donnent l'impression de pondre si tranquillement, c'est peut-être la position appropriée ? La matrone conseille plutôt de continuer à se suspendre. Ah non, Musetta n'en peut plus. Elle a besoin de rabaisser ses bras. À force de supporter son poids, ses épaules lui font aussi mal que son ventre. À quoi bon souffrir de là, c'est pas par les épaules qu'il sortira. Musetta sait qu'elle ne doit pas se plaindre de la douleur. Face à Dieu, elle n'est pas en position de discuter. Elle a réussi à s'arrêter juste avant de blasphémer, seulement murmuré qu'elle serait mieux à quatre pattes.

— Lâche la poutre, ma fille, concède la vieille. On n'est plus loin, qu'elle ajoute.

Si les doigts de Musetta se desserrent, ils restent tout crochus, comme après qu'elle a battu le linge au lavoir, comme si elle tenait toujours le manche. Là, c'était une poutre, avec ses ongles enfoncés dedans pour ne pas se laisser aller à hurler. Tout doucement, Musetta rouvre la main et se retrouve à songer aux bougainvilliers. Un jour aussi, elle verra ses fleurs éclore, comme vient de le faire sa main. Il y a forcément un moment où ça se passe. Le soir, à la lumière de la lune, on n'a que des boutons à constater. À l'aube, tout est devenu pétales. Musetta a guetté. Elle a essayé de rester devant la branche, heure après heure. Elle chantonnait, se disait qu'elle n'avait pas sommeil. Jamais elle n'a pu être témoin du moment fatidique. Sous ses yeux, il ne s'est jamais rien passé. Les fleurs ne veulent peut-être pas qu'on les voie naître ?

Changer de position lui a fait du bien. Pas très longtemps, mais c'était bienvenu. On redevient un peu humain. Plus à montrer le blanc de ses yeux autant que la peau de ses jambes, à murmurer avec de la salive qui coule qu'une vie ne devrait pas commencer dans tant de souffrances, pas à ce point. Dieu ne peut vouloir ça pour personne. Oh fichtre, ce que ça fait mal quand ça recommence déjà !

Tout à coup, Musetta n'a plus envie qu'il sorte. Ça fait pourtant des semaines qu'ils s'impatientent tous les deux. Elle, du fait d'une lourdeur qui n'aide pas au travail, lui comme une pouliche qui refuserait le licol. Ça vient de changer. Musetta ne veut plus. Pas une histoire de passage trop étroit, pas à cause des douleurs. Elle l'aime, son enfant, d'un amour qui vient encore de grandir. C'est précisément le problème. Le mettre au monde, c'est renoncer à l'avoir à l'intérieur, c'est la tristesse soudaine de devoir s'en séparer. La promesse qu'on lui a faite de le garder auprès d'elle ne l'apaise en rien. Ce sera différent, elle vient de le comprendre. Il ne sera plus à ruer depuis le chaud de ses entrailles, avec elle qui se cache pour lui chanter des berceuses, la main posée sur l'arrondi du ventre, comme une folle sauf que Musetta devine qu'elle n'est pas folle du tout. Elle confierait même avoir déjà parlé à son petit, si elle pensait que ces choses s'avouaient. Une nuit, elle lui a annoncé son prénom, juste chuchoté, Elio, le plus beau nom au monde, personne pour en porter de pareil à des lieues à la ronde. Elle a même demandé au père Gildo de le lui faire voir en écriture. Des traits, un rond, un point, tout un destin de chrétien. Il faudra d'ailleurs baptiser cet enfant, le père Gildo avait dit. Il y veillerait. Puis d'ajouter quelque chose. Et si ça se trouvait être une fille, avait-il demandé, est-ce qu'il y avait un prénom de rechange en cas de malheur ?

— Ah non, c'est un fils, devait rétorquer Musetta.

Certaine.

Brebis égarée d'accord, mais pas à ce point. Elle sait tout de même à qui elle parle quand elle parle à son ventre. D'ailleurs, songe-t-elle à présent, personne dans la grange n'est encore prévenu de la bonne nouvelle.

— *È maschio* ! C'est un garçon, leur annonce-t-elle pour donner courage à tout le monde.

La matrone occupée à fondre de la cire lui tournait le dos et reçoit ça pire qu'un coup de sabot. Toutes ces années à aider, combien, deux cents, trois cents naissances, et Dieu lui est témoin qu'elle n'a jamais raté la moindre sortie. D'un regard de défi, elle scrute la paille avant de se précipiter la fouiller de ses mains. Où qu'il sera ? Les deux commères occupées à tisonner le feu sous la marmite d'eau chaude ont figé leurs gestes. Un garçon, tant mieux, des soucis en moins, pense l'une. C'est allé vite, se dit l'autre.

Musetta a réussi à faire reposer son giron sur un petit banc, mains et genoux au sol, les fesses en l'air, avec la matrone venue derrière lui relever les jupons. La vieille doit finir d'inspecter, voir clair. Rien ramassé dans la paille, bah là non plus. C'est bien ce qu'il lui semblait. On n'est pas loin, mais on n'y est pas. C'est par superstition que Musetta aura évoqué un garçon. Pour conjurer. Ah mais il ne faut pas céder aux impatiences de la délivrance, ni tenter le sort. Elle doit s'en tenir aux choses vraies, Musetta. Revenir à la raison.

— Tullia, amène-nous la ceinture de la Vierge !

Bon, que la Vierge ait réellement porté ce bout d'étoffe n'est pas une certitude. On fait un peu semblant. Il se chuchote que Sa Sainteté le pape l'aurait béni, ou du moins l'évêque Prisco. L'évêque Prisco, c'est sûr. La vieille en témoigne, grâce à la ceinture, les mères sont plus calmes et il leur naît moins de filles.

Tullia, aussi maigre que la matrone est grasse, est sa nièce, ici en formation. Si ça ne tenait qu'à elle, Tullia travaillerait aux champs comme tout le monde. Tout irait mieux pour elle. Quel piège, la naissance. Sa tante dit que l'honneur d'être mère-mitaine doit rester dans la famille. Que ce ne serait pas une charge, mais un privilège. Ah oui, et voir les femmes se tordre comme des couleuvres en suppliant aussi ? De toute son âme, Tullia déteste être là. Aujourd'hui plus encore que les autres fois. Parce que ce n'est pas n'importe qui en train de souffrir, c'est Musetta, sa grande amie. Depuis son entrée dans la grange, Tullia garde le regard obstinément rivé sur l'eau mise à bouillir. Elle a commencé par déplier les linges, avant de les replier. Si l'utilité de la manœuvre est loin d'être prouvée, elle a au moins le mérite d'occuper. Alors que leur apporter la ceinture de la Vierge, c'est devoir s'approcher de la douleur, qui aurait envie de ça ? Dos de Musetta qui se creuse sous chaque poussée, les yeux clos, ses fesses à vue… À la rivière, jamais elles ne produisent cet effet-là, vu qu'on y va pour la toilette. Musetta n'est jamais la dernière pour faire entendre ses rires et Tullia donnerait cher, en cet instant, pour se les remettre dans l'oreille, au lieu de ses affreux gémissements.

Le bout d'étoffe de la Vierge n'a pas le temps d'être noué autour de son ventre que son corps se crispe à nouveau. Un hurlement déchire l'obscurité. Jusque-là, les vaches s'étaient fait oublier et fourrageaient tranquillement leur foin sans s'occuper du reste. Avec ce cri, c'en est trop. Les trois partent à meugler en raclant du sabot, faudrait pas que l'inquiétude leur fasse tourner le lait. On irait ailleurs si on avait meilleur endroit pour aider au travail, mais rien de tel que la chaleur des bêtes pour accueillir un petit.

Attention à ne pas se laisser distraire. La main de la matrone vient de rencontrer le rond humide d'un crâne. Tullia, mes linges ! Pousse, on dit à Musetta. Elle chie, ça braille dans toute l'étable, des mots qu'on n'entendra jamais ailleurs, de ceux qu'on a honte de connaître. Les doigts experts écartent les chairs pour attraper le minuscule menton. Il s'agit ensuite de freiner la tête, avant qu'elle ne force comme un bélier. À ce stade, les cris des mères ne sont plus utiles. Une fois la tête passée, le pire l'est aussi. À peine Musetta a-t-elle senti un mieux qu'elle s'est tue, avec même un début de sourire sur le visage. Une première épaule se dégage, puis l'autre. Du sang s'écoule de la déchirure. Tullia, mon matériel à recoudre !

Le reste du corps glissera tout seul.

— Ce qu'il est gros ! s'extasie la matrone.

Mâle, comme l'avait annoncé Musetta, sain et bien gras. Seigneur, voici le dernier né de Vos enfants. Oh, ces cris qu'il pousse ! Quel gaillard ! Devra pourtant attendre pour boire. La vieille saisit sa paire de ciseaux et sectionne le cordon d'un coup sec. Puis elle se rince les mains à l'eau chaude avant d'aller chercher la poche nichée au fond du ventre de la mère. Une livre de mou qu'on donne ensuite aux chiens, c'est la coutume.

Le petit est emmailloté de langes et bercé par Tullia dont les yeux se sont emplis de larmes. Qu'on pense un peu, le fils de Musetta ! Une émotion à faire oublier les heures d'avant, presque un début d'amour pour le métier. Elle se tourne vers son amie, mais la maman épuisée garde maintenant les yeux clos, avec une expression sur le visage qu'on ne lui a jamais vue. Une lumière différente et un sourire tellement doux qu'il vous viendrait l'envie de l'embrasser. Sans penser à mal, hein. Juste pour découvrir le goût qu'il a, ce bonheur.

— La vie est belle, hein, ma Tullia, murmure à cet instant Musetta.

Comme si elle avait deviné le regard posé sur elle.

— Très.

— Qu'est-ce qu'elle est belle, continue de répéter Musetta.

Deux lavements de suite, trois points de suture, la paille nettoyée. La vieille en a enfin fini. La mère repose sous des épaisseurs de couvertures, avec son nourrisson dont elle embrasse longuement le front.

— *Amore... Amore...*

Musetta n'a jamais dit ça à personne. Première fois qu'elle éprouve une sensation pareille. Elle se sent reine. Pour sûr, une vraie ne serait pas plus heureuse. Des bonheurs, Musetta en a pourtant connus. Tenez, la saison des citrons à Amalfi. Il y avait toute la famille à l'époque, on cueillait les fruits ensemble, saouls d'odeurs et sans fatigue. Depuis le haut d'une colline en restanque, Musetta avait découvert la mer. Qu'est-ce que c'est que cette beauté, avait-elle demandé à son père. On était resté admirer de loin cette création du Seigneur. Il souriait, le père. Il y a aussi eu Giuseppe et ses yeux couleur de noisette. Les promenades avec lui, sa gentillesse de cœur, les histoires amusantes qu'il racontait. Il savait les choses, Giuseppe. Pourquoi a-t-il fallu qu'ils l'envoient combattre en Afrique, si loin et tellement jeune... Pas malin d'avoir repensé à lui. Pas trop grave non plus. Plus rien n'est grave depuis que

Musetta a son bébé au sein, son tout-petit qui tète en la fixant du regard.

Cet enfant apprendra à lire et aussi à écrire. Si le village rechigne, très simple, ils le quitteront. Ils iront vivre ailleurs, près d'une école s'il le faut. Être mère rend plus fragile, mais donne de la force. Son fils aussi en aura. Elle lui apprendra à faire provision de bonheur, lui montrera comment arranger ça en lui. Ils n'oublieront pas de rendre grâce au Seigneur de leur chance d'être à deux. Pour l'instant, c'est observer chaque millimètre de sa peau, la courbure de ses ongles, les longs cils, vraiment longs, et son air de vieillard fripé. Elle ne parlerait pas d'innocence, pas encore, plutôt d'un grand sérieux. Ce qu'elle espère pour son enfant n'en finit plus d'envahir sa tête. Musetta voit grand pour son petit.

— Tu seras quelqu'un, lui murmure-t-elle.

Pendant la nuit, la maman fait un rêve. On fait du mal à son enfant, il lui est arraché, son ventre la brûle. Elle croit qu'elle hurle.

Peu avant l'aube, la vieille se lève avec lenteur. Tullia a veillé au feu et remis par deux fois du bois dans l'âtre. Il fait bon dans la grange. Les gestes de la matrone pour préparer le lavement sont calmes, précis, identiques pour chaque naissance. Emplir la poire d'eau bouillie, attendre que ça refroidisse avant de l'administrer. Quand elle s'approche de Musetta et secoue doucement son épaule pour la réveiller, c'est immédiat. Elle comprend à l'instant. Sa peau est trop… La peau est glacée. Non, en fait elle ne comprend pas. Quand ces malheurs arrivent, d'ordinaire on les voit s'approcher. Cette fois, on n'a rien su. Il n'y a rien eu. Comment est-ce arrivé ? La fièvre l'aura prise ?

Pitié, pas Musetta ! Pas leur petite Musetta ! À la lueur de la bougie, la vieille femme constate. Les lèvres devenues blanches, les yeux ouverts, le regard fixe. Elle voudrait parvenir à soulever les couvertures mais sa main tremble, énormément.

Autour des cuisses, il y a une mare de sang. La pauvre s'est vidée en silence, son bébé niché sous l'aisselle.

Il faut…

Il faut maintenant vérifier le petit.

Comment se résoudre à ce geste ?

La main va pour.

S'arrête.

La main a peur.

Dio Santo della Madonna, il est chaud !

Et dort, tranquillement lové contre sa mère.

Il y a Tullia qui ne peut y croire et reste tétanisée, incapable de parler. Il y a les fermes qui s'éveillent parce qu'on a brutalement cogné aux carreaux. Les hommes sur le pas de la porte qui mettent un temps, puis disent je vais chercher ma femme. Les percolateurs à café qui chauffaient dans les cuisines du *castello* et qu'on laisse déborder sans réagir. Il y a les pleureuses pour se précipiter dans la grange et celles dont les larmes n'arrivent même pas à couler à cause du choc. Il y a le père Gildo qui décide de faire sonner ses cloches et qui parle de Dieu, mais les ouailles ont du mal en cet instant avec Dieu. Il y a les vaches à faire sortir de la grange parce que ce n'est plus leur place. Bien sûr que c'est leur place. Non ! Il y a ces commencements de disputes, puis le silence qui revient après un regard vers la défunte. Il y a la matrone supposée faire la toilette de Musetta, parce qu'il se trouve que c'est elle aussi qui s'occupe de ces choses, le début de la vie comme la fin. Dans ce mélange d'agitation et de recueillement, il y a un bébé. Un bébé, qui d'un coup se met à hurler. Tous les visages se tournent vers lui. Tout le monde le regarde. Pas qu'on l'avait oublié. On préférait ne pas y penser.

Pauvre petit.

— Tullia, occupe-t'en.

Les yeux de Tullia s'agrandissent à l'extrême. Pourquoi moi, interrogent-ils. Ne la forcez pas à ça, pitié. Oui, il pleure, mais… Avec prudence, presque répulsion, elle finit par le prendre dans ses bras. Pas le même bébé qu'hier, impossible de le calmer. Il crie à pleins poumons, le visage violacé par l'effort. Comment oser lui chanter des berceuses ? Il n'a plus de mère, ce n'est plus un enfant. Tullia ne sait pas quoi en faire. Dans la grange, les regards sont fixés sur eux. Les cris du petit incommodent, qui rappellent que sa mère n'est plus. On le voudrait plus discret. Honte de le penser, on le voudrait moins vivant. Ce n'est pas sa faute. Lui est né, Musetta est morte, faudra s'y faire. Quand même, il est bruyant. Le malheur a besoin de silence pour occuper tout l'espace. Minute, se dit Tullia, on devrait plutôt dire cela de la vie. Elle vient de penser à son amie. Son amie qui, depuis là où elle est, lui souffle une idée. Un pouce, à glisser dans la bouche du bébé.

Ouf, le calme revient aussitôt.

L'enfant tète goulûment.

— Il avait juste faim, ce petit.

Évidemment.

Quelques secondes de répit, mais un calme précaire. Que lui donner à boire ? Le lait de vache le rendra malade, c'est trop tôt. Au village, personne n'allaite. Où trouver du surplus ? Il faudrait se rendre à l'hospice leur en demander. C'est là qu'enfantent les indigentes et aussi les filles-mères. Le village avait tenu à préserver Musetta de cet opprobre.

Chacun sait qu'à l'hospice les fièvres puerpérales déciment les travées de lits. S'y rendre revient souvent à remettre sa vie entre les mains du Seigneur. En accord avec le père Gildo, la matrone avait proposé qu'on épargne à leur petite infortunée ces risques. Elle-même ferait œuvre chrétienne et l'accoucherait pour rien.

Difficile de lutter contre les remords, même s'ils sont ridicules. Quelle décision humaine peut infléchir un Dessein divin ? Aucune. L'heure de Musetta avait sonné, voilà tout. Péché de vanité de penser qu'on serait de taille à modifier un destin. Il faut se le dire, et se le répéter, aller à l'hôpital n'aurait rien changé pour Musetta. Là-bas aussi, c'était la mort assurée, mais loin du village et seule.

S'y rendre ce matin rebute différemment mais rebute encore, même pour y chercher du lait.

Reste que le bébé commence à montrer de réelles impatiences face au pouce. Il ne se laissera plus abuser très longtemps.

La matrone prend à nouveau une décision. Il n'y a qu'elle pour oser. C'est bien le moins qu'on puisse faire, nourrir ce fils de Dieu. La vieille femme marche à pas lourds jusqu'à Musetta et s'agenouille. Elle se signe, un chapelet de paroles inaudibles débordant de ses lèvres. D'une main devenue lente, elle déboutonne la chemise de nuit de la morte, et découvre une poitrine pleine, toute gorgée. Son regard reste longuement collé sur la peau blanche du sein. Se relevant avec peine, plus vieille que jamais, la matrone revient près de Tullia et lui prend le bébé des bras.

Le brouhaha a totalement cessé. Il n'est plus question de rien. On a peur de comprendre.

La femme ramène l'enfant à sa mère.

Et l'approche de son sein.

La petite bouche avide n'est pas longue à trouver le téton.

Mère à l'enfant.

Ce tableau dans la grange.

Silence de plomb.

Autour d'un tenace bruit de succion.

Paris, 1935

Jean-Marie Gheusi traverse les avenues cossues du quartier de Passy en direction du pavillon de Mademoiselle Renoult. Ou plutôt il y gambade, il sautille, il volette. Pensez donc, elle a tenu parole ! Trois soirées avec Elio Leone en vedette ! Il paraît qu'en français, son nom signifie Lion, comme l'animal. Pseudonyme ? Même pas ! En grosses lettres sur une affiche, ça vous pose un homme. Gheusi a déjà son idée pour le programme. Wagner évidemment, et peut-être Delibes qui marche fort en ce moment. Gageons que le Tout-Paris sera au rendez-vous, et où ça le rendez-vous ? Tadam ! À Favart ! S'il n'y a pas de quoi marcher de ce pas guilleret, alors quand ?

Mademoiselle Renoult aussi jubile. Gheusi pense faire la bonne affaire, alors que c'est elle qui mène la danse. Elle l'a décidé depuis belle lurette, la mise en lumière d'Elio doit se faire dans l'écrin de l'Opéra-Comique. L'acoustique y sera parfaite pour sa voix. Avoir gain de cause n'aura été qu'une amusante promenade de santé. Il a suffi de respecter les trois règles d'or. Savoir dès le début ce que l'on veut, ne jamais montrer ses cartes avant l'instant de faire tapis et donner à ces messieurs l'illusion que ce sont eux qui sont aux commandes.

Dans ce milieu, les promesses fusent facilement. Une première réussie soude instantanément les parties. En sortant de scène, on se le jure, on ne travaillera plus qu'ensemble ! Las, ces alliances professionnelles contractées dans la liesse et la dopamine survivent mal au retour du calme. La nuit raisonne. Au réveil, d'autres répétitions appellent, d'autres rencontres attendent.

Personne ne sera surpris d'apprendre que Mademoiselle est du genre à faire l'inverse. Promettre rarement, ensuite s'y tenir. C'est d'ailleurs parce qu'elle est une femme d'engagement qu'elle en contracte si peu. Savoir qu'elle voudra les honorer, de toutes ses forces et jusqu'au bout, l'oblige à bien y réfléchir avant. N'a-t-elle pas tout d'abord catégoriquement refusé de prendre Elio sous son aile ?

Claquemurée chez elle depuis deux ans, elle distillait aux outrecuidants qui venaient l'y débusquer des « Je ne reçois plus ! » autoritaires. Jamais nom d'oiseau n'a fusé, qu'on n'aille pas non plus raconter n'importe quoi. Depuis qu'elle avait arrêté de travailler, la fatigue d'années professionnelles enchaînées sans la moindre minute de repos n'en finissait plus de lui tomber dessus. Il lui était aussi devenu impossible d'ignorer sa hanche douloureuse, pour n'évoquer que ces seuls avertissements physiologiques qu'on appelle l'âge.

La fatigue des cartilages n'est pas seule en cause. Il y a aussi celle de l'Histoire. Ou de l'époque, si l'on préfère. Mademoiselle Renoult avait cinq ans quand Napoléon III, sur un coup de tête de vieux schnock, livrait ses soldats à une guerre précipitée contre la Prusse. Elle est d'un autre temps. Vingt-six ans au début de l'affaire Dreyfus, trente-trois à la mort de Verdi en 1901, quarante-six quand cloches, tambours et tocsin ont sonné dans le pays la mobilisation générale qui allait lui voler son mari et son fils, le premier de pneumonie, le second dans les tranchées. Après des deuils pareils, qu'est-ce qui peut encore avoir du sens ? Normalement, pas grand-chose. Mademoiselle a eu la musique. C'est dire, en peu de mots, le respect dans laquelle elle la tient.

Qui irait se douter que cette femme est tellement marquée au fer rouge ? Personne. La raison en est simple. Dans sa conversation, on ne trouve que des anecdotes de travail. Parfois, quelques évocations des grandes amitiés de sa vie, Debussy, Toscanini, ou Marthe Goduchon, connue à la communale et restée vivre dans leur Moselle natale. Jamais la moindre confidence. Rien d'intime, sauf à concerner la musique. Ils se comptent sur les doigts d'une main ceux qui pourraient deviner la turbulence d'émotions cachée derrière tant de sang-froid. Cela a pu encourager les erreurs de jugement sur son compte.

Florilège.

— Moi aussi je me sentirais détendu si je n'avais que ma petite personne à qui penser.

Amabilité prononcée par le directeur d'un conservatoire de musique.

— Vu le prix du pain, c'est une chance de n'avoir chez soi aucune bouche à nourrir.

Par une professeure de piano, mariée à un invalide de guerre, trois enfants.

— La concernant, l'image qui me vient à l'esprit est celle d'un reptile. Je dirais un serpent pour aller au plus simple. Pas un crotale. Juste une petite couleuvre de rivière à la dangerosité très surévaluée.

Propos d'un baryton en vue, qui préfère garder l'anonymat [1].

1. Après recoupements, il semble que cet artiste aurait sollicité les lumières de Mademoiselle une bonne dizaine d'années durant, sans qu'elle ait souhaité donner suite.

Des soupçons d'égoïsme et d'indifférence aux réalités sociales que Mademoiselle n'a jamais jugé bon de combattre. Qu'ils parlent, a-t-elle pensé. Curieuse du tréfonds des âmes, elle admet l'être moins des soucis du quotidien, des petits sentiments ou des modes. Elle ne s'est pas recouverte de colliers de perles à la Belle Époque et ne nourrit aucune nostalgie pour les Années Folles. Elle croise à l'occasion Chagall et Picasso, trempe ses lèvres dans un cocktail que lui tend Hemingway, converse avec Cocteau ou avec Germaine Beaumont. Alors oui, c'est passionnant. L'est-ce tellement plus que de passer la soirée le nez dans une partition de Fauré ? Ou dans *Fidelio*, l'unique opéra de Beethoven, un monument qui s'obstine à ne pas livrer tous ses secrets. Bref, ce mélange de curiosité et de sérieux, voilà depuis toujours son style.

Sauf qu'il y a deux ans, elle a eu la sensation d'un monde qui basculait. Un tournant, 1933. La France se voyait à son tour rattrapée par la crise de 29. La spéculation financière engloutissait les économies, les fins du mois arrivaient le quinze. Sans mentionner l'affreux charivari politique chez les voisins italiens et allemands. Pire chez eux que chez nous.

33 marquait aussi le cinquantenaire de la mort de Richard Wagner. On a parlé de monter *Lohengrin* à Paris, voire l'intégralité du *Ring*. Que n'avait-on fait ! Aussitôt, les appels au boycott ont fusé. La question de l'œuf et de la poule s'est reposée. Était-ce le compositeur allemand qui avait inspiré Hitler ou bien le nouveau chancelier qui instrumentalisait son œuvre ? Plus un dîner en ville sans qu'on s'enflamme. « Wagner est un suppôt du nazisme », tonnaient les anti. « Sa musique est universelle », rétorquaient les pro. L'antisémitisme aussi, ajoutait quelqu'un. Devant les asperges, il se trouvait encore un ou deux naïfs

pour souhaiter gentiment « dépolitiser tout ça ». Au rôti, une seule envie surnageait, s'en lancer des tranches à la figure. Quelle fatigue, soupirait mademoiselle.

Selon elle, le « problème Wagner » a aussi de fâcheuses conséquences esthétiques. Parce qu'un génie n'a besoin de rien pour créer ses chefs-d'œuvre, ni d'autorisation ni de point de départ. C'est plus tard, avec les affidés, que les dégâts se feront jour. Oh, ça n'a pas raté. Les héritiers du maître sont restés accrochés à son mot d'ordre d'hypertrophie symphonique sans plus comprendre pourquoi. Sa démarche à lui avait été claire. Il en avait eu sa claque des chanteurs-cabots, ne supportait plus leurs trilles ridicules, les indigentes parures vocales et leurs bras en croix pour quémander l'acclamation du public. Dégoût. Avec ce talent pour l'invasion qu'il faut reconnaître à nos amis teutons, Wagner aura décidé de partir en croisade contre ces faux dieux. Cela leur ferait les pieds, s'était-il dit. Ni une ni deux, divas et divi avaient été privés de solos et s'étaient vus relégués au rang d'instruments parmi d'autres. La symphonie prenait le pas sur eux, qui devraient désormais servir l'orchestre, non plus lui imposer leurs caprices et leur loi. Petit séjour au purgatoire, leçon d'humilité, ma foi, pourquoi pas ? On avait des raisons d'applaudir à l'idée. Si, mise en pratique, cela donne la *Tétralogie*, les applaudissements redoublent. Hélas, se plaint Mademoiselle, aujourd'hui seul subsiste le mot d'ordre d'un orchestre fort. Le génie a disparu, et avec lui tout texte intelligible.

Les plus fanatiques décrètent même l'émotion devenue chose vulgaire. Dans les productions actuelles, c'est bien simple, on n'entend plus les voix. Les chanteurs en sont réduits à hurler pour tenter de couvrir l'épopée symphonique. En conséquence de quoi on ne comprend plus un mot de ce qu'ils disent. Malheureux public qui doit endurer cela.

La sanction ne s'est pas fait attendre. Il est venu moins nombreux et c'est tout le château de cartes qui a commencé de s'écrouler. Devant la diminution des recettes, les directeurs de salle ont commencé à paniquer. Combien, à l'instar de Gheusi, se sont mis à alterner reprises fauchées des œuvres du répertoire, toujours les mêmes, et appels au secours lancés aux petits-neveux de Wagner, histoire d'être dans l'air du temps. Moyennant quoi, ce petit monde a tranquillement continué de creuser sa tombe. À cet égard, Mademoiselle n'est pas fâchée d'avoir sauté à temps d'un bateau qui prend l'eau.

Peut-être n'est-elle plus objective, peut-être n'est-elle pas juste. N'empêche, à son goût, les maisons d'opéra ne font plus assez cas de ces émotions qu'elle a passé sa vie à célébrer. Dans ce constat, elle a vu le signe que l'heure était venue de se retirer. Au lieu de sortir tous les soirs, elle s'est mise à dîner chez elle d'une pomme reinette pelée au couteau, d'un verre de pomerol, et de lectures hors du temps. Un beau matin, elle a décidé d'appeler cela par son nom et s'est officiellement déclarée à la retraite.

Tout arrêter n'a pas été simple ni, puisqu'il faut être honnête, très agréable. Résolue à ce que le trou qu'elle laissait dans le métier se résorbe au plus vite, Mademoiselle a lesté sa décision de toute la dureté dont elle était capable. Un lac irradié par la chute d'une pierre finira tôt ou tard par se recomposer une surface lisse. Mademoiselle le savait, il en irait de même de son départ. Personne n'est irremplaçable, pas même elle, quoiqu'en disaient les flatteurs. Il suffisait de ne plus répondre aux sollicitations, d'ignorer les ponts d'or et, plus difficile, de redimensionner le vent de panique qui s'était, paraît-il, mis à souffler dans les grandes boutiques. Toutes allaient vite se ressaisir, on finirait par oublier l'éminente professeure de rôles. S'y attendre et l'espérer n'en restait pas moins un exercice ingrat.

Ce n'est pas allé sans nostalgie. Surtout le soir, à l'heure où des flots humains envahissaient les boulevards pour s'acheminer vers les théâtres et qu'elle se savait trop fragile pour leur emboîter le pas. Celle qu'on surnommait « la prêtresse des coulisses », qu'on avait respectée et crainte, n'était pas prête à exposer son inutilité toute fraîche au beau milieu d'une salle. Un jour, elle paierait son ticket. Elle ferait la queue comme tout le monde à l'extérieur de l'opéra avant de s'y asseoir en spectatrice anonyme. Un jour oui, mais pas encore. C'était trop tôt. Elle préférait rester dans son salon, face à la maquette rouge et or de la salle du Teatro alla Scala de Milan, pour écouter ses souvenirs. Parfois, une larme coulait. Parfois, c'était un sourire. Soir après soir, de la musique plein la tête, elle s'en tenait à ce qui avait été décidé, quitter le métier.

Réussir l'arrêt de sa carrière était devenu plus important qu'aider celle des autres. Quel changement, quand on y pense, pour quelqu'un qui avait vécu dans le culte de la transmission ! Non que cette passion pour la pédagogie se soit imposée à elle en un jour, il y avait bien sûr eu des étapes.

La première, la plus douloureuse de toutes et la plus intelligente, avait été de renoncer à sa propre carrière de cantatrice. Elle aurait pu la poursuivre, sans doute pas au premier plan et ailleurs qu'à Garnier, mais elle aurait pu.

— Vous avez une très gentille voix, lui avait-on dit lors d'une audition.

La morsure du compliment l'avait rendue malade. Littéralement. Après une nuit sans sommeil, elle s'était réveillée aphone. Plus le moindre son pour sortir de sa gorge et un désespoir qui s'était vite mué en colère. Non ! Elle n'était pas gentille, ne le serait jamais et refusait encore plus viscéralement que sa voix le soit. Parlez d'une insulte ! Si elle ne devait jamais devenir une Reine de la nuit d'anthologie ou une Violetta à se damner, mieux valait se taire. Ce qu'elle a fait. Cette décision a été l'acte fondateur de son futur métier. En quelque sorte, la première leçon qu'elle dispensait.

Un travail acharné et une volonté de fer peuvent produire une chanteuse à la carrière honorable, pas une grande chanteuse. Derrière chaque voix d'exception, il y a un talent inné. Un don. Oui, une différence existe, elle est même violente, entre ce que le travail produit et ce que le talent permet. Tous les efforts du monde ne remplaceront jamais ce quelque chose qui échoit à certains. Est-ce Dieu qui y préside ou seulement Dame Nature, Mademoiselle n'en sait rien. Ce dont elle est certaine lui vient de sa longue fréquentation des voix. Toutes requièrent un travail immense. Face à l'effort et à l'ascèse, il y a égalité. Ce n'est plus le cas dès lors qu'on considère le résultat. Certaines voix vous transpercent, quand d'autres ne paraissent que gentilles. Mademoiselle avait donc préféré tout miser sur des heures quotidiennes de piano, doublées d'un 1er Prix de solfège dont elle n'a eu qu'à se féliciter depuis.

Quasi cinquante ans plus tard, elle patiente dans son salon, prête à préciser à Gheusi sa façon de voir les choses. Ce, dès son arrivée, sans même lui proposer une Suze. S'asseoir, il pourra. Il ne faut pas non plus humilier. Elle le sait, le nom du prodige italien flamboie. Si peu de gens l'ont entendu chanter, ils sont nombreux à en parler. Ainsi va le Tout-Paris, par fièvre, mode, emballement. Celui qui imaginerait la professeure s'en rengorger la sous-estime et sous-estime aussi son élève. Eux deux se fichent comme d'une guigne de l'effet qu'ils produisent sur les coteries. Eux pensent travail.

Gheusi peut en témoigner, il était aux premières loges. Elio Leone sortait alors de scène. Le public de *Rigoletto* venait de le porter aux nues et lui, au lieu de jouir de son triomphe, râlait à cause d'un *aperto-coperto* raté. Il prétendait avoir décalé d'un demi-temps son passage en voix de tête quelque part dans le deuxième acte. Toujours la faute du même son, un « tu » récalcitrant sur lequel il n'en finit pas de buter. Les spectateurs étaient encore dans la salle, certains continuant d'applaudir, et d'applaudir Borsa, ça, tout le monde l'avait compris. Quoique non, pas tout le monde. Le principal intéressé était bien trop occupé à pester contre lui-même. Qu'a fait Mademoiselle ? Souri ? Minoré ? Diversion ? Du tout. Elle n'a pas démenti son chanteur. Elle ne l'a pas rassuré. Elle a dit oui, en effet, c'est une difficulté sur laquelle il nous faut continuer de travailler. Gheusi en était resté comme deux ronds de flan. La machine à catapulte venait d'installer le prodige dans un halo de lumière et lui se minait pour un souci technique qu'ils étaient deux au monde à avoir entendu. Monsieur Théodore Caron est arrivé à ce moment-là, Rouché et Dubois également, qui prédisaient au jeune ténor un avenir prestigieux. Borsa s'était mis à leur sourire, l'air un peu distrait. Tout le temps qu'allaient durer leurs compliments, Gheusi l'a vu continuer de communiquer sans mot avec Mademoiselle. Cette histoire de voix de tête retardée les turlupinait vraiment.

Un grand classique que ces ténors bourreaux de travail, surtout aux prémices d'une carrière. Sans zèle ni discipline de fer, ils n'en seraient jamais arrivés là et ne s'y maintiendraient pas longtemps. Un baryton a l'avantage de chanter dans la tessiture de sa voix parlée. De bonnes dispositions physiologiques, un talent naturel peuvent suffire. Pour la voix de ténor, c'est une autre paire de manches. Seules des heures et des heures de labeur acharné permettront de la débusquer. Elle n'a été déposée dans aucun gosier. Elle n'existe pas par naissance. Il faut se la fabriquer. Pire, il faut la mériter. Pour un garçon, il existera des mariages plus affriolants que de lier sa vie à d'aussi opiniâtres efforts. Mais voilà, certains y vont. D'où cette apparence de vieillards pinailleurs qu'ont souvent les ténors. Éternelles écharpes, hantise du froid ou de la fumée sur la gorge, jamais ô grand jamais d'alcool fort, obsession du manger sain et du coucher tôt, rapports sexuels fréquents mais rapides et toujours à distance des spectacles car notoirement dispendieux en influx nerveux. Oui, l'ensemble manque de poésie et non, ça ne ressemble pas à un rêve de jeunesse. Et alors ? Être Aristide Briand ne devait pas être drôle tous les jours. Or, combien de parlementaires se sont échinés à lui ravir sa place ? Idem pour la vie de ténor. Les sacrifices requis ne font pas rêver, mais les salves d'applaudissements, si. Prenons un exemple récent, toutes les familles viennent de connaître ça. Le cousin ne va pas à la guerre. Les tranchées, très peu pour lui, il se débrouille pour y couper. Chacun s'arrange avec sa conscience, ce cousin fait bien ce qu'il veut. On attendra tout de même de lui qu'il ne fasse pas la tête lors des repas de famille en s'avisant être le seul autour de la table à ne pas arborer sa médaille des poilus. Les efforts avant la récompense, voilà tout. C'est ça, la guerre, et c'est ça l'opéra. Beaucoup d'appelés, peu de survivants. Encore moins d'élus.

Il se trouve que Gheusi a vu passer tellement de forçats du lyrique qu'il nourrit une sincère indulgence à leur endroit. Apprivoiser une voix coûte cher. Alors il pardonne l'égocentrisme, le besoin d'être au centre des partitions, des répétitions, de l'attention et leur fureur d'enfants gâtés s'il en va autrement. Les ténors sont fragiles. Leur sort dépend d'un instrument mystérieux, invisible à l'œil et sans cesse menacé. Combien possède-t-on de cordes vocales ? Les gens diront volontiers dix. La réponse est deux. De quelle taille ? Quelques millimètres, toujours moins d'un centimètre. Deux minuscules cordes vocales, la souplesse d'un diaphragme, l'humidité ambiante suffisent à décider d'un destin, d'où cette hargne à se protéger. Rien d'étonnant qu'un ténor ait pour son corps la vigilance d'une louve avec sa portée. Remarquez que le cas du jeune Leone est un peu différent. Il n'arbore pour l'instant aucun des travers courants. Impossible de prédire ce qu'il faudra un jour lui pardonner.

Son seul problème, c'est son cerbère, Mademoiselle Renoult. Quelle guigne qu'il ait fallu que ça tombe sur elle. Du temps de sa splendeur, la vieille bique passait son temps à dire non. Non sans cesse, non à tout. Espérons que les deux années dans la solitude de son petit pavillon de Passy lui auront fait du bien. Elle se serait radoucie ?

Eh bien, pas du tout.

En moins de vingt minutes, le directeur de la salle Favart a signé reddition. Il serait même incapable de se rappeler ce qu'il comptait exiger. Debout dans un vestibule charmant, son pardessus encore sur le dos, chapeau à la main, le bonhomme tangue. Une bourrasque énorme vient de s'abattre sur lui.

Imaginez qu'elle refuse toute publicité pour annoncer les trois soirées. Elle ne veut pas non plus d'affiche coloriée pour le programme. Battage excessif, elle appelle ça, ramdam inutile.

Dernière tentative.

— Mademoiselle Renoult, si je résume bien, vous me refusez le droit de faire de la réclame pour attirer des spectateurs payants, que de toute façon je n'aurai nulle part où asseoir puisque vous exigez, combien, cent cinquante invitations pour vos relations ! Autant déclarer tout de suite la faillite de mon théâtre !

— Calmez-vous, cher monsieur. Mes conditions ne valent que pour la première soirée. Les autres se rempliront toutes seules, vous verrez. Et je vous laisse soixante pour cent des recettes.

Ce qu'il voit, Gheusi, c'est le pistolet sur sa tempe. Elio Leone ne bénéficie d'aucun réseau. Il ne sort pas du Conservatoire supérieur de musique de Paris, n'a pas été page à l'opéra ni fait son trou dans aucune troupe. C'est peut-être un génie, mais un génie qui débute. En d'autres termes, personne ne l'attend. La salle Favart a-t-elle pour habitude de se remplir par l'opération du Saint-Esprit ? Malheureusement pas. Même une janséniste du calibre de Mademoiselle devrait pouvoir en tirer les conclusions qui s'imposent.

Rien de pire que la surcote, trouve-t-elle à rétorquer. D'accord pour organiser les grands débuts d'Elio, il est prêt, hors de question de le brûler. Il s'agit de le mettre en lumière, pas qu'il se déboutonne. Doit-elle rappeler n'avoir jamais « lancé » qui que ce soit ? Épouvantable expression au demeurant qu'elle s'enorgueillit de ne jamais employer. Lancer quelqu'un, quel sport de foire serait-ce ? Bien sûr qu'elle les a repérés, ces imprésarios en train de rôder autour du petit nouveau. Sourire mielleux et pâmoisons, crocs apparents ou dédain factice, tout le panel des stratégies d'approche est de sortie. Messieurs, sachez qu'il en faudrait un peu plus pour impressionner. Plus ces pressants se feront bateleurs de foire, avec moustache et promesses luisantes, plus elle prendra le contrepied. Ah si, une anecdote amusante. L'un d'entre eux est allé jusqu'à proposer de faire reprendre du service à la claque. Contre une somme ma foi modique, il promettait un poulailler prêt à fuser en « Viva », « Bravo » et autres jets de roses ! Tellement XIXe qu'on en sourirait presque. Quelle vulgarité.

— Mais enfin, Monsieur Gheusi, pourquoi vous offusquer ? Je ne parlais évidemment pas de vous.

Jamais un homme de sa qualité ne voudrait sacrifier la pureté d'une première fois sur l'autel du commerce. Ça se respecte, une première fois, n'est-ce pas ?

N'est-ce pas ?

Imparable.

Les yeux de la vieille dame se radoucissent à mesure que le directeur baisse la tête. Ça y est, il est en train de flancher. Mademoiselle ne cède jamais sur rien ou presque. Des concessions, bien sûr qu'elle sait en faire. Tout le monde sait. Encore faut-il le vouloir. La postérité serait bien avisée de ne pas retenir la souplesse comme élément saillant de sa personnalité. D'autant plus s'il s'agit d'organiser les débuts de l'un de ses élèves, et pas de n'importe lequel… Elio Leone ? La plus belle voix qu'il lui ait été donné d'entendre, celle qu'on attend tout au long d'une carrière de professeur, celle où elle a vu la nécessité d'un dernier combat.

Gheusi a compris. À voir ses yeux clignoter de nervosité et son dos rond, on le sait, il a jeté l'éponge.

L'argumentaire de Mademoiselle Renoult est limpide. Selon elle, la force d'une carrière lyrique se lit dès ses débuts.

D'où l'impératif de les entourer d'un grand soin. Chaque décision compte, a fortiori la toute première. Sa scène inaugurale, un chanteur y repensera sa vie durant. Il lui suffira d'entendre les premières notes de, mettons, *La Traviata* pour que le trac lui revienne, intact. On ne demande pas à ce premier tour de chant d'être parfait, il sera d'ailleurs souvent traversé dans un état second. Mais il compte. Il reste inscrit là. Voilà ce que Mademoiselle veut protéger mordicus, ce futur diamant dans la mémoire d'Elio.

— Je me permettrai de lui donner quelques conseils, mais je tiens à ce que ce soit lui qui décide de ce qu'il veut chanter, précise-t-elle à Gheusi.

— C'est-à-dire ? ose le directeur dans un dernier souffle.

Il avait misé sur des morceaux de bravoure, sur l'exploit. Il comptait sur un programme de légende, capable de rouler pour la sienne.

Mademoiselle entend sa déception. Les hommes, elle les connaît. Ce sont souvent les mêmes.

— Vous espériez *La fille du régiment* ? Vous vouliez des contre-ut ?

Elle l'a dit dans un sourire, mais n'est pas loin de s'agacer. Tout ce temps perdu en diplomatie, cela commence à bien faire.

Le ton se fait plus sec.

— Imaginez qu'Elio Leone se brise la voix ce soir-là, la beauté de la manchette qui suivrait, hein ? « *Salle Favart. Le prodige foudroyé à l'instant de son envol* ! » Bonne ou mauvaise réclame, l'important est de réussir à faire parler de soi. N'est-ce pas ce que vous pensez, monsieur Gheusi ?

Silence.

Long silence.

Quand s'est-on payé sa tête à ce point, se demande-t-il. Et qui s'est jamais permis d'employer ce petit ton avec lui, les banquiers mis à part… Si l'Italien n'avait pas ce maudit talent, comme il serait agréable de claquer la porte du vestibule en laissant le dinosaure continuer de momifier dans sa grotte. Non mais pour qui se prend-elle, de quel droit.

— Que monsieur Leone choisisse son répertoire, évidemment ! Après tout, c'est lui qui chante.

Gheusi est un peu surpris de ce qu'il vient de s'entendre dire. C'était sa voix. C'étaient les phrases qui s'imposaient. Mince, c'était tout de même très loin de sa pensée. Que se passe-t-il ? Il se passe que Mademoiselle déroule. Pour le directeur, c'est comme avoir à nouveau cinq ans.

Aucune débauche de moyens vocaux en vue, puisqu'il n'est pas prévu d'orchestre symphonique. Non, monsieur Gheusi, huit musiciens, ce n'est pas un orchestre symphonique. En l'absence de dispositif idoine, il serait absurde de s'embarquer pour un pseudo-tunnel opératique. D'ailleurs, ce dont Elio Leone a envie, c'est d'une simple rencontre. Il veut se présenter aux directeurs de salles, aux chefs d'orchestre, à ses futurs collègues et au public. Il nourrit ensuite l'espoir d'être engagé dans une distribution. Rien de plus.

Mademoiselle le sait, les qualités d'un chanteur lyrique ne peuvent pas toutes apparaître à l'occasion d'un récital d'une heure. Même une heure trente. L'endurance n'est pas sollicitée, l'écoute du partenaire non plus, la concentration à peine. Des interrogations subsisteront et elle s'en moque.

Elio a quelque chose à dire, voilà la chose décisive.

Ce n'est pas si fréquent.

Lui-même n'en a pas encore pris conscience, quelque chose dans sa manière de chanter raconte une histoire.

Faire date

Hier soir, affluence des grands soirs place Boieldieu, devant la salle Favart. Une douceur inhabituelle règne pour la saison, cotonnades plutôt que fourrures pour ces dames, et dahlias frais à la boutonnière de ces messieurs. Si ce n'était l'absence de pins parasols, on se croirait dans le sud de la France. Une envie de filer prendre l'apéritif s'est d'ailleurs mise à nous tenailler à la vue de tant de visages amis. Le bon journalisme exige de garder un pied dans la vraie vie, disait... Qui a dit cela ? Il y aura assurément un maître ou un sage pour l'avoir pensé.

Voilà qu'arrivent Jules Romains, José Luccioni, Reynaldo Hahn, et tous les autres. Quel tourbillon ! Cette chère Germaine Lubin, Louis Jouvet, Jean Rouché... Ah, Colette ! Une main m'agrippe le bras pour me prévenir, là-bas, Toscanini ! Toscanini ? ! Qu'on veuille bien se figurer l'agenda d'un surintendant de La Scala. Comment le chef d'orchestre le plus couru au monde a-t-il fait pour se trouver deux heures de libres un samedi soir quand votre modeste serviteur avoue avoir eu un peu de mal ? Plus intrigant encore, pourquoi les passer à entendre un jeune chanter du vieux ? Le fait est : le Maestro est là !

Profitons-en pour glisser deux mots sur cet homme qui, non content d'avoir claqué la porte de l'Italie fasciste a renoncé l'an dernier au rêve de sa vie, diriger *Tannhäuser* à Bayreuth, en signe de protestation contre le renvoi du Festival des artistes non-aryens. On le raconte pas très commode dans le travail. Il est surtout immense dans la vie.

La soirée prend décidément une tournure fort peu ordinaire.

Où sommes-nous ?

Aux obsèques de Victor Hugo ? Aux festivités du Nouvel An ? Déjà à la cérémonie d'ouverture de la future Exposition universelle ?

Non, nous sommes à l'Opéra-Comique, où le talent d'Elio Leone éclipse toutes ces hypothèses.

Nous sommes là parce qu'une fois dans sa vie, il faut avoir entendu chanter cet homme-là.

P.L

Paris-Soir, édition du 22 novembre 1935

La France, terre de saluts

Nos voisins transalpins ont pris la fâcheuse habitude de nous envoyer ceux dont ils ne veulent pas et notre belle patrie celle non moins fâcheuse de les accueillir. Gaillards pour aider aux champs ou à l'extraction des minerais, comme si nous n'avions pas assez de bras vigoureux parmi nos Français ; cuistots qui rêveraient d'initier nos chefs tricolores à l'art délicat de mettre une marmite d'eau à bouillir (Pour « la pasta », elle doit être salée, professent-ils d'un air grave) ; et autres courageux réfugiés politiques qui, sitôt passée la frontière des Alpes, s'empressent de prendre leur carte du Parti communiste... Comme si nous n'avions pas assez à faire avec l'antimilitarisme des nôtres ! Foutus Macaronis venus nous poignarder dans le dos ! Foutu cheval de Troie !

Il est devenu rare que l'Italie nous fasse un vrai cadeau. Fait notable, cela vient de se produire en la personne d'Elio Leone, ténor de son état.

L'éclectisme de son programme avait pourtant de quoi inquiéter. Il semblait celui d'une classe entière de conservatoire, non celui d'un seul homme. Que l'inclination naturelle d'un aspirant ténor le porte sur le

Werther de Massenet ne surprend plus. On en a vu beaucoup s'acquitter honorablement de la tâche, de toute l'impétuosité de leur jeune âme. Hier, quelque chose d'un autre ordre s'est produit. L'amant désespéré s'est fait torche vivante. La scène nue du récital s'est gonflée des grandes présences, la nuit du cœur, la séparation, le don de soi, toutes reçues par le public dans une gratitude stupéfaite.

Quelle idée folle de poursuivre avec *Les Pêcheurs de perles* de Bizet, quand le rôle de Nadir requiert au contraire délicatesse et clarté. Les éclats de voix peuvent leurrer, un *pianissimo* intense jamais. Hier, nous avons entendu chanter une âme. Derrière la technique éblouissante, des qualités secrètes nous ont montré un Nadir vrai. « Je crois entendre encore... » répète-t-il dans son air fameux. Elio Leone, plus qu'il ne chantait, semblait lui aussi entendre. Son énergie physique s'était faite spirituelle. Sa voix n'était plus qu'un dedans qui cherchait son dehors. Nous, qui avions été bouleversés d'entendre battre un cœur, à présent nous le voyions naître.

Il y eut ensuite un *Ave Maria* céleste.

Poursuivre avec Don Alvaro était d'autant plus osé. On a pu reprocher à *La Force du Destin* son manque de cohésion. Trop de rebondissements encombrent l'œuvre, que seule une baguette très puissante réussit parfois à unifier. Transposée pour piano, violons et violoncelle, la partition d'Alvaro est apparue pour ce qu'elle est, un rôle verdien dangereux, héroïque en diable, même sans l'assaut des cuivres. Grandguignolesque ou sublime selon les forces en présence, il devrait être réservé aux ténors *di forza* dans la pleine maturité de leur instrument, sous peine de voir le rôle instantanément les défaire. Hier, aucune foucade, aucune surenchère démonstrative, mais une grande intelligence du texte, des nerfs d'acier, un timbre de bronze. Notre énergumène a disposé du rôle, la voix posée, sûrement conduite, avec une ligne musicale haut tenue, malgré les intervalles abrupts déposés par Verdi. Dans le final déchirant, le timbre est devenu pâle, le son s'en est retiré, comme le sang d'un visage.

La projection vocale impressionne, sans que le ténor ait le mauvais goût d'y ajouter de quoi assommer le public. Ce dernier ne s'y est d'ailleurs pas trompé en acclamant longuement le prodige. Si l'on craignait d'assister à un jeu de massacre où l'on jette à l'eau quelqu'un à qui on n'a pas appris à nager, on a au contraire vu un chanteur naître à un rôle où tant d'autres sont morts.

L'honnêteté nous oblige cependant à exprimer quelques réserves sur le choix de *'O Sole mio* pour conclure le récital. L'Opéra-Comique, une de nos salles les plus illustres, méritait sans doute final de meilleur goût.

Cette restriction mise à part, nous savons gré à cette jeunesse d'y avoir fait souffler ce qu'il convient de nommer un « vent de modernité », sans les habituelles réserves associées à l'expression. Simplicité du maintien comme du phrasé, limpidité des nuances et joie communicative de répondre aux sollicitations de la partition, sans épaissir, toujours en allégeant. Il émane du bonhomme chaleur humaine et un bonheur de se trouver sur une scène parisienne dont nous ne nous étonnerons pas, mais qui émeut. À en croire le regard de quelques spectatrices, ses charmes physiques iraient aussi au-delà du simple charisme… Messieurs, veillez à bien fermer vos portes !

À tant de qualités, il nous faut en ajouter une dernière, tout à fait inattendue. Désireux de féliciter le ténor, nous nous faisons accompagner à travers un dédale de couloirs jusqu'à la petite pièce sans apprêt qui lui sert de loge, les vraies étant évidemment réservées à nos chanteurs de troupe. Il y a là un jeune homme debout en train de se ronger un ongle, la semelle du soulier gauche apposée au mur. N'étaient les nombreux officiels venus le rencontrer, dont l'envahissant Maurice Lehmann et mademoiselle Renoult qui lui parle à l'oreille, nous douterions, voyant ce flamant rose au repos, de nous trouver face à l'artiste qui vient de tant nous impressionner. De la haute stature qui emplissait la scène ne resterait que cette tige tremblante ?! Serait-ce le prix de l'effort fourni ? D'un refroidissement subi ? Le demi-dieu ne serait-il qu'un homme ?

Enfin introduit à lui, nous finirons par comprendre qu'il s'agit d'humilité. Entendre des compliments indispose monsieur Leone. (Qu'il trouve à se rassurer, il ne lui en sera pas fait sur son sabir. S'il a eu la bienséance de chanter son programme dans un français parfait, il ne reste plus trace d'une telle aisance lorsqu'il doit librement s'exprimer face à nous...)

Une fois nos félicitations exprimées, nous laissons à d'autres le choix des leurs, en continuant d'observer ce petit monde. Désireux de fuir la pluie de louanges qui s'abat, monsieur Leone n'a de cesse d'inviter mademoiselle Renoult du regard, puis de l'implorer du geste afin qu'elle vienne la partager avec lui. Mais la papesse des voix lyriques restera obstinément à l'écart, refusant de voler la vedette à son élève dont elle sait la gloire proche.

La modestie de ce monsieur n'a sans doute pas fini de souffrir !

Non seulement nous lui prédisons les plus grands rôles du répertoire, et les plus belles scènes, mais nous les lui souhaitons. Il en a assurément les qualités artistiques et humaines. Pourvu que de temps en temps ce futur très grand veuille bien honorer de sa présence notre belle France qui, la première, aura applaudi à son sacre.

Gageons que ce ténor aura aussi cette élégance-là.

L'Écho de Paris, 29 novembre 1935

Le 15 mars 1936

— Radio-Cité a le très grand plaisir d'accueillir le ténor italien que les théâtres s'arrachent ! Bonsoir, Monsieur Leone…

— Bonsoirrr !

— Oh, n'y allez pas si fort ! Pour une fois, ce n'est pas nécessaire. La technique radiophonique enverra votre voix par les ondes sans qu'il soit nécessaire de la porter autant.

— Excusez-moi, pardon. *Ma…* C'est ma voix norrrmale ! Je parrrle doucement dans le micrrrophone. *Piano, piano.*

— Non ? !!! C'est votre voix normale, ça ? ! Diantre… Ah oui, tout de même… Alors, je ne sais pas, nous allons devoir vous demander de vous éloigner un peu du micro, en reculant votre chaise, ou de…

— (Éclat de rire) Je plaisante !

— Oh oh oh !!! Ouf ! Je me disais, oh là là, j'ai cru… (Rires.) Ah, ce que c'est drôle ! Vous êtes donc un homme facétieux !

— … ?

— Un rigolo ! Vous m'avez fait marcher. Croire que… (Rires.) Bref, reprenons. Je me réjouis que vous ayez choisi

Radio-Cité pour votre toute première émission radiophonique, car vous êtes très discret dans nos médias.

— …

— C'était ma première question. Sur votre discrétion.

— …

— Vous comprenez le mot « discrétion » ?

— *Si. Riservatezza.*

— Risèver… Voilà. À ce propos, toutes mes félicitations, vous parlez déjà très bien notre langue ! Avec peut-être une pointe d'accent…

— (Rires) Trrrès grrrosse pointe, *si* !

— Et c'est charmant ! Aujourd'hui, il ne s'agira pas de chanter, mais de nous parler de vous. Je disais qu'il y a beaucoup de curiosité à votre endroit. « Une mystérieuse étoile », a titré un confrère. Sans doute est-ce dû à l'effet de votre grand talent… Vous comprenez qu'il impressionne ?

— Oui ? Je ne sais.

— Mais ne parlons pas métier. Je laisse ça à mes collègues du lyrique, plus experts pour multiplier les superlatifs. Ce que je voudrais, c'est que nous nous concentrions sur vous.

— Ça ne me plaît.

— Pourquoi ne voulez-vous pas nous parler de vous ?

— Nous vous vous… Je ne comprends.

— Je voulais dire, pourquoi être si discret ?

— Je ne suis discret. Je chante !

— Et très bien !

— Merci.

— Cela fait trois ans, je crois, que vous habitez Paris.

— *Si.*

— Que faites-vous de votre temps libre ?

— Quel temps libre ? ! Je travaille toujours ! (Rires.) À cause de mademoiselle Renoult ! (Rires.) Elle est passionnante pour expliquer les enjeux du livret. Ce qui est dit et ce qui ne l'est, ce que racontent les paroles et ce que racontent les notes de musique. Ce n'est la même chose ! Parfois, il y a contradiction entre le texte et la partition. Après, on fait le travail de préparation pour comprendre les personnages. Qui est Nadir ? Qui est Manrico ? Quels sentiments ils ont ? Quels espoirs ? Leur relation avec les femmes, avec les pères, avec le pouvoir et aussi avec la liberté. Dans l'opéra, la liberté est une chose difficile. Pareil dans la vie, non ? Ensuite, il y a le travail sur la partition pour décider où placer ma respiration. *Importantissima, la respirazione* ! Puis entraînement pour la ligne musicale. Puis entraînement pour la ligne musicale AVEC aussi les paroles. Enfin, les répétitions avec le chef d'orchestre et les musiciens ! Ah, et aussi livres de littérature française. Non, non, non, je n'ai de temps libre !

— Je précise à nos auditeurs que vous êtes aussi expressif avec vos mains qu'avec votre voix, voilà le spectacle dont je profite dans notre studio de Radio-Cité. Donc Elio Leone, vous nous disiez que l'art lyrique est un monstre pour ses enfants, mais avouez que c'est tout de même moins harassant qu'être ouvrier aux usines de Billancourt ! Ou que récolter les blés. Tiens, prévenez Pierre Dac, il m'en vient un bon : « Le travail du chant est moins pénible que le travail aux champs. »

Silence.

— Modeste jeu de mots, passons... Pour rester dans la gaîté, que dit madame Leone de votre réussite ?

— Il n'y a *una signora* Leone.

— Alors votre bonne amie ?

— *No*...

— Votre cœur serait libre, monsieur Leone ? Oh oh oh, mesdemoiselles…

— Mon cœur n'est libre. Il y a la musique. Et il y a Dieu.

— Ah ? Enfin, si vous le permettez, Dieu c'est très bien, mais ce n'est pas tout à fait la même chose que les femmes…

— (Rires.) Il y a mademoiselle Renoult.

— Oui, votre professeure de chant. Elle s'était retirée de la carrière, m'a-t-on dit.

— Mademoiselle est professeure de rôles, non professeure de chant. Je savais déjà chanter avant. J'ai appris *al* Conservatoire de Naples.

— Vous avez donc fait vos études musicales en Italie, qui est actuellement un peu… Disons…

— *Fascista.*

— C'est ça ! Mussolini aime beaucoup la musique, paraît-il. Il jouerait même du violon et du piano.

— Sur les photos, *si*…

— Je vois. Et vous avez quitté cette Italie-là.

— *Si.*

— Je crois deviner que vous n'avez pas envie de vous épancher sur la situation politique de l'Italie et je le comprends… Racontez-nous plutôt votre enfance. Vous êtes d'une famille de musiciens ?

— Ma famille… *Allora*… *Ma, no*… C'est que… Je n'aime parler de famille…

— Votre père serait lui-même ténor ?

— Mon père ? *Diciamo che*… Disons… Comment le…

— Ah ah ah, il est modeste ! Ces parents doivent être tellement fiers d'applaudir aux succès de leur fils !

Retranscription d'une émission radiophonique de Jacques Canetti.

Province de Naples, 1912

Le nouveau-né est déposé devant l'orphelinat *degli Innocenti.*

Celui qui l'y laisse tourne aussitôt le dos et s'en va le plus discrètement possible.

Reste à espérer qu'un passant s'aperçoive de la modeste présence et que la porte de l'institution religieuse s'ouvre à temps. Parce que la méthode a ses ratés, hélas. L'hiver, une heure de trop dans le froid peut suffire. Pareil au cœur battant de l'été, cette fois à cause de la chaleur. La mort, passe encore, disent les sœurs, n'est-ce pas notre destin à tous ? Ça les désole quand même pour la petite âme. Sans avoir reçu la parole de l'Évangile, impossible que celle-ci rejoigne les Cieux.

La roue, *la ruota,* permettait d'éviter ce genre de malheur. La bonne idée, ce n'était pas tant le tonneau fiché dans le mur que la campanelle juste à côté. Une fois le nourrisson déposé, une simple poussée latérale à imprimer et hop ! Le tambour pivotait sur lui-même, se refermant côté rue avant de se rouvrir à l'intérieur de l'orphelinat. Ne restait qu'à prévenir au moyen de la fameuse clochette avant de s'enfuir. Vous pouviez être assuré qu'une des sœurs allait accourir voir. Enfant récupéré et sitôt baptisé. Une bassine qu'on laissait toute proche faisait l'affaire. L'eau coulait sur le petit front et voilà, cette âme-là de sauvée ! Ah pour ça, la roue avait du bon.

C'était trop beau pour durer. Il a fallu que dans les palais du gouvernement, on se mette en tête de faire une loi. Résultat, *ruote* interdites. Trop commodes, à ce qu'il paraît. Comme quoi ça aurait donné l'idée à ceux qui ne l'avaient pas, ça encourageait. Sornettes, oui ! N'y a-t-il plus de catastrophes nées hors mariage ? Ou des propriétaires terriens à qui il naît une fille au lieu du fils espéré ? Les problèmes qu'on avait, on les a toujours. Les mêmes. La seule différence, c'est qu'on en a un supplémentaire, qui est d'arriver parfois trop tard.

Pas ce soir.

Sœur Carmela sortait une brouette remplie de détritus, quand elle l'a repéré.

— T'en as de la chance, toi !

Quiconque ne saurait rien de la situation aurait l'impression d'une folle en habit de religieuse en train de parler à un cageot. C'est que sœur Carmela a l'habitude de ces découvertes. Point besoin de voir pour croire, ni de s'approcher pour savoir. Ce sont rarement des légumes qu'on leur dépose sur les marches.

Ce petit n'a pas été laissé à même le sol, où rats et chiens font parfois du dégât. Lui, on l'a emmailloté et mis à l'abri dans une cagette en bois. Ça lui a réussi. Vivant, constate la sœur en le ramassant. Elle nous installe ça en équilibre précaire en haut des détritus, bien obligé, on n'a pas quatre bras, et part comme prévu en direction de la boîte à ordures.

Puis de s'en retourner vers l'orphelinat.

— Te voilà chez toi, annonce-t-elle à son paquet en passant la lourde porte d'entrée.

Ce n'est pas tout à fait vrai, reste à lui administrer le sacrement du baptême. Il semble en santé, on a du temps. À l'odeur, ce dont le catéchumène a surtout besoin, c'est qu'on lui change ses langes. Y mettre les mains emballe moins que les plonger dans l'eau sainte, mais puisqu'il faut. Si elle, sœur de charité, ne le fait pas, qui ?

Il y a une pièce à cet effet. Le bureau des dépôts, on l'appelle. Une étagère avec les registres où sont inscrits les entrants, une table en bois, un bol d'huile pour la toilette, et du petit linge. Sœur Carmela marque une légère hésitation, pourquoi ne pas laisser les nourrices qui dorment à l'étage se charger de la besogne ? Non, allez, laissons-les se reposer. Elles doivent refaire leur lait. On leur montera le nourrisson tout à l'heure. Dire que ces filles peuvent donner la tétée les yeux fermés, sans paraître s'en rendre compte, et à deux bébés à la fois. Le Seigneur a tout de même de drôles d'idées.

En attendant, le petit est sorti de sa boîte, posé sur la table, démailloté. Les gestes sont prudents, dans l'espoir de se salir le moins possible. La sœur vérifie qu'aucune moitié de médaille ne se cache dans les replis de tissus, la coutume voulant que la mère garde l'autre moitié. Qui peut être sûr qu'une situation ne s'améliorera pas ? Si d'aventure le demi-médaillon permettrait de prouver le lien de parenté. Des années après la mère pourrait encore reprendre son enfant.

Là, rien de tel.

Il y a tout de même un mot épinglé au maillot.

Elio, fils de Musetta

En cas de Vittorio ou de Garibaldi, le prénom est changé aussi sec. On a déjà bien assez à faire avec les orphelins pour ne pas aller s'encombrer de politique. Un Elio ne pose pas de problèmes. Va pour Elio. Avant, on l'aurait pesé. La balance est cassée. Depuis, ça se jauge à l'œil, et le reste à l'avenant. La fontanelle bien battante, les jambes qui se replient en grenouille après qu'on tire dessus, la peau du ventre rétractile si on la pince. Tout cela, pourtant pas très agréable à subir, se fait dans un silence étonnant.

C'est que sœur Carmela a un truc. Leur laisser le chiffon de bouche en place. Déchiré dans le corsage maternel, morceau de doublure de veste ou simple chiffe, presque tous les bébés en ont un lorsqu'ils arrivent, que de bonnes âmes auront pris soin d'imbiber de lait. C'est caillouteux, une route de campagne. La carriole tressaute sec, sans parler du fracas que font des roues en bois cerclées de fer. Avoir un chiffon à sucer rassure le bébé. Ce bout de tissu fait aussi continuité entre ce qu'il quitte et ce qu'il trouvera. Ça ne résout pas tous ses problèmes, bien sûr, mais ça l'occupe. Le petit peut le téter avec force, aspirer tout l'amour liquide caché dedans, et cahin-caha parvenir à s'endormir durant le voyage. C'est ça, un chiffon de bouche. Sœur Carmela a découvert qu'en l'enfonçant très profond dans leur gosier, elle pouvait ensuite s'affairer dans le calme. Avec cet Elio, il ne lui viendrait pas à l'idée de procéder autrement.

Quand elle en a fini avec les soins, elle se décide à le lui retirer du bec. Que n'a-t-elle fait ! Sitôt libérée de l'étouffoir, l'andouille se met à brailler. Est-ce ainsi qu'on remercie ? Tais-toi, mais tais-toi donc, lui hurle-t-elle. Pas moyen. Entre eux deux, c'est maintenant à qui gueulera le plus fort. Certains font vraiment tout pour qu'on s'énerve. Ah non, pas rose de s'occuper de ceux-là ! Elle allait le monter à l'étage pour la tétée, eh bien il n'en sera rien. Ça lui apprendra à demander poliment.

Sœur Carmela ne réussit pas toujours à garder son calme. Trop d'enfants, trop de bruit, jamais un merci. Ce soir, elle parvient à quitter la pièce avant de vraiment s'emporter. Le grand cahier sous le bras, elle part s'installer au calme. Dans la chapelle. Ailleurs, y a pas.

S'agenouiller lui fait du bien. Il faut maintenant remplir le registre des Innocents qu'elle a posé sur le repose-livre du prie-Dieu. Dans la colonne « Prénoms », elle doit réussir à écrire « Elio ». Dans celle des « Renseignements », « fils de Musetta ». Sa main s'y refuse. Son cœur est noir. Tout juste parvient-elle à lui griffonner un nom de famille, et ce sera *Abandonnato*. On le verra arriver de loin, celui-là. Il n'a pas fini d'en baver. Bien fait pour lui, fallait pas crier. Sœur Carmela le reconnaît, certaines nuits, elle n'est que méchanceté. Sur sa lancée, elle écrit que le mioche sera confié à Eulalia Bragi. Rien d'autre. Les cases prénom et filiation sont définitivement laissées vides. De toute façon, se dit-elle, quelle mère aurait envie de retrouver pareil braillard ?

Venue prier les laudes dans la chapelle, sœur Pia découvrira sa supérieure endormie sur le prie-Dieu, la cornette de travers. Sur son lieu de travail, pour ainsi dire. C'est admirable, songe la novice, d'aller jusqu'à l'épuisement pour rendre grâce au Seigneur ! Retirant délicatement le registre des mains de son aînée, elle part le ranger dans la salle des dépôts. Qu'elle n'est pas sa surprise d'y découvrir un nourrisson ! Qu'est-ce que tu fiches là, toi, le gronde-t-elle en l'observant à la lumière d'une lampe à huile. Sa présence n'est absolument pas réglementaire. Sans la surveillance d'un adulte, la salle des dépôts est rigoureusement interdite aux enfants. Un feuillet à côté de la cagette révèle l'identité de celui-là, que sœur Pia reporte aussitôt dans le grand cahier. Tiens, étonnant de lire que cet Elio sera confié à Eulalia Bragi. N'est-ce pas la nourrice maintes fois dénoncée par des courriers anonymes ? On évoquait des sévices. S'il est impossible de contrôler tous les placements, l'orphelinat a tout de même pour habitude de se passer des femmes trop souvent mises en cause. Sœur Carmela en aura donc décidé autrement ? Elle aura vu dans ces missives trace de la malveillance de commères envieuses, non des raisons de s'inquiéter. La belle âme ! Eulalia Bragi va donc pouvoir bénéficier d'une nouvelle chance. Tant mieux, tout le monde en mérite une. L'indulgence est le propre d'un cœur chrétien, se souvient Sœur Pia.

Voyons voir maintenant ce bébé. Il est endormi. Quand on le prend dans les bras, la tête retombe avec mollesse, les bras restent à pendouiller, les yeux ne s'ouvrent pas.

— Tu n'as pas faim, petit ?

Aucune réaction. Il ne faudrait pas qu'il soit déjà mort. Non, il fait semblant. Sa respiration l'a trahi.

Sœur Pia s'engage avec lui dans l'escalier de pierre qui mène au dortoir des allaitantes.

— Va falloir y mettre du tien, murmure-t-elle au bébé. Sinon toi, tu ne l'auras pas ta nouvelle chance.

Une vraie punaise, la Carmela, parce qu'il se confirme qu'Eulalia Bragi en est une pire encore. Ses voisins ne supportent plus ce qu'ils voient se produire dans la cour de sa ferme. On n'est pas seulement en train de parler d'un mauvais caractère. Faut voir ce qui pleut sur la tête des gosses. Les lettres adressées à l'orphelinat étant restées sans effet, les paysans se tournent vers le curé du village. Même frustes, même analphabètes, si rudes qu'on soit, on ne traite pas les gamins comme ça, lui disent-ils après l'office du dimanche. Ils le répètent le dimanche suivant. Celui d'après aussi. Comme ça, jusqu'à ce que le prêtre se décide enfin à prendre la situation en main.

Les huit petits d'Eulalia Bragi lui sont retirés. Est-ce que je vais toucher l'argent du mois, elle demande. Pas où on les emmène, ni si elle peut les embrasser une dernière fois. Non, juste l'argent.

Les enfants sont recasés là où ça peut, sans que l'on se préoccupe de l'accueil qui leur sera réservé. L'enquête de moralité prime sur toute autre considération. Une chrétienne avec du lait dans les seins, voilà ce qu'on souhaite pour eux.

Certains bébés vont bien tomber, quand d'autres continueront de regretter d'être nés.

Dans la vie, mieux vaut avoir de la chance, surtout si on n'a pas de parents.

Hôpital della Real Casa Santa Annunziata, Naples, fin 1917

Rien d'étonnant à ce qu'à l'âge de cinq ans, Elio Abbandonato soit un garçon chétif et sauvageon. Pourquoi, comment, l'humanité aura-t-elle réussi à faire son chemin en lui, difficile à dire. Il y a bien des fleurs qui poussent dans le désert. C'est la débrouille. Ce qui se joue dans le corps malingre d'Elio, derrière ses genoux écorchés et ses ongles rongés, n'a rien à voir avec de l'ambition. Ce n'est même pas une volonté. C'est pur instinct de survie. Elio est né pour persévérer. Il veut vivre et fait ça comme un grand.

Assis sur le banc de la cour principale de la Real Casa dell'Annunziata, il ne perd pas une goutte du spectacle qui s'offre. Infirmières en jupe longue, la tête sertie d'une coiffe ; charretiers qui vendent des petits pains et des fruits ; familles qui se tiennent par la main. Le mieux, ce sont les ambulances et leur pin-pon extraordinaire. Ça plairait bien à Elio d'être porté comme les messieurs qui en sortent. Mais ça voudrait dire avoir mal, alors finalement non merci. Il a déjà été malade. C'est comme ça qu'on appelle les lendemains de punitions. Pas des bons souvenirs. Y repenser donne tout de suite envie de penser à autre chose.

Pour l'instant, ici, tout va bien. On le laisse tranquille. Le soir, à la distribution de la soupe, il rejoint d'autres enfants trouvés, des *trovatelli* comme lui mais qui cherchent la bagarre. Elio n'est pas très fort à ce jeu. Tant qu'il peut, il aime autant éviter les coups.

Le banc, c'est bien.

Le banc, y a pas mieux.

De là, c'est regarder la vie, sans risquer de s'y perdre. En arrivant, il a entre-aperçu Naples. Un choc. Ça braille aussi dans la cour de l'hôpital, mais quand même moins. Il s'y sent bien. C'est une chose qu'il a déjà entendu dire, comme quoi il s'habituait à tout. Faut bien, pas vrai ? Un jour chez une nourrice, le lendemain chez la suivante, une fois dans un village ou alors dans un autre, si tu ne t'habitues pas, il te reste quoi ? La vérité, c'est que ce n'est pas lui qui décide. Ça se fait tout seul dans sa tête. Il suffit qu'il se dise, dorénavant c'est comme ça, et hop.

Depuis quatre jours qu'il est à l'Annunziata, il a visité les bâtiments. Il s'est faufilé partout. L'église ressemble à celle d'un village, en plus grand. La différence entre un veau et une vache, il dirait. Dans la bibliothèque, on ne l'a pas laissé entrer. Pas moyen. Dans l'hôpital des mamans et des bébés, non plus. Il y est quand même allé. Depuis, il y retourne autant qu'il peut. Quand un docteur lui a demandé ce qu'il faisait dans les couloirs, il a répondu qu'il venait voir sa mère. Il s'est donné un air décontracté pour le dire. Raté, sa voix s'est tordue. Manque d'habitude, évidemment. Rien d'irréparable, s'est-il dit, il suffit de s'entraîner. Je viens voir ma mère, je viens voir ma mère, je viens voir ma mère. Il y arrive déjà mieux. Le docteur d'hier n'a pourtant rien voulu entendre. Refuser d'avouer son nom de famille n'aide pas. Mais s'il le disait, ce serait encore pire. Bonjour, je m'appelle Elio Abbandonato et je rends visite à ma maman. Il aurait l'air malin, tiens. Le docteur l'a chassé. Remarque, il ne l'a pas tapé. C'est dommage d'embêter des gens aussi corrects. Elio en est désolé, mais c'est plus fort que lui, il a tout le temps envie de retourner là-bas. Jamais vu d'endroit aussi beau. Des rangées de lits alignés, chacun avec la petite boîte du bébé à côté, et des draps blancs, propres comme ça n'existe pas. Elio ne savait pas qu'il aimait autant le blanc. Maintenant, il sait. Ces rangées de lits blancs, y a pas mieux.

C'est fini. Demain, il n'y retournera pas. Le docteur lui a parlé. On ne comprenait pas tout ce qu'il disait, c'était de l'italien de ville ou de l'italien de docteur. Elio n'a retenu qu'une chose. Comme il est sale et petit et qu'il n'a peut-être pas reçu les piqûres importantes, il risque de rendre malades les bébés et leurs mamans à s'approcher trop près. Ce n'est pas ça qu'il veut, n'est-ce pas ? Ben non. C'est pas du tout, mais alors pas ça du tout qu'il voudrait.

En revenant s'asseoir sur son banc, il s'est senti bizarre. Il n'avait pas pu dire au revoir aux mamans.

Heureusement, il vient de devenir copain avec deux cailloux. Ça n'a pas été si facile de les trouver. Ce n'est pas comme à la campagne où tu te baisses, t'en ramasses plein, tous magnifiques. Dans cette cour, le sol est fait de pavés, c'est plutôt comme une route. Tant mieux, on va dire. S'il avait eu l'embarras du choix, Elio sait bien qu'il ne se serait jamais décidé pour le petit, ni pour l'autre tout juste normal. Il serait passé à côté sans les voir, alors que tous les deux sont vraiment gentils. Drôles, en plus. Qu'est-ce qu'on s'amuse avec eux.

— *Buongiorno, ragazzo.*

Quelqu'un vient de lui parler en vrai. Un monsieur avec une moustache et des yeux gentils.

Méfiance.

— À quoi tu joues ?

Comme si ça ne se voyait pas.

— Ben, je joue aux cailloux.

Le monsieur sourit.

— C'est quoi ces cailloux, *piccolo* ?

La méfiance redouble. Souvent, ça les amuse de séparer les copains.

— Boh, c'est juste des cailloux. En plus, celui-là est petit et l'autre juste normal.

Prendre un air détaché, ne pas montrer qu'on s'inquiète.

Le monsieur a d'autres messieurs autour de lui. En blouse, eux.

— Pourquoi tu es à l'hôpital ?

— Je viens voir ma m… Non, rien. Et toi, pourquoi tu es là ?

— Moi, je suis le directeur.

Ça a l'air d'un bon métier. Le monsieur a un gros ventre et un manteau. Elio décide qu'il fera lui aussi ce métier.

— Tu fais partie des réfugiés de Caporetto ?

Aucune idée. Ça dépend. On ne s'emballe pas.

— À l'accent, c'en est pas un, dit l'un des messieurs à blouse.

— À voir, il a quand même les yeux clairs.

Qu'est-ce qu'il a mon accent, s'interroge Elio. C'est eux qui parlent étrangement, on les comprend à peine.

— Alors tu accompagnes quelqu'un, lui demande le directeur.

— La nourrice. Ils ont dit qu'elle va mourir. J'attends la prochaine.

Il en a déjà fait l'expérience. Les nourrices, ça repousse plus vite qu'une queue de lézard. Le directeur a l'air d'accord et baisse la tête pour regarder ses souliers qui brillent.

— Ils sont beaux. Faudra pas les salir, lui dit Elio.

Ça alors, la moustache s'agrandit quand elle sourit. Le directeur se tourne vers les blouses pour les prendre à témoin d'on ne sait quoi. Quand sa main s'approche par les airs, Elio est le plus rapide, et pare le coup. Ah bah non, il voulait juste lui caresser la tête. Peut-être qu'il a jamais touché un crâne rasé. Après, ils s'en vont. On ne sait même pas pourquoi ils s'étaient arrêtés.

Elio les regarde s'éloigner.

Il se sent à nouveau bizarre, comme après la visite aux mamans.

Y aurait éventuellement la possibilité de revenir aux cailloux.

Bien sûr, y aurait ça.

Le manteau s'en va vers l'entrée du bâtiment principal.

Il devient de plus en plus petit.

Bientôt, on ne le verra plus jamais.

Oh ! Pas possible !!! Ça a marché !!! Le directeur vient de se retourner et lui sourit de loin.

Elio ne sait pas pourquoi, il saute à bas du banc et part en trombe, non, il y revient aussi sec récupérer les copains, puis nouveau demi-tour pour foncer rejoindre le monsieur dont il attrape la main.

Les blouses n'ont même pas eu le temps de s'interposer.

Instinctivement, les doigts du directeur se sont resserrés sur la menotte. Sur son visage, la stupéfaction de l'homme important qui vient d'être percé à jour. Ça ne peut pas lui arriver à lui, pas ici, ni être aussi simple. Si ? Des deux, c'est pourtant bien sa grosse paluche qui tremble le plus, celle dont l'un de ses professeurs de médecine avait dit « Une parfaite main de chirurgien, ou de bûcheron. Au choix ». Jeune interne à l'époque, lui ne se sentait aucune vocation pour l'orthopédie à coups de marteau, ni pour le viscéral, les bras dans le sang jusqu'au coude. Dès le début de ses études de médecine, il savait qu'il voulait s'occuper des enfants. De la cause des enfants. Pas leur soigner un bouton sur le front, mais s'occuper de leurs conditions de vie. Ça passerait donc par les mères. Leur apprendre à se laver les mains, à faire bouillir l'eau, à isoler leur enfant malade. Qu'elles se forment à un métier pour ne plus avoir à abandonner leur bébé faute d'argent. Cela voulait dire leur prévoir un endroit où elles puissent les déposer en partant au travail. Le chantier était énorme et lui, Giuseppe Tropeano, apporterait sa contribution à l'édifice. Aujourd'hui, il peut être fier du chemin effectué. Ses conférences l'envoient aux quatre coins du monde, en France, en Belgique, en Angleterre, en Argentine, partout où l'on se préoccupe d'éducation, d'habitat insalubre, de campagnes de vaccinations contre la malaria, la variole et la tuberculose, partout où sont abandonnés des enfants qui ne devraient pas l'être. S'il a accepté de devenir le directeur de l'immense complexe hospitalier de la Real Casa Santa Annunziata, c'est parce qu'on lui garantissait les moyens d'en faire une référence mondiale. Il y a créé un lactarium avec stérilisateurs, une école pour les mères, une crèche pour leurs petits. Tout cela avance avec une lenteur exaspérante, et il y a encore tant à faire, mais il sait qu'un jour la médecine sociale, sa spécialité, aura bientôt ici sa grande maison. C'est tout cela qui est magnifié et menacé, les deux à la fois, par cette petite main venue s'accrocher à la sienne. Lui, Tropeano, prétend consacrer sa vie à améliorer celle des enfants et il serait incapable de le prouver à l'un d'entre eux ?

Le temps d'avaler sa salive et il y va.

— Nous ne nous sommes pas présentés. Je m'appelle Giuseppe Tropeano.

— Tu n'es plus directeur ?

— Ça, c'est un titre. Faire connaissance, c'est tendre la main et dire son nom.

— Elio !

Un peu plus, il disait Elio Tout-court. Heureusement qu'il s'est ravisé à temps. Attirer l'attention sur son nom, même sur un faux, et plus généralement sur soi, c'est rarement bon. D'expérience, ça sert juste à se récolter des beignes. Moins on se fait remarquer, moins on risque d'ennuis. D'accord, Giuseppe a l'air gentil, mais gare. Ça peut cacher des choses.

Les blouses considèrent l'enfant avec quelque étonnement. Malingre et recouvert de croûtes comme ils le sont tous, celui-là n'a pas le regard éteint. Moins exposé que d'autres aux aléas ? Quelques cicatrices lézardent sa frimousse, sans altérer une bonne impression générale. Fait rare, il semble rechercher le contact de l'adulte. Cela devrait intéresser le professeur Tropeano.

— Elio, nous allions faire la visite. Voudrais-tu nous accompagner ? lui propose-t-il en effet.

Fierté de travailler pour cet homme-là.

Visiter, Elio l'a déjà fait. Ça ne l'emballe pas des masses. Mais comme sa main est ventousée à celle de Giuseppe, pas moyen d'y couper, alors il sourit pour dire oui. Il veut bien.

Tu parles d'une visite. À cause de cette histoire de piqûres importantes qu'il n'a pas reçues, on ne le laisse entrer nulle part. La moustache et les blouses vont dans chaque salle, y restent longtemps, parlent avec toutes les mamans, quand lui est obligé de rester à la porte à regarder ça de loin. Les bébés sont pris dans les bras. Même ceux qui pleurent, on les prend ! Du coup, ils arrêtent. Elio, lui, a arrêté il y a longtemps. Dans son cas, c'était de la fatigue inutile. À voir les nourrissons passer de bras en bras, il regrette de ne jamais avoir été si petit. Lui, du plus loin qu'il se souvienne, a toujours été grand. Tu es grand, tu peux aller chercher de l'eau au puits. Tu es grand, tu peux aider aux bêtes. Tu es grand, enlève-toi du passage. Dommage.

Le directeur et les blouses passent au bâtiment suivant. Là, c'est le choc. Dès le hall, Elio comprend la guerre. Au village, il ne voyait pas. Alors si. Y avait eu des gens pour se plaindre de la vie devenue chère. D'autres se marraient. Une bourse qu'a toujours été vide, ils disaient, elle ne va pas l'être plus. Elio avait eu des doutes. Peut-être qu'une chose déjà vide pouvait le devenir davantage ? Une chose mauvaise peut bien empirer. Quelqu'un avait aussi parlé d'une grande grève dans le nord du pays. Tout le monde arrête le travail, ça veut dire. Et le labour, qui c'est qui le fait alors ? Grève ou pas, les bêtes, faut bien les traire. Cette histoire de pays n'est pas non plus très claire. S'il ne s'arrête pas au lit du ruisseau, faudrait le dire. La frontière, Elio a toujours cru que c'était la dernière rangée d'arbres, côté vieux puits. On déconseillait d'aller au-delà, sous peine de gros ennuis. Les Capuano n'ont pas bonne réputation quand on pose un pied sur leurs terres. La guerre est encore plus énigmatique. Au village, on répétait ce mot en crachant par terre. Depuis, ça reste un mystère. Personne n'est encore revenu la raconter.

Là, Elio fait face au visage qu'elle a. À ses centaines de visages. Tous les réfugiés recueillis à l'Annunziata ont été rassemblés dans cet immense vestibule qu'on a transformé en camp de base, lui explique Giuseppe Tropeano. C'est à la suite de la déroute de Caporetto, poursuit-il, ces gens ont fui l'avancée des troupes austro-allemandes. Mais Elio ne l'écoute pas, et serre plus fort sa main, les yeux écarquillés devant tant de misère. Des femmes âgées ou des plus jeunes, et surtout des enfants, des enfants comme lui, sauf qu'eux sont vieux et tristes. Assis, le front posé sur un genou, ou bien roulés en boule par terre, avec des corps maigrichons malgré la triple épaisseur d'habits qui les boudinent. Il y a une petite fille avec les tricots de toute sa famille sur le dos, et une seule chaussure. Pourquoi n'a-t-elle pas l'autre, se demande Elio, qui voudrait la retrouver et la lui rendre. Deux petits garçons se tiennent l'un à l'autre en dormant. La plupart n'ont rien à quoi s'agripper. On n'entend personne pleurer. Ils ne parlent pas non plus. Le silence de ces gens donne envie de hurler.

S'adressant à ses blouses, Giuseppe redevient directeur, ça se sent. Elio entend les mots « fiasco militaire », « désastre humanitaire », « exode », « train ». Un chiffre, « 400 000 ». Et puis « accueil », « hostilité des populations ». Sans connaître aucun de ces mots, il en comprend le sens. Lui serait bien incapable de faire quoi que ce soit pour aider, mais il le fait et ça lui coûte. Il lâche au ralenti la main de Giuseppe. C'était bien de la tenir, maintenant faut partager. J'ai eu ma part, se dit-il. Giuseppe Tropeano aurait quand même pu se rendre compte du gros changement. Ça fait un peu mal au cœur de le voir à nouveau accompagner ses phrases avec ses bras sans qu'il lui vienne à l'esprit de s'en étonner. Ni qu'il les tende aux autres enfants. Où a-t-il la tête, ce monsieur ?

Une des blouses du groupe prend la parole. Tous se mettent à l'écouter d'un air grave, jusqu'à ce que leur directeur fasse signe d'abaisser la voix. Elio a juste entendu « viol » et « traumatisme ». Purée, ça redevient de l'horrible italien de docteur. Il attrape aussi « arme de guerre » qui serait plus clair si on voyait le rapport.

Autrement plus intéressantes sont les deux infirmières qui poussent un chariot de brocs d'eau au milieu des enfants. L'une pose sa main sur leurs fronts, l'autre tend à certains un verre avec un comprimé à avaler. Comme métier, on voit tout de suite que c'est beaucoup plus utile que directeur. La cruauté de la découverte a de quoi mortifier. Elio décide d'en protéger Giuseppe, qui ne doit surtout pas apprendre la vérité. Le petit garçon s'en fait la promesse, il restera quand même à ses côtés.

On n'abandonne pas quelqu'un de gentil sous prétexte qu'il ne sert à rien.

On ne fait pas ça, c'est tout.

Giuseppe Tropeano a montré à son équipe ce qu'il voulait qu'ils voient. Il compte à présent les emmener en discuter dans son bureau. Plus encore que la malnutrition, c'est l'état psychologique de ces réfugiés qui préoccupe, leur abattement. Les accueillir dans l'enceinte de l'Annunziata s'imposait d'autant plus que ces gens ne sont pas les bienvenus dans la région. Trop éduqués, trop blonds, « qu'ils deviennent autrichiens une fois pour toutes, et ne s'avisent pas de s'installer ici pour nous voler le travail ». Comment préparer à ces remarques des gens déjà terriblement éprouvés ?

Le nombre, songe Tropeano en se mettant à marcher dans le couloir, leur nombre est problématique. Impossible d'avoir avec eux l'approche individuelle qui serait l'unique solution qualitative. Tout à sa réflexion, le directeur ne s'occupe plus de ses troupes qui suivent en respectant son silence et savent de quels problèmes insolubles il est fait. Ils avancent vers le grand escalier qui mène aux bureaux quand quelqu'un se met soudain à tousser. Une toux tellement surjouée qu'il ne viendrait à l'idée de personne de s'en inquiéter, même dans un hôpital. Par contre, ça surprend. Arraché à ses pensées, le directeur Tropeano dévisage ses collègues et jette un regard intrigué autour de lui. C'est alors qu'il le voit, le petit Elio, vingt bons mètres derrière. L'auteur du mauvais numéro de cabaret, le très sérieux docteur Bianchi, peut être satisfait. But atteint. Ça faisait mal au cœur, ce gamin resté tout seul.

Incroyable, l'aura hérissée de piquants qui se dégage de lui en cet instant. La tête est celle des mauvais jours, mine butée, fier maintien et des yeux aussi féroces qu'humides qui semblent dire, c'est ça, oubliez-moi encore, je m'en fiche, je me relèverai toujours.

Quel âge a-t-il, ce petit ? Tenace, en tout cas.

Tropeano a un quart de seconde pour réagir. Décider, c'est s'engager. Soit il ignore la supplique dont le souvenir viendra le réveiller toutes les nuits pendant quarante ans, soit il invite l'enfant, et devra continuer de veiller sur lui.

Du ton le plus neutre qu'il peut :

— On va devoir t'attendre longtemps, bonhomme ?

La voix a parlé.

La main s'est tendue.

À l'étage, Elio a été prié d'attendre dans le couloir. On lui a donné une chaise où s'asseoir et eux sont entrés dans un bureau. La porte s'ouvre de temps à autre. Chaque fois, Elio retire précipitamment sa main de sa poche sans même dire au revoir aux cailloux et il se redresse.

— Je vais récupérer ton dossier, lui annonce l'une des blouses avant de disparaître dans les coursives.

Le monsieur revient longtemps après, poussant un engin à roulettes recouvert de cahiers et de piles de papiers.

— On se dépêche, on fait au mieux, promet-il en retournant s'enfermer dans le bureau.

Deux fois, il le fait. La porte, le couloir, le chariot à papelards.

— On ne le trouve pas, explique-t-il.

Elio ne sait pas ce qu'est un dossier. Il se demande si c'est grave de ne pas le retrouver et repense à la chaussure manquante de la petite fille. Là oui, que c'est embêtant, à cause de la rouste qu'elle va prendre.

À la fin, c'est Giuseppe qui vient lui parler. Elio se demande s'il devrait se lever. Pas la peine, c'est Giuseppe qui s'accroupit. Désolé, dit-il, du temps que ça nous prend. Il explique que les réfugiés ont besoin d'une nouvelle maison, parce que l'Annunziata est seulement une solution transitoire pour eux, comme elle l'est aussi pour lui. C'est pour cela qu'on a besoin de son dossier. Ça leur faciliterait vraiment la tâche de connaître son nom de famille.

— Tu veux bien me le dire ?

— Elio.

Giuseppe est si gentil qu'on a envie de tout lui raconter. Il ne faut pas. Il ne faut surtout pas. Ça viendrait tout gâcher s'il savait qu'il peut le taper.

Ou alors le nom de la nourrice qu'il a suivi à l'hôpital, est-ce que ça, il veut bien le dire ? Aggripina, ça ne suffit pas. Aggripina, comment ? Elio pense « méchante », mais c'est interdit de dire du mal des morts. Les questions fusent. Ben si, le village s'appelle vraiment « le village », et non, y'a pas la mer à côté. Jamais vu la mer. Oui, on est arrivés à l'hôpital en charrette. Non, il n'a pas fallu s'arrêter en route pour laisser reposer les ânes, ni les faire boire.

Elles ne conviennent pas, ces réponses, vu que Giuseppe soupire. C'est pourtant la vérité. Il n'y en a pas d'autre.

— J'ai besoin de toi, Elio. Tu vois bien, n'est-ce pas, qu'on s'y prend mal avec les enfants qui arrivent ici. On mélange vos papiers, on vous confond, c'est inadmissible. Toutes ces questions que je te pose, tout ce qu'on est en train de faire, toi et moi, c'est pour qu'à l'avenir, nous les docteurs, on fasse mieux notre travail. Tu veux bien m'y aider ?

— Oui !

— J'en étais sûr.

Là, Giuseppe lui refait le coup de la caresse sur le crâne. Toujours chat sauvage à l'intérieur, cette fois rien ne bronche à l'extérieur. Elio est si fier d'avoir réussi à cacher sa peur qu'il serre fort les copains au fond de ses poches. Ça fait plaisir qu'ils voient combien il a déjà grandi depuis tout à l'heure.

Giuseppe Tropeano est sincèrement convaincu de pouvoir apprendre de ces enfants. Leur attitude corporelle, les notions élémentaires qui leur manquent, les maigres récits qu'ils acceptent de faire, tout renseigne sur les carences du système en place. Bien sûr que le conflit mondial complique encore les choses, mais est-ce seulement une histoire de moyens ? Lutter contre la mortalité infantile, vouloir améliorer des chiffres, c'est bien. C'est nécessaire. Mais ça ne devrait pas être l'unique priorité. Que ces enfants survivent n'est pas suffisant. Il faut aussi les réparer.

Raison pour laquelle il décide tout à coup d'inviter Elio à prendre part à la réunion. Peu importe qu'il n'ait pas envie de leur parler, c'est tout de même lui qu'on doit écouter. Pour la première fois de sa carrière, le professeur Tropeano installe physiquement un enfant au centre du débat. Le symbole est fort et le résultat visuel pas, comment dire, pas à la hauteur escomptée. Noyé au fond de sa chaise, le petit dépasse tout juste de la table. Seuls émergent ses deux yeux étonnés. Autour du vaste bureau, six carrures méridionales aussi à l'aise dans leur position que dans leur fauteuil, quand subitement une encoche. Une chaise vide qui, à y regarder de plus près, ne l'est pas tout à fait. Il y a du comique involontaire dans cette image. Giuseppe Tropeano, parce qu'il est Giuseppe Tropeano, y voit du mauvais goût. Le petit garçon est aussitôt saisi sous les aisselles. Il vole, léger comme une plume, pour atterrir au beau milieu de la table. Posé dessus.

Comme ça, les choses sont claires, fini de rire, merci.

— Elio, tu dois te demander pourquoi tu es là.

Non, pas trop. Avec des questions pareilles, on n'en aurait jamais fini. Et puis la table n'est pas si haute. Une fois, il a grimpé dans un magnolia parce que la nourrice le poursuivait et qu'elle n'avait pas l'air commode. Là oui, que ça faisait un peu peur.

— Comment t'expliquer ça ? Quand on grandit, il y a des choses qu'on oublie. On en comprend d'autres mieux que lorsqu'on était enfant, mais pour certaines on ne sait plus. Nous, les adultes, on pense être capables de deviner ce qu'il y a dans votre tête et moi je crois qu'on se trompe.

Elio repense aux infirmières qui ne se trompaient pas en distribuant les verres d'eau. Tout le monde a soif, pardi. Pauvre Giuseppe.

— Alors j'ai imaginé un endroit ouvert où les enfants pourraient vivre sans qu'on décide tout à leur place. Il s'appelle « *Istituto di Marechiaro* » parce que ça se trouve pas loin d'ici, à Marechiaro [1]. Pendant des années, j'ai cherché de l'argent pour acheter le terrain. Plein de gens m'ont aidé, dont tu connaîtras les noms. Il y a un pavillon pour apprendre la menuiserie, un pavillon pour cuisiner, un autre pour la musique et le dernier pour l'école. L'école, tu ne sais pas ce que c'est, ça devrait t'intéresser. À Marechiaro, les enfants font ce qu'ils veulent. Nous, on regarde

1. Marechiaro est un petit quartier de Naples, aux allures de village de pêcheurs.

ce qu'ils choisissent pour mieux comprendre qui ils sont. On ne décide pas à leur place. Comme ça, un jour, ils exerceront le métier qui leur convient le mieux. Voilà, bonhomme. Est-ce que tu as des questions ?

Elio en a plein. Pavillon, école, musique, jamais entendu ces mots-là. Jamais non plus une voix plus gentille que celle de Giuseppe en les prononçant. Rien lâcher. Pas espérer. Pas se faire avoir.

— Y'a pas d'endroit pour dormir, note-t-il.

Au moins, à l'Annunziata, on les range dans des dortoirs le soir. C'est différent de l'hôpital des mamans, y a pas le blanc des draps. Des paillasses, ils appellent ça. C'est formidable. L'Annunziata, y a pas mieux. Y a pas mieux qu'ici. Hein les copains, qu'on est drôlement bien ici et que c'est pas grave si on n'y va pas, à Marechiaro.

— Bien sûr qu'il y a des lits ! Je n'ai pas pensé à le préciser, j'aurais dû. Il y a aussi un réfectoire où prendre les repas. Ah, et un bateau pour apprendre la navigation et la pêche. Évidemment qu'il y a des lits, évidemment ! Bianchi, notez ça.

Bianchi, c'est le monsieur qui tousse ou bien qui écrit.

— Elio, j'ai envie que tu viennes vivre avec nous à Marechiaro. Pour ça, je dois vérifier dans ton dossier que tu as l'âge requis et que j'ai le droit de t'emmener là-bas avec moi.

— Abandonnato.

Ça n'a pas fait beaucoup de bruit. C'est sorti tout seul. Pas pour supplier Giuseppe de le prendre avec lui. Personne ne demande rien, Elio reste un dur. Il est prêt à affronter ce qui suit. Il déteste ce directeur et sa proposition et l'endroit ouvert où l'on apprend ce qu'on veut et où l'on ne va peut-être pas l'emmener.

— Je crois que ce jeune homme vient de s'oublier, annonce une blouse.

— Pardon, pardon, pardon, crie Elio en protégeant sa tête avec ses bras.

Il n'a pas pu se retenir. Quand il a dit s'appeler Abandonnato, son pipi est venu.

— Abandonnato... Quels salauds, murmure Tropeano.

Il y a des livres sur le bureau, qu'une blouse se précipite pour éponger. Elio a maintenant croisé les mains sur son entrecuisse, terrifié à l'idée qu'on lui coupe son robinet. Il y a du mouvement, un grand brassage de papiers et les bruits qui accompagnent les infortunes du quotidien. Elio roule sur la table, dont il tombe sans lâcher son entrejambe des mains. En voyant cet enfant se préparer aux coups, le corps en chien de fusil, Tropeano a mal. Qu'est ce qui fait qu'on inflige cela à des petits ? Ce n'est rien, lui dit-il, ce n'est pas grave, calme-toi, n'aie pas peur, assieds-toi. Viens, je t'aide à remonter sur la table. La tendresse de ses gestes est rendue brusque par la colère qui le secoue. Abandonnato... De quel droit marquer ainsi des orphelins au fer rouge, ça le dépasse. N'est-ce pas déjà assez difficile de grandir sans les soins quotidiens d'une famille, faut-il en plus y rajouter un stigmate barbare ? Ça se faisait avant, argueraient les ignorants pour leur défense. Avant ? Avant, on a brûlé vif Giordano Bruno. On coupait les mains des voleurs. On appelait « jeux » la lutte à mort du gladiateur pour sa liberté. La voilà, la grande dignité d'avant. Chapeau, bel abri. Le passé est là pour qu'on y discerne, pas pour qu'on en reste l'esclave.

— Bonhomme, il ne nous plaît pas ce nom de famille. Pas du tout. D'ailleurs, ce n'en est pas un. Juste une désignation. Tu serais d'accord pour en changer ?

Elio ne répond pas, trop occupé à essayer de retrouver son calme, poings enfoncés dans ses poches humides. De ce côté-ci, le caillou normal. Là, le petit. Le problème avec Giuseppe, c'est qu'il fait trop de phrases de tout. Ses questions, on ne sait même pas ce qu'il voudrait qu'on y réponde.

Bianchi toussote, avec discrétion cette fois, avant de murmurer quelques mots à l'oreille du directeur.

— Ah mais oui, évidemment. Essayez d'en trouver une longue. Si je porte un manteau, je ne vois pas pourquoi ce petit devrait aller en culotte courte. Merci d'y avoir pensé, Bianchi.

La blouse sort. S'il aime passer son temps dehors, se dit Elio, il serait mieux à la campagne.

— Qui veut se lancer pour le nouveau nom ? interroge le directeur.

Euh, personne. Une certaine gêne est même palpable. La peur d'en faire trop, de mal faire, voire de se faire du mal à soi. Le travail auprès d'enfants démunis requiert une éthique de la distance. Tous, dans ce bureau, le savent. Engagement sans faille, oui. Implication affective, non. C'est le B.A.-BA pour tenir jour après jour. On respecte ces enfants, on ne les confond pas avec les siens. Renommer Elio, n'est-ce pas se substituer à la famille qu'il n'a pas, faire le pas de trop ?

— Alba, propose Tropeone pour donner l'exemple. Jour nouveau.

— Trop haïku, si je puis me permettre.

On ignore ce qu'est un haïku. Personne ne relève. La variété des connaissances du docteur Donarumma laisse souvent muet. S'il a dit que c'était « trop », faisons-lui confiance.

— Fiore ?

Malgré la réticence de ces scientifiques à laisser libre cours à leur élan poétique, quelque chose se détend. Ça vient. Les idées tues deviennent des fleurs et des sourires, rien ne se perd.

— Maggiore ?

C'est bien, Maggiore. Inattaquable, côté programme. Ce n'est pas trop marqué napolitain, ni même sud. Elio Maggiore, ça marche.

— Regarde-moi, Elio. Montre-moi tes yeux. Tu voudrais t'appeler Elio Maggiore ?

L'enfant ignore comment montrer ses yeux. À tout hasard, il bat des cils.

— Leone ! s'écrie alors Tropeano. Leone ! On l'a, ça y est ! J'en suis certain !

Il en est certain. Si abordable qu'il soit, Giuseppe Tropeano reste un directeur. Son enthousiasme a force de loi. D'ailleurs, les blouses s'essayent aussitôt à murmurer Elio Leone afin d'en goûter la suavité en bouche.

— Il m'a fait penser à un faon, leur explique Tropeano.

Les grands cils, l'innocence, la grâce fragile du petit qui deviendra un élan majestueux, apte à se défendre, d'où le lion. Inutile d'ergoter sur l'étrange saut logique, Elio Leone, c'est parfait !

On lui change aussi son pantalon. Le nouveau est très vieux et si grand qu'il faut le serrer avec une ceinture de corde. Elio aime tout énormément, la ceinture de corde, le pantalon neuf et son nom de lion. Vivement que quelqu'un le lui demande. Pour l'instant, il n'a pu le présenter qu'aux copains de poche.

C'est un peu triché, forcément.

Le fichu dossier mettra trois jours à être découvert, sans contenir beaucoup de révélations. Il n'y a quasi rien dedans, un patronyme infamant, la trace d'une litanie de nourrices et le nom d'un village, San Giorgio. Peut-être un lieu de naissance ? À vérifier. Ces lacunes, voilà le cœur du problème selon le professeur Tropeano. Aucune histoire de vie ne mérite d'être réduite à autant d'inconnues. C'est pour cela que la législation des abandons doit impérativement évoluer. L'idée serait de rendre obligatoire un formulaire avec trois indications cruciales, l'identité de l'enfant, celle de son dépositaire et le motif de l'abandon. Aucun petit ne saurait être accepté sans ces renseignements. Ça suffit, quoi. On ne se débarrasse pas d'un nouveau-né comme d'un poussin. Ça ne leur fabriquera pas des parents, mais le futur adulte aura au moins quelques données sur son histoire. Comment des éducateurs pourraient-ils aider un orphelin à grandir s'il ignore pourquoi il l'est ?

En attendant, il s'agit de procéder à un rangement de fond en comble des bureaux. Il n'est pas admissible d'avoir dû courir partout pour retrouver trace écrite de l'arrivée du lionceau.

Lui, Tropeano, ira en personne enregistrer sa modification patronymique au bureau des états civils.

C'est encore lui, un dimanche, qui fait monter trois jeunes recrues sur la banquette arrière de son automobile.

— Direction Marechiaro, leur dit-il joyeusement.

Aurait-on installé Elio dans une montgolfière qu'il n'aurait pas été plus impressionné. Ni plus heureux. Ça, avant même que les moteurs ne tournent. Quand la voiture démarre pour de vrai, là, on ne le tient plus.

— Direction Marechiaro !!! hurle-t-il.

À part l'absence de pin-pon extraordinaire, tout le reste l'est. Tiens, et ce bruit qui fuse à ses oreilles, qu'est-ce que c'est ? Ton rire, banane ! Il n'en revient pas. Par habitude, il remue les doigts au fond de ses poches. Ah mais non, c'est vrai qu'elles sont vides. Oui, il s'est séparé des copains. Les réfugiés en avaient plus besoin que lui, s'est-il dit.

— Pourquoi tu leur jettes des cailloux ? l'avait grondé une infirmière.

Il a raison, Giuseppe. En grandissant, les gens ne comprennent plus rien à rien.

Lui ne fera pas ça. Jamais il n'oubliera.

Paris, 1937

Les souvenirs n'ont pas toujours l'élégance de prévenir. On est là, tout adulte, c'est ce qu'on croit, rangé bien comme il faut à l'intérieur, et d'un coup l'enfance vous envahit la tête. Ça peut lui arriver en enfilant son costume de scène ou tandis qu'il partage un plateau d'huîtres à La Coupole avec ses partenaires. Il est en train de plaisanter, il vit, il est bien, mieux que bien, et soudain, patatras, le revoilà petit chose. Les copains avec une famille et lui sans ; les autres qui arrivaient à pleurer et lui pas ; ceux qui savaient des choses et lui rien. Il revoit des lieux, certains visages, trop souvent celui de la nourrice à barbe. Une maman et aussi un papa, cette femme. Il se racontait ça à l'époque. Quelle chance d'être gardé par les deux, se répétait-il. En vrai, non. Celle-là, c'était la pire. Depuis, il n'a jamais été fichu de l'oublier. Pourquoi refuse-t-elle de disparaître ? Pourquoi cette image continue de surgir alors qu'aujourd'hui tout va bien ? Il y en aurait de tellement plus belles. Le premier oursin dégusté, aussi lisse en bouche qu'un caillou, avec en plus un merveilleux goût de mer ; les discussions avec Giuseppe, assis sur le muret près du petit figuier. Viens donc me voir bonhomme, il faisait. Des bons moments, ceux-là. Pourquoi faut-il que ce soit les autres qui reviennent ? C'est malheureux, l'enfance. Que ce soit elle qui décide ce qu'il en reste.

Dans la vie de tous les jours, il fait comme Sœur Annamaria le lui a appris, il s'occupe seulement du meilleur. Oublie le mauvais, disait-elle, ça ne sert à rien. Exemple, hier soir, quand le chef a soudain obligé l'orchestre à ralentir. Gros comme une maison, il voulait le voir à bout de souffle pendant *Nessun dorma*. Est-ce qu'on ira s'appesantir là-dessus ? Évidemment pas. Il faut le prendre comme un jeu. De toute façon, ses *Vinceró* sont sortis sans problème. Il aurait même pu les prolonger. Alors on retient quoi, les méchantes lubies du Maestro ou les « Elio ! Elio ! » du public ?

Lorsqu'il est parti de chez lui ce matin, les ateliers de confection étaient déjà ouverts. Les ruelles du Marais refusent de dormir. On y parle italien, yiddish ou russe en portant la casquette plate des ouvriers et on y travaille nuit et jour. Comme à Pigalle, tiens, sauf que ça n'a rien à voir. Pays de coins sombres aussi, le Marais, mais sans marlous. Lui s'est drôlement attaché aux immeubles bas et noirs du quartier, à son animation incessante, aux bruits des métiers à tisser et aux convivialités de compatriotes exilés. C'est ici qu'il a loué sa première chambre. Il pourrait évidemment déménager maintenant et se chercher quelque chose de mieux. Pas envie. Ça lui fait comme une cachette, il aime bien. Et il a de belles personnes pour voisins. Par contre, question calme, c'est vrai que c'est pas terrible.

Pour ça, rien ne vaut le fleuve. Sitôt les quais, tout s'agrandit. Le panorama, l'esprit, la paix. À six heures du matin, on a en prime la sensation grisante d'être seul à en profiter. Il est si rare d'avoir Paris pour soi. D'ici peu, la ville grouillera d'autobus et de voitures. On croisera mille visages de femmes et d'hommes, qui ne sont pour l'heure qu'envol d'oiseaux. Seulement bruissements.

Mademoiselle ne cesse de le marteler, un lendemain de représentation on se repose. Garder le silence est impératif, explique-t-elle, afin que la voix se répare. Ça, d'accord. Il n'a donc émis aucun son depuis le réveil. Mais ses jambes vont très bien, pourquoi s'empêcherait-il de traverser Paris à pied ? Vivre dans cette ville donne dès l'aube envie de s'ébrouer. C'est aussi un moment idéal pour adresser sa gratitude au Seigneur.

À propos de gratitude, le chef d'hier ne lui a pas laissé les bravos de la salle après son si aigu. Elio a surpris son signe aux musiciens. « Enchaînez, messieurs, enchaînez ! » Sur le moment, ça prive un peu. Mais au moins, ça règle le problème. Reste celui des saluts. Tant que la distribution ne s'y présentera pas d'un bloc, il y aura des différences. Un moment agréable, les applaudissements, supposé l'être, et qui devient gênant quand on les entend enfler d'un coup pour soi. Bien sûr que le public a le droit d'avoir des préférences, encore faudrait-il qu'il les exprime moins cruellement. Néanmoins, salle merveilleuse. Attentive pendant, exaltée à la fin. Les gens semblaient vraiment heureux. Savent-ils à quel point leur bonheur fait de sa vie à lui un rêve ?

Tiens, la place du Châtelet.

Oh, ce théâtre…

Chaque fois qu'il le voit, la certitude du chemin parcouru se renforce. Il se souvient.

Il y a cinq ans.

Son arrivée à Paris.

Paris, 1932

L'émigration, il finit par s'y résoudre. Ceux qui lui enjoignent de rester à Naples sont de fieffés optimistes, ceux qui lui conseillent de partir ont de sérieuses raisons. Il quitte tout le monde, ça y est, et prend la route. Le début tient franchement de la promenade, jusqu'au nord de Turin, disons. C'est dans les Alpes que ça se corse. Un peu froid, un peu faim et une semelle qui choisit bien son moment pour se mettre à bailler. Pas question de la remplacer. Vu le tarif des passeurs, le pécule confié par Giuseppe a déjà fondu. Sitôt côté français, il trouve heureusement à s'employer comme bûcheron. En compagnie de Piémontais, des forçats faut voir comme. Lui n'aurait pas fait de vieux os dans ce boulot. Dur, c'est rien de le dire. Le cadeau, c'est que ça lui paye un tronçon de voyage en train. Résultat, la capitale française se profile plus vite que prévu et l'émotion enfle d'un coup en débarquant sur le quai de la gare.

Presque trop beau pour y croire.

Parigi !

Tu y es, mon gars, se dit-il.

Tant pis s'il n'a plus un sou en poche. Rien de rien, même pour un lit miteux. Demander de l'aide à d'autres émigrés serait possible. Bien sûr qu'il sait où ils nichent. Tout le monde le sait. Les rejoindre, il hésite. Ça comporte sa cohorte d'inconvénients. Avec les opposants à Mussolini, il faudra se réjouir d'avoir fui le régime. Tu parles d'un courage. Pire encore s'il mise sur la mauvaise adresse. Tomber sur des prophètes venus propager la bonne parole fasciste, se faire ouvrir la porte sur tout ce qu'on a voulu quitter, non merci. Mieux vaut procéder prudemment, prendre la température de la communauté, ensuite aviser en fonction. D'ici là, une seule solution, jouer la célèbre vie parisienne à la belle étoile sans trop s'embarrasser des détails.

Il a d'abord une promesse à honorer. Selon les indications glanées, il lui faut marcher vers le centre. *Mamma mia*, elle est immense, cette ville ! Boutiques impressionnantes, des automobiles en tous sens, des églises partout et ces cafés typiques, vus sur tellement de photographies. Comment distinguer, parmi les foules attablées aux terrasses, le beau monde de la pègre ? Impossible ici. Tous ont seulement l'air, comment dire ça, oui, français. À côté de ces gens, il le sait, lui ne ressemble à rien. Pas de panique, c'est normal au début d'être sous le choc. De toute façon, il ne s'agit pas de jouer les élégants. Son exil obéit à une autre raison d'être. Il se le répète, lui a rendez-vous.

Dio santo, la voilà enfin, la trouée géniale du baron Haussmann ! Cette avenue de l'Opéra semble n'exister que pour imposer l'extraordinaire palais Garnier à la vue. Une mer s'écartant devant. Pas un seul arbre pour le masquer, rien ne s'interpose. Quelle claque ! Penser à l'attraction que ce bâtiment exerce dans le monde entier, aux voix qu'il a entendues, c'est… Il allait dire magique, en fait non. C'est bizarre. Au point de ne plus savoir comment se comporter.

Pensait-il le prendre d'assaut ? Il réalise qu'il s'est trompé. Il a confondu son énergie avec de l'ambition. Devant ce palais Garnier, la méprise se dissipe. Il comprend qu'il n'a rien d'un guerrier. Son rêve, ce n'est pas d'attaquer. C'est de chanter, peu importe où du moment qu'il le fait bien. Le voilà, son espoir. Elle est là, sa force. Venue de l'extérieur et qui le pousse dans le dos. C'est à cause d'elle qu'il se tient ici. Elle, qui l'y a amené. D'où vient-elle, que lui veut-elle ? Il ne sait pas répondre à ces questions. La seule certitude qu'il a, c'est de ne pas pouvoir s'y dérober.

En une seconde, cette force sait devenir faiblesse. Qu'est-ce que tu fiches, planté sur la chaussée au milieu des klaxons qui t'insultent, se demande-t-il soudain. Il va se faire écraser par un autobus à plateforme, c'est tout ce qu'il va gagner. Range-toi, *ragazzo*. Tu parles d'un spectacle, un Napolitain de rien du tout écrabouillé dès son arrivée avenue de l'Opéra.

Le ciel a commencé de virer au bleu marine. Les beaux lampadaires de fer forgé s'illuminent. Les fenêtres des immeubles aussi. Les gens sont chez eux et lui est à Paris.

Il ne serait pas désagréable de comprendre où s'achète la pizza à la coupe dans cette ville.

En attendant, le contrebas du quai de Montebello fera l'affaire, avec un nom qui sonne familier et la somptueuse cathédrale Notre-Dame qui veille.

En cette première nuit, Elio appuie sa tête sur l'arrondi de son baluchon, et s'emmitoufle dans sa veste en espérant que le sommeil vienne. À la place, ce sont la pluie et des rêves faits les yeux grands ouverts. Il est enfin dans la Ville-Lumière, et il la trouvera. Ou plutôt il est venu pour chanter et y arrivera peut-être. Dieu est avec lui, n'est-ce pas, et lui donne du courage.

Sauf que Paris est plus impressionnante que prévu. Offerte mais mystérieuse, joyeuse mais inaccessible. À se demander comment Maurice Chevalier a su s'y frayer un chemin, comment Offenbach est devenu Offenbach, comment, à vingt ans, sans aucun appui et pas un franc d'économie, on peut s'y faire une place. Parce qu'évidemment personne ne lui en fera cadeau. Il songe aux gens qui viennent ici pour voir la tour Eiffel ou visiter le château de Versailles, à ceux qui sont heureux de flâner sur les Champs-Élysées. Lui rêve plutôt de s'incliner devant le tombeau de Bizet au cimetière du Père Lachaise. Pourquoi suis-je un peu différent, se demande-t-il.

Sans quitter son quai de Montebello, il passe les premières journées à travailler sa voix, au milieu de bruits qui obligent à beaucoup la pousser. Ah ça oui, il faut sacrément timbrer pour couvrir klaxons, bruits de travaux, cris des marchands ambulants, invectives et aboiements. L'exercice est redoutable, c'est parfait. La nuit venue, il procède différemment et se place sous la voûte du pont pour se jouer de la réverbération acoustique. Il vérifie la réfraction des sons en testant les pouvoirs de l'écho. Sa main gauche posée sur son diaphragme sent les vibrations avant qu'elles deviennent des notes. Puis il les entend emplir l'espace, rebondir sur la pierre du pont avant de lui revenir ayant pris en volume et perdu en clarté. Le chant n'y gagne rien, l'oreille si. Elle s'affûte.

Le seul problème vient d'un clochard installé plus loin sur le quai.

— Ta gueule, le monsieur ne cesse de lui hurler.

Les mots, impossible de les comprendre dans le détail. Au ton, on est vite renseigné.

Et la nuit, il y a le froid.

Tout va bien, Elio se répète.

Les ponts de Paris, y a pas mieux.

Ces craques qu'on en arrive à se raconter.

Très vite, il en a assez. Il n'a pas fait ce voyage pour s'adresser à des canards. Que diraient Tropeano et son professeur de chant en voyant leurs leçons finir dispensées au fleuve ? N'y a-t-il pas meilleur usage à en faire ? Elio connaît la réponse. Il suffit d'imaginer le regard peiné que Giuseppe porterait sur le quai mouillé, les pavés luisants et son campement de fortune. Ou de se souvenir de ses mots bien réels.

— La liberté est une chose précieuse. Pars, Elio ! Ne reste pas ici, n'obéis pas à ce foutu régime. Emmène ton talent briller sur les scènes parisiennes.

Des encouragements en passe de devenir remords. Poussé au derrière, Elio doit quitter le bord de la Seine et se propulser d'un étage pour se retrouver sur la chaussée où vont et viennent les gens normaux. La peur a presque disparu. L'odeur, en revanche, l'a suivi. Il sent mauvais et doit urgemment se trouver quelque chose à manger.

Improviser, inventer quelque chose, il n'y a que ça. L'idée d'une sorte d'estrade d'où se produire lui vient. Carré d'épaules sans peser bien lourd, il se dégotte une cagette et monte dessus. Mais non, sitôt grimpé, crac, il passe au travers. Avec un dispositif pareil, si tu n'as pas dix ans, un habit d'Arlequin, un petit chien couché à tes pieds et des chants de Noël en réserve, pas moyen de faire le spectacle. La solution se tient peut-être sur cette place appelée, voyons voir sur la plaque, place du Châtelet, face au théâtre du même nom. Il y a une grande fontaine où se hisser. C'est de la pierre, ça tiendra. D'ailleurs, pas idiot d'en profiter pour faire une petite toilette. De ses mains en conque, il s'asperge le visage en lisant le nom des exploits napoléoniens inscrits sur la colonne, Austerlitz, Arcole, Ulm, Iéna. Sacrément bienvenu, ce clin d'œil du destin. Message reçu, avant de penser victoire, il s'agirait de livrer bataille.

À onze heures du soir, une foule tout sourire se déverse enfin du théâtre. Le premier spectacle vous a plu ? Attendez de voir celui-là. Accroché au palmier en bronze de la fontaine, Elio, devenu phénomène de foire, pousse de la voix. Voilà votre bonus, chante-t-il à la foule. Sauf que plastrons et fourrures lui passent devant sans même un regard. Les spectateurs hèlent des fiacres ou des taxis collectifs, quand les nantis rejoignent leur Citroën garée le long du quai.

À Naples, pareil fiasco l'aurait fait rire. D'ailleurs, à Naples, ça ne serait jamais arrivé. Il était bichonné. On lui déroulait le tapis rouge, qui malheureusement était plutôt brun. S'il voulait bien rejoindre le parti du Duce, on ferait de lui le ténor officiel du pays, lui disait-on d'un ton pour l'heure aimable. Ça, plus l'indigne récupération de l'œuvre de Verdi, et le triste sort fait à Tropeano, voilà ce qui l'a décidé à quitter l'Italie. Toute perspective de retour est donc impossible et le succès ici obligatoire. Juché sur le rebord de la fontaine, les fesses mouillées à force d'embruns, la rage du désespoir s'empare de lui. Ils vont voir, tous, s'il est encore le *scugnizzo* invisible et moqué. Cinq ans plus tard, Elio ne sait toujours pas ce qui lui a pris d'entonner *'O Sole mio*. Toujours est-il qu'en dix mesures, il réussit à attirer l'attention d'un monsieur.

Un peu gênant d'avoir à le regarder d'en haut. C'est quand même drôle, la vie. En rajoutant du sourire dans la voix, la situation passe un peu mieux. Cheveux gominés, des lunettes rondes d'intellectuel, un beau manteau de laine épaisse, on y est, en plein « chic parisien ». Le moment est parfait, pourquoi faut-il qu'arrive la catastrophe ? Les lèvres du monsieur viennent d'émettre des sons et c'est la foudre qui s'abat. Bah oui, gros malin, en France, on parle français. *Porca miseria, ma che cretino !* Le monsieur continue de parler, de parler encore. On n'y comprend rien. Pire qu'être sourd. Pas d'autre choix, en guise de réponse, que de remuer des bras en catastrophe pour mimer vingt ans de vie. Italien exilé, cherche travail, théâtre, ténor. Un gymkhana pathétique, qui a au moins le mérite d'accoucher d'une décision. Trois mois, pas un de plus, c'est le temps qu'il se donne pour parler français.

Sauf que le monsieur à lunettes est pressé. La *commedia dell'arte*, très peu pour lui.

— Voici ma carte. Demain, dix-sept heures, dans mon bureau.

Au secours, qu'est-ce que c'était ? Dire quelque chose.

— Elio Leone, *piacere.*

La foule est une matière instable, mais suiveuse. Des spectateurs ont remarqué les paroles échangées entre Maurice Lehmann, le célèbre directeur du théâtre du Châtelet, et le vagabond chanteur. Ils ont vu le bristol changer de main. Dans le doute, tous l'imitent. Au minimum, ils s'inclinent. Une scène étrange, surtout pour son protagoniste, qui reçoit des dizaines de cartes de visite, soit données en mains propres, soit posées sur la fontaine, à côté de ses godillots douteux. Elio n'a aucune idée de ce qui se passe, de ce qu'on lui veut. Le monsieur qui semble avoir apprécié sa voix a déjà filé. Fin d'une séquence très étrange, songe-t-il en descendant d'un bond de sa fontaine.

C'est le moment choisi par un témoin providentiel et bilingue pour l'informer de l'existence du rendez-vous.

Résultat des courses ? Il est engagé sur-le-champ pour quinze jours de répétitions, et dix représentations à suivre. Un miracle à peine croyable, un véritable conte de fées. On l'embauche dans *Yana,* un spectacle à la prodigalité infinie, très dans le goût de l'époque. Fou de joie, bien sûr, d'endosser le turban bengali qu'on lui tend, hors de question en revanche de se brunir le visage. Avec quoi le ferait-il ? Les choristes doivent payer leur maquillage sur leurs fonds propres, lui n'a tout simplement pas de quoi. Les autorités du théâtre le croient caractériel, il est juste fauché. C'est bon, ça passe, décident-elles finalement, vu qu'il a naturellement le teint bistre. Elio a à peine compris le problème. Avec ses trois mots de vocabulaire, il est passé à côté de ce qui se jouait. D'ailleurs, il ne comprend pas mieux ce qu'il joue. Aucun risque de s'en faire la moindre idée grâce aux décors : un palais de maharadja, la station de ski helvète de Saint-Moritz et les rues de la très sainte Lhassa. De quoi être dérouté. Reste la partition. Ah oui, parlons-en ! Est-ce une vie de se retrouver coincé au milieu d'autres serviteurs tibétains, la voix sous-employée dans un chœur auquel on lui a donné l'ordre d'appartenir ? Eh quoi, il croit étouffer. José Janson dans le rôle du prince Dagor a tellement plus de chance. Le soir de la première, qu'est-ce qu'il lui prend d'improviser avec lui un duo qui n'est pas écrit ? Stupeur sur scène, évidemment tollé en coulisses, l'affaire se concluant par un tonitruant « prenez la porte » asséné par le chef des chœurs. Ce monsieur a même la présence d'esprit d'accompagner sa phrase d'un geste explicite.

Maurice Lehmann s'en voit désolé. Cet Italien a quelque chose, c'est certain. À commencer par une voix splendide et un culot monstre. Franchement, son numéro était drôle. Que peut-il faire, tout directeur qu'il est, contre une décision des coulisses ? En France, il y a des règles à suivre, des codes, une hiérarchie tacite et intangible. Si on apprécie la désobéissance, on ne la récompense pas. A fortiori quand elle émane de cousins transalpins qu'on a toujours préférés dociles. Celui-là a dépassé les bornes, son cas est entendu.

Toutefois, on ne le laissera pas partir sans un conseil.

— Vous avez du talent. Si vous faites ce qu'on vous dit, vous irez loin.

— *Non capisco.* Je ne comprends.

— Restez à votre place, jeune homme.

Elio a très bien compris. Seulement, il préfère ne pas avoir à répondre.

— Le français, ça viendra vite. L'important n'est pas là. L'important, c'est vous. Vous auriez eu besoin d'une Mademoiselle Renoult. Quel dommage... Voilà qui vous aurait convenu.

Quelque chose d'important vient de se dire. Plus que par les mots, Elio l'a senti par une inflexion dans la voix.

— Une grande dame, Mademoiselle Renoult, répète Maurice Lehmann.

Renu. C'est noté.

Est-elle morte ? se demande Elio. Pour quelle autre raison le directeur aurait-il eu l'air triste en prononçant son nom ? On éclaircira ça plus tard. Il n'est pas encore temps de partir à sa recherche. La priorité, c'est de faire ses armes dans la difficile langue de la diplomatie.

Fort des Halles, ça lui aurait plu. Il en a les épaules. Hélas, pas la nationalité. On n'y embauche que des Français. Allumeur de bec de gaz, ce n'est pas possible non plus. Un métier révolu à Paris depuis l'avènement de l'ampoule électrique. Ça aurait de toute façon été trop solitaire. Pour apprendre le français sur le tas, il faut des contacts humains. Ce ne sont pourtant pas les petits métiers de la débrouille qui manquent, et plus ou moins les mêmes qu'à Naples. Justement, c'est là que le bât blesse. Elio en a déjà pratiqué un grand nombre et ne brûle pas de reprendre du service. Quitte-t-on les chœurs du théâtre du Châtelet pour se retrouver ramasseur de crottin ?

La solution arrive de la collection de carte de visite glanées sur la fontaine. L'une, particulièrement, attire son attention parce qu'un dessin de Pierrot y figure. Il ignore qu'en se rendant à l'adresse indiquée au verso il se retrouvera à en endosser le costume pour vendre des sucettes. Pas si mal, remarque. Un large panier en osier suspendu autour du cou, il arpente les Grands Boulevards et les hauts lieux touristiques, levant les yeux vers les façades de théâtres où il rêve de... Un jour.

— Pégé au carrrramel ! Pégé au carrrramel ! Pégé au carrrramel !

Les initiales du Pierrot Gourmand. Prétendre qu'il avait rêvé de crier ça serait très exagéré, mais bon. La paye est bonne, avec même un bonus s'il vend toute sa marchandise. Alors il chante dans les jardins parisiens pour attirer les enfants et leurs nourrices et très vite ce joyeux monde se régale de Pégés. De fil en aiguille, on commence à papoter. Au début, ah là là, vraiment comme on peut. Mais le grand Pierrot au costume trop court y met du cœur, si bien que des dames s'y abandonnent tout entières. Elio est ravi, et ses progrès linguistiques sont fulgurants. S'il brise des cœurs au passage, jamais ça n'a été son intention, comme il s'en explique longuement à confesse.

Quatre ou cinq mois de ce traitement suffisent à lui faire connaître Paris comme sa poche. Il a maintenant quelques amies et de quoi louer sa chambrette du Marais. La conjugaison et le vouvoiement lui ont livré leurs secrets. Surtout, il a déniché l'adresse de Mademoiselle Renoult qui n'est heureusement pas morte, seulement retraitée.

Ça ira tout seul, se dit-il, en prenant la route de chez elle pour la première fois.

Paris, 1932

— C'est non ! Vous m'entendez ? ! Non et non !!!

La voix est péremptoire.

Elle a d'abord été soupçonneuse.

— Qui êtes-vous ?

Et sèche.

— Ai-je l'honneur de vous connaître, monsieur ?

Rapidement, les questions ont laissé place à des ordres.

— Éloignez-vous de ma grille !

— *Ma...*

— Inutile d'insister !

Elio finit par reculer de quelques pas, moins par souci d'obéir que pour réfléchir. Seul point positif, il s'agit donc de la bonne adresse.

Avant de buter sur cette herse de château fort, le quartier s'est déjà chargé de l'impressionner. Il n'était jamais venu dans ce Paris aux larges avenues boisées, aux immeubles haussmanniens encore plus imposants qu'ailleurs. Une grande bourgeoise a cru bon devoir serrer son sac contre elle en le croisant. Il a pourtant pris soin de sa toilette, ce matin. Il s'est fait beau et porte un chapeau à rebords. Rien n'y fait. On lui trouve tout de même un air louche, un air d'ailleurs. Peut-être seulement un air jeune, va savoir. En chemin, il a fait une petite halte dans le parc de Passy pour une ultime répétition de son discours. Évidemment qu'il en a préparé un. Hors de question de jouer sa carrière sur un laïus improvisé dans son français encore hésitant.

Parce qu'on l'a prévenu, Mademoiselle Renoult n'est pas coton. Ceci posé, tout le monde s'accorde sur le reste. Tous disent la même chose. Elle seule sait y faire. Elle comprend les chanteurs, le métier, les livrets, comme personne. Hélas, depuis qu'elle a pris sa retraite, elle n'apparaît quasiment plus nulle part. On la dit devenue bizarre, pourquoi pas folle. Mais une passion ne meurt pas, Elio a pensé. Mademoiselle Renoult aura sans doute en elle une fenêtre encore ouverte, pas possible autrement. Je suis celui qui la fera revenir à de meilleures intentions, s'est-il dit.

Manifestement non.

Sous le coup du refus qu'elle vient de lui asséner, il repart marcher. Dès que ça ne va pas, il se promène, lisant les noms de rues, les plaques, les retenant, se promettant de chercher à savoir qui sont les hommes et les femmes qui ont donné leur patronyme à telle esplanade et telle école. Pourquoi sont-ils illustres, qu'ont-ils découvert, guéri, fondé ? Du temps de Zanolla où il n'y avait pas de rue, seulement des chemins, il marchait déjà. Mettre un pied devant l'autre lui apprenait le rythme, le vide, l'intériorité. Crapahuter dans l'île donnait conscience d'avoir un corps, sensation d'en jouir, illusion d'infini. La déambulation protège. Elle calme. Tiens, comme s'asseoir dans une église, à cette nuance près que la marche a l'avantage sur la prière de défouler en prime.

Sans doute y aurait-il une clé plus simple pour pénétrer le milieu lyrique parisien, que cette revêche vivant en recluse. Pourquoi toujours exiger l'impossible ? se demande Elio. Tout simplement parce qu'il ne sait pas faire autrement. De toute façon, c'est trop tard. On lui a trop répété Mademoiselle Renoult ceci, Mademoiselle Renoult cela. Aucun doute, c'est elle qu'il faut convaincre. On avance seulement comme ça, pas vrai, en visant toujours plus haut. Et puis vu d'où il est parti, que voudrait dire échouer ? Ça ne se peut pas. Le plus grand danger, il l'a couru en venant au monde. Tout le reste, depuis, c'est du bonus. Elio en est convaincu, il ne risque plus rien. Regarde vers le sommet, il en restera toujours quelque chose, se répète-t-il. Sœur Annamaria le disait autrement. « Si la route est bloquée, prends un chemin. » Voilà exactement ce qu'il va faire, un détour qui le ramènera devant la grille d'où on l'a chassé.

Au bout d'une heure de marche, il s'y poste à nouveau pour attendre. Quoi, il ne sait plus. On verra bien. Cette fois, on ne l'y reprendra pas, il se gardera bien de sonner. Planté devant le portail fermé, il prend difficilement son mal en patience. C'est que l'impasse des carrières n'offre pas grand-chose au regard. Autant les rues de la Tour, de Passy et les vallons du Trocadéro régalaient, autant la ruelle étroite où se terre Mademoiselle impressionne par son calme. Quelques immeubles sages, une ancienne écurie transformée en serrurerie et le pavillon qu'elle occupe, caché des regards derrière un mur d'enceinte. Les ramures d'un marronnier s'échappent par-dessus son portail. C'est tout. Ah non, on entend aussi les trilles mélancoliques de mésanges matinales. C'est dire le silence qui règne. Se concentrant sur la fréquence des harmoniques, Elio songe à répondre aux oiseaux, mais finalement non. Il attend. Même la maison Hiret garde portes closes. Dommage, ça tombait bien, cette serrurerie. Bonjour monsieur, auriez-vous l'obligeance de me prêter un pied de biche, j'ai une grille à forcer. Ce n'est pas une solution. Il compte entrer chez Mademoiselle Renoult par la grande porte, être invité à le faire, qu'elle l'y reçoive. Il s'est juré qu'un jour on lui dirait merci. Merci d'exister. Ça ne le dérangerait pas que ça arrive dès ce matin.

Attention, la voilà qui sort ! En cet instant, Elio se trouve sur le trottoir d'en face, à moins de cinq mètres d'elle, médusé comme on l'est lorsque ce que l'on attendait de tout son être se produit. Que fait-il ? Eh bien pas grand-chose. Il grimace un sourire crispé. Mais quelle andouille ! Pour toute réponse, Mademoiselle Renoult hausse un sourcil réprobateur et continue sa route en l'ignorant. Lui reste tétanisé, à la regarder traîner un chariot en osier plus gros qu'elle. Il l'avait imaginée plus grande, plus belle et, comment dire, moins impressionnante.

Laisser passer sa chance ne lui ressemble pas. La forcer, si. Sitôt ses esprits recouvrés, il revient en quelques enjambées à sa hauteur, avec une phrase-choc dont il est très fier.

— Je *souis tenor* !

— Et alors ?

— Je n'ai assez l'argent, *ma*...

— Vous m'en voyez désolée, monsieur. Bien le bonjour.

On se contentera de ce bref échange.

Ça va comme ça pour aujourd'hui, soupire Elio. Ras le bol.

Quelle plaie, ces insistants. Il en vient encore quelques-uns, quoique ce soit devenu rare. L'accueil qu'elle leur réserve a fini par porter ses fruits. Tant mieux. Au bout d'un an, Mademoiselle Renoult se félicitait d'avoir retrouvé une qualité de sommeil acceptable. Un certain calme lui était enfin accordé. Au bout de deux, elle commence à être si bien habituée à sa nouvelle vie qu'elle peut retourner au théâtre en toute sérénité. Pas en allant où on l'invite, plutôt, et c'est nouveau, là où la portent son désir et sa curiosité. Inédit d'avoir autant de liberté, non seulement pour le choix du spectacle, également pendant qu'elle y assiste. Combien de fois aura-t-elle entendu ce petit miracle d'une phrase musicale sans à-coups, sur l'infini du souffle, sans pouvoir s'autoriser d'en profiter pleinement ? Car mentalement, elle consignait. Un instant d'harmonie miraculeuse entre une battue et la voix ? Au lieu de se laisser emporter, il fallait s'en souvenir. Voilà exactement le tapis orchestral qui convient à ce *pianissimo*, notait-elle dans sa tête. Lorsqu'il s'agissait d'une cantatrice ou d'un chanteur avec qui elle collaborait, c'était bonheur de réfléchir pour eux à la formulation juste, celle qui ramassait en peu de mots l'effet et la réussite. Hélas, de parfaits inconnus se sont mis à espérer ses paroles d'oracle. Qu'elle ne se rende pas dans une loge à l'issue d'une représentation, et l'artiste se déclarait humilié. Pire, il était sincèrement défait. Personne pour envisager que Mademoiselle ait juste eu faim, sommeil ou rien à dire. Parfois, l'affaire virait au drame. Privés de son imprimatur, certains s'abîmaient. Si elle n'a pas aimé, que vais-je devenir ? Beaucoup de malentendus en ont découlé. Des semaines plus tard, certains revenaient la trouver pour la sommer de s'expliquer. Entretemps, elle les avait évidemment oubliés. Ce qu'elle reconnaissait à coup sûr, c'était ce mélange d'aplomb outragé et de vulnérabilité qui les caractérisait tous. Quelle tristesse si l'on y pense. En fin de compte, elle ne s'estime pas malheureuse de s'être échappée de ce barnum. Oh, mais qu'il est lourd à trimbaler, ce chariot. Il faudra songer à en changer pour un moderne, un de ces nouveaux caddies dont on nous fait partout la réclame.

Une bénédiction, ce marché de Passy. Au printemps, il émerveille. Regardez-moi cette pétillance des couleurs ! Et la dissonance des cohabitations chromatiques ! Malheureusement les prix inscrits sur les étiquettes sont affolants. Par ici, les gens peuvent se targuer d'avoir les moyens. Mais ailleurs ? Le président du Conseil Tardieu serait bien avisé d'accompagner madame faire les courses du ménage. Il verrait si la France est bien « l'îlot de prospérité dans un monde en crise » dont parle son gouvernement. Quittez vos ministères, messieurs. Venez observer les têtes soucieuses des pères de famille lors de la paye et les hésitations de leur dame devant le prix du kilo de beurre. Le coût de la vie, est-ce qu'ils se rendent compte du coût de la vie ? Terriblement dangereux de laisser filer ça. Maintenant que l'union des gauches vient de remporter les législatives, il va très vite falloir qu'ils se retroussent les manches s'ils ne veulent pas aller au-devant de gros ennuis.

— C'est à nous, Mademoiselle Renoult. Qu'est-ce que je vous mets ?

— Bonjour, monsieur Jean. Je vais vous prendre trois cents grammes de rhubarbe.

Tiens, du chant.

Oh… Mais.

Cette voix ?!

Celle de José Janson à qui on aurait donné un mégaphone.

Des têtes se tournent, les yeux interrogent. Ce marché a parfois les honneurs d'un orgue de barbarie le dimanche matin. D'un chanteur, jamais. Chacun cherche à comprendre ce qui se passe, d'où ça proviendrait. Un sentiment de surprise parcourt les allées et le maraîcher suspend son geste, les pétioles de rhubarbe encore à la main, un large sourire sur le visage.

— *Yana*, lui répond Mademoiselle Renoult à une question qu'il n'a pas posée.

Musique de Richepin Tiarko et de Christiné qui sait décidément tout faire. Son *Phi-Phi* composé un jour d'élégance, *Viens, poupoule* au cœur d'une nuit plus agitée. Du moins, est-ce ainsi que Mademoiselle envisage les choses. Non, ce n'est pas José qui chante. Évidemment pas, qu'est-ce qu'il ficherait sur ce marché ? Le timbre est proche, aussi cuivré. La surprise, c'est qu'il y a encore plus de beauté ici. Une précision et une clarté étonnantes. Des sons envoûtants. Mon Dieu, qu'est-ce que c'est que ça ?

Un instrument démesuré, associé à la conviction tranquille du volcan en éruption.

— Et avec ça ? demande monsieur Jean.

Mademoiselle ne l'entend plus. Ce n'est plus lui qu'elle écoute. Tête baissée, les yeux clos, l'oreille fixée sur l'événement, elle n'existe plus. À propos du porte-voix aussi, elle s'est trompée. Il n'y en a point. On a affaire à une puissance de projection hors-norme. Un chant de rêve, large et plane qui, sans rien perdre en souplesse, refuse de sacrifier les nuances. Un miracle incompréhensible, produit en plein air, sur un malheureux marché parisien.

Au fond de son cœur, Mademoiselle sent une vague frémir.

Lâchant vendeur, fruits et contenance, elle fonce vers la rencontre. Enfantin de se diriger, le son guide mieux qu'une route. C'est là-bas. Près de l'attroupement.

Des curieux se sont tout de suite arrêtés, des clientes élégantes et des marchands en tablier, le couteau à la main.

Bien sûr, c'est gentil de leur part. Mais il manque celle pour qui Elio fait tout ça, alors c'est comme s'il n'y avait personne. Reste digne, essaie-t-il de se dire, chante ce que tu es. Chante tout ce que tu sais. Et on fait quoi pour le problème qui se profile ? Car il est de taille. *O ma Yana* est le seul air qu'il connaisse en français, appris lors du passage éclair chez Lehmann. Le reste de son répertoire est en italien. Tout le reste. Verdi, Donizetti, Puccini, évidemment. Mais aussi Bizet, Gounod, Strauss ou Wagner. Ben oui, si. La faute à cette tradition de ne jamais travailler un opéra dans sa langue originale, toujours dans celle du public visé. Sauf qu'il n'est plus à Naples… Sur ce marché de Passy, les perspectives viennent brutalement de s'inverser. Osera-t-il chanter *Carmen* en italien à un public parisien ? *Che figura di merda* ! Il ne va quand même pas en être réduit à bisser Yana ? Une musique gentillette, pas non plus de quoi s'attarder.

C'est alors qu'il la voit apparaître. Du fond de l'allée des légumes. Elle semble décoiffée.

Quand elle le reconnaît, surprise et colère se mêlent à l'extase. C'est l'Apollon de tout à l'heure.

En cas d'urgence, arrêter de réfléchir. Appeler Giuseppe à l'aide. Pas Giuseppe Tropeano, l'autre Giuseppe, Giuseppe Verdi. Aux grands maux, les grands remèdes. « *Un pied dans le passé, l'autre dans le présent, et la tête tournée vers le futur* », les mots mêmes du maître.

Mademoiselle Renoult ne comprendra pas les paroles ? Tant pis.

Verdi, ça se vit.

Sinon, rien n'est la peine de rien.

Aux premières notes, Mademoiselle reconnaît évidemment *Le Bal masqué*. S'attaquer à Riccardo ? Ce bellâtre ne manque pas d'aplomb, on peut le dire. Pas bellâtre, elle est injuste. Splendide. Carrure d'athlète, visage sculpté, avec les pommettes marquées et des lèvres charnues. Loin de se contenter de ce charisme, l'inconnu déroule le rôle avec une noblesse inouïe. Il scande les consonnes avec agressivité, pas une qui lui résiste. Aucune vocalise fleurie, rien d'inutile. Mademoiselle a beau avoir eu dans l'oreille les plus belles voix de son siècle, quelque chose dans celle-là la renverse. Une clarté ? Une intelligence ? Elle ne saurait pas encore donner de nom exact à ce qu'elle ressent, certaine en revanche que ce jeune homme a rejoint le point d'équilibre parfait du rôle. Il l'a compris. Autant d'imprécation que d'introspection, *slancio* et *grazia*, élan et grâce réconciliés. Un miracle.

Ces décisions-là ne se prennent pas, elles s'imposent. D'ailleurs, elles n'en sont pas vraiment. Mademoiselle se contente de regarder le ténor droit dans les yeux, puis lui tourne le dos en repartant vers l'étal de monsieur Jean d'un pas qui se voudrait calme. Lui prend le temps de terminer son air et la rejoint au moment où elle paie sa botte d'asperges. Ils se disent bonjour. Bêtement bonjour. Puis elle indique son chariot en osier d'un mouvement de menton et il en saisit l'anse.

Les voilà en train de reprendre en silence la direction de l'impasse des Carrières.

— Merci de m'aider, lui dit-elle à mi-chemin, c'est un peu lourd pour moi.

Elio pourrait dire exactement la même chose, et se contente de sourire.

Quand elle glisse sa clé dans la serrure du portail et l'invite à entrer, il a envie de prendre quelqu'un à témoin.

Dieu le regarde, ça suffira. Le charme du minuscule jardin le frappe, très loin de l'austérité attendue. Floraison vaporeuse des arbustes, un vieux banc de guingois, des rosiers lianes au parfum de musc et du lierre palissé sur la façade d'un pavillon si terriblement romantique qu'il devient soudain gênant d'y entrer. Que c'est beau. Elio a presque honte d'être venu déranger le paysage. Il vient demander de l'aide, encore demander de l'aide. Il n'y a pas moyen, c'est plus fort que lui. Jamais il ne laisse les gens tranquilles, il faut toujours qu'il en attende quelque chose. Dans sa tête, le voilà parti à se faire du tort quand Mademoiselle lui indique où s'asseoir et disparaît dans la cuisine ranger ses courses.

Le salon sent l'encaustique. Il est un peu sombre, à cause des touffus qui poussent devant les deux fenêtres. Les reflets du soleil font trembler les ombres portées de leurs feuillages sur les murs. Parlons-en, des murs. On ne les voit plus. Entièrement recouverts de portraits. Des chanteurs, probablement. Il y a aussi des photographies de troupes, des affiches dédicacées et des tableaux. Un piano d'étude fait face au sofa. Dessus et partout ailleurs, une pagaille de partitions, de livrets d'opéra, de romans, de monographies de peintres. Sur un guéridon trône une imposante maquette de théâtre. La salle grenat et or ressemble beaucoup à celle du *Teatro alla Scala* de Milan. Tout y est, rideau, fosse, fauteuils, balcons.

De retour dans le salon, Mademoiselle surprend son regard sur la maquette.

— Vous aurez bien sûr reconnu la Scala. Vous êtes italien, n'est-ce pas ?

— Si, Madame Renoult.

— Mademoiselle.

Mince ! En plus, il le savait.

— Pourquoi, demande-t-elle.

Comment ça, pourquoi.

— *Perché ci sono nato* ! Je suis né à Italie !

Mon Dieu, est-il bête.

— Je voulais dire, pourquoi être venu en France ?

Ah, ça… Méfiance.

— Je ne veux parler *di politica.* Mieux parler musique.

Mademoiselle comprend tout de suite. La presse française fait état de la violence du régime fasciste. Des amis italiens lui ont aussi raconté la paranoïa d'une population qui commence à comprendre quel monstre elle a amené au pouvoir.

Il y a un silence.

Venons-en à notre sujet, dit-elle. Afin d'en avoir le cœur net, elle le prie de chanter à nouveau. Quel régal de voir ce jeune homme bondir sur ses pieds, aussi soulagé qu'un prisonnier à l'instant de la libération. Déclinant l'offre d'un accompagnement au piano, il ouvre la bouche sans paraître réfléchir, ni s'être préparé. Aussitôt, il y a musique. Une telle facilité d'émission est proprement sidérante. Mademoiselle a l'impression de voir se fendiller quelques-uns des portraits accrochés à ses murs. Impossible de ne pas le comprendre, ce qu'elle est en train d'écouter se nomme modernité. Pas une histoire de technique, en tout cas pas seulement. Cette chose qu'elle a longtemps pressentie, jamais il ne lui a été donné de l'approcher d'aussi près. La vérité se trouve bel et bien du côté de la simplicité. On y est. Elle y fait face. La chair du son, rien d'autre. Bien sûr, les anciennes phrases demeurent possibles. On peut encore dire, autant de violoncelle que de clarinette dans ce chant-là, parler de *legato* et de lumière. Mademoiselle a plutôt envie de se taire. Dans la nudité de son salon, Elio Leone la force à baisser les yeux.

Plus aucun doute n'est permis. Une voix au format mondial, aux réserves intactes, aux virtualités insoupçonnées.

Elle ne doit rien lui dire. C'est trop tôt pour qu'il sache. Il le découvrira bien assez vite. Si elle veut l'aider, du moins servir à quelque chose, il faut absolument qu'elle reste dure avec lui.

— Connaissez-vous la parabole du chien et du chat ?

— *No.*

Un chien à qui on demandera de sauter sautera sans réfléchir, au risque de se rompre l'échine. Au contraire du chat, qui regardera attentivement comment assurer sa réception et ne se lancera que s'il s'estime capable d'y parvenir en toute sécurité. Dans le cas contraire, il refusera de s'exécuter. Voilà la parabole. Mademoiselle n'enseigne qu'aux chats. Est-il un chat ? Euh… Pas certain, un peu dérouté, mais oui, il pense plutôt être un chat. Tant mieux, lui dit-elle. Il ne chantera donc pas n'importe quoi, n'importe quand, sous prétexte qu'il peut tout.

A-t-il un rêve ?

— *Si*… Chanter !

Quel idiot.

— Chanter quoi, où et avec qui ?

Qu'est-ce qu'il en sait, ce n'est pas à lui de décider de ces choses-là. Si ?

— *La Forza del destino.* À théâtre *alla* Scala.

Il ne s'était encore jamais entendu le dire à voix haute.

Il y a été poussé. Toujours par la même chose, la force dans son dos. Une main, une bourrasque. Il ne sait pas.

— Encore Verdi ?

— Toujours Verdi !

Ça y est, elle rit.

Lui aussi, un peu.

— Ce n'est pas son meilleur opéra. Pourquoi ?

Pourquoi ce n'est pas le meilleur, ou pourquoi vouloir chanter celui-là ?

— Parce que le *titolo*…

C'est vrai, c'est un beau titre. Mademoiselle explique toutefois que le destin devra encore attendre. Il y a d'abord du travail à fournir, beaucoup de travail. Sa façon de rouler ses yeux verts lorsqu'il chante frôle le ridicule. Se débarrasser de ce tic est impératif. Ce n'est pas tout. S'il est parvenu à s'alléger des ornements belcantistes qui encombrent souvent la voix des ténors italiens, pourquoi les faire revenir au travers de ses mains ? Qu'a-t-il besoin de les bouger autant ? Le répertoire enfin, et la culture en général. On ne chante bien que ce que l'on comprend. Il va falloir lire, aller au musée, apprendre les grandes secousses de l'histoire et les figures de la mythologie. Dans ce salon, il n'entendra pas souvent parler de bascule du larynx, de masque pharyngolaryngé, de caverne de résonance. Ces mots-là, elle l'admet volontiers, ce n'est pas son rayon. Au cours de leur travail, il sera en revanche question de justesse, de respiration et de la maîtrise des passages dans toute la tessiture. Cela dit, elle juge la technique vocale en place. Admirable, même. Comment s'appelle son professeur de chant ?

— *Il professore Sassoli, conservatorio* de *Napoli.*

Et lui-même, au fait ?

— Elio Leone.

— Le Lion ? Ça alors ! Parfait.

— *Lei parla italiano* ?

Long regard.

— En effet, je parle italien, mais nous ne le parlerons pas ensemble.

On n'est entendu de personne tant qu'on ne possède pas les mots pour convaincre. Elio va devoir se présenter, se vendre, se défendre. Baragouiner le français d'un enfant de huit ans n'est pas suffisant.

— Bara… ?

— Précisément.

Elle mènera un travail en profondeur avec l'homme. L'éprouvera, le secouera, l'agrandira. Il doit commencer par cesser de se croire à Guignol. Chanter sur les marchés et autres plaisanteries, c'est terminé. Personne ne l'entendra plus pendant deux, voire trois ans. Tous les trois jours, il se présentera à quatorze heures précises pour une leçon de deux heures, et qu'il ne s'avise pas d'être en retard. On commence dès le lendemain. Ah, une dernière chose. La rumeur devait-elle se répandre qu'elle a accepté un élève pour des leçons qui plus est délivrées gratuitement, l'intéressé serait sur-le-champ congédié. Ça veut dire renvoyé. Non, toujours pas clair ? *Bocciato*. S'il y a bien une chose à quoi elle tient, c'est à sa réputation de méchante. À demain, monsieur Leone.

Il se lève pour prendre congé.

Est-elle vraiment si petite, ou lui très grand ?

Sur le pas de la porte, pendant leur longue poignée de mains, elle lui dit :

— Vous chanterez Don Alvaro à La Scala. Faites-moi confiance.

Paris, 1932-1935

Trois ans. La préparation dure trois pleines et riches années, pendant lesquelles Elio se rend impasse des Carrières avec une régularité de métronome. Pas une seule fois, il n'est en retard. Selon un déroulé immuable, matinée dans le Marais en compagnie d'artisans qui vont devenir ses employeurs, traversée de la ville à pied, arrivée à Passy, deux heures moins dix.

Chaque leçon commence par un long regard vers la maquette de La Scala, puis viennent une tasse de tisane tiède et quelques phrases anodines sur la qualité de sommeil de chacun, ou bien l'état saisonnier du jardin. C'est déjà du travail, Mademoiselle ayant décrété priorité absolue l'apprentissage du français. Avant de prétendre le chanter, il faut savoir le parler. Il en va de la dignité d'un homme libre, affirme-t-elle. Ne l'oublions pas, l'oreille et la phonétique sont aussi l'apanage des perroquets. Ce qui nous distingue d'eux, c'est la grammaire.

Il y a de bons ténors dans le monde. Ils ne sont pas légion, mais il y en a. Bien sûr que les capacités vocales d'Elio le mettent un cran au-dessus, mais attention, ce serait commettre une grave erreur de se croire déjà arrivé. Un artiste compte pour peu de chose s'il ne fait qu'utiliser ses dons, sans rien avancer d'autre.

Un rôle doit s'habiter, toujours délivrer une intention. Sinon la prestation sera bonne, mais pas marquante.

— Voulez-vous marquer, monsieur Leone ?

Marquer ? Est-ce ça, ce qu'il veut ?

— Je veux chanter.

— Vous marquerez.

Il doit d'abord apprendre à s'exprimer, continue-t-elle. Plonger en lui-même pour en rapporter une vérité. La sienne, rien de plus. On ne lui demande pas d'être un oracle.

— *Crois-tu que l'eau du fleuve et les arbres des bois*
S'ils n'avaient rien à dire, élèveraient la voix ?

Victor Hugo, où il y a tout, le dit en peu de mots et Mademoiselle cite souvent *Les Contemplations*. Donc oui, celui qui ose s'époumoner sur une scène doit avoir l'intime conviction de pouvoir en délivrer autant sur la vie que le ferait le modeste passage des nuages. Il faut qu'il ait connu la joie, la solitude, le silence. L'opéra n'est pas répétition, c'est création. D'où l'importance de se connaître, de parler des langues étrangères et surtout d'avoir trouvé la sienne. La vraie, celle qui vient des profondeurs.

Ce travail est exigeant. Le mot est faible. À l'intensité des séances à deux s'ajoutent les heures de devoirs à la maison et les lectures imposées. Mademoiselle a voulu qu'il commence par *Les aventures de Bibi Fricotin,* avant de poursuivre sans transition par les poèmes de Paul Éluard, de Paul Verlaine et de Guillaume Apollinaire. Des choix précis, loin d'être le fruit du hasard.

Un jour
Un jour, je m'attendais moi-même.
Je me disais Guillaume il est temps que tu
viennes
Pour que je sache enfin celui-là que je suis

Ça n'a pas raté. Elio se retrouve happé par « *Cortège* ». Ces vers lui parlent. Pour mieux les comprendre, il lit l'intégralité du recueil devant sa professeure aux anges, ravie que sa stratégie fonctionne. Fidèle à son habitude, elle n'a rien livré de sa vie personnelle, et n'a pas non plus interrogé son élève sur la sienne. Ce qu'il est important qu'elle sache, elle l'apprendra en l'écoutant chanter.

Il se trouve qu'elle a déjà entendu deux ou trois choses.

Pour que je sache enfin celui-là que je suis

Elio est aimanté. Comme à son habitude, il se renseigne. Né en Italie, Guglielmo Alberto Wladimiro Alessandro Apollinare de Kostrowitzky était un sujet polonais de l'empire russe. Oui, si. Pour ce Kostrowitsky non plus, les choses n'ont pas commencé dans la simplicité. Il a ensuite pris la nationalité française et s'est fait appeler Guillaume Apollinaire. Une sorte de copain de route.

Elio le lit longuement, lui et d'autres, à mesure que ses connaissances linguistiques progressent. Il doit aussi se dégoter un travail. Mademoiselle exige qu'il aille vêtu proprement et bien couvert l'hiver. Il y a la chambre à payer, les entrées au musée, ses billets de concert. À la fin du mois, ça représente une somme. Les autres Italiens font dans la maçonnerie et la restauration, deux secteurs d'activité que mademoiselle a formellement interdits. Ça risquerait de lui abîmer les mains et les poumons, a-t-elle alerté.

C'est lors d'une conversation de comptoir qu'une place se présente. Elio saute tout de suite dessus, puis sur une bicyclette. Livreur en confection masculine, le boulot parfait. Pendant qu'il tracte sa charrette, il a tout loisir de se réciter les pages apprises par cœur, soignant son articulation et les liaisons, butant toujours sur le son « u » qu'il prononce invariablement « ou ». Ce que Mademoiselle peut pester ! Étonnamment, c'est elle qui renonce la première en se mettant à parler de « voyelles italiennes ». Depuis, c'est tout seul s'il s'énerve.

Pendant trois ans, jamais il ne rechigne. Que ce soit pour les coups de pédales, les heures de conversation en français, ou l'infinité des séances consacrées à l'étude des partitions et des livrets. Doit-on chanter *Werther* comme s'il désirait mourir ou plutôt comme s'il pouvait se sauver, la même question valant évidemment pour *Don Giovanni.* Et dans Wagner, peut-on, voire faut-il, alléger le timbre ? Toutes ces interrogations vocales en cachent évidemment d'autres, morales, dont ni la liste ni les réponses ne trouvent de fin. Par exemple, la virtuosité vocale se fait-elle au détriment de la musique ou en est-elle l'expression suprême ? Ou bien Alfano, reprenant la partition inachevée de *Turandot*, avait-il le droit de laisser la vie sauve à la princesse éponyme ? Si Puccini avait pu terminer son opéra, lui n'aurait pas hésité une seconde à la trucider. Il n'y a qu'à voir ce qu'il fait subir à sa Mimi de *La Bohème* ou à la délicate Butterfly.

Certains jours, on se lance dans le grand vent. Qu'est-ce qu'une émotion esthétique ? demande Mademoiselle. Ils en parlent pendant des heures. Ça peut aussi être, comment la musique exprime-t-elle ce qu'elle exprime ? Boum. Et leur chef-d'œuvre, « pourquoi l'opéra ? ». Elio repart de ces séances, sonné, confus, heureux, tellement heureux. Un peu désespéré aussi. Il n'y arrivera jamais, il n'en sait pas assez, c'est trop important, trop vaste, trop beau. Si sœur Annamaria ou Giuseppe étaient là, eux au moins auraient un petit mot rassurant.

Dès que son esprit part fureter de ce côté, Elio file se réfugier quai de Montebello, son quai à lui, avec la cathédrale Notre-Dame en point de mire. Utilisant sa sacoche comme écritoire, il pose dessus une feuille de papier à lettres et la noircit lentement. Le simple fait d'écrire Très cher *professore* Tropeano lui redonne à l'instant courage.

Un jour, Mademoiselle le juge prêt. Plus précisément, elle juge l'homme prêt à entendre qu'il l'est. Six mois plus tôt, la même annonce l'aurait rendu triomphant. Il aurait eu ce regard qui signifiait, vous allez voir ce que vous allez voir. Péché de jeunesse sans doute. Car on ne monte pas sur scène pour prendre une revanche, ou le pouvoir. On y va pour endosser un rôle en payant de sa personne. Plus on réussira à s'effacer derrière, plus on l'imposera. L'exercice est paradoxal et requiert une grande confiance en soi. Il fallait à Mademoiselle la certitude qu'Elio en posséderait assez. À quoi ressemble cette force ? À rien justement. À du calme. Acier trempé en apparence, lave à l'intérieur, le point d'équilibre magique du ténor.

Jusque-là, mademoiselle s'est contentée de le tester dans des salons privés, en d'autres termes devant un public de confiance. Le jour où elle lui annonce qu'il est placé à Favart dans le Borsa de *Rigoletto,* Elio ne montre rien. Il regarde sa professeure sans faillir. C'est maintenant, lui signifie-t-elle, le moment est venu de naître à la carrière. Et inutile d'avoir peur, puisqu'elle-même a confiance.

On le sait, les choses ne se sont pas trop mal passées…

Il y aura ensuite ses trois soirées de récital, puis tout va s'emballer. Il se retrouve demandé partout. Avec un répertoire fin prêt, ne lui reste qu'à se laisser glisser dans les distributions. Chaque fois, il est celui qu'on écoute. Les salles lui font fête, son apparition au salut déclenche un tonnerre. L'exposition va crescendo, malgré les conseils de Mademoiselle qui dit qu'une carrière se construit autant par les rôles qu'on accepte que par ceux qu'on refuse. Bien sûr, elle sait qu'Elio peut déjà aborder les grands rôles. Contre toute règle, sa voix ne semble nécessiter ni soin, ni patience, ni la prudence habituellement nécessaire pour en protéger le développement naturel. Tout est déjà là, robuste, construit. Ce n'est donc pas l'instrument que Mademoiselle souhaite préserver, pas le timbre, ni la pulpe, c'est autre chose. L'égale vérité de chacune de ses interprétations. On ne transige pas avec ça, dit-elle.

Son élève a mûri, c'est indéniable. Et heureusement, sa foi en Dieu aussi. Plus trace des bondieuseries dont il était si prodigue à son arrivée. Une image pieuse entre chaque page de la partition, qui sait combien d'autres en poche, un chapelet accroché au pupitre, une vraie madame Irma de foire ! Attendez que je demande la permission au Seigneur, attendez que je Le remercie. Qu'est-ce que ça a pu être pénible ! Peu à peu, la confiance est arrivée. On le sait, ça remplace avantageusement. Bon, sa foi n'a pas disparu, mais ce n'est pas non plus ce qu'on lui demandait. Qu'elle reste profonde, très bien. Chacun ses gris-gris, sa superstition, ou ses garde-fous. Si cela donne du sens à sa présence sur terre, comme il le prétend, et que cela nourrit sa voix, c'est parfait. Ce qu'on ne veut pas, c'est l'étalage de sa fragilité à longueur d'autels portatifs.

Il reste un seul vestige de ses anciens excès, son refus absurde de chanter le dimanche. Là-dessus, pas eu moyen de lui faire entendre raison. Le dimanche est la journée du Seigneur, a-t-il décrété. Point à la ligne, a-t-il ajouté. Ce jour-là, il va à la messe et il prie. Rien d'autre. Mais enfin, un rôle se joue à toutes les dates, a tenté de faire valoir mademoiselle. Bien sûr, toutes sauf le dimanche, a-t-il rétorqué. On aura beau le trouver borné et ridicule, il n'en démordra pas. Cette journée, il se la garde. Il en a besoin. C'est sa retraite, son luxe, sa limite. Faisons-lui peur, a-t-elle pensé. Et si refuser de jouer en matinée le dimanche devait tout simplement l'empêcher de faire carrière ? Là, elle le tenait. Il était piégé. Son besoin de chanter est tellement grand, qu'il allait évidemment prendre peur et céder. Il est resté très calme. Non, a-t-il répondu, Dieu n'empêche pas. Au contraire, c'est Lui qui permet tout.

Allons bon.

Mademoiselle a dû s'incliner. Bien. Elle veillerait à cela aussi, ce qui l'agaçait beaucoup sans l'inquiéter trop. Après l'avoir découvert, les directeurs de théâtre signeront à Elio des contrats les yeux fermés, elle en était convaincue, ce, quelle que soit l'absurdité de ses conditions.

Cette nouvelle, il l'accueille sans émotion particulière. À dire vrai, cette histoire du dimanche ne l'a jamais beaucoup inquiété.

Si padre Bizzo n'avait pas réussi à l'éloigner de Dieu, ce n'est certainement pas l'opéra qui y parviendrait.

Mer Méditerranée, entre Naples et Zanolla, 1919

Chaque semaine, le traghetto à vapeur *Gennargentu* fait la navette entre le continent et l'archipel pontin. C'est là que se trouve Zanolla, la future île d'Elio. C'est là-bas qu'on l'envoie. Dans son dos, Naples est en train de devenir fourmi. Le Vésuve, minuscule. Giuseppe, n'en parlons pas.

C'est lui, le point noir.

Elio ne sait pas comment se dépatouiller de son humeur. Est-ce qu'il devrait plonger ? Marche arrière toute à la nage ? Il hésite. Tu barbotes comme un chef, lui disait-on à Marechiaro. Oui, mais là, c'est différent. On est en pleine mer, avec de très grosses vagues tout autour. Ça demande réflexion. Ce qu'il aurait fallu, c'est réagir tout près de la rive. Bah oui, bah personne n'avait prévu que l'affreux truc au ventre continuerait d'empirer. Comment aurait-il pu deviner, c'est la première fois qu'il quitte Marechiaro pour toujours. Il aurait dû se méfier quand Giuseppe s'est trompé de voix pour lui parler. Il en a deux, une de directeur, une autre pour les enfants. Avant de partir, c'est bizarre, il a pris la mauvaise pour promettre que la suite aussi serait bien. Non, arrête ça tout de suite, s'ordonne

Elio à lui-même, bien sûr qu'il faut croire Giuseppe. Allez, se redit-il, essaie encore. Essaie plus fort.

Mince, pas moyen.

Elle est complètement moins formidable que prévu, cette suite.

Autour de lui, les passagers ont tous l'air de se connaître et parlent ensemble. À se demander si à eux aussi on aurait déchiré le ticket de la traversée. Sans doute pas. Ils souriraient moins si c'était le cas.

Giuseppe lui avait remis le sien en prenant son air sérieux.

— Le sésame pour ta nouvelle vie.

Pourquoi une nouvelle vie ? Celle de Marechiaro est très bien. Si on lui demandait son avis, Elio dirait qu'il n'a pas du tout envie d'en changer. Pas trop eu le choix. À cause de la fin de la guerre, Giuseppe a trop d'enfants à charge. Ils débarquent par train en provenance du nord, par camions entiers, certains à dos d'âne. Au bout de deux ans, Elio faisait partie des anciens de l'institut. À l'arrivée des nouveaux, sa mission était de leur sourire et de les emmener visiter les bâtiments, les jardins, et la plage. Accueillir, ça s'appelle. Il fallait rassurer, dire que les adultes d'ici étaient gentils et expliquer l'histoire du libre choix des activités pour découvrir son futur métier. Pour les parents qui étaient morts, par contre, non, on ne pouvait rien. Ça mis à part, Elio n'en cachait rien aux arrivants, Marechiaro, y avait pas mieux.

Puis un matin, on l'a emmené dans un bureau pour lui donner son résultat. Toi, c'est la musique qui t'intéresse, lui a-t-on dit. Il croit surtout qu'il fallait faire de la place. Chacun son tour, c'est normal. C'est pour ça qu'il part à Zanolla.

Ilaria lui a bien recommandé de faire attention à son billet, de le garder dans sa pogne, de ne le donner à personne. Moralité, le premier monsieur à casquette bleue qui le lui a demandé l'a eu. Et il l'a coupé en deux, rien que ça. Qu'est-ce qui me sera passé par la tête de le lui tendre, se demande Elio depuis. Sans doute la faute à cette grosse émotion du départ. Le long môle Pisacane à remonter tout seul, la peur de se tromper de ponton, et l'ogre qui en barre l'entrée et demande d'une grosse voix à voir le billet. Pourquoi fait-il des choses comme ça, ce monsieur ? Espérons que personne d'autre ne viendra voir s'il est en règle. Avec ses deux malheureux bouts de ticket à présenter, sûr qu'il risquerait gros. Marechiaro l'a ramolli. Il n'y a pas d'autre explication. Avant, jamais il n'aurait fait confiance comme ça.

C'était tellement bien.

Les premiers jours là-bas ont été les plus beaux de sa vie. Les suivants aussi. Plus personne ne lui tapait dessus. En moins de deux, il avait arrêté de chaparder du pain. Il n'arrivait même pas à manger celui qu'on lui donnait ! Ah aussi, là-bas on dormait dans un lit. La vieille habitude de la paille est vite passée, tu parles. Il se fait à tout, Elio, n'est-ce pas, même aux matelas. Remarque, il ne restait jamais longtemps dessus, parce que des journées toutes mieux les unes que les autres l'attendaient.

Lui, on l'avait mis sur le bateau-école, qui n'était pas tellement une école, et vraiment un bateau. Tous les enfants aux poumons malades y allaient, ça les guérissait. Il fallait respirer à fond le grand air, hisser les voiles, chanter tous ensemble et très fort.

Repenser à Marechiaro donne envie de se recroqueviller sur le pont. Ce serait tellement bien de se mettre en boule, de s'endormir bercé par la houle et au réveil, qui sait, Giuseppe serait peut-être à nouveau là.

Rudement bonne idée de s'être préparé une petite réserve de sable à tripoter en cas de moins bien. Dans son autre poche, il a aussi un coquillage biscornu. Ça calme d'avoir un copain. Deux passagers discutent, assis sur une malle fermée par des cordes. Leur tour de cou tricoté fait drôlement envie. Un autre monsieur, lui aussi emmitouflé, garde à l'œil sa valise en carton en croquant dans un *panino* sorti d'un torchon. Elio n'a rien à se mettre sous la dent, ni aucun bagage à surveiller. Il a juste son petit bout de plage qui lui crisse sous ses doigts. Ah non, il possède un autre trésor, sa contenance. L'art de faire des heures durant comme si tout allait bien.

De toute façon, se faire du mouron est inutile. Avec la nouvelle côte déjà en vue, à quoi servirait de continuer de ramer à contre-courant dans sa tête ?

La vie ne va que dans un sens, pas vrai ?

Il a fait un peu froid pendant la traversée. Ça ne servait à rien de se l'avouer, vu que ça n'aurait rien changé. En accostant à Zanolla, la première bonne nouvelle, c'est la chaleur. Une bonne touffeur de sirocco, digne de Marechiaro. En moins de deux, on se retrouve moite et flagada, comme du temps d'avant. Les passagers ne traînent pas. Sitôt descendus du bateau, ils partent dans tous les sens. Ça rappelle quand on balance un pétard sur des termites. À coup sûr, ces gens connaissent les coins d'ombre et le chemin le plus rapide vers chez eux.

Elio ne voit pas où aller. Il sait où il doit se rendre, nuance. Tout droit à l'église. Ilaria lui a expliqué comment faire. Il suffit de repérer le clocher et de marcher dans sa direction. D'accord, facile. Sauf que tiens, la question n'est plus le froid ou le chaud. Maintenant, c'est soif. Là, ça commence à vraiment l'énerver, Elio. Il n'est pas loin de se mettre en colère contre lui-même. Espèce de poule mouillée, se dit-il, vas-y à l'église, qu'est-ce que t'attends ? Minute. Il veut d'abord voir comment elle est faite, cette île. Le port, on dirait une forme de coquillage, avec des barques et des voiliers cachés derrière la digue, alignés comme des chatons qui tètent. Est-ce que le ponant de Marechiaro soufflerait ici aussi ? Sans doute que oui. Il y a une sorte de – mince, comment ça s'appelle, cette chose – un *lungomare* ou une promenade, avec l'épicerie, le four et le bar alignés l'un après l'autre. Au-dessus, à flanc de colline, les maisons du village. Carrées, certaines avec une coupole, quelques-unes en couleur, des roses, des bleues et une toute petite jaune. Vues de loin, on dirait qu'elles poussent dans les arbres. C'est amusant de penser ça. Au bout d'une branche, à la place du fruit, tac, une maison.

— Va falloir te décider à descendre du *traghetto*, bonhomme. Parce que nous, on repart se mettre à l'ancre au Scoglio.

Oui, oui, d'accord. Il y va. C'est qu'à l'idée de devoir tout recommencer de zéro, une petite fatigue l'a pris. Non mais ça ne va pas la tête ? Puisque Giuseppe a dit que ça allait être formidable.

Le *padre* Bizzo est un prêtre heureux. Il est aussi suffisamment malin pour ne pas s'en vanter. Le gros ventre, il aurait du mal à le cacher. Lui préfère parler de gonflements, allant même jusqu'à évoquer une mystérieuse maladie. Vu à quel point cet embonpoint tranche avec le physique émacié des natifs de l'île, bien forcé de s'inventer quelque chose, n'est-ce pas. Ce serait quand même malheureux d'avoir à demander qu'on arrête de lui apporter les délicieux beignets de fleurs de courgette. Alors oui, c'est gênant, pareille abondance sur sa table quand les autres ont si peu. Que voulez-vous... Ces braves gens ont l'air tellement heureux de le gâter. Faut les comprendre, aussi. Quand on passe sa vie en mer à guetter le poisson ou qu'on s'escrime sur un lopin de terre aride, on a grand besoin de se mettre au mieux avec le Très-Haut. Qui décide de la trajectoire des bancs de thon ? Qui fait tomber la pluie ? Eh oui ! Et leur prêtre, ils le voient comme un intercesseur entre la terre et le Ciel. Mieux vaut l'avoir bien disposé, se disent-ils, et tout faire pour se le mettre dans la poche. Faut-il retirer à ces croyants tout espoir ? Padre Bizzo n'aurait pas le cœur à tant de cruauté. C'est pour ça, tant pis, il mange tout ce qu'ils lui apportent. Qu'ensuite on n'aille pas s'étonner.

L'un dans l'autre, Zanolla est une paroisse agréable. Y exercer un ministère, une aubaine.

Padre Bizzo ne le nie pas, à lui les récents tohu-bohu de l'Histoire ont plutôt réussi. La Grande Guerre l'a privé de quelques fils de son église, et qu'est-ce qu'on y peut. Aux parents endeuillés, il a su adresser les paroles réconfortantes de l'Évangile et promettre des retrouvailles dans l'au-delà. C'est formidable, ces gens, comme la religion les aide. Il suffit de leur rappeler les choses. N'oubliez pas, leur répète-t-il, ce qui n'a pas de sens ici-bas en trouvera là-haut. Emballé, c'est pesé. Les ouailles ont l'air de s'y retrouver. Tant mieux, tant mieux.

Lui-même n'a pas eu autant de chance avec sa foi. Il s'est tout de suite trouvé en délicatesse avec, dès le sacerdoce. Ça remonte, hein. C'était le tout début du chemin et son engagement spirituel montrait de sérieux signaux de faiblesse. La raison ? La meilleure qui soit. Aucune envie de devenir prêtre à l'époque, mais alors ce qui s'appelle aucune. Lui se rêvait musicien, quand sa famille voyait ça d'un autre œil. L'idée de l'ordination, ça venait d'elle. Et sa vocation musicale, pensaient-ils qu'elle se dissoudrait à force de prières ? Qu'elle allait s'évanouir dans les prétendues joies de la prêtrise ? Il était furieux. Empêchée par la porte, la musique est heureusement revenue par la fenêtre grâce au chant grégorien. On peut dire que ça tombait à pic. Padre Bizzo s'est alors jeté dans l'étude de la cantillation et la psalmodie latines. Pas simple, ça non, mais bien. Jusqu'au matin où il s'est réveillé avec le sentiment d'en avoir fait le tour. Trop austère pour lui, le chant grégorien. Son cerveau vibrait, ses entrailles pas du tout. Au jeune homme qu'il était, il fallait plus de sentiments, de ceux que vous procure un *Requiem* de Mozart. Mais voilà, elle était là, la solution ! Dans cette musique qui est grande avant d'être religieuse. *Stabat Mater* de Pergolèse, de Haydn, de Vivaldi et toutes ces pièces qui sont d'abord sublimes et seulement ensuite liturgiques. Là oui, qu'on pouvait parler d'élévation de l'âme ! Ça y était, Padre Bizzo entendait enfin l'appel du divin. Sa foi était d'ordre musical, voilà tout. En tout cas, ça devait suffire à le rendre partant pour administrer une église. À présent, il peut même se targuer d'être heureux de le faire. Car il y est chantre. Non, plus que ça, un véritable maître de chapelle.

Les hasards de la carrière ont bien voulu aider. Son ambition strictement musicale ne le portait évidemment pas vers les cathédrales en vue du Latium. Si vous rêvez que les autorités vaticanes vous fichent la paix, ce n'est pas sous leurs yeux inquisiteurs qu'il faut vous installer. Il fallait plutôt envisager des paroisses lointaines. Entendant parler de Zanolla, il a tout de suite su. Il venait de trouver l'endroit parfait où concilier les exigences d'une chaire et sa passion pour la musique.

Très vite, faire chanter le *repons* par ses fidèles ne lui a plus suffi. Il fallait plus, il voulait mieux. C'est alors qu'a germé l'idée d'une vraie chorale. Avant d'arriver à celle qu'il dirige aujourd'hui, il y a bien sûr eu des tâtonnements. La première tentative s'est faite avec les hommes. Virils, barbus, sympathiques, les gars n'avaient malheureusement pas le sérieux requis. Leur obsession de la pêche passait avant les répétitions, les envies de bringue aussi. Il y avait d'ailleurs trop de basses et par définition aucune soprane. Quoi, Padre Bizzo allait devoir se rabattre sur les femmes ? Sur ces sorcières ? Pis quoi encore ! Bon, non. Il y a des femmes qui sont des gens très bien. Eh bien, sœur Annamaria par exemple. De là à les faire servir dans son église, euh, tout de même pas. Qu'elles y viennent en tant que paroissiennes, oui. Au contraire, même. Cela les aide à lutter contre leurs pensées impures. Mais les faire chanter, nan... Un problème de menstrues se serait de toute façon posé. On n'allait quand même pas laisser entrer dans une église des femmes souillées. C'est pour cela qu'enfants et castrats se sont toujours chargés à leur place des notes aiguës. Eux, au moins, sont décents à longueur de mois. Bref, c'est par élimination qu'il est arrivé à sa chorale de petits garçons. En les choisissant parmi les malheureux, les pauvres, les orphelins, on faisait qui plus est œuvre charitable. Et voilà comment à force de patience, d'échecs et de travail, sa belle chorale d'enfants a été mise sur pied.

Là-dessus, la guerre vient encore d'aider, la difficulté accrue des liaisons avec le continent finissant d'isoler l'île. Le Saint-Siège a eu suffisamment à faire avec le respect de ses encycliques de paix et Benoît XV avec les critiques de sa neutralité pour se soucier d'un confetti perdu à trente-six miles des côtes. Tenez-vous bien, pendant les hostilités, aucune autorité religieuse n'a posé le pied ici. D'ailleurs, pas plus depuis qu'elles ont pris fin, l'épiscopat se contentant d'en recevoir de bons échos. C'est vraiment le cas de le dire. Car au sein du magistère de padre Bizzo, la musique a repris l'ensemble des droits qu'il voulait qu'elle tienne dans sa vie. Elle est tout. À ses yeux, la raison d'être de son orphelinat, c'est la manécanterie qu'il abrite. Elle seule donne à ses offices religieux leur beauté, et à Zanolla une réputation qui commence à se répandre dans toute l'Italie méridionale.

Vu le niveau atteint, il se réserve dorénavant le droit de faire passer une audition aux postulants. Il y a de ces crécelles naturelles dont il serait malvenu de s'encombrer. Une seule risquerait d'envoyer tout l'ensemble par le fond.

Ce matin, il guette l'arrivée d'un petit de Marechiaro, encore un. Depuis qu'Enrico Caruso leur a financé la construction d'un pavillon de musique, les meilleurs viennent de là-bas. Ils sont incapables de déchiffrer une partition, savent à peine appuyer sur les touches d'un piano, mais dans la voix, rien à faire, ils ont quelque chose de différent.

Appelons cela de la joie.

Touchons du bois pour que celui-ci aussi ait ça.

Zanolla, 1919

Le garçonnet qui se tient à la porte est vraiment petit. Sept ans ? Six ? Une souris. D'un regard, le padre Bizzo estime sa condition physique. Bonne. Torse ouvert, pas de scoliose, maigrelet comme ils le sont à cet âge, avec deux brindilles en guise de jambes. Les incisives centrales supérieures manquent. Ça, c'est un problème. La langue ne rencontrera aucune butée. L'air va s'enfuir au lieu de rebondir, les « t » et « d » seront laids. Adieu, beau *Te Deum*.

Mauvais point.

— Comment t'appelles-tu ?

— Elio Leone.

— Comment ?

— Elio Leone !

— Comment ???

— Elio Leone !!!

— Plus fort !

— ELIO LEONE !

— PLUS FORT !!!

— ELIOLEONEELIOLEONEELIOLEONEELIO-LEONEELIOLEONE !!!

Intense satisfaction de padre Bizzo, qui arrête net l'examen. Quelle merveille, ces larynx infantiles placés si haut.

— On le garde, dit-il.

Précision inutile tant sœur Annamaria connaît son prêtre. Quand il tapote sa soutane de ses gros doigts et qu'on lui voit ce rose aux joues, c'est bon signe. Il est ému et doit déjà être en train de réorganiser son chœur pour faire de la place à ce petit.

— Comment tu t'appelles, mon garçon, demande-t-elle. Oh, suis-je bête ! Tu viens de nous le dire.

De toute façon, elle arrive trop tard. Elio vient de décider qu'il n'ouvrirait plus la bouche.

— Me dis pas que tu es en train de faire pipi ! V'là que si !

Ce n'est même pas le plus grave. Le pire, c'est dans sa poche, le coquillage rose en miettes. Du fait de la peur, il l'a broyé.

— Tu ne devrais pas t'inquiéter du padre Bizzo. Si tu chantes comme il veut, il te mangera dans la main.

La dame lui a posé une main sur l'épaule. C'est elle la plus gentille des deux, on le voit tout de suite. Elle a des cheveux gris ramassés en chignon, le visage plissé comme une figue et du ventre. Peut-être qu'elle attend un bébé ? À Marechiaro, une éducatrice a eu pareil. Celle-ci dit s'appeler sœur Annamaria et se déclare intendante de l'orphelinat. C'est elle qu'il faut venir chercher en cas de soucis. Ah. Sans trop se creuser le ciboulot, des problèmes, Elio pourrait facilement s'en trouver un ou deux. Exemple : levé tôt ce matin, il n'a rien pu avaler. Il a dit au revoir à tout le monde, et aussi à Giuseppe. On l'a emmené au port, puis il y a eu la traversée, et l'arrivée ici. Ça fait quand même long sans manger. Peut-il en parler à sœur Annamaria ? Pas dit. On ne va pas risquer de l'énerver dès le premier jour en se plaignant qu'on a faim.

Elle parle sans arrêt, la dame, en le guidant à travers de petites pièces sombres. Ils vont lui chercher des nippes propres, explique-t-elle. Ici, tous ses enfants portent un uniforme. Gris pour le travail, blanc pour l'église. Le dimanche, elle les ravaude, puis on lessive. Surtout le blanc, qui marque vite. Cette tenue permet de les repérer facilement dans le village. S'il y en a un qui est pris à chaparder du raisin, on ne perd pas son temps à chercher des parents qu'il n'a pas. C'est elle qu'on vient trouver, ou padre Bizzo qui ne sera pas content. Sur l'île, tout le monde travaille dur sans gagner lourd, mieux vaut le savoir. On n'a rien de trop et on fait avec. Pour les gens d'ici, l'important, c'est la pêche. Pour le padre Bizzo, sa chorale. Dans la vie des enfants, les deux se rejoignent. Soit le chant, soit la mer. Les horaires, ça varie. Selon la force des vents, le passage des bancs de poisson et la saison. Les grands, qui n'ont jamais plus de quatorze ans, vont parfois au poulpe la nuit. Les petits se contentent de remailler les filets sur le môle.

— Moi, je suis un grand ou un petit, demande Elio.

— On verra ce que décide le padre.

Ah là là, sapristi d'humidité. Regardez-moi ces taches sur les murs, tu ne vois pas que ça recommence. On l'a creusé dans la montagne, ce dortoir, continue Sœur Annamaria en passant une main abîmée sur les auréoles brunâtres. Tous les ans, l'enduit est refait. On a droit à six mois de beauté, puis la roche recommence à pleurer. C'est comme ça. Faut savoir profiter du beau temps entre les orages, c'est tout. Pareil pour l'orphelinat, tu penses. Tant mieux quand ça va bien, ça ne sera pas toujours le cas. Une vingtaine de chenapans à veiller, à nourrir, à éduquer, ça ne peut pas aller sans difficultés, d'autant plus que tous n'y mettent pas du leur.

— Toi, tu vas me donner du mal ?

— Et vous ?

Parce que ça suffit maintenant. Il n'y a plus Giuseppe, rien à manger, pas le moindre enfant en vue à qui poser les vraies questions. La dame n'a pas le droit de faire comme si c'était lui, le problème. Ça l'énerve, les gens qui font ça.

Elle le regarde et son air buté l'amuse.

— Moi, je suis là pour t'aider. Tu verras.

Il a du caractère, le gosse. Tant mieux, ça lui rendra les choses plus faciles. Des billes translucides lui mangent le visage, ses cheveux bouclés mériteraient un bon coup de tondeuse et les taches de rousseur autour du nez, c'est dommage. Mignon, malgré tout. Pauvre petit.

— Enfile ça et installe-toi là. Nos plus jeunes dorment toujours dans les lits du bas.

Sous prétexte que pour rejoindre ceux du haut, il faut utiliser l'échelle en bois ? La dame s'inquiéterait moins si elle voyait comment il grimpe aux arbres. Tiens, elle sent l'oignon. C'est pas lui qui va s'en plaindre. Il adore ça, les oignons.

— Au fait Elio, la petite flaque de tout à l'heure, c'était juste ton cadeau d'arrivée, pas vrai ?

Comprend pas.

— Ce que je te demande, c'est si dès fois t'aurais encore besoin de langes la nuit ?

Nom d'un chien, elle se moque ! À la seconde, il charge tête la première en direction de son ventre. Campée sur de bonnes jambes, sœur Annamaria trésaille à peine. Prise par surprise, oui. Décontenancée, non. Elle connaît cette colère qui leur sort du corps. À l'arrivée, tous en sont emplis. À un moment ou à un autre, faut bien que ça déborde. Parfois, c'est juste qu'ils ont peur. Ni une ni deux, ce petit est agrippé, contenu et assis de force avant de recevoir sa ration de caresses sur la tête. Ah, ça ne traîne pas. Des larmes, faut voir grosses comment. Ô misère, elle dit. Non, il fait, non, c'est rien du tout. Juste de lui avoir touché la tête, ça lui a rappelé quelqu'un. Il ne dit pas qui. Ici, personne ne le connaît, Giuseppe. C'est ça, le plus triste de tout.

Sœur Annamaria le cale sur son giron et commence à lui chanter *Ninna Nanna.*

L'effet que ça fait d'entendre la première berceuse de sa vie...

— Ça va aller, ça va aller, lui répète-t-elle.

C'est affreux, les gens gentils. On a toujours envie de les croire.

En fin d'après-midi, les enfants arrivent dans le dortoir les uns après les autres. Ils se changent d'habits et passent des gris aux blancs sans le perdre du regard. C'est comme ça quand on est le nouveau. Tout le monde te regarde, personne te parle. Toujours assis sur le lit qui lui a été attribué, il les observe en retour. Comment ils secouent les écailles qui leur collent dessus, comment ils plient leur linge, les gestes qu'ils ont. Un truc à prendre, rien de vertigineux. Il suffira de s'appliquer. Les gars ont l'air content de vivre ensemble. Ils rigolent. Ça va aller.

Les retrouver dans l'église procure une grande émotion. À cause d'un souvenir de Marechiaro, encore un. Incroyable, hein. Quand il était là-bas, il n'en avait aucun. Depuis le *traghetto* de ce matin, c'est sans arrêt. C'est fou tout ce qu'on peut avoir dans la tête sans le savoir.

Deux fois par an, un photographe venait à l'*istituto*. Tout le monde, absolument tout le monde se retrouvait sur la plage pour prendre la pose. Les enfants, les éducatrices, les dames de la cantine, les docteurs, même Fifi le chien (si on le trouvait), on entourait tous Giuseppe. Il fallait faire attention à bien mettre les plus petits devant. Si on voulait, on pouvait sourire. La seule chose interdite, c'était de fermer les yeux. Une de ces photos était accrochée dans l'entrée de Marechiaro. C'est drôle, en s'observant dessus, Elio s'était trouvé petit. Pas du tout comme ce qu'il sentait vu de l'intérieur. Les enfants d'ici lui rappellent les images de là-bas, en plus mal rangés. Y a des petits qui se retrouvent tout cachés derrière. Ce padre Bizzo n'est pas un très bon photographe. Faudra pas qu'il choisisse ce métier plus tard.

Tiens, il vient de faire un geste étrange, mettre une sorte de claque dans le vide. À la seconde, tous les enfants ouvrent la bouche. Pour chanter « ta », seulement ça. Mais comme ils le font en même temps, le son gonfle et s'envole.

— Plus de canine ! leur crie le prêtre.

C'est le nom d'une dent, ça. Qu'est-ce qu'elle vient faire là-dedans ? Tranquille, les gens se parlent peut-être comme ça par ici. Faudra s'habituer. Les enfants n'ont pas paniqué. Leur « ta » continue de virevolter et padre Bizzo fait signe qu'il est satisfait de la quantité de dents. Ce qu'il est drôle ! D'un coup, il attrape une mouche dans sa main. Aussitôt, silence. Plus un son, rien. Ça ferait presque peur. Sauf que le prêtre les regarde et qu'il a l'air content.

Puis il fait une grimace, lèvres arrondies vers l'avant, les yeux trop grands ouverts, ses sourcils remontés vers les cheveux. Ses mains s'immobilisent en l'air. Nouvelle claque au ralenti. Paf, un « o » démarre. Même topo que pour le

« ta », il se répète sans jamais être pareil. Il va toujours plus haut, on a peur qu'il se casse, et quand ça va pour arriver, ben non, il redescend tout calmement. Ce « o » nous a bien eus, se dit Elio.

C'est en gars serein, presque en vieil habitué, qu'il accueille le tour du « i ». Les enfants plissent les yeux, quasi jusqu'à les fermer, en faisant un sourire forcé. Trop marrants, tous ! Impossible de résister, on n'a qu'une envie, sourire comme eux jusqu'aux oreilles. Son petit « i » à lui en profite alors pour s'échapper. Ça se fait tout seul. Maintenant il monte, monte, monte, et le padre Bizzo se tourne vers lui, l'air étonné, la tête penchée, avec un geste de la main pour indiquer de continuer à le faire monter. Eh bien d'accord. Les autres enfants, à court de notes, ont dû s'arrêter, son « i » se retrouve à emplir la nef tout seul.

Padre Bizzo fait mine d'attraper la mouche.

Arrêt net.

Rigolo, ce jeu.

Un sourire s'échange.

Le prêtre connaît la psychologie de ses troupes. Là, il sait qu'il ne doit rien montrer. Le chant a pour mission l'union, pas la jalousie. Une chorale, c'est un groupe, avec une logique de groupe. Si les autres enfants s'offensent, le nouveau sera exclu avant d'avoir pu dire son nom. Padre Bizzo s'impose donc l'effort de lui intimer le silence en se mettant un doigt sur les lèvres. Puis il s'en détourne pour continuer les vocalises avec le chœur.

Dans son esprit, c'est le chaos. Des partitions défilent à une vitesse folle, et il les voit d'un regard neuf. Tout devient possible, solos du *Stabat Mater* de Pergolèse tels qu'il les a toujours rêvés, l'*Oratorio* de Vivaldi, s'attaquer à Monteverdi. De quoi lui donner envie de pleurer.

Dans son dos, assis au premier rang de son église, un miracle âgé de sept ans vient de changer le cours des choses.

Il faut garder son calme, poursuivre la mise en voix. Exercices de prises d'air, de soutien de la note. Un léger sourire sur le visage s'il vous plaît les enfants, vos yeux plus lumineux. Ce rituel nécessaire pour préserver la santé vocale, mais un tantinet fastidieux, est à présent nimbé d'aura. Le padre Bizzo a la sensation exaltante de présenter le travail d'une vie à un jury de choix. À peine croyable que la présence d'un mioche puisse modifier à ce point les anciens points de repère et toutes les perspectives.

— Accords en ré majeur ! Vous, ré. Vous, fa dièse. Vous, prenez en la. On fait des demi-tons.

Ah, voilà à quoi servaient les groupes d'enfants, comprend Elio. Pas une histoire de longueur de jambes, mais à cause de sons différents. En fait, ça ne ressemble pas aux séances avec le photographe, plutôt à des parties de football. C'est juste qu'ils ont remplacé le ballon par leur voix pour se faire des passes.

À présent, les enfants ne chantent plus en même temps, ça crée des remous, des vagues, du soleil. Elio n'en revient pas de sa chance d'assister à cela. L'émotion est venue se loger dans son ventre, à la place de la faim. Il a envie de courir et de sauter partout. Eh ! Faut prévenir sœur Annamaria ! Tout le monde doit venir écouter ça.

Au Pavillon de musique de Marechiaro aussi, il y a eu des petits concerts. Pour l'occasion, on cuisinait *crostate* et *tramezzini* à offrir aux invités. L'inconvénient, c'est que Giuseppe prenait sa voix de directeur, et les embêtait avec un discours ennuyeux. Chers bienfaiteurs, chers amis philanthropes, disait-il. La suite, Elio ne l'écoutait pas. Regarder les belles dames était nettement plus intéressant.

Chapeaux à voilettes, sacs brillants portés à la pliure du coude, certaines avec un éventail. Un jour, une comtesse importante s'était dirigée droit sur lui. Sans doute aimait-elle le triangle et devait-elle trouver qu'il en avait bien joué. D'une main gantée, elle lui avait relevé le menton et l'avait traité de chaton. Ça ne lui avait pas plu du tout qu'on le confonde avec un chat. À la fin de la journée, il avait entendu Giuseppe remercier longuement la comtesse « au nom de tous les enfants ». Pas du sien, en tout cas.

Il y avait aussi eu l'annonce de la venue d'Enrico Caruso, qui avait accepté de chanter chez eux. C'était d'ailleurs un peu chez lui, le pavillon de musique portait son nom. Tout le monde était surexcité. Manque de chance, Elio avait passé le concert enfermé dans le pavillon des contagieux avec une maladie qui s'appelait la varicelle. Les autres ne s'arrêteraient plus de lui raconter l'extraordinaire après-midi passé. La présence de journalistes, la presse. Ils n'en revenaient pas et parlaient d'un immense privilège. Elio ne connaissait même pas ce mot.

Ça y est. Il vient de le comprendre. Maintenant, il sait. Un privilège, ça donne la chair de poule.

— Vos voix sont prêtes, les enfants. Chantons à présent notre Seigneur en mots de Vérité. Nous reprenons le psaume quinze, *Garde-moi, mon Dieu, j'ai fait de Toi mon refuge.*

Les petits chanteurs opinent. C'est le morceau qu'ils travaillent ces jours-ci, du terrain connu. Beau, mais triste. Selon le padre Bizzo, une excellente façon de capter leur intérêt.

La polyphonie explose dans les oreilles d'Elio, sa mâchoire se décroche. Il ne sait plus s'il pense à des trucs ou à rien, si quelque chose lui manque cruellement, s'il a tout, s'il est encore quelqu'un ou plus personne. Il n'a jamais ressenti cela. C'est mieux qu'un câlin avec Giuseppe, mieux qu'une focaccia toute chaude au sel et au romarin, mieux que de s'allonger sur son lit après du gros temps sur le bateau-école.

Garde-moi, mon Dieu, j'ai fait de Toi mon refuge.

Il voudrait tellement savoir chanter comme ça. Son « i » à lui, c'était rien, juste une possibilité. Il a fusé aussi simplement qu'un rire. Avec les mots, ça devient une tout autre histoire. Quand les enfants les prononcent, chacun se détache en brillant fort. Elio les sent lui rentrer sous la peau. Comme il voudrait les comprendre ! Dans son cœur, tout se mélange. Le cafard du voyage, le vide laissé par Giuseppe, la beauté de Zanolla, le chant du refuge de Dieu.

Le padre Bizzo aura sa manière à lui de le formuler, Elio vient d'être touché par la grâce de la Révélation, dira-t-il.

Se retrouver à dîner au milieu des enfants impressionne sacrément. Eux sont à la maison, avec une place attitrée sur le banc et l'habitude du goût de la soupe. Surtout, ils sont auréolés du prestige de leur musique. Ces lèvres, occupées à avaler des cuillerées de *minestra*, envoyaient il y a peu plein de « o » vers le ciel. Elio n'est pas encore des leurs. Lui n'est pas un magicien. S'il ignore comment on le devient, il est d'accord pour se donner du mal. Oui, à nouveau, il est partant pour tout.

Il avait raison, Giuseppe. Elle promet bien, cette suite.

— *Ué guaglio, comme staje* ?

Mince, c'est que lui, il ne parle pas le napolitain. Il comprend juste de petits mots, couci-couça. Tant pis, il leur répond en italien.

— Je vais bien, merci.

— *Nun parle 'o nnapulitano... Nun te preocupà. Ij te 'mbaro à parlà.* [1]

L'usage du patois était interdit à l'institut. Les enfants arrivant des quatre coins du territoire, une langue commune était indispensable pour se comprendre. Ce n'est pas Babel ici, répétaient les adultes, on doit faire pays. On est Italiens, alors on le parle. Elio avait juste glané quelques rudiments, surtout des noms de fruits et des insultes. Le garçon qui vient de s'adresser à lui se nomme Gino. C'est le chef, Gino. Puisqu'il a donné le feu vert, les questions des autres commencent à pleuvoir. D'abord les faciles, nom, âge, provenance. Puis la bizarre, est-ce qu'il a des parents. Bah non, sinon il ne serait pas là. Arturo le détrompe. Lui a des parents. Des brutes épaisses, précise-t-il. Paolo pareil. Les parents, ça t'oblige juste à faire ce que t'as pas envie. Ils te rossent comme ça leur chante avant de te placer où ça les arrange. C'est affreux d'en avoir. Quel bol il a, lui, de faire sans. Il est libre, quoi. Tant mieux alors, leur répond Elio qui n'y a jamais vraiment réfléchi.

— Vous chantez bien, il ajoute.

— Merci, p'tit gars, lui répond Gino.

Un chef doit savoir accepter les compliments. Arturo entend ça d'une autre oreille, et soupçonne Elio d'être ironique.

— Oui, quelle purge, sa musique. Rassure-toi, après la messe du dimanche, Bizzo nous fiche enfin la paix. Les fois où t'es trop enroué aussi. Bon, je sais, ça fait pas souvent quartier libre.

---

1. Tu ne parles pas le napolitain ? T'inquiète, je t'apprendrai.

Il se trompe, Arturo. Elio n'a aucune envie de se dérober au travail. Il voudrait au contraire commencer tout de suite les « a », les « o », les « i », et lui aussi implorer Dieu pour qu'Il le garde dans le refuge.

Sans oublier le travail avec les pêcheurs.

Pour ça, il va falloir rejoindre une équipe.

Puisque c'est padre Bizzo qui décide de tout, c'est lui qu'il faut aller trouver.

— Padre Bizzo, est-ce que je suis plutôt un petit ou un grand ?

— Ni l'un, ni l'autre. Je crois que toi, tu es à part.

Ah.

C'est bien gentil, mais ça ne répond pas à la question.

Zanolla, fin 1922

La nature paraît encore plus belle quand on sait comment elle a été créée. Les couchers de soleil, n'en parlons pas. Tous les soirs, Elio le constate. Dieu pioche parmi les couleurs à sa disposition et les dispose en taches dans le ciel, au milieu de petits nuages qui flottent. En grimpant sur le promontoire appelé *Capo Bianco*, on a l'impression d'être soi-même avalé par tout son orange et ses roses.

C'est Gino qui lui a montré ce chemin de crête. Lui y emmène ses troupes pour jouer aux gendarmes et aux voleurs, Elio y va plutôt pour contempler la vue. Quel spectacle ! Signe de l'immense force divine, fruit de sa seule volonté. Cette gentillesse de Dieu, c'est à n'en pas revenir. Elle nimbe tout, le violet sombre des montagnes, la naissance du cabri, le goût de la sauce tomate. À se demander comment Dieu trouve le temps de s'occuper de tout ça ! Heureusement qu'Il peut compter sur l'aide des saints. Forcément, ça le soulage. N'empêche que les belles idées, c'est toutes Lui qui les a.

Elio a décidé de ne pas Lui occasionner un surcroît de travail. Hors de question de Lui compliquer la tâche. Alors il fait ce qu'on attend de lui du mieux qu'il peut. Le soir, il récite les prières que padre Bizzo lui a apprises. Sa préférée, c'est le *Je vous salue Marie*, parce que c'est la plus douce.

Mais c'est chanter surtout qu'il adore. Que ce soient des morceaux déjà travaillés qu'on peut toujours améliorer ou les nouveaux. C'est excitant, les découvertes. On se dit qu'on n'y arrivera pas, et puis en fait, si. Sans doute parce qu'il a trouvé la bonne méthode. Le prêtre chante la pièce une fois. Ensuite, il faut fermer les yeux, s'enfermer en soi et l'entendre de mémoire. Ne reste qu'à poser la voix sur la musique qu'on a dans la tête. Le chant jaillit, et puis voilà. La première fois, les copains sont restés bouche bée. Ils lui ont demandé comment il arrivait à faire ça. Il a eu beau leur expliquer sa méthode, eux sont restés les yeux comme des billes. Ils sont d'un drôle.

Il y a un mois, ils ont eu l'idée de prétendre être retenus sur le môle par les pêcheurs et de l'envoyer se présenter tout seul à la répétition. Tu parles d'une trouille. Si padre Bizzo lui passait un savon pour prix de sa déception, ça pouvait douiller. Mais non, il a juste changé de partition sans avoir l'air fâché. Maintenant, c'est devenu un rendez-vous qu'ils s'offrent tous les deux une fois par semaine. Les copains trouvent que c'est une sacrée aubaine, et lui aussi. Il fait beaucoup de progrès.

Ah, et il sait lire la musique. Padre Bizzo a d'abord rouspété qu'il n'avait pas le temps de lui apprendre. De toute façon, ça ne lui servirait à rien dans la vie, pourquoi s'encombrer de ça. Mieux valait continuer de retenir les morceaux par cœur. Ah. Dommage. Ils sont tellement jolis ces ronds posés tout de traviole sur les petites lignes qu'on a envie de comprendre leur danse. Elio aime bien les mystères. Celui de Dieu percé, il n'était pas contre en attaquer un autre. Est-ce que padre Bizzo l'autorisait au moins à regarder la partition pendant qu'il chantait, seulement ça ? Bon, a-t-il fini par soupirer, c'est d'accord. En observant la chose de près, à côté des ronds ont vite été débusqués bâtons, serpents, éclairs et queues-de-cochon. Après, c'est venu vite. Faut placer le do. C'est lui, le départ de tout. La note au-dessus est un ré. En dessous, un si. Au début, on calcule par rapport au do. Avec l'habitude, on arrive à se repérer direct. Les notes pleines, appelées des noires, durent un temps. C'est leur valeur, dit-on. Les vides, ou blanches, deux. Pour cette fois, Elio trouvait que le padre Bizzo n'avait pas eu raison. Bien sûr que si, c'est utile de connaître l'écriture musicale, ça facilite drôlement la tâche de tout voir à l'avance. La voix sait si elle doit se préparer à monter ou à descendre, s'il faut faire provision de souffle ou bien si un silence arrive. Tellement plus agréable de comprendre où on va. Non ?

Le jeu s'est ensuite compliqué. Parce que sous les barres de mesures, il a remarqué d'autres petits signes écrits. Renseignements pris, c'étaient les paroles. Ça aussi, il a fallu deviner comment ça marchait. À chaque note correspond un mot. Ou plutôt un bout de mot. Do-ré tombe sur A-men. Si-la-sol-mi sur Ma-gni-fi-cat. Par exemple, en chantant « ma », on regarde l'aspect des lettres qui s'y rapportent. En l'occurrence, les pics d'une fourche et un ver de terre. Il s'agit de faire l'enquête à chaque fois et de bien observer comment s'écrit ce qu'on chante. Il y a un petit piège, parce que le latin ne se prononce pas tout à fait comme l'italien. Mais le plus gros problème, c'est le nombre d'asticots différents. Autant que dans la plaie d'un mouton mort. Ça a pris du temps de se souvenir de la forme de chacun et de ne plus les confondre. Le principe n'est pas sorcier, c'est plutôt question de patience. Comme tout, n'est-ce pas ?

Depuis, chanter est devenu une entreprise vaste comme on n'imagine pas. Pendant que la voix fait ce qu'elle doit, on déchiffre les notes sur la portée, tout en lisant les paroles écrites dessous. Ça, d'un seul et même coup d'œil. Parce que de l'autre, il faut continuer d'observer padre Bizzo. La battue de sa main indique le moment des départs de voix, s'il faut modifier le tempo, chanter *forte* ou *diminuendo*. On ne l'appelle pas chef de chœur pour rien. Nous, les enfants, notre rôle est simple, se dit Elio, il suffit de suivre.

La révélation, il l'a sur le môle. Il revient de cinq heures assis en tailleur à remailler les filets, on l'attend déjà à l'église. Une bénédiction de pouvoir se dégourdir les jambes cinq minutes entre les deux. En prenant par la rue principale, ça fait même un petit détour bienvenu. Il y a du monde sur la promenade. Les hommes vont faire leur crapette au café. Pourquoi Elio lève-t-il les yeux vers l'auvent, aucune idée. Il y lit le mot « Bar », ce qui ne le surprend pas puisque c'en est un. Il ne comprend pas tout de suite ce qui cloche. C'est en déchiffrant « Silverio » qu'il a le vrai choc. Le nom du café. Il se fige. Qu'est-ce que c'est que ça, il peut lire le nom du café ? ! Voyons voir avec la planche du menu. La soupe du jour est à la courgette. Le *primo* [1], *una colatura di alici.* Vertige de se l'apprendre à soi-même. Sur une table en bois, un journal traîne. Il s'en approche à pas lents. Le mot *Gazetta* écrit en gros. Dessous, ils parlent de la Marche sur Rome. *Che cavolo*, il lit tout ! Comme la première fois qu'il a réussi à flotter

---

1. Le repas italien commence par un plat de pâtes, d'où son nom, *il primo.* Celui proposé ici est aux anchois.

dans la mer ! Comme une mouette en plein ciel ! Une vie immense qui s'ouvre !

Il part ventre à terre avant de procéder à un demi-tour en épingle. L'église se trouve de l'autre côté, quel idiot d'être parti dans le mauvais sens.

— Sœur Annamaria ! Sœur Annamaria, hurle-t-il tout au long du chemin.

Il le crie au vent. Ses espadrilles roulent sur les cailloux, il pose une main dans les chardons, manque de dévaler en bas d'un talus. Sans être du genre à s'essouffler, il arrive hors d'haleine à l'orphelinat. Où est-elle cachée ? Pas dans la cour, pas dans l'office. Ah, dans la cuisine à préparer la *minestra* du soir.

— Sœur Annamaria, je sais lire ! Je sais lire !

— Oh, mon petit ! Comment que t'as fait ça ?

Elle est plus émue par la joie du gamin que par la nouvelle elle-même. En sautant dans ses bras, il lui fiche toutes ses épluchures de légumes par terre. Rien de grave, ça vaut pour toutes les fois où il est venu l'aider sans qu'elle ait rien eu à demander. Un amour de gosse, celui-là. Ils le sont tous, si on veut aller par là, mais lui, comment dire, plus que les autres. Sœur Annamaria ne dit pas ça à cause de sa voix. Elle ne se permettrait pas d'en juger et laisse cela au padre Bizzo. Ah là là, lui et sa chorale. Autant de passion, ça ne rend pas toujours fin. Hier, le prêtre est encore entré dans l'une de ses fureurs à cause d'une dent de lait tombée. C'était plus le même homme. Ne vous mettez pas dans un état pareil, lui a-t-elle dit, vous savez bien que ça repousse. Non mais vous avez vu combien ils m'en perdent, lui a-t-il répondu, à croire qu'ils le font exprès ! Padre Bizzo veut leur bien, pas de doute. Avec toutefois quelques excès, elle trouve. Est-ce que c'est normal d'appeler un petit garçon « mon miracle », sous prétexte qu'il chanterait mieux que les autres ? Est-ce que c'est une éducation à donner ? Combien ça lui fait à Elio, dans les dix ans. À cet âge, on a encore besoin de câlins, pas de se faire monter le bourrichon. Remarque que le petit réagit comme il faut. Toujours bien disposé, il n'embête personne et fait sa route en souriant.

Voilà qu'il sait lire maintenant.

— Comment as-tu appris ?

Personne ne sait lire, ici. Ces enfants, encore moins. Elle-même en serait bien incapable.

— Avec les partitions, je crois.

Il n'a plus l'air certain, parce qu'il s'en moque. C'est déjà du passé. Ce qui persiste, c'est l'excitation formidable, l'envie de sauter partout et de taper dans ses mains.

— Eh beh, dis donc ! Qu'est-ce que je peux dire à ça, mon petit ? Tu vas pouvoir… lire, du coup.

Mince, c'est vrai. Il n'a pas réfléchi à l'usage qu'il en ferait. En tout cas, il pourra lire, bah, tout ce qui se lit. Quoi, il ne sait pas. Le rapide coup d'œil autour de lui n'aide pas. Rien d'écrit nulle part dans la cuisine. Tant pis, même si ça n'est utile qu'au café et à l'église, il est content. À propos, il doit se dépêcher d'enfiler ses habits blancs. Ce serait dommage d'être en retard aux répétitions un jour pareil.

Pas le temps d'annoncer la grande nouvelle aux copains, pas moyen. Sitôt les vocalises commencées, padre Bizzo interdit toute discussion. On chante, on ne fatigue pas sa voix en parlant, sauf dans la tête. Une idée vient de germer dans la sienne. Est-ce qu'il doit le raconter ? Qu'est-ce que ça ferait s'il gardait le secret ?

Le soir, dans l'obscurité du dortoir, il ne résiste pas.

— Gino, tu dors ?

— Ça dépend. Pourquoi ?

Comment le formuler ?

— Je crois que je sais lire les mots.

Gino ne répond rien.

C'est contrariant, ce silence.

Des grincements, des crissements, quelques bruits feutrés. Soudain, une chemise de nuit lui effleure le bras. Le souffle de Gino est dans son cou.

— Bien joué, frérot. Et moi, tu veux savoir ? Sous peu, je me tire en Amérique.

Gino n'en fait pas mystère, il compte voir du pays. C'est le plus âgé des garçons, Gino, il commence même à parler de filles. Rien ne l'arrête. Un soir de pleine lune, il a poussé la sérénade pour la cadette d'Attilio. De la lumière a percé au travers des persiennes, le père est sorti, son fusil à la main. C'en était fini des refrains de nuit. Les armes de Gino, c'est sa malice et une franche gaîté. Sa voix aussi, du moins jusqu'à ce qu'elle se mette à faire des siennes. Tu vois comme je suis bel homme, explique-t-il souvent en ouvrant grand la bouche pour montrer ses dents blanches. New York, il est sûr de n'en faire qu'une bouchée.

Elio s'endort en se demandant ce qui vaut mieux, partir en Amérique ou alors savoir lire.

Vrai, leur pays à eux ne va pas fort. Depuis la guerre, en fait. Pendant, c'était normal d'avoir des problèmes. Depuis qu'elle est finie, moins. C'est parce qu'elle s'est mal terminée, les gens disent. Bien sûr, l'Italie a gagné, sauf qu'on ne voit pas trop quoi. L'Autriche n'a pas rendu les terres qu'elle doit. Et à Rome, les présidents du Conseil se succèdent à un rythme absurde. Le temps de faire une bêtise, hop, le type cède la place à un autre. Pas un pour racheter l'autre, tous des coquins apparemment. Elio entend dire aussi que la situation de Zanolla diffère de celle du reste du pays. Comme quoi ici, ce ne serait pas l'Italie. Alors c'est quoi ? Zanolla, c'est Zanolla. Rien à voir avec le continent, prétendent les habitants. Jusque-là, ils se sont très bien accommodés de son maigre développement. Quel mal y a-t-il à vivre comme nos parents l'ont fait ? Au contraire, même. Sauf qu'on commence à en savoir un peu plus long sur la vie moderne. Les nouveaux médicaments, l'électricité dans les maisons, l'eau au robinet. Rien de crucial, bien sûr, mais ça laisse quand même songeur. On ne s'emballe pas, tempèrent certains, le progrès, ça vaut seulement pour les villes. Pour comparer, faudrait plutôt aller du côté des campagnes, on verrait que la situation n'y a rien de très brillant non plus. Dans l'arrière-pays de Naples, on vit dans les ordures et la misère, sans même le secours de l'horizon. À tout prendre, Zanolla offre au moins la consolation de la beauté. C'est pour ça qu'on lui pardonne sa dureté.

En retard, l'île l'a aussi été pour les problèmes. À l'instar du progrès, ils l'ont longtemps épargnée. Fini, ce bon temps. À présent, ils sont bel et bien là. On a beau être fier d'être des îliens, l'orgueil ne suffit plus à cacher ce qui cloche. En premier lieu, les prix. Ils ont grimpé en flèche, tandis que ceux de la criée s'effondraient. Pendant la guerre, on a tellement laissé les poissons tranquilles que la mer en est pleine. C'est par tonnes que les gros bateaux du continent les ramassent, avec d'autant moins de fatigue que certains commencent à utiliser des moteurs. Comment les petits cotres à voile de Zanolla pourraient-ils rivaliser ? Eux sortent tous les jours ramasser des filets pleins, et puis quoi ? À qui on le vend, ce poisson ? Tout le monde en a trop, alors on le mange. Ça, pour en manger, on en mange. Mais c'est pas ça qui fait rentrer de l'argent dans les caisses. Cet état des choses rend tout le monde nerveux. On n'a plus de quoi, les gens disent. Ceux qui en sont à vendre leur chèvre le savent, c'est le début de la fin. Ça rend mauvais. On sort de la guerre, et c'est pour se retrouver avec un avenir pire devant ? Il y a ces phrases au café. À quoi bon, racontent les regards. Un pêcheur désespéré vient carrément de débiter sa barque à coups de hache.

Ce ne sont pas de bonnes conditions pour commencer à s'intéresser à la politique. Jusque-là, tout le monde s'accordait sur l'essentiel. On votait Zanolla. Le maire, évidemment du cru, était élu pour que rien ne change. Vouer un amour passionné à cette terre qui est mer, prôner l'immobilisme, c'était tout ce qu'on lui demandait. On le reconduisait, mandat pépère après mandat pépère. Le village a toujours été heureux comme ça. Il s'en remet à Dieu, au culte de San Siverio, le protecteur de l'île, et à la beauté des paysages. À rien d'autre. Basta così. Ici, personne ne s'est jamais occupé de socialisme, de libéralisme, ou de nationalisme. On n'en a rien à faire de ces mots-là. Est-ce que ça change la force des vents, la douleur d'un os brisé ou le physique des femmes, alors quoi ? Mais avec les fascistes aux manettes, c'est en train de virer vinaigre. Certains se sont mis à écouter les discours de Mussolini. Vous n'allez pas croire à ces foutaises, tonnent les autres. Des voyous, des brutes, voilà ce qu'ils sont. C'est nouveau, cette fracture. Devoir organiser un faisceau sur l'île n'arrange rien. Obligation d'avoir un bureau fasciste, ça alors. Pas question, pas la peine, s'exclament ceux qui se croient restés aux temps d'avant. Fais gaffe sinon je te dénonce, leur répond-on.

Au vu de l'ambiance, pas étonnant que l'exil vers l'Amérique fasse des émules.

Gino, quatorze ans, brûle comme d'autres d'y partir.

Et s'il venait d'y parvenir ? Un matin, Elio ne le trouve plus nulle part.

Les pêcheurs ne sont pas au courant. Padre Bizzo ne répond rien de précis. Sœur Annamaria se signe en marmonnant « C'est comme ça ».

Elio imagine son copain en passager clandestin du *Gennargentu*, puis d'un gros vapeur transatlantique. De toutes ses forces, il lui souhaite bonne chance.

Depuis, il y a un sale parfum d'absence lors des équipées sur les hauts de Santa Lucia, lors des oursinades sur la plage, et plus jamais de messes basses dans le dortoir.

C'est comme ça.

Zanolla, 1926

Les années filent. Un jour, ça fait sept ans qu'Elio vit à Zanolla. Il en a quatorze, et l'île est la sienne. Il connaît la moindre grotte, les lichens, le patois et tous les habitants. Il est chez lui.

Le menton de Sœur Annamaria a commencé de trembler un peu, ses mains aussi. Elle a de ces tendresses pour lui qu'il accueille avec reconnaissance. En retour, il prend soin de la vieille femme qu'elle est devenue, porte pour elle les charges les plus lourdes, lave à sa place les sols à grandes eaux et s'occupe d'étendre le linge sur le fil. Au printemps, tous deux ont leur rituel, passer ensemble la chaux sur les murs et le sol de la terrasse. Après quoi ils s'assoient, un bon verre de citronnade à la main, et profitent en silence de ce blanc tout neuf, aveuglant et si beau, qui va leur éloigner les moustiques. Ces soirs-là, c'est fête. Tout le monde les remercie.

Elio l'aime, sa sœur Annamaria. C'est à elle qu'il raconte l'importance de Dieu et l'importance du chant, et à quel point tout ça se mélange. Tu vois, lui explique-t-il, c'est obligé que chanter t'amène à croire. D'un bonheur pareil découlent forcément les autres certitudes. Et puis les deux se font à l'église, ça ne peut pas être un hasard. Il le sait parce qu'il le sent, c'est aussi simple que cela. Avec Dieu plus le chant dans une vie, n'importe quel destin devient enviable. Le sien est tout tracé, il fera pêcheur. Un pêcheur-chanteur, et croyant.

— Regardez-moi comment il bombe le torse, rit Sœur Annamaria.

Pas faux. Elio montre force et assurance à l'idée de devenir un homme de Zanolla. La conviction de cette appartenance lui est venue peu à peu, en suivant un cours tout ce qu'il y a de plus naturel, du genre irréfléchi et souterrain. Jusqu'à ce qu'un jour, paf, la certitude lui éclate à la figure. Ça peut se dater. C'était quelques années plus tôt. Le 27 janvier 1921, très exactement.

Padre Bizzo leur avait dit vouloir célébrer l'anniversaire des vingt ans de la mort d'un certain Giuseppe Verdi, un grand monsieur *della lirica*. Par rapport au répertoire habituel de la maîtrise, c'était un peu hors sujet. Les répétitions n'allaient donc pas pouvoir se tenir dans l'église, expliqua-t-il. Cela aurait été d'autant plus indélicat que ce monsieur Verdi n'avait pas montré d'excellentes dispositions à l'endroit de la religion. Certes, il avait fini par l'épouser, la Strepponi, mais il l'avait fait tardivement, après avoir longtemps vécu dans le péché avec elle. Elio se souviendra longtemps de leurs cris de réprobation, à eux les enfants, que padre Bizzo avait sèchement fait taire. Verdi s'était égaré, soit. N'en parlons plus. Il n'en restait pas moins le père de nombreux chefs-d'œuvre. L'un des plus éminents Italiens de tous les temps, à l'égal d'un Leonardo Da Vinci, de Michelangelo et de Dante Alighieri.

— Comment ce monsieur Verdi a-t-il pu ne pas croire en Dieu, s'il était si remarquable que vous le dites ?

Avec le recul, facile de se dire qu'il aurait mieux fait de se taire. Plus Elio posait de questions, moins padre Bizzo y répondait. Entre eux, ça signait déjà un début de moins bien. C'est reparti, avait soupiré le curé. Tu sais que tu deviens franchement pénible à tout interroger. Pourquoi le mode mineur rend-il triste, pourquoi le *Miserere* d'Allegri fait-il tourner la tête, et pourquoi entend-on mieux sa voix en fermant les yeux ? Décidément, tout ça n'a plus la grâce des débuts, avait-il ajouté.

— Oui, pardon, padre Bizzo... Mais à propos du problème entre Verdi et Dieu, vous ne m'avez pas répondu...

— Tais-toi, Elio ! Les génies ne sont pas forcément des gens intelligents. Voilà pourquoi. Ajoutons à cela que Verdi n'est pas célébré pour sa musique liturgique, reprit-il plus calmement. Lui s'est dédié à la composition de ce qui s'appelle des opéras, c'est-à-dire des livrets chantés en continu sur une ligne musicale. Comme ces spectacles ne se donnent pas dans des églises mais dans des théâtres, les répétitions en l'honneur de ce monsieur auront lieu, non dans la chapelle, mais dans la cour de l'orphelinat. Voilà pour le préambule.

— C'est quoi, un préam... Non, rien.

Il ne faisait pas froid en cette fin d'après-midi, grâce à un doux soleil d'hiver. L'odeur dans l'air, c'était une sauce tomate à l'origan en train de mitonner. Les chats venaient aux caresses, passant entre les jambes, la queue dressée. Padre Bizzo eut plus de mal que dans l'église à obtenir l'attention de son assemblée. Il menaça de sortir le fouet. Eh, quand même pas, avait souri sœur Annamaria qui passait par là. Elle revenait d'être allée chercher au potager la touche finale de sa sauce, des feuilles de basilic toutes fraîches.

Padre Bizzo commença par raconter la vie du compositeur. Elle était longue, faite de musique, de voyages et de triomphes. Le prêtre leur fit alors une confidence. Tout jeune homme à l'époque, il avait réussi à se procurer un billet pour entendre *Falstaff* au *Teatro* San Carlo de Naples. Giuseppe Verdi ayant décidé d'assister à cette même représentation, la façade du théâtre avait été recouverte de roses. Ce sont des fleurs, les roses, qui ne poussent pas à Zanolla, mais qui sont tout de même très belles. Le long de la route qui menait du théâtre à son hôtel, pareil, on avait fait à Verdi tout un chemin de pétales. Fallait voir ça. Si le prêtre le précisait, c'était pour que les enfants imaginent la dévotion dont ce monsieur était l'objet. Médailles frappées à son effigie, nuits de liesse si sa présence était signalée quelque part, foule hurlante à sa suite avec agitation de mouchoirs, hourras et jets de baisers. Padre Bizzo alla jusqu'à dire qu'aux yeux de certains Verdi semblait un dieu. Aïe, blasphème. D'où, nouveaux murmures dans les rangs. La peur du martinet avait empêché de trop se récrier. N'empêche, dans les petits crânes ça tempêtait fort.

— Verdi est immense ! avait tonné Padre Bizzo pour couper court au brouhaha.

Là, il s'était mis à fredonner. Juste un filet de voix, l'air absent, les yeux partis. On ne l'avait jamais vu comme ça. Il était revenu à lui pour répéter l'honneur que c'était de chanter un air composé par ce génie. La dévotion qu'il fallait y mettre, et le cœur. L'âme aussi, car il s'agissait d'un chant-prière.

Le psaume cent trente-sept de la Bible raconte l'exode des Hébreux à Babylone, après qu'ils ont été chassés de Jérusalem par le roi Nabuchodonosor II. Dans *Nabucco*, le tyran fait pire encore, en les réduisant carrément à l'esclavage. Voilà pourquoi les enfants devaient faire entendre de la douleur. Il faudrait à leur chœur un souffle long, empreint de gravité. N'oubliez pas, *bambini,* vous êtes des esclaves implorant le Seigneur de vous rendre votre liberté perdue ! Ah bon, s'étonnaient certains enfants.

Padre Bizzo avait ménagé une petite pause dans son laïus.

— En fait, ajouta-t-il, j'ai ma petite théorie à propos de cet air.

Selon lui, le compositeur se fichait éperdument du sort des juifs. Ce n'était qu'un paravent. On appelle cela une transposition. Ce à quoi Verdi faisait référence, c'était sans doute à la condition des Italiens souffrant sous le joug de l'empire d'Autriche. Aujourd'hui, il serait sans doute le premier à s'insurger de la situation de Zanolla, car autant dire que le problème est le même. On oblige l'île à obéir à des décrets royaux qui ne sont pas faits pour elle. Pourquoi les bassine-t-on avec cette histoire d'égalité des chances et de progrès sociaux ? Ces histoires d'instruction obligatoire des enfants, d'horaires de travail des adultes, Zanolla n'a pas besoin de ça ! Il s'agit d'une intolérable mise sous tutelle. Ceux du continent sont en train d'assassiner leur liberté, ni plus ni moins. Bref, l'idée du padre Bizzo, c'était que Verdi avait en quelque sorte anticipé ce qui arriverait à leur chère île et que son chœur des esclaves de *Nabucco* le déplorait. Pensez-y, leur avait dit le padre, en chantant *Va, pensiero.*

Bigre, ça faisait beaucoup d'informations d'un coup. Ce n'était pas habituel, une si longue introduction. On était loin des latineries ordinaires.

Les mots que venaient d'employer padre Bizzo ressemblaient plutôt à ceux des discussions du café Silverio. C'étaient ceux des engueulades de grands.

— Pourquoi y aurait que du mauvais dans le bolchevisme ?

— Moi, je ne mets pas ma Luisa au pot commun, je vous préviens.

— Dors tranquille, y'a pas de risque qu'on te la prenne, ta Luisa.

Quand ça touchait aux femmes, ça pouvait finir qu'ils se mettent sur la goule.

— Est-ce qu'une révolte comme le *Biennio Rosso* de Turin pourrait marcher pour notre île ?

— Je préfère encore continuer de me faire exploiter par Attilio que risquer de me prendre une balle entre les yeux.

— Toujours à lécher la police et les patrons, toi.

— Et pas qu'eux !

Ils riaient, Elio ne comprenait pas pourquoi, puis ils se remettaient à beugler que c'étaient toujours les mêmes à se faire avoir, qu'il fallait que ça change et qu'on pense à l'avenir des enfants. Pas à l'avenir d'un enfant comme lui, qu'on aimait bien mais qui ne comptait pas assez pour qu'on s'abstienne de parler en sa présence. À part quand il se rendait utile à la pêche ou qu'il chantait à l'église, on l'appelait « le petit de personne ». Tous les enfants du padre Bizzo étaient comme ça, transparents. Elio y était habitué. Même, ça l'arrangeait. Assis sur une grosse pierre, à moins de trois mètres des clients, il avait appris plein de choses en écoutant leurs conversations. Dernièrement, ça s'engueulait plus dur, à cause de ces trucs dont venait de leur parler le curé, les esclaves et leurs maîtres, ces mots-là. Donc peut-être à cause de ce fameux monsieur Verdi, songea-t-il en regardant la partition devant lui.

Ça alors, *Nabucco* était écrit en italien !

— Pourquoi c'est pas écrit en latin, padre Bizzo ?

Encore cette histoire du pourquoi et du comment ! Bon sang, mais qu'il était fatigant ce gamin, ça devenait vraiment…

— Pour que des petits malins comme toi posent la question, voilà pourquoi. Maintenant, tout le monde se tait. Toi aussi, Elio. Attention, fa dièse majeur !

Les enfants y allèrent du murmure hésitant de la première fois. L'étude d'une nouvelle page se faisait toujours à l'unisson, afin que chacun commence par maîtriser la ligne mélodique principale. C'est dans un second temps qu'était introduite l'éventuelle polyphonie, une fois l'esprit du morceau saisi par tout le monde. Ça prenait quoi, deux ou trois séances. *Va, pensiero* fut compris à la seconde. Une valse si mélodique, un rythme d'une telle simplicité qu'il paraissait possible de deviner l'accord suivant. S'en dégageait un sentiment profond qui donnait à chacun envie de mettre de la force dans sa voix.

Toto ne s'en priva pas. C'était le rempailleur de chaises, Toto, avec une échoppe installée juste à côté de l'orphelinat. Ses yeux n'étant plus ce qu'ils étaient, le vieux monsieur préférait sortir de son atelier pour réaliser ses trames de cannage au grand jour. Aussitôt la deuxième mesure chantée par les orphelins, sa voix à lui, sans rien de solide, rien à montrer, s'était mise au garde-à-vous. Pensez si c'était quelque chose, *Va, pensiero.* L'unique chanson qu'il connaissait, *'O Sole mio* excepté.

Le visage de padre Bizzo darda par-delà les murs de la cour, puis tout son corps-colère pivota. Maintenant ce n'était plus une voix, mais carrément deux, qui arrivaient de la placette. Comment ces villageois osaient-ils ? L'un barytonnait vaguement, l'autre casserolait, impossible d'appeler ça autrement. Bon sang, allez travailler avec un bruit de fond pareil ! Facile, lui montrèrent les enfants. Pas un rire de leur part, pas la moindre moquerie. À croire que ces idiots étaient sourds, s'énerva le padre Bizzo. Il les laissa pourtant continuer de chanter et eut raison. Son chœur, cet air, même avec les vieilles andouilles qui essayaient de tout gâcher, oui, ça avait de l'allure.

À la fin de la messe du dimanche, il fit son annonce au village. Un rassemblement se tiendrait sur le môle le vendredi suivant. Il parla d'un « événement », un mot pour frapper les esprits. À cet instant, personne ne se doutait à quel point il serait approprié.

Le jour J, il y avait du monde regroupé à attendre. Chacun avait fait l'effort. Qui, en revenant plus tôt de la pêche, qui, en retirant une marmite du feu ou après une marche pentue depuis les *Scotti*, avec zéro garantie de récompense. Padre Bizzo se présenta en habits du peuple, sans sa soutane de campagne, suivi de ses enfants qui se juchèrent sur des caisses. La foule commentait ces manières, amusée qu'on la sorte un peu de l'ordinaire.

Le cantabile à peine commencé, elle en reconnut l'air, avec force exclamations et amorces de sourire.

Va, pensiero, sull'ali dorate ;
Va, ti posa sui clivi, sui colli,
Ove olezzano tepide e molli
L'aure dolci del suolo natal ![1]

Ce fut d'abord un mmm, marmonné lèvres serrées.
Puis quelque chose se produisit. Un homme se lança.
C'était Giovanni.

---

1. Va, pensée, sur tes ailes dorées ; Va, pose-toi sur les pentes, sur les collines, où embaument, tièdes et suaves, les douces brises du sol natal !

Bientôt suivi de Luigi.

De Vittorio.

D'Umberto.

De Reno.

De Valentino.

De Giacomo.

De Rocco.

Tous.

Les femmes aussi, et comment !

La foule s'exaltait à gorge déployée, sans plus prêter attention aux enfants, sans s'occuper de justesse, de noblesse, ni d'exactitude des paroles. D'ailleurs, force est de constater qu'il y avait quand même tout ça. Pas trente, deux cents personnes chantaient comme on se donne la main, portées par le même enthousiasme. Ce n'était plus un public, c'était une famille. Si je m'interpose, ils me lynchent, songea padre Bizzo. Il n'eut pas le temps de formuler quoi que ce soit d'autre, l'émotion l'avait gagné, lui aussi.

Le chœur des esclaves, célébré a cappella par un village entier de pêcheurs analphabètes.

Les enfants étaient tétanisés. Certains continuaient de remuer les lèvres en automates, sans savoir s'ils chantaient encore. Aucun n'entendait plus sa voix. L'ardeur du début s'était muée en frisson. À Elio, elle donna deux choses, la chair de poule et une certitude, il n'était plus seul dans la vie. Grâce à la musique et au mérite, à la force collective, des gens de Zanolla. Sous ses yeux, dans ses oreilles, l'île se faisait communauté. Je suis l'un deux, se répétait-il en regardant les visages autour de lui, je suis un des leurs.

Quand on a enfin trouvé une famille, il ne faut plus jamais la quitter.

Padre Bizzo les avait abandonnés pour faire face à la foule, à qui il adressait une battue distraite que personne ne suivait. Ce n'était pas un temps pour obéir. C'était l'un de ces moments qui se fabriquent tout seuls, et disparaissent comme ils sont venus, par magie.

Et puis ça a été fini.

Voilà.

Restait la surprise de ce qui venait de se produire, la joie d'y avoir participé et un silence magnifié par la musique qu'il venait clore. Après un tel partage, on n'était plus les mêmes. Se séparer tout de suite n'était pas envisageable. Quelqu'un eut l'idée d'ouvrir le tonneau de gnôle réservé aux grandes occasions et Padre Bizzo dirigea en catastrophe ses enfants vers l'orphelinat. La fête au village, Elio n'a pas pu y prendre part. Il a vraiment eu du mal à s'endormir cette nuit-là. Il se retournait dans son lit, obsédé par une question. À quoi tient la beauté ? Était-ce même le mot juste ? On ne comprenait pas toujours les cadeaux que Dieu faisait. Il leur avait en tout cas accordé celui-ci et la vie en serait à jamais marquée. Voilà, c'était ça le grand pouvoir de la musique, mettre les hommes ensemble. Ce soir-là, Elio avait vraiment senti qu'il faisait partie d'un grand Tout.

Depuis, ce sentiment ne l'a plus quitté. Même quand il part marcher seul, il sait qu'il ne l'est pas. La Beauté, les Gens, la Musique, Dieu, il a tout ça avec lui. En lui. Quelle chance, hein, quelle force. Tant mieux, parce que du côté de la chorale, ça ne va plus très fort. Ses cordes vocales ne sont pas en forme. Elles décrochent sans prévenir d'une demi-octave, dans un sens ou dans l'autre. Elles ne lui obéissent plus. Padre Bizzo lui a fait rejoindre l'équipe des alti, mais sa voix s'est soudain envolée vers des aigus jamais atteints. Il l'a remis illico chez les soprani. Paf, l'inverse, voix de basse. Tais-toi, mais tais-toi donc, padre Bizzo finit toujours par lui crier. Gardez votre calme, l'admoneste sœur Annamaria, faut juste vous chercher un nouveau soliste. Ah oui ? Facile à dire quand on n'y connaît rien. Est-ce ça se trouve sous les sabots d'un cheval, un numéro comme Elio ? Sûrement pas ! Si c'était seulement une histoire de voix, mais non. Ce gamin est un musicien né. Il a une musicalité dans le chant comme padre Bizzo n'en a jamais entendue. Allez me remplacer ça. Le petit Livio a été mis à l'essai, de quoi rendre fou. Il s'emmêle les pédales au moment d'attaquer sa partie, a systématiquement un temps de retard et flanche dès que les voix des autres lui arrivent dessus. Padre Bizzo écume, autant pour la faiblesse de son nouveau soliste que pour l'insubordination physiologique d'Elio. Pourquoi faut-il que le Diable l'ait pris ?

L'adolescent passe de plus en plus de temps sur les bateaux, surtout sur le *Gavi*, où l'équipage lui a fait une place. Le patron est brave homme, avec le regard sans arrêt tourné vers le ciel. Ses marins repèrent les poissons à l'écume en surface, lui semble les chercher dans le ciel. Je demande conseil à Dieu, a-t-il répondu à la question d'Elio, qui lui a dit moi aussi je fais ça. Le *Gavi*, c'est un cotre où se sentir à l'aise. Pendant des années, Elio est resté sur le môle à défaire les nœuds des filets, ou à recoudre leurs trous. Sa nouvelle carrure lui permet de les jeter en mer et de les remonter à bord pleins et lourds. Ces six derniers mois, il a encore grandi d'une tête. C'est le plus grands des enfants, et même du bateau.

— Quand est-ce que tu t'arrêtes ? s'inquiète sœur Annamaria.

La nuit, il sent souvent une fureur le prendre et se réveille mouillé, comme s'il avait couru. De jour, il le fait pour de vrai des kilomètres durant, sur les chemins escarpés qui surplombent la mer. Cherchant à se fatiguer, cherchant une limite à ses envies d'immensité, il parle aux chèvres qu'il croise, au ciel habité par Dieu, tout en avalant des gorgées d'air du large, chargées de sel et d'iode. Elio n'a de cesse de remercier Giuseppe Tropeano du cadeau de cette vie entière à Zanolla. Il ne pense à rien, à trop de choses, et se sent bien au point d'avoir parfois envie de pleurer. De ces balades, il ne revient pas indemne. La reconnaissance le déborde. Alors il fonce à l'église prier au frais, et tenter de se calmer.

C'est là qu'un jour, le 8 huit décembre 1926, padre Bizzo vient le trouver.

— Tu embarques sur le *Gennargentu* dans deux heures.

Ça alors ! Il va enfin visiter Naples ! Ce voyage était prévu pour vendre leurs conserves de thon, mais s'il avait su qu'on l'y enverrait, lui !

— Avec qui je fais la traversée ?

— Non, arrête avec tes questions. C'est fini, tout ça.

Padre Bizzo a le visage bizarre, la voix monocorde.

— Je pars vendre les *sott'olio*, c'est bien ça ?

— Tu me fous le camp pour de bon. Ici, tu ne me sers plus à rien.

L'impression d'un coup sur la tête.

— Et rase-moi cette moustache répugnante, ajoute Padre Bizzo.

Puis il tourne le dos et quitte l'église.

Ça veut dire partir partir ? On le chasse ? Non, impossible.

Il repense à Gino. Voilà ce qui lui est arrivé. C'était pas du tout l'Amérique.

Dire au revoir à Sœur Annamaria.

La vieille dame pleure dans sa cuisine. La tête cachée entre ses mains.

Il fait le premier pas et la serre fort contre lui.

Mon petit, oh mon petit, elle fait.

Il est devenu si grand et restera toujours son petit.

— Que ta joie demeure, lui murmure-t-elle.

C'est elle, la vraie chrétienne.

Padre Bizzo, c'est seulement un prêtre.

C'est pour cela qu'Elio n'en veut pas à Dieu. Lui n'y est évidemment pour rien.

Paris, 1938

La soirée est parfaite, Mademoiselle boit du petit-lait. Elio réussit ce prodige de transformer chacun de ses conseils en musique. Son chant ne se contente pas de respecter la partition, il l'éclaire. Pour la professeure de rôles, c'est une grande émotion de voir son travail justifié. Mieux, de le voir magnifié.

Attention, voilà l'instant tragique.

Assis à son bureau, Werther vient de se tirer une balle en plein cœur.

— Un Allemand de moins ! s'enthousiasme quelqu'un dans le public.

À la seconde, Elio sent son corps se raidir. Son cerveau s'alarme. Parce qu'il se retrouve à devoir mimer l'agonie, pile quand la salle s'esclaffe ? Oui, et pas seulement.

Un premier spectateur a poussé un cri de hourra, aussitôt rejoint par cent autres. Le bien que ça fait d'exulter ! En deux heures trente de spectacle, il n'y avait pas beaucoup eu l'occasion.

Personne pour résister au soulagement que ça procure.

— Silence !

Ah, si.

Ce type.

Qui est aussitôt hué par une foule éruptive, prête à faire cracher à quiconque tout esprit de sérieux.

On revendique à présent le droit de rire.

En 1938, on en a bien besoin.

— Silence ! tonne à nouveau le spectateur.

Cette fois, on a clairement vu où il était assis. Il n'est d'ailleurs plus le seul à s'insurger de l'attentat contre le spectacle. D'autres mélomanes protestent. Ces messieurs seraient-ils aussi suicidaires que le jeune Werther ? Pire, pourrait-il s'agir d'amis des Allemands, de ces excités qui trouvent intelligent de menacer l'Europe ? Ça y est, ça s'engueule. Des gens se sont levés, prêts à en découdre. Pas bon du tout, comprend Elio depuis la scène. Il pourrait être le prochain à subir la vindicte. Werther, le héros de la littérature romantique allemande chanté en français par un Italien, ça vous donne soudain des relents de salade de fruits pourris.

Dollé, le directeur du théâtre du Trocadéro, avait donc raison. Méfiance, disait-il. De Massenet, choisissons plutôt le *Manon*. À partition également magnifique, mieux vaut un livret adapté de l'Abbé Prévost plutôt que de Goethe. Les susceptibilités nationalistes sont telles qu'au moindre prétexte le public français n'entendra plus la musique. Une salle de spectacle, c'est une très grande salle à manger. Tout le monde amène ses problèmes à table. Nuit de Cristal, Anschluss, accords de Munich, c'est peu de dire qu'ils sont de taille en ce moment. Prenez cinq personnes au hasard, enfermez-les ensemble et prononcez le mot « Allemagne », vous verrez le résultat. Alors une salle entière… Dollé en était convaincu, programmer *Werther*, c'était aller au-devant de problèmes inutiles. Cependant, avait-il ajouté, il laissait le dernier mot à Elio.

Elio, expert ès-politique étrangère ? Elle est bien bonne, celle-là.

Depuis des années, Elio pense ténor, et vit travail. Si la voix va, le reste aussi. Est-il malade, malheureux, citoyen d'un pays fasciste, il prétend qu'il s'en fiche du moment que sa voix est bonne. Et c'est à cet homme-là qu'on demande son avis ? Oui. La prudence de Dollé s'arrête là où commence la loi de la renommée. Puisque le public voulait entendre Elio Leone, on allait le lui servir. Et dans un grand rôle, s'il vous plaît. Jusque-là, l'étoile montante n'avait été employée qu'en tant que second ténor. Certes, dans les plus beaux théâtres de France et aux côtés de vedettes. Oui, mais jamais dans un rôle-titre. Grâce à Dollé, le voilà promu jeune premier. Ne restait qu'à se mettre d'accord sur l'un des deux Massenet.

Elio avait tranché. Ce serait *Werther.*

Ni trop claire, ni trop lourde, sa voix actuelle était parfaite pour le rôle. Il allait le chanter avec abandon et érotisme, sans se priver d'amener un peu de sexe dans la voix. Ça l'amusait d'essayer. Ça ne rendrait pas plus calmes ses soirées hors du plateau, et alors ? Il était disposé à payer de sa personne là aussi. La jeunesse, n'est-ce pas... Même Mademoiselle trouvait que ce *Werther* n'était pas un mauvais signal à envoyer. Elle avait évoqué quelque chose sur le langage universel des âmes, qui doit transcender celui des passeports. Donc hormis Dollé, on était tous sérieusement à côté de la plaque, s'aperçoit Elio.

Car dans la salle, ce ne sont pas les corps qui s'échauffent, mais les esprits.

Ce n'est pas le seul problème.

Werther ne doit pas mourir sur-le-champ. Le coup de feu a visé le cœur des sentiments, pas l'organe. C'est l'amour non réciproque qui le tue. La balle de revolver, elle, a la gentillesse de lui accorder un petit rab de temps. La mise en scène prévoit qu'il s'affale sur un fauteuil et que Charlotte accoure se jeter à ses genoux pour lui chanter son bel aria des larmes. L'agonie se prolonge le temps de recevoir la déclaration tant espérée et permet d'y répondre dans un final splendide. Werther meurt aimé. En quelque sorte, ça se finit bien.

Dans l'attente que la salle se calme, le chef a fait signe à l'orchestre de bisser le thème musical qui précède l'entrée de Charlotte, autorisant de fait la bienheureuse Ninon Vallin à patienter en coulisse. Voilà Elio condamné à rester seul sur scène. Que faire ? Impossible de se mettre à chanter la réponse à une flamme qui ne lui a pas encore été déclarée.

Il faut meubler.

Facile à dire, tiens.

Une idée-sauvetage finit par lui arriver, se saisir de sa chemise à la hauteur de la poitrine, là où du mercurochrome la tache, et la froisser avec douleur. Les doigts se crispent sur le tissu, il a des râles, des spasmes, et soudain… Mince, envie de rire. Le grotesque de la situation, les gestes convenus de l'agonie, guerre et paix dans la salle, c'est trop. Ça l'a sorti du rôle. Il s'est comme dédoublé et s'observe, effaré du spectacle.

Un ténor en carafe, sans rien à chanter, offrant ses singeries en pâture à des regards mal lunés.

Lui revient la phrase d'un compositeur accompli, il ne sait plus lequel. En cet instant, le nom lui échappe. Ça commençait par « *L'opéra est une chose absurde* ». Merci beaucoup, le genre d'encouragement rêvé dans un moment pareil. « *On donne des ordres en chantant, on chante la politique en duo, on danse autour d'une tombe, les coups de poignards s'accompagnent de mélodies. Par quel miracle ça ne verse pas dans le ridicule ?* » Ça peut, songe à présent Elio. Fatigué de rester bouche ouverte pour mimer une mort qui n'arrive pas, il a basculé le haut de son corps par-dessus l'accoudoir du fauteuil, comme si, cherchant à se lever, il avait manqué de force et était retombé dessus, tête pendant vers le sol, ses mains le touchant presque. L'avantage de la position est qu'elle dérobe son visage aux regards. L'inconvénient ? Le bras du fauteuil qui lui scie l'aisselle et coupe sa circulation sanguine. Un engourdissement désagréable est en train de gagner ses doigts, une veine bat dans sa tempe.

Ce n'est pas normal de sentir tout ça.

Six mois plus tôt, il s'est tordu la cheville en sautant en bas d'une échelle du décor, et n'a pas bronché. Pas la moindre fausse note n'a suivi, aucune modification dans ses déplacements scéniques. Tout le monde avait grimacé devant sa mauvaise réception, lui ne s'était aperçu de rien. À sa sortie de scène, sa cheville avait viré au bleu et doublé de volume. Il lui a fallu attendre une demi-heure pour avoir mal, le temps que l'adrénaline retombe. Tout chanteur le sait, une représentation se passe dans un état second. Plus rien ne touche, obnubilé qu'on est par les difficultés vocales qui s'annoncent. On les voit arriver et on ne pense qu'à en triompher, l'une après l'autre. On en rate une ? Tant pis. Le cerveau note qu'il faudra passer plus de temps sur ce passage et se reconcentre immédiatement sur l'obstacle suivant. Alors trouver inconfortable une position de jeu, surtout une position assise, ça n'existe pas. C'est une hérésie. Le signe qu'Elio Leone n'est plus Werther, qu'il est sorti du personnage. Avoir récupéré la sensation de son corps est le signe qu'il a pleinement retrouvé sa tête.

Il se voit en guignol habitué à trop articuler et à être mal compris. Le fin du fin de l'horreur, c'est la conscience de faire semblant qui vient de lui tomber dessus. Mademoiselle ne cesse de le marteler depuis des années, quand il dit soleil, on doit voir le soleil. Quand il dit pluie, la pluie. Jeune homme, je suis là pour guetter dans votre voix tout phénomène franc, rarement d'ordre météorologique d'ailleurs. L'amour, poignant. Le désespoir, absolu. La vérité, vraie. Si lui ne croit pas à ce qu'il dit, qui d'autre y croira ? Eh bien, voilà, on y est, il n'y croit plus. D'ailleurs, où est Mademoiselle en cet instant, devine-t-elle ce qu'il traverse, se demande-t-il. Elio se tord le cou pour essayer de l'apercevoir en coulisse, côté cour. Pas là. Côté jardin, peut-être. Non plus. Assise dans la salle ? D'habitude, il se renseigne avant. Il lui demande où elle se tiendra. Pas aujourd'hui, signe que ça n'allait déjà pas. La raison, il la connaît. La fatigue. Les nerfs, comme elle dit.

La veille d'une représentation, il dort mal. Il révise. Le lendemain, c'est pire. Il refait. Ce qu'il a raté la veille est réussi dans un demi-sommeil. Le texte vient facilement, la note haute sort pimpante, tout se passe idéalement, comme s'il détenait enfin le secret. Sauf qu'au réveil, pfffuit, tout cela s'est envolé et il faut à nouveau y aller mollo avec la voix, la promener gentiment au bout d'une laisse en prenant toutes les précautions nécessaires. Faire cinq minutes de mi mi mi, laisser reposer, recommencer, laisser reposer, recommencer sans viser trop vite les aigus et toujours irriguer, huiler, s'appliquer des heures durant pour un résultat qui reste de toute façon en deçà de ce qu'on sait pouvoir donner. Sur ses capacités vocales, Elio n'a aucun doute. Pas beaucoup, disons. Il voudrait juste parvenir à ce que ça sorte tel qu'il l'entend à l'intérieur.

Parfois, il l'a eue, cette sensation de transe. Ce n'était plus lui qui dirigeait, cela chantait en lui. Énergie, inspiration, incarnation, tous les noms sont possibles. Chaque fois que ça a eu lieu, le public ne s'y est pas trompé. Ça s'est fini en ovation.

On en est loin.

En ce moment, il se sent complètement vide.

Plus vulnérable qu'un bébé au moment de la naissance, et aussi nu.

C'est lui qui a insisté pour ajouter *Werther* à un calendrier déjà chargé. Un rôle difficile, qu'il faut tenir jusqu'au bout dans tous les sens du terme. Mademoiselle avait tenu à le mettre en garde. Il venait d'inscrire son nom à un nombre considérable de distributions, et une carrière ne se construit pas en faisant le tour du répertoire. Elle n'en démordait pas, la vérité à chaque fois. C'est ça, l'important. Puisque Verdi avait de l'ascendant sur lui, elle l'avait cité : « *Mieux vaut une voix laide, qu'une belle qui n'a rien à dire.* » À vouloir être partout, gare au risque de se transformer en vulgaire exécutant. Être soi, voilà ce à quoi il faut parvenir. Pas être le meilleur, mais être unique. Il ne faudrait pas croire la scène d'un théâtre si différente de la vie. L'ambition ultime y est la même, ne pas tricher.

C'est ce qu'il y a de plus difficile.

À trop multiplier les succès, on finit par échouer, a coutume de dire Mademoiselle.

Quand elle le rejoint dans sa loge à l'issue de la représentation, elle lui trouve les traits tirés.

— Je vous ai cherchée, je ne vous ai vue nulle part. Vous étiez où ? lui demande-t-il.

— Et vous ? lui retourne-t-elle.

Ça a fusé du tac au tac.

Il commençait à se démaquiller et suspend son geste en la regardant au travers du miroir. Cette sécheresse de ton n'a rien d'habituel. Même en cas de prestation en demi-teinte, les arguments de Mademoiselle ont l'habitude de rester feutrés. Pourquoi arbore-t-elle ce visage fermé ? Avant que ça ne vire au cirque, il a réussi de belles choses. Comme prévu, son adresse à Charlotte s'est faite amoureuse. Il lui a chuchoté entre *piano* et *pianissimo*, avant de monter la phrase *legatissimo* jusqu'à son point culminant. Sa voix a mimé un flux et reflux érotique, des allées et venues, dans une symbiose rêvée entre l'expression musicale, la gestuelle et le sens. C'était du bon travail. Sa mort, d'accord, il l'a ratée. Au moment où le personnage doit se révéler à lui-même, il n'était plus dans le rôle. Dans sa tête, il était reparti en Italie. Mais ça, Mademoiselle n'a aucun moyen de le savoir.

— Vous dites toujours qu'on progresse tout au long d'une carrière. Donnez-moi au moins trois jours. J'essaierai d'être meilleur vendredi.

— On progresse, oui. Ce sera d'autant plus vrai que l'on avance aussi dans sa vie.

Il se trompe s'il la croit fâchée. Elle s'inquiète, ce qui est tout à fait différent.

— Connaissez-vous l'expression « crétin de ténor », Elio ?

Allons bon.

— Non, mais je la découvre avec plaisir.

C'est la réputation qu'ils ont. Cela tient à la vie qu'ils mènent, tout entière centrée sur leur voix. Sa qualité. Sa santé. Sa fragilité. Pour la préserver, ils ne boivent pas chaud, pas froid, jamais gazeux et ne mangent rien de pimenté ni d'émietté. Pour la laisser se reposer, les ténors passent la moitié de leur vie à se taire. Ils s'excluent des conversations et n'ont d'ailleurs pas souvent d'avis. Sortent-ils de leur silence, c'est pour chanter. Cela laisse peu de temps pour s'intéresser à ce qui les entoure. Leur quotidien est unidimensionnel, intégralement quadrillé par les exigences goulues d'un instrument virtuose. Si un ténor est en tournée, en France ou à l'étranger, en profite-t-il pour visiter la ville ? Un musée ? Évidemment pas. Il ne connaît que deux positions, debout sur une scène de théâtre, et allongé pour dormir.

Leur plus grande peur ? Le rhume.

Leur terreur ? L'annulation.

— Avouez que cela fait de vous des citoyens du monde d'un genre un peu particulier.

Il fait froid dans la petite pièce. Non pas que le tableau brossé par Mademoiselle ait fait baisser la température, il fait simplement toujours un froid de canard dans les coulisses d'un théâtre. Avec la folle dépense d'énergie d'une représentation, on sort de scène en nage. Le premier geste d'Elio aurait dû être d'entourer sa gorge d'une grosse écharpe chaude ou d'une serviette. Le deuxième, de se gargariser d'un verre de mélasse pour la décongestionner. Il n'a hélas encore rien fait de tout cela et se rend compte qu'il ne peut plus. Mais non, les ténors ne sont pas égocentriques, passez-moi ma laine, voulez-vous. Oser prétendre qu'ils sont obsédés par leur voix, tiens je vais ajouter trois gouttes d'un citron revigorant à ma mélasse. Vu le savon qu'il vient de prendre, tu parles d'une conclusion maladroite s'il se mettait à évoquer les dangers d'un chaud-froid. Il décide de ne pas broncher, tant pis, et de rester stoïque face au bacille de la pneumonie en train de fondre sur lui.

Le constat de Mademoiselle est-il faux ? Pas à cent pour cent. Mais sévère. Facile d'intenter ce genre de procès quand on n'a pas à se présenter devant une salle comble. Un ticket pour l'entendre chanter coûte le prix d'une moitié de chèvre de Zanolla. Ça ne s'oublie pas. Rien d'étonnant à ce qu'il se sente l'obligation d'en donner pour leur argent aux gens venus l'écouter. Qu'est-ce qu'elle croit ? Pardon s'il travaille comme un damné depuis des années, pardon s'il prend garde à protéger sa voix. En plus, c'est faux. Malgré son peu de temps libre, il a visité quelques musées parisiens et ceux des Beaux-Arts de Toulouse, de Lyon et de Strasbourg. Il a lu *Au-dessus de la mêlée* du pacifiste Romain Rolland, sa série des *Jean-Christophe* et ses écrits sur la musique ; *L'enfant* de Jules Vallès, dont le Jacques Vingtras l'a bouleversé, et Charles Péguy, qui l'a fait grandir. Dumas et Hugo, pas encore, c'est vrai. Eux impressionnent. Leurs livres sont trop épais. Mais il y reviendra. Pas indifférent au sort du monde, mais alors du tout. C'est même l'inverse.

Crétin de ténor, sous prétexte qu'il n'a pas trouvé drôle qu'on applaudisse à la mort d'un Allemand ? Non qu'il manque d'humour, non qu'il se moque du sort des Sudètes, mais oui, l'affaire lui a déplu. Oui, ça l'a déconcentré. Pourquoi ? Parce qu'il défend l'idée d'un sanctuaire, voilà pourquoi. Il veut croire à la possibilité de lieux qui seraient à l'abri de la vie ordinaire, hors d'atteinte des vicissitudes courantes. Comme il y a les églises, il y aurait la scène. Il voit les choses ainsi, Elio. Non, mille fois non, la blague sur Werther n'était pas drôle. Comment osent-ils ? Faire de la politique et régler des comptes idéologiques sur le dos d'un compositeur mort depuis vingt ans, c'est tout sauf drôle.

Révoltant.

C'est en partie à cause de cela qu'il a quitté son pays natal. Parce que les fascistes faisaient subir le même sort à Verdi.

C'est le moment, parlons-en.

— Vous voulez savoir pourquoi je le défends autant ?

— Pour les quatre ou cinq chefs-d'œuvre qu'il a composés et que vous allez chanter ?

Sept ou huit, lui dirait.

— Du tout ! Je le défends contre les hommes politiques ! Contre ceux qui cherchent à trahir sa mémoire.

Rien pour surprendre Mademoiselle. L'intriguer, par contre, si. Parce que le visage d'Elio vient de se verrouiller.

Oh, dit-il, le début de l'histoire est tout ce qu'il y a de plaisant. C'est mignon, une foule qui s'époumone en « *Viva Verdi !* » du vivant de l'artiste. Mais derrière, il y a surtout le hasard d'un incroyable acrostiche. En français aussi, on dit acrostiche pour désigner les premières lettres de mots qui en forment un nouveau ? Bon, tant mieux. Mademoiselle sait évidemment que V.**E**.**R**.**D**.**I** valait pour **V**ictor **E**mmanuel **R**oi **d'Italie** ? Oui, bien sûr. Donc cette rue qui faisait mine d'acclamer le premier appelait en fait le second à la rescousse, ce, au nez et à la barbe de la censure autrichienne. Parce que le vrai problème, c'est qu'à ce moment-là, Victor-Emmanuel n'est pas encore roi. Et pour cause, l'Italie elle-même n'existe pas ! Dire qu'à cette époque, la France est en train de construire l'Arc de Triomphe et l'opéra Garnier… La comparaison fait mal, n'est-ce pas ? Quelle pagaille c'était, entre le grand-duché de Toscane, ceux de Modène et de Parme, le royaume des Deux-Siciles, celui lombard-vénitien et des États pontificaux grands comme un village. Soudain, Elio s'arrête net, ne sachant plus s'il a nommé le royaume de Piémont-Sardaigne, se demandant s'il n'en aurait pas oublié d'autres. Bref, l'idée, c'est que la péninsule était morcelée, et que pour l'occupant, c'était évidemment pain béni. Bien sûr que la population en avait assez de la domination autrichienne, mais pour espérer s'en débarrasser, il fallait d'abord réussir l'unification du pays. D'où l'importance d'un homme providentiel derrière qui marcher. Est-ce qu'on l'avait ? Oui, on l'avait, c'était le fameux Victor-Emmanuel. Et crier *Viva Verdi !* permettait de l'acclamer sans avoir l'air de le faire. Malin, hein. Quand les Habsbourg ont enfin compris ce qui se passait, la nation qui s'enthousiasmait soi-disant pour Verdi, bam, c'était trop tard. L'Italie s'était fédérée et le Royaume a enfin pu être proclamé. *Auf Wiedersehen*, les Autrichiens. Rentrez chez vous.

— Elio, je sais tout ça.

Il fait rarement le spectacle en dehors de la scène, affichant encore plus rarement sa culture italienne. Il en a une, la preuve. Cependant, Mademoiselle a peu de patience pour les histoires qu'elle connaît déjà.

— Je sais que vous savez ! Mais j'ai besoin de l'élan pour la suite. Comme Verdi a, en quelque sorte, aidé Victor-Emmanuel *de* venir au pouvoir, les Royalistes exclament de joie. « Verdi est avec nous, Verdi est avec nous ! » *Ma no...* Au moment de devenir député, Verdi choisit plutôt le parti de Cavour. « Il est avec nous, il est avec nous ! » exclament alors les centristes. Pardon, je vous ennuie vraiment ?

Elle lui sourit avec patience.

— Parce qu'il y a une jolie anecdote... En *dépluchant* sa cor...

— Pas dépluchant, le coupe-t-elle. Épluchant.

— Merci. En épluchant sa correspondance, on a trouvé tant *des* merveilles. Savez-vous comment Verdi signait ses lettres de l'époque ? Je me souviens par cœur. « *Le député qui pendant de longues années a fait le couillon en écrivant des notes de musique.* » Amusant, non ?

Délicieux.

— Alors la politique et vous, c'est du sérieux, les gens lui demandent. Pas vraiment. Verdi est vite fatigué d'être député, et aussi sénateur. Trop de…

— Magouilles ?

— Magouilles, *si.* Il repart en courant chez lui pour écrire sa musique. À Busseto, il possède un domaine et beaucoup *des* terres. Chaque opéra égale un triomphe, égale de nouveaux *ettares.*

— Hec-tares, l'interrompt à nouveau Mademoiselle.

— À force d'acheter des hec-tares, il devient un très grand propriétaire. *Evviva* ! clament les gens de droite. Il est avec nous ! Sauf que Verdi payait bien ses paysans, et leur *accordavait* des droits. En plus, il a donné beaucoup pour les gens modestes. Alors les gens de gauche…

— Oui, on les voit venir…

— Je veux dire que tout le monde voulait Verdi à ses côtés, et qu'aucune étiquette ne colle bien sur lui. Il les défie toutes. Comment dit-on *sfuggente* ?

— Euh… Insaisissable, je crois. Dites voir dans la phrase.

— Un homme insaisissable, complexe, multiple. Surtout libre ! À sa mort, malheureusement… Tout le monde a continué *de* voler sa mémoire. Chacun tirait *de* côté.

La voix blanchit.

— Le pire, c'est quand Mussolini arrive au pouvoir. Lui, il tape très fort sur la table. Ça suffit, il dit, avec le Verdi de gauche et le Verdi de droite ! Verdi est à moi, point final. Mussolini voit les bonnes valeurs dans cette vie : l'amour de la terre, la *virile,* aucune peur des combats. Et les fascistes décident d'*user* ses chansons pour séduire le peuple. Pauvre Verdi, il devait se *rivolter* dans sa tombe… Qu'est-ce qu'on a pu entendre ! Je vous cite les imbécillités ? Que Verdi était inconsolable de la grandeur perdue de la *romanita.* Que vivant, il applaudirait des deux mains l'impérialisme du régime. On fait dire *n'importe quelle chose* à ses opéras ! N'importe quelle ! Le chœur des esclaves de Nabucco… *Si,* encore eux ! Cette fois, on raconte qu'ils combattent l'hégémonie libérale. *No ma,* c'est écrit où, ça ? ! Bon sang, laissez-les en paix, les esclaves de Nabucco !!!

Mademoiselle s'efforce de garder un visage placide, afin qu'Elio se calme un peu.

Mais il écume.

— *Va, pensiero* est passé à ça de devenir l'hymne guerrier *mussoliniano* !

— Quelle horreur, murmure-t-elle.

Ça, elle ne savait pas.

Et ne sourit plus du tout.

— *Si…* D'un côté, il y avait des compositeurs interdits. On n'avait plus le droit de les jouer dans les théâtres. De l'autre côté, des *promotus,* pardon, des promus. Verdi, c'est le pire. Lui, les fascistes l'ont récupéré. Ils en ont fait un *mito.*

— Un mythe.

— Pratiques, les mythes. Ça va profond dans le cœur, c'est très émotionnel. Surtout c'est sacré ! J'étudiais au conservatoire de Naples… J'essayais… et j'ai dû assister à cela.

Il n'était plus du tout question de musique. Personne ne se souciait d'écouter Verdi, on le célébrait. Grosse, grosse, nuance. Ce faisant, on dotait l'idéal fasciste d'un visage immensément populaire.

Voilà.

À gros traits, hein.

Alors l'idéologie, quelle qu'elle soit, *grazie no*. Faire de la politique sur le cadavre de Massenet, pareil. Refus épidermique. Qui n'a pas connu les tentatives de lavage de cerveau d'une dictature ne peut pas comprendre.

Lui sait.

— Vous ne m'aviez jamais raconté cela, Elio.

— Vous et moi, on n'a pas encore tout dit, *si* ?

Elle le regarde.

Il la regarde.

Ces deux-là s'estiment. Ils savent le chemin parcouru ensemble et ne sont pas près de se lâcher la main.

Le brouhaha à l'extérieur de la loge vient de monter d'un cran. On a déjà frappé à la porte par deux fois. Sans doute Dollé. Il ne faudrait pas se méprendre, malgré les rires à la toute fin, la soirée a été un succès. Les mélomanes, les officiels, les invités de marque ont une nouvelle fois été éblouis par le charisme d'Elio Leone. À présent, on aimerait bien qu'il se décide à ouvrir sa porte afin de pouvoir le saluer, échanger quelques mots, une carte, une invitation et pouvoir ensuite prétendre dans les salons qu'on le connaît.

Pour le gros du public, les choses sont encore moins confortables. Il patiente à l'extérieur du théâtre, devant la sortie des artistes. Dans le froid de novembre, ce n'est pas rien de poireauter, fleurs à la main, dans l'espoir de se faire dédicacer un programme. Est-ce qu'il arrive bientôt ? se demande-t-on.

Pas tout de suite tout de suite, parce que Mademoiselle vient de lui demander si elle pouvait s'asseoir.

— Fichue hanche douloureuse, s'excuse-t-elle.

Elle, soixante-dix ans. Lui, vingt-six. Lui assis, elle debout.

— Oh là là, *scusatemi*, dit-il en bondissant retirer ce qui encombre la méridienne. Werther, Verdi, Mussolini, ça m'a… Oh, quel *malotrou*. Désolé.

Elle fait le signe charmant de ne pas s'inquiéter et s'installe. Leur discussion est loin d'être terminée. Ce qui inquiète Mademoiselle n'a rien à voir avec la prestation, ni avec le chahut en fin d'opéra. Elio vient de se défendre, et avec quelle véhémence, d'un reproche qui ne lui a pas été adressé. Sa fatigue, mentale plus que vocale, le nombre de ses engagements, voilà ce qui la préoccupe. Lorsqu'il s'agissait de chanter un ou deux actes par ci, une heure par soir, il pouvait tenir le rythme. Jongler entre trois ou quatre moitiés d'opéras, ça restait faisable. Multiplier les prises de premiers rôles, c'est d'un tout autre calibre.

Ce soir, il vient de déployer ces ailes-là. Les partitions qui comptent vont dorénavant lui être proposées. Les programmations, bouclées depuis deux ou trois ans, vont être aménagées afin de lui faire une place. Les vieilles gloires l'adouberont, les plus belles maisons le supplieront d'inscrire son nom sur leurs feuilles de service. Sa venue sera annoncée comme un événement. Non seulement il va pouvoir choisir mais, et c'est là qu'elle veut en venir, il va y être obligé. Autrement, impossible qu'il tienne le choc.

Il vit dans sa loge, celle-là, celle d'avant, la prochaine. Il ne sort pas, ne pense qu'à travailler. Atteindre le contre-ut ne suffit plus à l'apaiser. Il cherche le *mi* bémol, l'exploit, l'utopie, dans l'espoir d'étancher sa soif de hourras. Il lui en faut toujours plus. Il ne vit que pour cette drogue, ça se voit. Les yeux fiévreux, la beauté radieuse, transfiguré par le bonheur qu'il donne et qu'on lui rend. S'il baisse d'intensité, il va se haïr. S'il continue à ce rythme, en jouant sa peau à chaque fois, il va imploser.

Pourquoi a-t-elle voulu le choquer avec cette expression, « crétin de ténor » ? Parce que la vie, on n'en a qu'une. Il serait dommage de la passer dans un théâtre sans jamais aller voir au-dehors à quoi elle ressemble.

— Vous devriez sortir un peu, Elio. Fréquenter.

Paris, début 1939

Une couverture de neige recouvre le petit jardin de Passy, dont elle épouse les branchages et les formes. On dirait les Alpes autrichiennes, songe Elio, qui revient d'avoir chanté à l'opéra de Vienne. Crêtes blanches, tapis neigeux, dénivelés immaculés, c'est l'unique bon souvenir qu'il rapporte du voyage. Le reste ressemblait à un tableau de Jérôme Bosch. Hurlements incessants, vitrines défigurées par des étoiles de David peintes en lettres dégoulinantes et des juifs en habits du dimanche obligés de nettoyer à quatre pattes les pavés des rues. Ces malheureux rêvaient de fuir le pays, et lui, la colombe chantante, venait tranquillement s'y produire… Dans le même hôtel luxueux que lui dormaient des pontes de la Gestapo. Pour la première fois de sa vie, une envie de fumer et de vider une demi-bouteille de Schnaps l'a pris. Dieu, qu'il s'en est voulu de se retrouver dans ce traquenard ! Ce n'est pourtant pas faute d'avoir été mis en garde par Mademoiselle. Il faut décidément qu'il l'écoute. Dès qu'il agit seul, c'est une catastrophe.

Il vient d'ailleurs lui demander son avis. L'idée mûrissait en lui depuis quelque temps et s'est renforcée là-bas, dans la « première maison du Ring » comme l'appellent les

Viennois, ce théâtre prestigieux où poser un pied lui a donné envie de vomir. Il n'attendra pas que la guerre éclate pour la mettre en œuvre. Il va devenir citoyen de la République française. Y resterait-il toute sa vie considéré comme un étranger, tant pis, lui se sent français. Il veut l'être. La vérité, c'est qu'il a honte de voir comment se conduit l'Italie, ce pays qui n'est plus le sien. Honte de voir celui qui l'a adopté, déchiré par tant de courants politiques. Honte encore de la possibilité d'une guerre entre les deux. Mais honte aussi à l'idée qu'elle n'ait pas lieu et qu'on laisse les Nazis être ce qu'ils font en Autriche.

— Je voudrais demander ma naturalisation, dit-il à Mademoiselle, passé les amabilités des retrouvailles. S'il faut, j'endosserai l'uniforme et j'irai me battre pour la France.

Quelle surprise !

Que c'est beau d'entendre ça… Et terrible. Mademoiselle a tellement espéré que la Première Guerre mondiale serait vraiment la der des ders. Que plus jamais elle n'aurait à connaître l'impuissance grave des femmes de l'arrière. Que plus jamais, on n'arracherait des fils à leur mère. N'est-ce pas, en peu de mots, ce qu'Elio lui est devenu ? Elle le voit si attachant, si plein de promesses. Il n'en est encore qu'au début de la route. Non, elle refuse ces pensées qui lui viennent.

Si ça devait… une deuxième fois… Elle n'y survivrait pas.

— C'est une décision importante, Elio.

— Mais ?

— Mais rien. Et je suis fière de vous.

Ça alors ! C'est la première fois qu'on le lui dit. Venant d'elle, en plus. Incroyable l'effet que ça fait. Un soulagement violent, si pareille chose existe. L'impression de se dégonfler d'un coup. On se sent infiniment mieux, avec très fort envie de pleurer. Comment ça, elle est fière ? Qu'a-t-il fait pour mériter ça, encore rien. C'est plutôt lui qui lui doit tout, à elle, et à cette France magnifique qu'il est prêt à servir.

Sur la table basse, un service à thé les attend, une coupelle en faïence remplie de fruits confits posée juste à côté. Dans leur champ de vision, la maquette de La Scala se rappelle aux mémoires. Ils s'asseyent gentiment sur le canapé de velours rouge, sans dire un mot, chacun occupé à digérer sa part avant même d'avoir commencé la dînette du goûter.

— Je voulais vous voir, Elio, parce que…

Silence interrogatif.

Un peu de gêne et de thé.

— Voilà. Je suis encline à penser que vous devriez fréquenter une demoiselle. Je sais, je vous l'ai déjà dit.

C'est pas vrai, elle recommence ! Mais enfin, c'est affreusement gênant de parler de ces choses. Pourquoi n'ont-ils pas plutôt une discussion à propos des réfugiés espagnols de la *Retirada* ? Il a vu les journaux, il en a lus certains. Elle, qu'en pense-t-elle, le gouvernement Daladier acceptera-t-il de « mourir pour Dantzig » ? Et lui, a-t-il le droit de continuer à chanter dans ce monde-là ? Voilà des questions sérieuses. Un coup, Mademoiselle lui reproche de ne s'intéresser à rien. Un autre, elle voudrait l'entraîner à parler de la bagatelle. Il faudrait savoir. Qu'est-ce qu'elle croit, qu'il n'a pas de femmes ? Il en a plein, et rien envie d'en dire.

— Plein de femmes, Elio, c'est beaucoup moins qu'une seule.

Pas faux. C'est précisément pour cela que la méthode lui convient. Parce qu'il ne veut pas de complications. Il n'a pas le temps pour ça.

Pourquoi irait-il raconter à Mademoiselle qu'il en vient parfois une dans sa chambrette ? Pas toutes, loin de là. Il a eu trop de déconvenues. Qu'est-ce que tu fiches dans ce décor ? Moi qui t'imaginais dans un palace... C'est vrai, lui ne prête aucune attention aux couloirs noirs de suie de charbon de son immeuble. Il ne sent pas les odeurs insistantes de la boîte à ordures dans la courette. Suivent souvent les phrases aigres. C'est ça, ta vie ? Arrête de travailler tout le temps, à quoi ça t'avance ? Elles sont rares, les demoiselles-philosophes qui acceptent le mobilier sommaire de sa mansarde, le froid parce qu'il aère lorsqu'il est absent ou l'obscurité parce qu'il obstrue la fenêtre lorsqu'il rentre, d'une part pour éviter les courants d'air, d'autre part parce qu'il n'a nulle part ailleurs où suspendre son pardessus que sur la clenche, devant les carreaux. Les commodités sont au bout du palier et la pièce ne possède qu'un broc de fer-blanc et une bassine. Peu lui importe, puisque les bains-douches de la rue du Bourg-l'Abbé sont tout proches. Si d'aventure la donzelle parvient jusqu'au petit lit en fer, il faut aussi qu'elle ait confiance, qu'elle accepte qu'il se retire au tout dernier moment, et surtout qu'elle n'attende pas trop de la suite. Conclusion, jamais d'Italienne.

La nuit qui suit une représentation, il n'est pas toujours d'humeur. De toute façon, il doit se taire. Même pas le droit de leur murmurer à l'oreille, comme elles aiment tant. Il est souvent sur les routes, tournées, galas, ouvertures de saison, clôtures, et n'a pas besoin de la moindre compagne pour l'attendre avec son lot de faux espoirs et de reproches. Attention, il ne leur refuse pas tout non plus, loin de là. Mais oui, il est trop demandé. Victime de son succès, en quelque sorte. Mince, s'il devait le formuler à voix haute, comme ça aurait l'air prétentieux.

N'empêche, ça devient un vrai problème, cette atmosphère lourde des coulisses. Les filles le trouvent beau avant même de le connaître. Elles l'appellent tout de suite chéri et se donnent à lui comme si elles recevaient un cadeau. Le monde à l'envers. À force, ça finit par lui couper la chique. Le pire, c'est avec les danseuses et les choristes. Ces demoiselles connaissent la musique. À tour de rôle, l'une ou l'autre se faufile dans sa loge et se répand en mmm, mmm, oh, oh, dès la première caresse. Est-ce qu'il va aller le raconter à Mademoiselle ? Soyons sérieux ! Personne n'a idée de ce à quoi il est confronté. Pas plus tard qu'il y a quelques jours, il se trouvait en bonne compagnie et cherchait comment ne pas se montrer impoli. Pour essayer de se dépêtrer, il a argué n'importe quoi. Mieux valait renoncer, a-t-il dit, parce qu'il se sentait dangereusement fertile. À l'évocation de la menace biologique, la demoiselle aurait dû se figer en imaginant la réaction outrée de ses parents et sa propre carrière hypothéquée. Ah, s'est contentée de dire celle-ci. Temps de réflexion. Qu'a-t-elle fait, est-elle partie ? Non, elle s'est tournée. Lui, ça l'a bouleversé. Elle lui présentait son cul, une merveille, qu'elle écartait de ses mains en disant de ces choses. Pourquoi pas, bien sûr. Simplement, on a le droit de vouloir se connaître un peu d'abord.

En vérité, ce n'est pas lui qui cherche les filles. Ce sont elles qui le veulent. Non, même pas. C'est après le ténor qu'elles en ont.

Ça devient trop, tout ça.

Il rencontre aussi des embarras d'un autre ordre. Là, il pense à ses cachets dont le montant s'est mis à s'envoler sans raison. D'accord, les théâtres se tirent dans les pattes pour réussir à l'attirer. Est-ce que ça change quoi que ce soit à sa façon de chanter ? Rien du tout. Alors pourquoi devrait-il coûter de plus en plus cher ? Il s'apprête à débuter dans le Gérald de *Lakmé*. Fou de joie, évidemment. Sauf qu'on lui a présenté le projet d'affiche et ça ne va pas. Son nom y figure en caractères aussi importants que celui du compositeur Delibes, qu'est-ce que ça veut dire ? Il sera enterré depuis longtemps qu'on s'émerveillera encore de l'air des clochettes. Pourrait-on considérer la différence de valeur entre celui qui passe et celui qui reste ? Tout le monde s'y retrouve, paraît-il. Tout le monde sauf lui. Les caisses de l'État sont vides, les porte-monnaie aussi, on n'embauche plus, sauf dans les aciéries et les usines d'armement, avec au loin, et pas si loin, des nuages de poussière soulevés par la marche au pas de bottes en cuir. Qu'est-ce qui compte le plus, ces bruits guerriers ou la voix en or du ténor du moment ? Et encore il est gentil, il ne dit pas du siècle, même si récemment un fou furieux est allé jusqu'à l'écrire dans le journal.

Non pas qu'il soit modeste ou timide. Il a toujours été prêt à se bagarrer pour avancer. D'autres petits s'éteignaient au contraire lentement, sans avoir eu le temps du moindre rêve. En cela, Elio croit avoir été chanceux. Des coups, bien sûr qu'il en a reçus. Au moins autant que les copains. Et il a eu faim comme tout le monde. Ça ne l'a pas empêché de deviner que la bataille valait la peine d'être menée. La plupart des adultes qu'il croisait ne donnaient pourtant pas envie de grandir. Heureusement que deux d'entre eux ont suffi à sauver tous les autres. Un homme et une femme qu'il a pu ériger en modèles, à qui il a eu et a encore envie de ressembler.

Sœur Annamaria montrait sa générosité en cuisinant à partir de placards vides. Elle aurait pu se contenter d'un bouillon d'arêtes de poisson et appeler ça de la soupe. Pas le genre. Elle faisait frire les écailles pour donner du croquant à son plat, concoctait une farce à partir des foies et d'herbes aromatiques hachées, préparait une pâte avec un reste de farine et d'eau et leur servait une tourte délicieuse. Deux heures, elle y avait passé.

— Régalez-vous, mes petits, leur disait-elle.

Mains sur les hanches, sourire aux lèvres, elle les regardait tout engloutir en moins de cinq minutes.

Et puis il y a eu Tropeano, l'admirable *professore.* Alors comme ça, monsieur s'entête à refuser d'adhérer au parti ? Fort bien, chacun est libre, n'est-ce pas. Par contre, c'est malheureux, on va devoir réquisitionner ses locaux afin d'y abriter les colonies de vacances des enfants d'oligarques. Oui, Monsieur, il va falloir déménager. Hélas, avant la fin du mois. Au revoir et bonne chance, hein. Elio tient ce récit de la bouche même de Giuseppe. Ça explique pourquoi il avait eu tant de mal à le retrouver. Il avait eu peur, Elio, très peur de ne jamais le revoir. Exilé de Zanolla à cause d'une ombre de duvet au-dessus de sa lèvre, c'est évidemment à Marechiaro qu'il avait foncé, sitôt débarqué sur le continent. Plus trace de personne, et un lieu méconnaissable. Les fascistes en corrompaient l'esprit avec leur saleté de « Jeunesse de la Louve ». Saluts romains dans les allées, ateliers de maniements d'armes, embrigadement à tous les étages. Qu'avaient-ils fait à Giuseppe, dites-moi ce que vous lui avez fait ? ? ? On ne connaît pas ce monsieur, lui ont-ils répondu avec le visage angélique des salauds ordinaires. Après des journées et des journées de recherches, Elio devait le débusquer à trente kilomètres de là. Les fascistes continuaient de l'intimider pour le faire plier, lui refusaient toute subvention et l'auraient sans doute fusillé s'il n'y avait eu sa notoriété à l'étranger. Giuseppe ne se plaignait pas. Il était soulagé, disait-il, d'être parvenu à recaser chacun de ses petits avant de partir. Il s'était ensuite débrouillé pour ouvrir une nouvelle structure pour enfants déficients et handicapés, ceux dont absolument personne ne voulait. Résultat, il se sentait plus utile que jamais, presque à en remercier le parti.

Elio est alors resté un an et demi à ses côtés, pensant l'aider. Du soir au matin, lui aussi s'occupait des enfants, en chantant pour les distraire. Certains faisaient joyeusement tourner des crécelles, d'autres réussissaient au moins à taper dans leurs mains. Giuseppe leur avait récupéré un vieux piano. L'instrument valait à peine mieux que les crécelles, mais c'est dessus qu'Elio a appris à jouer. Ça plaisait aux petits. Il s'est même fugacement essayé à la composition de piécettes, avant de rétropédaler. Plus sage de s'en tenir au chant, Monteverdi, un peu d'opéra et des chansons napolitaines à la manière de Caruso.

C'est le jour de son seizième anniversaire que ça s'est passé. Giuseppe l'a invité à dîner au restaurant. Elio, j'attendais cette date avec une vive impatience. Sais-tu pourquoi ? avait-il demandé. Aucune idée. Parce que c'est l'âge minimum pour se présenter au concours d'entrée du Conservatoire supérieur de musique de Naples. Hein ? ? ? Il avait fallu lui constituer un gros dossier pour compenser certains diplômes manquants. Ce que ces idiots de fascistes pouvaient être tatillons avec la paperasse ! L'examen était prévu vingt jours plus tard. Il n'était pas public et Giuseppe ne pourrait malheureusement pas y assister. Il l'emmènerait dans son automobile, patienterait le temps qu'il faudrait devant le bâtiment et lui paierait une glace à l'issue de l'épreuve pour fêter ça. Sans attendre le résultat, en effet. Parce qu'entre nous, il n'était pas très inquiet.

Elio est pourtant rudement intimidé en pénétrant dans la salle d'audition. Le grand escalier, les boiseries, les bustes illustres. Au milieu de ce faste, c'est soudain son nom à lui qu'on appelle. À son tour de passer. Il le sait, le jury peut à tout moment l'interrompre. Si sa voix décroche, c'est cuit. Mon Dieu, je Vous en supplie, faites qu'elle tienne ! Le pire de la mue est passé, il dirait, et Giuseppe lui a payé quelques leçons avec un professeur pour travailler ses morceaux d'examen, *Mi par d'udir ancora* de Bizet et *Libiamo ne' lieti calici* de Verdi. On commence par de l'émotion, on poursuit avec de la joie de vivre, histoire de montrer des couleurs différentes. Ça reste quand même un examen très difficile. S'il était accepté, ce serait tellement, oh mais tellement... Ouf, le premier air a été mené sans encombre. Du moins, de son point de vue à lui. Du côté des maîtres, difficile à dire. Ils se penchent les uns vers les autres pour se faire des messes basses. Espérons qu'ils le laissent chanter le deuxième. *Si* ! D'un geste de la main, le plus vieux des messieurs l'invite à poursuivre. Son *Libiamo* passe comme une lettre à la poste, et voilà. C'est déjà fini.

Pourquoi ne disent-ils rien.

Ils restent immobiles, à le regarder bizarrement.

— Pouvez-vous nous rappeler votre âge, jeune homme ?

Ça y est, les ennuis. Remarque non, il les a vraiment, ses seize ans.

— Seize ans, maître.

À nouveau, leurs messes basses.

— Pourquoi Verdi ?

— *Ma*... C'est beau, non ? Et tellement agréable à chanter.

— Notre Duce aime énormément Verdi.

— Moi pareil !

Ébauches de sourires et nouveau conciliabule des professeurs.

— Les résultats définitifs ne seront officiellement rendus que le 27 du mois prochain, après les deux autres tours du concours. Cependant, nous souhaiterions faire une exception à notre règlement. Si nous déclarons d'ores et déjà votre candidature retenue, vous engagez-vous à ne pas vous présenter aux sélections du conservatoire de Milan ?

— Je le jure ! Oh oui !

— Nous avons votre parole ? À la bonne heure. L'éminent *professore* Sassoli, ici présent, tient vivement à ce que vous intégriez sa classe de chant.

L'éminent Sassoli en question ne décocha pas un sourire. Ni ce jour-là ni pendant les cinq années d'études qui suivirent. Peu importe. Il possédait une oreille et une technique vocales sûres. C'est tout ce qu'on attendait de lui.

Impossible d'embrasser ces gens-là.

Giuseppe Tropeano si ! Ce, dès leurs retrouvailles.

— Tu vois, Elio, comme on oublie vite les efforts… Ils ne coûtent plus rien, si au bout il y a ce qu'on espérait.

De quels efforts parlait-il ? Le futur étudiant du conservatoire de musique n'avait vraiment pas l'impression d'en avoir fourni. Comme promis, tous deux sont ensuite allés s'asseoir sur la jetée de Mergellina pour suçoter leur *gelato* face à la baie de Naples.

Elio ne compte pas raconter tout ça à Mademoiselle. Ni le reste. D'autant que c'est elle, et elle seule, la femme de sa vie, mais ça, il ne lui en soufflera pas un mot. Tout ce qu'il peut lui dire, c'est de ne pas s'inquiéter pour son statut matrimonial. Vraiment. Là n'est pas le problème.

S'il y en a un, il n'est pas là.

— Alors où ?

Pas du genre à lâcher, Henriette Renoult. Va-t-il s'en tirer avec un grand sourire et un haussement d'épaules, ou essayer de parler ? Il n'a plus assez de raisons de se battre. Voilà, c'est dit. En fait, il aimait bien se donner du mal. Profiter, il est moins à l'aise avec ça. C'est affreusement gênant vis-à-vis du petit garçon qu'il était, mais c'est ainsi.

Le bonheur le déçoit.

— Vous savez, Elio, le mariage est très loin d'être une sinécure. Cela vous ferait un excellent cheval de bataille !

S'ils sont tous les deux pudiques, il existe d'autres façons de deviner. Depuis des mois, elle l'observe. Une frénésie de travail, de déchiffrage de partitions, d'apprentissage de livrets, une pluie de contrats et un tunnel de répétitions, tout ça pour quoi ? Pour qu'elle lui voie les larmes aux yeux lors des saluts et le retrouve assis par terre dans une loge encombrée de fleurs, les bras enserrant ses genoux, la tête pantelante. Le plus souvent, il refusera d'en sortir et y passera la nuit en guettant l'aube par la lucarne, signe que se rapprochent les prochains vivats qui le feront à nouveau se sentir vivant. Elio n'a pas les symptômes courants du *divo*, pas de voiture hors de prix, pas de retard aux rendez-vous ni de gronderie intempestive contre les habilleuses et les régisseurs de plateau. Cela ne veut pas dire qu'il gère bien l'immense succès qui lui est tombé dessus. S'il ne se découvre pas d'autre hobby que le travail, il va se retrouver à claudiquer derrière une réputation qu'il aura sa carrière durant peur de perdre. Et il la perdra. Il finira par s'appauvrir, par s'emmurer, déguisé en star, sans valoir beaucoup mieux.

Un chanteur doit d'abord s'aimer lui-même.

Elio a commencé à se détester.

Il est très entouré, comme tous ceux dans la lumière. Flatteurs, opportunistes, jaloux, ils sont tous là. Rien à attendre des grandes boutiques, où les amitiés sont rares.

Elio est seul. D'après ce que mademoiselle a cru comprendre, il n'a plus de famille en Italie. Elle en est sûre, il lui en faut une en France.

Il croit encore qu'on chante pour le public, comme si c'était une masse, là où il devrait au contraire s'adresser à chacun. Le vieux monsieur du sixième rang doit avoir l'impression qu'on l'interpelle, sa jeune voisine que c'est à elle qu'on parle, et ainsi de suite. Chacun doit en être persuadé, qu'ils soient cinq ou mille.

— La meilleure façon de nouer une telle intimité, c'est de destiner votre chant à quelqu'un de précis. Une mère, un père, une femme, quelqu'un d'important qui doit être présent dans la salle. Je ne vois ça nulle part, Elio. Vous n'avez personne avec vous.

Déglutir.

Trouver à se défendre.

— Je vous ai, vous.

— Suis-je bête ! J'oubliais que j'étais éternelle. Vous avez raison, n'en parlons plus.

Quelques jours plus tard, trop peu pour que le souvenir de cette conversation y soit totalement étranger, un tournant se produit dans la vie d'Elio.

Il est tard, une heure du jour que la plupart des gens appellent la nuit. Le théâtre a depuis belle lurette fermé ses portes au public. Elio est revenu sur la scène, et repose sur le dos, à même les planches du plateau. Au calme. La salle vide est seulement éclairée par les loupiotes au-dessus des sorties et par la servante posée sur son haut pied au beau milieu de la scène. La tradition veut que cette lampe veille sur le théâtre entre les représentations. Pour éloigner les fantômes, dit-on.

Elio ne pense pas aux siens. Il fait le vide. Les yeux clos, il amasse du silence.

Ou plutôt, il amassait, jusqu'à ce que des bruits surviennent. Quelqu'un s'est cogné le pied contre celui d'un fauteuil et profère un petit quelque chose sur le ton d'un gros mot.

— Il y a quelqu'un ? demande-t-il.

— Et vous ? Vous m'avez fait peur !

C'est une voix de femme. Tessiture grave. Mezzo.

— Elio Leone. Avancez, je ne vous vois pas.

Nouveaux bruits. D'objets qu'on récupère, puis de pas. Une ombre se détache dans l'allée centrale. Une jeune femme apparaît. En blouse de ménage, brosse dans une main, sac de jute dans l'autre.

Beauté.

— La servante vous va bien, lui dit Elio, tout sourire.

Regards.

— Non mais écoutez-moi pour qui ça se prend !

La phrase de la jeune femme a cinglé. Comme si elle la lui crachait au visage. Elio reçoit aussi sa volte-face. Lui tournant sèchement le dos, elle remonte l'allée à pas vifs et reprend son brossage des sièges en l'ignorant avec superbe.

Le ton sur lequel elle lui a parlé !

Et cette question, pour qui il se prend ?

Coup de foudre.

Paris, 1939

Au théâtre, on serait ravis d'aider Elio, encore faudrait-il qu'il y mette du sien. La coiffure ? Il ne saurait pas la décrire, faute d'idées claires sur la question. Il le répète, la femme se tenait dans l'obscurité. Il n'a vu son visage que trois secondes, et dire « vu » est très exagéré. La taille, il la jugerait normale. Merci, ça nous avance. L'allure, par contre, il est formel. Cette personne avait du chien, comme on dit en français. Bref, l'idée, on l'a comprise. Le tombeur de ces dames vient de tomber à son tour. Nul besoin d'être grand clerc pour saisir. Pour évoquer la chevelure, il fait de ces gestes, ça n'en finit plus. Comme s'il y passait déjà ses doigts. La silhouette, pareil. À nouveau les mains partout, et que je te mime les courbes.

Ça pourrait être Fernande. Elle fait cet effet-là. Sauf qu'il a précisé qu'elle avait été désagréable, et Fernande est un amour. En tout cas, puisque la demoiselle nettoyait les fauteuils, on lui conseille de voir avec les ouvreuses. En période de vaches maigres, il ne fait pas bon être rémunérées au pourboire. D'où ces extras de ménage que la direction leur propose. Il suffit de demander qui était chargée de la salle hier.

Alors ?

Confirmation, c'était bien le soir de Fernande.

Fernande…

Même le nom est joli, songe Elio. Modèle pour les peintres de Montparnasse, comédienne, danseuse, Fernande sait tout faire, lui apprend-on. Ouvreuse, c'est un plus en attendant que le Tout-Paris découvre ses talents. Quels sont ses prochains jours de travail, que nous dit le planning, voilà, samedi soir et dimanche en matinée. S'il souhaite faire sa connaissance, il sait désormais quand la trouver. Ça alors, lui aussi retravaille samedi soir. Mince du coup. Parce qu'il filera ses dernières vocalises en coulisses quand elle s'occupera de placer les spectateurs dans la salle. Et dimanche, c'est un dimanche. Il ne vient pas au théâtre. Rien d'étonnant à ce qu'ils ne se soient jamais croisés. Leurs emplois du temps ne coïncident pas. Comment faire ? Laissez-lui une lettre dans son casier, propose le concierge du théâtre. Ah oui.

Chère Fernande,

Non.

Madame Fernande,

Oui.

Après réflexion, non.

Signorina,

Voilà. Parfait.

N'exagérons pas. Mieux, disons. À l'opéra, comme en amour, l'italien est plus musical, y a pas. Hein, qu'est-ce qu'il vient de, qu'est-ce qui lui prend ? Il se fait rire tout seul, ce n'est pas du tout ce genre de lettre qu'il doit écrire. Allons, un peu de sérieux.

Pour la toute première phrase, beaucoup d'idées arrivent, sans qu'aucune ne sorte du lot. Pas évident d'écrire à quelqu'un qu'on ne connaît pas. Vu que Fernande non plus ne sait pas qui il est, peut-être commencer par se présenter. Bonjour, je m'appelle Elio Leone. Je suis un chanteur lyrique d'origine italienne. Trop impersonnel. Bonjour, aimez-vous Verdi ? Risqué. Si elle dit non, on en conclut quoi ? Ou alors, Signorina, vous avouerai-je combien vous m'avez plu ? Trop direct, ça. Un coup à se faire ramasser par le panier à salade des policiers. Ils sont sur les dents en ce moment avec les étrangers. Après mûres réflexions, et autant de brouillons froissés, l'idée la meilleure semble être de renoncer à cette lettre, avec en prime l'avantage de ne pas avoir à dévoiler son orthographe. Ça la foutrait mal, pour un premier contact, que Fernande repère des fautes. Il va trouver autre chose. Pourquoi ne pas tenter de la croiser après le spectacle, comme la première fois ? Il retourne dans la salle, il l'attend, elle lui explique ce qu'il a pu dire ou faire de déplacé, il présente ses excuses, on fait connaissance, et après ? Après, on improvise. Voilà, il va faire ça.

C'est dans trois jours.

Ça peut paraître long, trois jours. La vie de trappiste d'avant représentation n'est pas en cause, il y est habitué. Ce n'est même pas l'impatience de retrouver le public qui le taraude, enfin si mais. Il voudrait déjà y être. Pouvoir regarder longuement son joli visage et recevoir les réponses aux questions qu'il se pose, pourquoi lui a-t-elle parlé sur ce ton, est-ce que sa peau est douce, a-t-elle déjà un bon ami.

Le premier jour, il marche en longeant les quais de la Seine, le regard perdu en contemplation. Se lasse-t-on jamais d'une ville aussi magique ? Surgit le charme si parisien de l'île Saint Louis. Plus loin, la montagne Sainte-Geneviève à gravir en courant pour travailler le souffle. Ensuite le Quartier latin qui l'est si peu, avec ses étudiants en uniforme sérieux, cartable à la main. Qui sait, il y a peut-être de futurs médecins parmi eux ? Un métier qui l'émerveille. À Zanolla, pourtant ça le dégoûtait. Retirer un hameçon planté dans un pied, même une fois dans le gras de la joue, fallait voir. Dans la mallette d'apothicaire du cotre, qu'est-ce qu'on trouvait ? Des pâtes d'onguents et un mors aux dents. Mieux valait un cœur bien accroché. C'est plus tard que la médecine est devenue un beau territoire, avec Giuseppe, par ce qu'il a bien voulu expliquer. Les sulfamides venus remplacer les sels de mercure, l'étrange principe de la vaccination, à savoir inoculer une maladie pour ne pas l'attraper, et l'art d'écouter son corps. Le plus marquant, c'était la passion de cet homme pour son métier. Au fond, ce n'est peut-être pas la médecine qui est magique, c'était ce médecin. Mais aux yeux d'Elio, elle reste nimbée de son aura à lui, et les petits étudiants du boulevard Saint-Michel aussi.

Le deuxième jour, il fait un brin de rangement dans sa chambre et va s'acheter un caleçon long en lin. On lui a dit qu'on en trouvait maintenant avec un élastique à la taille. C'est ce qu'il recherche. Il est curieux d'essayer une nouveauté et ça présentera mieux.

Le troisième, c'est le grand jour et celui qui passe le plus lentement. Dans *Le Chevalier à la rose*, Richard Strauss fait dire à la Maréchale : « *Le temps est une chose étrange. Quand on vit sans y penser, ce n'est rien du tout. Mais soudain, on ne sent plus rien d'autre que lui.* »

Quelle délivrance, quand retentissent enfin les « toï toï toï ». C'est la tradition d'avant-lever de rideau. Les acteurs de théâtre se disent « merde », les chanteurs lyriques « toï toï toï ». Paraît que ça porte chance. Ce soir, Elio sait quel visage donner à la sienne. Il imagine Fernande assise quelque part dans la salle, discrète et intimidée. Elle aura décidé de rester pour l'entendre. C'est à son intention qu'il entame en quintette « *Quand une femme est si jolie* ». Entend-on la force du fil qui les lie ? Pas seulement d'ordre musical, un fil humain, tendu à l'extrême. Lui, *Gerald*, officier britannique envoyé aux Indes, et elle, *Lakmé*, fille de brahmanes, avec qui tout hymen est interdit. Les lois, familiale, religieuse, politique, s'y opposent. Leur histoire est impossible. Vraiment ? Pourtant, écoutez-les s'aimer.

Habité, Elio se laisse guider par la profonde nécessité de ses gestes. Rien de mécanique, tout sonne vrai. Une conscience plus grande l'habite, de ses moyens, de son pouvoir, d'un envol en cours. La voix ? Elle n'a jamais passé la rampe comme ça. Quand cela survient, on le sait tout de suite, c'est imparable. Un état de grâce que vit aussi le public. Disparus, l'habituel besoin de décroiser les jambes, les quintes de toux et les petits commentaires. Ils sont ferrés, constate Elio. Le projecteur de face l'empêche de distinguer les visages très loin dans la salle. Ceux des premiers rangs sont suspendus à ses lèvres, quand lui l'est à celles de Lakmé. Éperdument. Instant miraculeux d'une compréhension intime du rôle, symbiose à vous faire perdre tous vos repères et, à l'intérieur de soi, le léger étonnement d'être à ce point envahi par l'amour. « *Lakmé, Lakmé, viens dans ma forêt profonde* », chante-t-il en sorcier.

Mademoiselle a dit vrai. S'adresser à quelqu'un décuple les forces. Viser le cœur change tout.

Au sixième salut, le public refuse toujours d'arrêter d'applaudir, manière pour lui de prolonger le bonheur. On leur avait dit grand bien d'Elio Leone. Faux ! C'est très au-delà de ça. Bravo, bravo ! crient-ils à nouveau. Il suffit d'un seul spectateur debout pour que cinquante autres l'imitent. *Standing ovation,* comme on dit à New York. Entourant leur Gerald, Lakmé, Frederick et Nilakantha échangent un regard de surprise. Les visages blêmis par l'effort, dans cette plénitude d'après le chant, ils se saisissent des mains de leur vedette et lui lèvent haut les bras, déclenchant le regain de fièvre de la salle. Voilà que le chef d'orchestre s'y met aussi, qui incline son frac devant mesdames et messieurs les chanteurs. Ça vire à la coalition, grince mentalement Elio. Par pitié, finissons-en ! Autant il avait accueilli les premiers vivats dans son habituel puits sans fond, autant là ça devient du temps perdu. Ce n'est pas un soir à consoler le petit garçon, mais celui d'un rendez-vous galant. Une chance que Fernande soit tombée sur cette salle généreuse. Maintenant, s'il vous plaît, partez ! Laissez les vrais amoureux se rejoindre.

Un détour par la loge s'impose afin d'ôter son costume de scène et de s'humidifier les cordes vocales. Méthode forte au menu, deux cuillerées d'huile en bouche et des fumigations de vapeur de thym. Car ensuite, impossible de faire silence. C'est une nuit entière à parler qui l'attend, sans recours possible aux gestes. Pas ce soir. Pas le premier. Sauf bien sûr si elle insiste. Non, il plaisante. Elle ne voudra pas et c'est très bien ainsi. Bon sang, on frappe ! Fichus visiteurs du soir, ils vont devoir être expédiés.

Ah, bonsoir Mademoiselle Renoult. Mais oui bien sûr, entrez.

Forcément, tout se ralentit d'un coup.

Mince.

— C'était très beau, dit-elle.

Elle a appuyé chacun de ses mots. On n'est plus loin, pourrait-elle ajouter. À dire vrai, ce soir, on y était déjà. Elio a réussi le plus difficile, il a enfin « laissé son talent tranquille ». Elle a souvent employé l'expression avec lui, en espérant qu'il la comprenne. En vain, jusque-là. La faute à la conscience trop floue qu'il a de sa force. À l'incomplète maîtrise de son charme. Ce garçon ne se rend tout bonnement pas compte. D'où le risque d'en mettre trop. Oui, ce sont des problèmes de riche, mais que voulez-vous, en travaillant avec un Elio Leone, on apprend à ergoter avec l'infinitésimal. Eh bien ce soir, point d'excès de beauté ni de puissance. Ce soir, il y avait autant d'assise que d'habitude, et plus de direction. Tout était canalisé et dominé. Dieu que c'était beau.

— Vraiment, lui répète-t-elle.

Elle souhaiterait lui parler des déplacements scéniques qu'il a improvisés. Dans la modernité que cela introduit, il y a quelque chose d'important à creuser. Trop souvent, hélas, les mises en scène n'en sont pas. Même celles de Garnier, reconnaissons-le. Et comme la province se contente souvent d'imiter Paris, le mal se propage. Tosca entre à jardin, elle chante, puis elle sort à cour. La belle affaire. Oh, il y a des subterfuges pour masquer cette pauvreté. Sur scène, on redouble de soieries et de plissés. Les chanteurs sont affublés de perruques ou d'épées, de pierraille et de beaucoup de khôl, mais pardon de poser la question, est-ce qu'ils bougent ? Surtout pas ! On les laisse face au public, campés sur leurs deux jambes, faire ce qu'ils ont à y faire. Résultat ? Des numéros de haute-voltige vocale réalisés en restant aussi statiques que des statues. Déplorable. La raison derrière tout ça ? *Prima la musica* ! Une vieille lune selon laquelle les chanteurs devraient toujours garder leur diaphragme bien aligné, sans aucune contrainte pour peser sur leurs poumons. Sinon quoi ? Il ne s'agit pas de leur demander de se rouler par terre ou de chanter allongé. Quoique... Pourquoi pas ? Quand lui s'y est risqué ce soir, sa voix n'a pas bougé. Non seulement elle n'a rien perdu, mais l'interprétation a incroyablement gagné en vérité. On ne se sait jamais d'une chose qu'elle est possible avant de la réussir, alors bravo.

Ah, merci. C'est un point intéressant qu'elle soulève. Pourraient-ils toutefois en parler demain, parce que là, ça tombe, comment dire, un peu mal. Il est malheureusement attendu.

Mademoiselle se trompe. Le triomphe d'Elio n'est pas dû à ses déplacements. Sans le savoir, elle a pourtant vu juste. Il s'agit bien d'une histoire de transports. Intériorité concentrée, ampleur du sentiment, et surtout... dédicace à quelqu'un. Dans le secret de son cœur, son élève vient à nouveau de lui donner raison.

La servante éclaire faiblement la scène. Qu'est-ce qu'une salle peut paraître grande lorsqu'elle est déserte. Et ce silence... Il prend aux tripes. De toute façon, en cet instant, tout prend aux tripes. Elio contemple les planches, celles qu'il vient, paraît-il, de brûler, et il s'allonge dessus. Déjà petit, il faisait ça. C'était sur de la paille, du sable, ou des rochers chauffés par le soleil. Il appelait cela prendre racine. Ce soir, il le fait dans l'espoir que réapparaisse sa princesse. Au fond de lui, non, il sait bien que ça ne marche pas comme ça. Formules magiques, superstitions et toï toï toï, qui aurait l'idée de se fier à ces bazars ? Il est plus sérieux que ça, lui, c'est au Ciel qu'il croit. Tout est écrit là-haut, pense-t-il. Ici-bas, on ne fait que servir son destin. Attention, une marge de manœuvre subsiste. Si chacun reçoit à la naissance une partition écrite, il a ensuite complète latitude pour l'interpréter. *Largo, moderato, allegro*, ça change tout, n'est-ce pas. Du calme, pas le moment de s'embarquer dans ces considérations.

Il faudrait arriver à se détendre. Inspiration profonde, expiration régulière, chaque vertèbre le plus en contact possible avec le sol. Ce n'est pas le moment de penser à *La Juive*. Trop tard, il y pense. Depuis quand ne l'a-t-on plus chanté, qu'est-ce que Pachon lui a dit, 1929 ou 1930 ? Bref, presque dix ans. À cause de ce titre provocateur ? a-t-il demandé. Pas seulement, lui a expliqué Pachon, plutôt parce qu'on n'a plus personne pour incarner Éléazar. Qui a oublié que Nourrit, le fils, s'est jeté par la fenêtre en sortant de scène, après avoir raté *Rachel quand du Seigneur* dont il avait écrit les paroles. Quatrième étage de Garnier, il est mort, oui. C'est parce que le rôle va chercher loin, soutenait Pachon. Wagner en avait déjà donné la raison, le Wagner qu'on peut difficilement suspecter d'amitiés philosémites. Il disait de la musique d'Halévy « *qu'elle jaillit des plus intimes et des plus puissantes profondeurs de la nature humaine.* ». Quelque chose comme ça. Pachon a continué avec les poncifs habituels, peu de ténors sont de taille, personne n'a assez d'entrailles. On le voyait venir.

— Cher Elio Leone, accepteriez-vous d'être notre Éléazar ?

Bim, on y était. Depuis, impossible d'arrêter de réfléchir. Là, il préférerait se concentrer sur Fernande, ou bien faire le vide, et il pense encore à *La Juive*. Bien sûr que son cœur lui dit d'y aller. Mais début 39, on a un contexte à prendre en considération. Un titre pareil va déchaîner les Maurrassiens. Pachon n'a pas le budget pour monter ça, façon grand opéra. Il a tenu à le dire en toute transparence, et prévenu qu'on recentrerait sur Éléazar. Le personnage serait toujours opposé à une foule haineuse, mais disons une petite foule, avec un chœur réduit, le propos se voyant au contraire élargi. Pas seulement l'antisémitisme, on embrasserait tous les fanatismes. Du Verdi à la française ! Elio n'arrive pas à se décider. Artistiquement, il voudrait foncer. Mais est-ce une bonne chose pour ces gens qu'il le fasse ? Que peut la musique contre les lois raciales ? Est-ce en chantant la tragédie d'Éléazar qu'on raisonnera ce monde de fous ?

Il s'assoupit en se posant la question.

Aucune Fernande ne vient le réveiller.

C'est le froid, à trois heures du matin, qui s'en charge.

Paris, 1939

La mauvaise nouvelle ? La situation internationale continue de se dégrader. La bonne, celle d'Elio s'arrange un peu. Non que la demoiselle se laisse facilement approcher, loin de là. Ils ont eu à résoudre un gros malentendu. Bien sûr que non, il ne l'a pas traitée de servante. Comment a-t-elle pu croire ça ? Il parlait évidemment de l'éclairage. Sous prétexte qu'elle faisait le ménage, il se serait permis ce genre de jeu de mots vaseux ? Jamais de la vie. Cette façon de penser lui est totalement étrangère.

— Vous gagnez en trois heures mon salaire du trimestre. Comment pourrais-je avoir la moindre idée de votre façon de penser ?

Eh bien, qu'elle se donne la peine d'apprendre à le connaître, elle verra. Défense habile et sincère. Mais insuffisante. Fernande a continué les sarcasmes. Est-il vrai qu'il a refusé de prêter son image à un contrat publicitaire pour le Pétrole HAHN ? « *Vos cheveux plus sains, plus drus, plus beaux.* » Sait-il aussi qu'on lui attribue une plus grande collection de fiancées que de costumes de scène ? Selon la rumeur, il leur proposerait de faire ça dans sa loge. Confirme-t-il ces manières de seigneur ? Euh, pour la réclame, oui. Le reste, il n'en est pas fier. C'était avant. Il a changé.

— « Les contritions d'un célèbre coureur de jupons. » La belle manchette de journal !

La phrase est drôle. Peut-être pas au point d'en rire. Il a encaissé. Il s'est accroché. Plus elle résiste, plus il, oui, plus il en tombe amoureux. Il n'a pas de franche certitude sur le nom que ça porte. D'autant moins que si c'est le bon, c'est la première fois. Mais le tableau semble éloquent. Pour preuve, les longues minutes de bonheur passées à la regarder. Lave-t-elle des verres derrière le comptoir du buffet du théâtre, il trouve ses gestes adorables. Esquisse-t-elle un pas de danse entre deux tables à épousseter, il sourit bêtement. Est-elle à la caisse, il guette les phrases qu'elle aura en rendant la monnaie. Il ne se lasse plus d'entendre son rire. Sauf si c'est avec le barman qu'elle s'amuse. Il en fait des caisses, celui-là, avec son shaker et ses cocktails.

Le plus parlant, c'est d'avoir imaginé la présenter à Mademoiselle. Encore faudrait-il que Fernande accepte. Avec les autres, elle est pétillante, vive, amusante. Avec lui, insolente et sauvage.

Fernande, y a pas mieux.

Elle lui propose, non, elle lui accorde, des choses inédites pour lui. Au gré d'une promenade bras dessus bras dessous dans le parc des Buttes-Chaumont, elle précise habiter tout près dans une chambre en meublé sans qu'il s'enhardisse à relever. Louent-ils une barque sur le lac de Vincennes, Fernande accepte qu'il pose sa veste sur ses épaules. Signe indubitable de progrès, pas vrai ? Assis sur un banc de Montmartre, les voilà à se raconter leurs rêves. Celui de Fernande est de tourner dans un film de Marcel

Carné, ou bien comme Édith Piaf d'avoir son nom à l'affiche de l'A.B.C. Elle vient d'y entendre Charles Trenet. D'ailleurs, il faut absolument qu'Elio se mette à des chansons comme ça.

Boum !
L'astre du jour fait boum !
Tout avec lui dit boum !
Quand notre cœur fait boum-boum !

Il fond littéralement.

— Vous avez une jolie voix, Fernande.

— Vous aussi, paraît-il.

Ça le change qu'on se paie sa tête. Elle le fait gentiment. Un souffle d'air frais bienvenu.

— Pourquoi ne l'utilisez-vous pas pour rendre les gens heureux ? ajoute-t-elle.

Ouille. Là, ça fait mal.

— Vous n'aimez pas l'opéra, Fernande ?

Si, si. C'est beau. Ce qu'il fait sur scène, c'est beau. Mais il faut avouer qu'on a plutôt besoin de rire en ce moment.

— Moi, j'ai envie de M'A-MU-SER !

Vu le ton employé, difficile de ne pas le comprendre, Fernande n'a encore jamais subi de discussion si ennuyante. Pas depuis sa naissance, vingt ans plus tôt. À l'idée d'évoquer avec elle le dilemme de *La Juive*, un fou rire vous prend. Sauf qu'elle a peut-être raison. Il ne s'attendait pas à ce qu'elle affiche aussi clairement la couleur, et il, oui, il l'envie d'un tel appétit de bonheur.

Fernande, c'est un pinson dont la jeunesse exige de rugir.

— Et vos rêves à vous ? demande-t-elle.

Ses rêves à lui ? Sensation tout sauf ordinaire d'avoir à répondre à cette question. Si ça ne tenait qu'à lui, il planterait son regard dans le sien et lui demanderait sa main. In extremis, il remplace par un large sourire.

Intense tout de même, le sourire.

— Mon rêve à moi... Vous n'avez une petite idée ?

Cavolo, le « pas » qui manque, la faute de ses débuts. Qu'est-ce que cette double négation française peut lui donner de fil à retordre !

Ils ne sautent pas directement de cette conversation à la chambrette d'Elio. Il leur faut des semaines pour y parvenir. Officiellement, ils viennent y chercher un nœud-papillon dont Fernande a besoin pour un spectacle. Mouais. Le quartier du Marais, passe encore. L'immeuble décrépit, elle tique. Quand il ouvre la porte de sa turne, elle se fige. Elio la voit parcourir la pièce des yeux, et il sait. Elle ne fera pas un pas de plus. Au travers de son regard à elle, il vient de comprendre qu'il ne devrait plus habiter ce taudis. Ce n'est pas normal qu'il en soit encore là.

Fernande n'a pas les éléments pour comprendre. Elle ne peut que juger et le fixer avec dureté.

— Je te préviens, Elio. Ici, il ne se passera rien du tout.

Il ne répond rien.

Il n'y a rien à dire.

Il opine.

Avec gravité.

Avec un peu d'espoir aussi. Parce que dans tout ça, il lui semble avoir entendu une très bonne nouvelle.

— Alors viens, on va ailleurs.

— Oui, c'est exactement ce qu'on va faire. Trois pièces, minimum. Une salle d'eau. Vue sur un monument. Je te laisse choisir lequel. On se revoit quand tu auras déménagé.

Cette « proposition » de Fernande concourt à modifier le tempo de leur histoire. Chapeau de roues, avec madame à la baguette.

Leur nouvelle adresse sera un quatrième étage charmant, au 8, rue des Lavandières Sainte Opportune. Derrière le théâtre du Châtelet, côté sortie des artistes.

— Il n'y a pas vue dessus, ronchonne Fernande, depuis la fenêtre du salon.

Non, il y a mieux que ça.

— Vue sur toits.

— Comment ça ?

Appuyé contre un chambranle, plus séduisant que jamais, Elio n'a d'yeux que pour elle.

— Aaah, vue sur moi !

Elle éclate de rire et lui saute dans les bras. Oh chéri, murmure-t-elle, en le couvrant de baisers.

Ils sont mignons.

Le bonheur, soit il se refuse, soit il a fui, ou bien on nage dedans.

Il y a des gens qui naissent stars. Ils ont une âme de star, se conduisent comme des stars. Ce sont des stars. C'est le cas de Fernande, qui a un don naturel pour les caprices. Ne lui manquent qu'une carrière et une célébrité en propre. Ça viendra, elle s'en dit convaincue et ne juge pas idiot de commencer à travailler l'attitude. À Elio les moyens vocaux, à elle les grands airs. Professionnellement dans l'ombre, elle s'agite plus que lui dans la lumière. Fais comme moi, l'encourage-t-elle. Elle le presse d'arrêter avec ses habitudes d'humilité. Ses paupières baissées, ça l'exaspère. Des paupières de curé, comme elle les appelle. Bon sang, puisqu'il a la chance d'être tout en haut, pourquoi ne bombe-t-il pas le torse ? À quoi rime-t-il d'avoir encore l'air surpris de ce qui lui arrive et de sourire naïvement aux nuages ? Le ciel est vide, lui répète-t-elle. Vide ! Il ne faut rien s'interdire. La vie est faite pour être vécue, l'argent pour être dépensé, les filles pour être séduites.

Bon, ça, il ne s'en est pas privé.

— Parce que je te cherchais, chérie.

— La belle excuse.

Elle, avec deux malheureux fiancés au compteur, que n'a-t-elle entendu, que n'a-t-elle dû subir ? Est-ce qu'il juge normal, pareille différence de traitement entre les hommes et les femmes ? Bah non. Bah voilà. Allez, on s'en fiche. L'amour, Fernande est d'accord pour en payer le prix, du moment que ça secoue. Son mot favori ? PRO-FI-TER.

En attendant, le plus secoué des deux, c'est lui. Il l'a compris, on ne possède jamais complètement une femme comme Fernande. Il devra toute sa vie continuer de la conquérir. Chaque fois qu'il se produit sur scène, il ignore si elle se trouve dans la salle. Fernande ne prévient de rien, ni de sa présence ni de ses absences. Dans le doute, Elio fait comme si elle était là. Il chante pour elle et lui donne tout ce qu'il a. Le public croit la beauté de ce chant délivrée à sa seule intention et acclame en retour son auteur. Un malentendu gagnant-gagnant. Elio salue à huit, dix, quinze reprises, avant de quitter la scène en courant, de nouer sa grosse écharpe en quatrième vitesse et de filer dans les lieux les plus en vue de la capitale pour embrasser brièvement sa fiancée. Ensuite, il rentre se coucher. Restaurants enfumés, soirées endiablées, très peu pour lui. Il laisse Fernande s'y amuser seule. Elle en revient aux petites heures du jour, un peu pompette d'avoir autant brillé et parfois bu trop de champagne. Tu m'as manqué, lui glisse-t-elle à l'oreille en se lovant contre lui dans le lit. Instant si doux, si parfait qu'Elio peut choisir de s'en tenir là et ne pas se réveiller. Le matin, debout avant elle, il aime quitter sans bruit l'appartement et partir marcher le long de la Seine. À quoi pense-t-il ? À cette vie qui est exactement celle dont il aurait rêvé s'il avait su qu'il en existait de semblables. La France lui a ouvert ses bras, Fernande son cœur.

Il va faire d'elle sa femme. Décision est prise. Un choix qui ne sera pas de tout repos, il en est tout à fait conscient. Ce n'est pas l'ivresse des sens qui le porte. Pas seulement. Ce qui lui plaît, c'est qu'elle lui échappe. Qu'elle ait si peu lu et en sache si long sur l'allant des choses. Qu'elle fasse des scandales, puis éclate de rire. Ça lui plaît qu'elle se bagarre pour décrocher des auditions en refusant les coups de pouce qu'il pourrait lui donner. Elle, c'est le music-hall qui la fait rêver, le cinéma, les paillettes. Comment pourrais-tu m'aider, tu ne connais rien à ce milieu, lui assène-t-elle.

— Alors tais-toi, ajoute-t-elle.

Une chose en entraînant une autre, il arrive qu'elle se mette franchement en rogne.

— À ta place, je peux te dire que j'aurais le goût de mon triomphe constamment en bouche.

Lui mégote, elle trouve. Il n'y a qu'à voir sa gentillesse. Est-ce qu'il se rend compte qu'il écrase tout le monde avec sa gentillesse ? C'est des trucs de riche ça, de riche qui fait encore semblant d'être pauvre. Ses remerciements à la France à longueur d'interviews, c'est ridicule. Qu'il se demande plutôt ce qu'elle a au fond du cœur, sa prétendue belle France. On en reparlera, des grands idéaux.

— Tu as fini ? il lui demande.

— Oui ! Réflexion faite, non !

Rebelote, le cirque. Elle n'a pas peur de lui voler dans les plumes, Fernande. C'est intéressant. Infiniment plus que les jeunes filles idolâtres avec lesquelles on s'ennuie vite. Là, il y a quelqu'un. Il en retire l'impression d'être aimé et peut à nouveau profiter pleinement de ce qu'il est, juste un type normal, il dirait. Pas si normal que ça pour ceux qui le voient de l'extérieur. Pour le monde, Elio Leone, c'est une voix, une sensibilité et un talent hors normes. Ses succès, ses cachets mirobolants, les liasses d'argent liquide placés à l'entracte dans sa loge avec un mot de remerciement et sa gueule de star hollywoodienne, tout cela devrait le faire haïr, au moins de la concurrence. Même pas. Si ça ne peut pas être moi, autant que ce soit lui, pense-t-on. Capital sympathie, ça s'appelle. Elio est champion de ça aussi. Il a la générosité contagieuse. En plus, au contact de Fernande, il s'est détendu. En bref, il rayonne.

Leur quotidien est pur bonheur. Fernande lui a refait une garde-robe. Chaussures en cuir pleine fleur couleur cognac, chapeaux en feutre à liseré assorti à la pochette, lavallière orange pour le côté artiste et costumes trois-pièces. En tweed, cela va sans dire.

— Mon chéri ressemble à Cary Grant.

Il paraît. On commence à le dire. À qui ressemblerait Fernande, ça, il ne sait pas. La décrire, si. Piquante, scintillante, voluptueuse. Elle a, comme lui, des boucles naturelles, et pas besoin de cranter ses coiffures. Un physique indomptable, celui d'une star.

— Laquelle ? insiste-t-elle.

Aucune idée. Dès lors, Elio prend ses habitudes au Normandie, le cinéma des Champs-Élysées, jusqu'à trouver enfin la réponse à l'énigme : Ava Gardner. Rien que ça.

L'annonce de leur mariage surprend. Ça paraît soudain. Des phrases peu amènes leur reviennent aux oreilles. « La dinde et le dindon » ou bien « Il s'est fait mettre le grappin dessus. » Tout le monde me déteste, se plaint Fernande. Elio doit la rassurer. Que savent ces gens du bien qu'elle lui fait, de l'alchimie de leur couple ? Il tarde cependant à informer Mademoiselle du doux projet, tout en voulant croire qu'elle y applaudira. L'idéal serait qu'elle en déduise que son élève a gagné en autonomie et soit soulagée de le voir s'émanciper. Il appréhende quand même un peu. Mais non. Que pourrait-elle penser de mal ? N'est-ce pas d'abord son idée à elle ?

— Une personne très fraîche. Et ravissante, se contente de dire la vieille dame après les avoir invités à boire le thé.

Elio ne s'attendait pas à des adjectifs comme « profonde » ou « réservée ». Tout de même, il n'aurait pas été contre un minimum d'enthousiasme. On en est loin. Mademoiselle va même jusqu'à parler de précipitation. Elle aimerait être à ma place, elle en pince pour toi, lui explique Fernande. Hein ?! Mademoiselle, jalouse ? Tant pis, il se passera de son imprimatur. Lui est décidé et reste dans l'action.

Les Allemands aussi. De leur côté du Rhin, ça s'agite furieusement. Il n'est plus l'heure de faire de la diplomatie avec ces fous belliqueux, comprennent les démocraties. Aucune phrase ne réussira à faire plier une barre de fer. À présent, on parle préparatifs.

Devant l'inéluctable, les autorités françaises ne restent pas bras croisés. Elles ont décidé, par le décret-loi du 12 avril, d'assouplir le processus des naturalisations. S'il faut se résoudre à envoyer des bataillons sur le front de Lorraine, mieux vaut en faciliter l'accès à toutes les bonnes volontés. Le dossier d'Elio se retrouve donc lancé dans des tuyaux administratifs éminemment favorables. Et pourtant, ça coince. Il y a un hic. Né Elio Abandonnato, de parents inconnus, son état civil a ensuite été biffé pour devenir Elio Leone. Devenu adulte et couvert d'éloges par le régime fasciste, il choisit de s'exiler en France. Hum, tout ça fleure le mystère. Qui est vraiment ce monsieur ? Un espion mussolinien ? Aurait-il l'intention d'abuser de la bienveillance de la police française ? Heureusement qu'Elio peut faire valoir des connaissances. Une intervention haut placée et son prochain mariage avec une Française semblent pouvoir résoudre le micmac.

La fête est tellement modeste que Fernande s'en rend malade. Là, tu exagères, lui sourit Elio. Il lui rappelle la grande église Saint-Roch, la somptueuse robe blanche, la grosse bague et même la fourrure, malgré la chaleur. D'accord, reconnaît-elle, tout cela irait bien mais… Quid de cette guinguette sur la Marne ? ? ?

— J'aime bien le bal musette, plaide-t-il.

— Ce n'est pas chic du tout, se récrie sa future épouse.

Ses parents, garagistes près de Nice, n'ont pas eu le temps de se retourner. Ils ne font pas le déplacement. La famille est représentée par sa sœur, Yvonne, mariée à un garagiste de Lille.

— J'ai moi aussi habité sur une île, leur confie Elio.

Cinq longues minutes pour se dépatouiller du malentendu et peu d'atomes crochus pour le remplacer. Elio sent vaguement qu'on lui reproche de ne pas avoir les mains dans le cambouis. Du même ton pincé, il entend dire de Fernande, c'est l'artiste de la famille. Quand la conversation meurt, on se sépare sans regret. C'est pas le tout d'avoir une famille, lui a parfois avoué Fernande. Il comprend mieux pourquoi, à elle aussi, monter à Paris a pu sembler vital. Au fond, ils sont pareils.

— Rien ne nous oblige à les voir, dit-il à sa femme.

— Attention à ce que tu dis. Toi, tu n'as pas le droit de les critiquer.

Les copains de Zanolla avaient raison. Quelle complication, les parents.

Oublions-les. Guinchons à la lumière des lampions.

Une centaine d'invités sur la piste.

À la première valse lente, Elio cherche Mademoiselle des yeux et la découvre encore assise à table, avec cet air placide des vieilles personnes à la noce. D'un bras chevaleresque, il l'invite à danser.

— Attendons plutôt la prochaine, non ?

Rien entendu. La foule, la musique, la gaîté. De sa main élégante et ferme, Elio persiste et l'entraîne. La grande petite dame et le marié célèbre, couple dépareillé mais couple de la décennie, se retrouvent au centre des regards, emportés par les quatre temps de *L'heure exquise*. Quelle idée bizarre de jouer ça à un mariage, songe Mademoiselle en s'efforçant de cacher son trouble. Cette valse est délicieuse, là n'est pas la question, mais tirée d'une opérette de Franz Lehàr bizarrement nommée *La Veuve joyeuse*. Elle semble être la seule à relever la fausse note de cette soirée de début d'été.

— La plus belle de ma vie, déclare Elio dans son discours.

Dans la poche de son pantalon, aussi précieux que les cailloux qu'il y cachait, un très émouvant télégramme de félicitations de Giuseppe Tropeano.

Concernant le voyage de noces, un désaccord oppose les jeunes époux. Le directeur du mythique *Metropolitan Opera* est récemment venu se présenter à Elio.

— Cher Monsieur Leone, pourquoi continuer de vous refuser à New York ?

Edward Johnson, lui-même ancien ténor, déclare savoir reconnaître un artiste d'exception quand il en voit un. Si la maison qu'il dirige n'a plus d'arguments financiers dans sa manche, merci le krach de 29, merci les syndicats, restent le prestige et la perspective d'une belle tournée nord-américaine. Que dirait Elio de se produire à Chicago, à Philadelphie et Toronto ? Johnson rêverait de l'entendre dans *Paillasse,* qu'on monterait pour l'occasion en italien. Alors ? Euh oui, c'est tentant.

C'est là qu'intervient le veto de Fernande. Faire et défaire les valises pendant trois mois, merci du cadeau. Hors de question de passer ses journées à l'hôtel à attendre monsieur. Quoi, que va-t-elle s'imaginer ? Au contraire, elle visiterait l'Empire State Building, écumerait les boutiques de la 5e Avenue, irait dans tous les théâtres de Broadway. À elle, la grande vie.

— Si tu me trouves à ce point idiote et frivole, dis-le franchement.

— Ce n'est pas ce que j'ai sous-entendu, ni du tout ce que je pense.

— Bien sûr que si ! Tu veux juste qu'on te fiche la paix pour pouvoir travailler, travailler, travailler !

— Si vraiment je voulais la paix, tu crois que c'est toi que j'aurais épousée ?

Ils ont chacun un visage ad hoc à arborer dans ces ambiances. Elle, renfrogné. Lui, hilare.

— Tu sais, chérie, les Allemands font comme toi. Dire non à tout et penser que ça donne l'air fort.

— Je ne vois pas le rapport, Monsieur le poète. Et comme on dit chez nous, laisse les Allemands chez eux.

Aucune des parties en présence ne panique. Chacun maîtrise son rôle à la perfection et sait que la pièce se terminera dans les rires et les bisous. On peut donc s'autoriser de franches prises de bec. Fernande le reconnaît sans mal, il vient de se marier à une opposante née. N'est-ce pas comme ça qu'elle l'a séduit ? Il la voudrait domptée sous prétexte qu'il l'a épousée ? Il risque d'être déçu, Madame Lion n'a aucune intention de se laisser mettre en cage.

— Là, tu me fatigues, Fernande.

Cette petite personne, en grand as du curseur, sait d'instinct s'il y a une marge pour continuer de pousser ou si elle aurait tout intérêt à se radoucir. Chéri, nous parlions de Broadway, est-ce que tu me verrais y être engagée ? Un jour, bien sûr, pourquoi pas. Mais pour ce premier séjour, il l'imagine plutôt en spectatrice enthousiaste. À quoi, bien sûr, s'ajouterait un somptueux final de farniente aux Bahamas. Oh, quelle gentille idée, oui, ça lui dirait bien, elle va y réfléchir. Résultat des courses, le contrat américain et le futur voyage de noces en sont au point mort, toujours sur la table, prêts à feuilletoner. Tiens, maintenant qu'elle y pense, pourquoi pas l'Égypte des pharaons ? Elle se verrait très bien en Néfertiti, le temps d'une croisière sur le Nil. Ah, l'Égypte, très bien sur le papier, pas du tout pour sa voix, doit-il lui répondre. Chaleur extrême et particules de sable en suspension dans l'air, c'est non.

De toute façon, ils ont encore du temps pour décider. L'été est pris tout entier par ses répétitions de *La Traviata*. Elio ne s'est jamais attaqué à plus important. Enfin son grand rôle verdien !

Sauf que le 1er septembre, tous ces beaux projets tombent à l'eau.

L'Allemagne envahit la Pologne.

Le 3, la France et l'Angleterre lui déclarent la guerre.

On a beau s'y attendre, ça tombe forcément mal, une mobilisation générale.

Novembre 1939

Camp du Barcarès

Fernande, amore de ma vie,

As-tu reçu mes lettres ? S'il te plait, ne tarde pas à me répondre. J'en ai reçu une de Mademoiselle, qui me redit ce qu'elle t'a dit sur le quai, au moment où je montais dans le train avec ma compagnie. Si un jour tu as besoin, va la trouver, impasse des Carrières. Tu peux aller en métro, station Passy. J'ai mis les tickets dans le compotier, tu sais où. Pour tes dépenses, prends dans la boite en fer sous le lit. Il y a de quoi. Tu n'as pas à t'occuper du loyer. Il est payé d'avance pour douze mois et je serai rentré à la maison bien avant. Tu as aussi procuration pour mon livret de caisse d'épargne. Je suis content de ça. Pardon si je répète tout encore et encore. Ton petit mari s'inquiète de toi.

Ouvre les courriers du postier, surtout celui de la préfecture. Dès que la carte de ma naturalisation arrive, je dois prévenir mon état-major. Je ne pourrai plus rester au 22e RMVE, parce que c'est le Régiment de Marche des Engagés Volontaires étrangers. Quand je deviendrai français, je devrai rejoindre un bataillon de Français. Ici, il y a des Italiens comme moi, des juifs de Pologne et beaucoup d'Espagnols de la Retirada. Quand on aura vaincu l'Allemagne, ces gars veulent qu'on aille chez eux destituer Franco et Mussolini. Une même lutte, ils disent. J'apprends beaucoup en parlant avec eux. Je refuse de te raconter pour ne pas t'accabler. Ils ont plus de culture politique que moi, et l'habitude des combats. Il faut les voir monter et démonter les fusils, utiliser les grenades à main et charger les obus. La nuit, ils font des transmissions aussi réussies qu'en plein jour. Tu n'imagines pas comme la boue colle à mon barda, et bien pas aux leurs ! Ils font tout bien. De vrais vaillants. Je prie Dieu de ne pas les rappeler à Lui. L'opéra m'a appris qu'il faut que des héros tombent pour que la liberté triomphe. Par pitié, mon Dieu, ne fais pas tomber ces gars-là.

Mes résultats au tir et au fusil mitrailleur ne sont pas brillants. Je dois moins penser qu'il faudra viser sur des hommes. C'est soit les Allemands, soit toi, me rappellent les camarades. Alors je continue mon instruction pour progresser, mais franchement je préfère travailler à la construction des baraquements et à la maintenance. De nouvelles compagnies arrivent sans arrêt au camp. L'hygiène est un vrai problème. Basta de te raconter nos problèmes de latrines ! Pardon, Fernande chérie.

Ton rire me manque. Ta peau et tes baisers aussi, surtout ton rire. C'est une des choses que j'aime le plus au monde. Je ferme les yeux et je l'entends, ré, ré, ré, si, si dièse. J'ai raconté aux gars que je ne veux pas aller me battre en Espagne et en Italie, si ça me prive trop longtemps de l'entendre. Ils se moquent de ton Elio amoureux. Ils disent ah, les artistes.

J'entretiens ma voix, tu penses. Si j'ai pu la préparer, je fais un récital le soir, dans le baraquement. Paco, un cuisto de Barcelona, est un baryton naturale. Pour Noël, nous préparons un concert ! Mais j'espère qu'il sera toujours ici au Barcarès dans deux mois. Parce que le commandant envoie sur la ligne Maginot tous ceux qui sont prêts pour l'active. J'ai dit à Paco de cacher qu'il est déjà un très bon soldat. Ah là là, il s'est fâché.

Je dois éteindre la bougie.

Je te dis que je t'aime, en posant mes lèvres où tu veux.

Ton Elio.

Mars 1940

Mon amour,

Nos gradés interdisent de communiquer notre position précise dans nos lettres. Méfiance de l'intelligence ennemie, ils disent, c'est pour la logique de guerre. Quelle guerre ?! Il y a ~~ocain~~ aucun combat ! Donc voilà, nous sommes « quelque part sur la ligne de front », on n'a le droit de dire plus.

Nos journées ne changent pas. Hier, on a fait des travaux d'aménager le terrain pour les 2e positions. Avant-hier aussi. Tu remontes comme ça, tout se mélange, tout se ressemble. Si un orage éclate, nos efforts s'éboulent. On est tristes ? Non, presque contents ! Au lieu de continuer pareil, il faut recommencer ! Au moins, ça change. Un copain a résumé, j'ai l'impression que tous les jours on me demande de repasser au fer mon pantalon alors que c'est une ~~loc~~ ~~locq~~ loque. S'il est dans le coin quand je t'écris, Henri me corrige mes fautes et m'explique un peu la grammaire du français. Ils sont gentils, ces gars, vraiment.

Parfois, on fait des exercices de marche. Ou bien il y a des alertes fausses. Ils appellent ça entrainement de routine. Par discrétion, je ne dois pas chanter fort. Che noia ! Oui, quel ennui… On a aussi des manques de ravitaillement. Les hommes n'ont plus du tabac, certains mauvais moral.

La nuit, à la caserne, personne arrive à dormir. Moi, je rumine ta dernière lettre. Chérie, il faut faire attention à ce que tu écris. Parce qu'il n'y a pas ton rire avec tes mots et que je ne sais pas quand je recevrai les prochains. Je dois rester avec ceux-là. Tu vois, entre les Allemands absents d'un côté, toi absente de l'autre, je commence à me sentir seul partout.

Tu dis que je n'étais pas obligé de partir volontaire. Rien et personne ne m'y ~~forsait~~ forçait, c'est vrai. Mais j'étais quand même obligé. On ne choisit pas ce qu'on sent en soi. Moi, je sentais de servir la France. J'ai tant de fierté et de la gratitude pour elle. Il faut me croire. Des disques, j'aurai d'autres occasions pour les enregistrer. Ce n'est pas une affaire de six mois. Si les gens de Pathé-Marconi sont sérieux, ils attendront. Amore, toi aussi, tu m'attendras. La France n'attendait pas. Elle avait besoin tout de suite. Je ne t'ai pas abandonnée. Tu ne dois pas avoir peur. Je reviendrai.

Mais pour gagner cette guerre, il faut d'abord qu'elle commence !!! Quando ? Tu le sais, toi ? J'ai hâte. (Non ? ! Je viens vraiment d'écrire ça ? ? ?)

Là, toi et moi, on perd notre temps. Parce qu'on le passe séparé.

Ton Elio qui t'aime.

PS : Je t'ai envoyé 17 lettres. Dis-moi combien tu en as reçu.

PS : J'ai reçu 5 lettres de toi. Dis-moi combien tu en as envoyé.

Mai 1940

Mon amour,

Perdonne ce vilain papier. J'ai trouvé seulement ça. Je vais bien. Depuis 3 jours, je suis prisonnier. Il y a eu attaque éclair. Les Allemands ont foncé sur nous. J'étais avec Paco à ramasser des champignons. On avait rempli nos casques de pholiotes. Soudain un tank était là, le canon droit sur nous. Je ne peux te dire l'effet. Le sol tremblavait, ça montait dans mes jambes, et dans ma tête aussi, comme les notes d'un basson.

Fernande, ils ont utilisé des lance-flammes sur des hommes. ~~J'ai vu quand les~~

Les soldats allemands nous ont fait marcher en colonne. Des familles inquiètes fuillaient en sens inverse sur les routes. On était venu pour les aider, alors j'ai baissé les yeux. J'ai eu honte.

Les Allemands nous gardent dans l'école d'un village. Peut-être ils vont nous libérer vite ? Personne sait. Ou alors nous envoyer en Allemagne ? Pour faire quoi ? Je vais laisser cette lettre dans l'école. Si quelqu'un la trouve, il ~~l'envoira envoyera~~ il la mandera, j'espère.

Est-ce que tu vas assez bien ? L'armée allemande va arriver à Paris. Ça se passe mal pour nous. Tu dois faire attention.

Je t'aime plus que ma vie.

Ton Elio à jamais.

* * *

Juillet 40

Camp de prisonniers StalagII EB, Deutschland.

Amore,

Tu as recu ma carte pré-remplie de la Croix-Rouge ? Soit ça, soit 50 mots maximum sur papier libre. Pourquoi pas libération malgré armistice ? Kapos durs avec juifs, et aussi avec « traitres » russes et italiens. Je vais bien. Je travaille usine armement. Sois sûre que ton Elio fait sa cadence pianissimo…

Écris-moi.

* * *

Février 41

Camp de prisonniers StalagII EB, Deutschland

Amore,

Bravo pour audition. Mais… spectateurs tous allemands ? ! Alors préférable ~~rinun~~ renoncier. Même si bon travail, c'est mauvais rôle. Fais attention.

Ne t'inquiète pas pour l'argent. Si boite en fer vide, va alla cave. Boites « Pierrot Gourmand ». Chez Mademoiselle aussi, boites +++.

Je te souhaite courage.

Elio tuo.

*
* *

Février 42

Camp de prisonniers StalagII EB, Deutschland.

Amore,

Entre -10 et -20 ici. Nouveau travail dans une ferme. Si tu peux envoyer vêtements chauds et écharpe de laine ? Nous ~~essayons~~ montons des spectacles dans le camp. Des prisonniers applaudissent d'autres prisonniers. C'est ~~bizarre~~ beau.

La force de la musique !!!

Tuo.

*
* *

Janvier 43

Camp de prisonniers StalagII EB, Deutschland.

C'est vraiment mon fils ??? Je suis son père ??? Pourquoi tu ne me l'as pas dit avant ???

Je ne vis plus, je ne dors plus, je n'espère plus – avant de SAVOIR.

JE SUIS PÈRE ???

*
* *

Avril 43

Camp de prisonniers StalagII EB, Deutschland.

AMORE !

Je suis HEUREUX !!! Tu as voulu me le cacher pour que je ne sois pas triste de le manquer ? ! Au contraire ! Je pense à notre bambino, et oh… quel bonheur !!! Maintenant je supporte mieux miradors et barbelés.

Raconte comme est mon fils !

MERCI Fernande !

MERCI la vie !

MERCI mon Dieu !

Ton Votre Elio.

*
* *

Décembre 43

Camp de prisonniers StalagII EB, Deutschland.

Amori miei,

Come va ? Assez à manger ? Pourquoi n'emmener Pierre à la campagne ? Le lait, les œufs, courir heureux et s'occuper des lapins ? Je ne veux utiliser mon droit de courrier pour Mademoiselle. Préviens-la pour Pierre. J'écris seulement à toi, et à lui.

Vous êtes dans mes pensées.

Immenses dans mon cœur.

*
* *

Mars 44

Camp de prisonniers StalagII EB, Deutschland.

Mon fils chéri,

Viens, je te dis un secret : ta maman est la plus extraordinaire entre toutes les femmes ! Et moi, le plus heureux d'être ton papa !!!

Piccolo Pietro, tu es si important pour moi.

Je te donne Giuseppe comme second prénom.

Papa

*
* *

Novembre 44

Camp de prisonniers StalagII EB, Deutschland.

Mes amours,

Vous gardez force pour vous ? Vous m'en donnez beaucoup. Kapos féroces avec les russes. On partage rations avec eux. Épidémies de furonculose et typhus. Pour mon fils, je n'ai pas le droit de tomber malade.

Vous manquez à moi. Je veux libération, et vous serrer dans mes bras.

Papa.

*
* *

Janvier 45

Amori,

Ici, faim et froid. Problème de courrier. Personne ne reçoit lettres et paquets. Guerre civile en France ou victoire alliée en vue ? Dis-moi vite. On ne sait rien.

Je chante quand même. Les copains pleurent et me disent merci. J'aime tellement l'opéra.

Je vous aime encore plus.

Votre Elio

Paris, Septembre 1945

Obéir, toujours obéir. Pendant des mois, il n'a fait que ça. Pas des mois, est-il bête. Il doit parler en années. Cinq ans de Stalag. Cinq années pendant lesquelles chacun a tenté comme il pouvait de résister à la *coercizione*. Le chœur lyrique qu'il a monté avec d'autres prisonniers ne servait pas d'autre but. Henri s'est chargé d'apprendre à lire à des paysans. Vlad expliquait le cyrillique à qui voulait. Lui, c'est vers l'opéra qu'il a guidé son monde. Il y a passé ses soirées, à raconter la vie secrète de la voix, celle des coulisses et les grandes œuvres du répertoire. Les gars l'écoutaient avec de ces têtes, fallait voir. Ça, et quand on chantait ensemble, c'étaient les bons moments. On apprenait. On s'agrandissait. Sans se rendre compte que l'emprisonnement entrait quand même dans les cerveaux.

D'où la mauvaise surprise, en gare de Budapest-Keleti, de se sentir aussi fragile. Ne plus être obligé de suivre sa compagnie lui rend le pas hésitant. C'est fort de café de le constater, l'encadrement militaire viendrait presque à manquer. La vie, c'est comme l'amour, Mademoiselle avait l'habitude de dire, ce n'est pas que du bonheur. Remplacez « la vie » par « la liberté », la phrase marche aussi. Peut-être même mieux.

Ouf, voilà le quai pour « *Pàrizs* ». Bon sang, l'émotion de voir ça écrit ! À l'instant, les silhouettes de la tour Eiffel et de Notre-Dame apparaissent. Elles-mêmes surplombées par l'ombre portée du petit Pierre, son fiston.

Les dames le lui ont bien expliqué, les *Displaced Persons* sont des passagers prioritaires. Il peut monter et s'installer comme bon lui semble dans le train. Hélas, faut dire, parce que face au choix du compartiment, son cerveau se paralyse. Tellement habitué aux ordres, il en attend un de plus. La vache, elle a triste mine, cette liberté. Allez mon gars, fais un effort, pose-toi n'importe où. Est-ce que ça se voit, se demande-t-il. Est-ce qu'en le regardant, on peut savoir à quel point tout lui coûte ? Bien sûr qu'on repère tout de suite l'ancien prisonnier. Efflanqué, rasé de près, la veste civile aux manches trop courtes, ça fait tout de suite silhouette Croix-Rouge. Non, il pensait plutôt à l'hésitation de ses gestes d'homme libre, à son émerveillement constant, à l'afflux d'émotions. Est-ce que ça se voit ? Peut-être pas. Il faut avoir été prisonnier pour comprendre. Pour deviner à quel point à l'intérieur on se sent différent.

Il ressent encore la fatigue de sa marche forcée. L'impression que ça mettra des mois pour disparaître. Des années, va savoir. Manque de bol, ce sont les Russes qui ont libéré son Stalag. Pas des tendres, les gars. Ils ont trié les détenus en fonction de leur nationalité pour préparer leurs renvois vers les pays d'origine. Les anciens gardes allemands sont devenus les nouveaux prisonniers. Ça leur faisait drôle, on voyait bien. Sans rien comprendre, Elio et les autres Italiens se sont retrouvés parqués avec eux. Saletés de fascistes, gueulaient les Russes. Italien égale fasciste, subtil, hein, comme façon de voir. Leur cas était réglé. Sommés de s'asseoir à côté des Kapos qui baissaient la tête en attendant les coups. Pour une fois, ces ordures voyaient juste. Parce que les libérateurs ne se sont pas privés pour les tabasser. Se retrouver au milieu des nazis, à se recevoir les mêmes crachats qu'eux, merde, ça marque. Le pire, ça a été d'imaginer le petit Pierrot assistant à ça.

Je suis français, Elio s'est tout à coup entendu hurler. Un cri qui a jeté un froid. S'en est suivi un silence, avant que quelque chose de beau se passe. Les prisonniers russes se sont mis à entonner « Boum ! ». L'idée, c'était que ce soit du français, même s'il n'aurait pas fallu se mettre en tête d'essayer d'y reconnaître le moindre mot. Bon sang, le cœur qu'ils y mettaient ! Toutes ces années, Elio avait partagé son pain avec eux. À cause du retournement de veste de Staline, on ne leur servait que des demi-rations. Comme si ces gars étaient responsables de quoi que ce soit, quelle crétinerie. Et voilà qu'Ivan et les autres tentaient de lui rendre la pareille… Ils venaient d'être bassinés semaine après semaine avec Verdi, mais non, ils faisaient l'effort de se souvenir du seul soir où Elio leur avait fait chanter du Trenet. À pleins poumons, ils tentaient de convaincre l'Armée rouge de le sortir de la nasse. Vous voyez bien qu'il est français, disaient-ils, c'est lui qui nous a appris cette chanson. Il en connaît des milliers d'autres, plus français que lui y a pas, répétaient-ils. Cette solidarité, ça vous faisait monter les larmes aux yeux bien plus vite que des coups de bottes dans les côtes. Rien eu à faire, pourtant. La musique n'a jamais rien prouvé, ont dit les militaires. Eux n'en démordaient pas, la seule preuve à leurs yeux, c'était le registre des prisonniers à l'arrivée au camp. Zou, ces saletés d'Italiens partaient tous au goulag ! Ah, et quiconque s'entêtait à prendre leur défense serait manu militari invité à les accompagner. Autant dire que la menace a fait le ménage parmi les soutiens. Ivan a eu un regard désolé, il avait un fils, lui aussi. Tous les gars se sont prudemment écartés.

Sur le coup, ça a plutôt été du soulagement. Aurait plus manqué que d'avoir leur sort sur la conscience.

On a formé une colonne de soldats nazis et de prisonniers italiens. Torchons et serviettes mélangés, l'ignominie. Départ à pince pour la Sibérie, rien que ça. Histoire de parachever l'ambiance, les premiers kilomètres ont dû être marchés mains sur la tête, à coups de crosses dans le dos. Les plaines étaient jonchées de cadavres qui brûlaient encore. Les villages étaient réduits en miettes. Depuis le perron de maisons dévastées, des survivants vaincus crachaient à leur passage.

Il a fallu une halte, quelque part en Prusse orientale, pour qu'un ponte russe surgisse. Il a fallu qu'il se mette à siffloter et qu'Elio reconnaisse l'air du *Chef d'armée,* tiré des *Chants et danses de la mort* de Moussorgski. Ça se tente, s'est-il dit. En prenant à la tierce, ça paraissait plus simple. Il s'est lancé et le gradé de l'Armée rouge en est tombé à la renverse. Il l'a dit dans sa langue, avec une tête devenue tellement transparente qu'on voyait l'idée au travers. Bonheur, grand bonheur ! Pousse ton avantage, s'est dit Elio, pense à ton Pierrot. Mais comment ? Rien d'autre n'est venu qu'improviser un chant d'amour à son fils. L'air était de Moussorgski, la langue de Molière, et le lien avec le lieutenant enfin établi. À la fin, le bonhomme a eu ce geste las de la main qu'ont parfois les puissants. À Elio, le souvenir est aussitôt revenu, c'est ainsi que lui avait été signifiée son entrée au conservatoire de Naples, quand le même signe le chassait à jamais de Zanolla. Miracle ! Permission lui était accordée de faire immédiatement demi-tour. Est-ce que ça valait pour tous les Italiens ? a-t-il tenté de plaider. Il ne pouvait faire moins qu'Ivan, et se devait d'œuvrer à la libération des autres. Un nouveau mouvement du poignet a coupé court. Ne me fais pas regretter, ça voulait dire. Alors il s'est sauvé. Sans demander son reste. Adieu, *tovarichtch*. Mine de rien, ce Russe venait quand même de lui sauver la vie. Dire qu'on quitte ces gens-là sans savoir leur nom.

Marche arrière toute, avec l'espoir des retrouvailles qui renaissait, et malheureusement des forces qui baissaient. À nouveau, des journées à se désaltérer dans des flaques, faute de ruisseau, et à bouffer n'importe quoi, fruits, feuilles... Jusqu'à l'instant magique de l'apparition d'une garnison alliée. La joie que ça a été de faire valoir son uniforme de prisonnier de guerre ! *Kriegsgefangener*, ces foutues initiales KG marquées en gros au dos de sa veste, voilà qu'il était maintenant soulagé de les arborer, comme quoi. Cette fois ça y était, c'était la bonne colonne, elle marchait dans le bon sens, vers l'ouest, vers la liberté ! On n'était pas arrivé pour autant. Il a fallu en avaler, des kilomètres. Honnêtement, c'était dur. Dans sa tête, chacun s'accrochait à sa femme, ou à ses vieux parents. Lui, c'était à son Pierrot. Tu vas être son père, il se répétait. Tu vas être père, tu te rends compte ? Parfois, il le gueulait à la face des autres gars, ou en direction des nuages. Même en réparant un de ses vieux godillots, tout le temps. Il lui arrivait aussi de le murmurer à voix si basse qu'il s'entendait à peine. Il le disait très lentement, en articulant chaque syllabe à l'excès. La phrase continuait de le laisser incrédule. Parce qu'il ne pouvait pas être père, il se rendait compte. Pour preuve, il n'avait même jamais été fils. Comment fait-on pour être père, d'où ça vous vient, est-ce qu'il saurait faire. Il y pensait sans arrêt.

C'est dans ces eaux-là qu'il a vu quelque chose, sans certitude de ce que c'était. L'image lui reste. Une file de camions bâchés. À l'intérieur, pour ce qu'il lui a semblé, des hommes au crâne rasé, avec des visages très maigres et des yeux immenses. Ils portaient une tenue à rayures. L'air d'être blessés, en tout cas avec quelque chose qui clochait salement.

Leur regard.

On les a laissés passer en silence, puis on est reparti. Soudain moins malheureux d'aller sur ses deux jambes.

On s'est cogné de la marche, encore et encore, avec de loin en loin la rencontre de quelques tanks joyeux conduits par des Tommies. Le paysage restait le même, maisons brûlées, ponts explosés, au milieu d'une nature toute calme.

Cahin-caha comme ça, jusqu'à Budapest.

Ça aurait dû être une fête d'y arriver. Même pas. L'allure de la ville faisait trop mal à voir. L'inquiétude a bondi d'un coup devant le désastre. Est-ce que Paris serait dans le même état ? Avec Fernande qui n'avait donné aucune nouvelle depuis des lustres…

Sitôt dans le centre de rapatriement de la Croix-Rouge, il a été temps de poser des questions. Les dames ont fait semblant de répondre, mais on sentait un loup. Elles édulcoraient. Remarque, le peu qu'elles confiaient suffisait à assommer. C'est par elles qu'il a vraiment compris qui étaient les hommes dans les camions. Des survivants de camps de concentration. À cet instant, quelque chose a vacillé dans sa tête, qui l'a fait passer de la stupeur à la colère. Au dégoût des hommes. Trop, c'est trop. Il n'est pas fait pour ce monde-là. Il faudrait pouvoir vivre à l'intérieur de la musique, savoir s'y réfugier et y rester comme dans une bulle. Des notes, seulement des notes, partout de la beauté.

À partir de là, ça n'a plus été que furieuse envie de rentrer à la maison. S'il y a un mot plus fort qu'urgence, voilà, c'est ce mot-là qui s'est mis à l'habiter. Faites-moi retourner à Paris le plus vite possible, s'est-il mis à implorer. Devant les infirmières, il montrait la petite taille de son Pierrot et mimait le gros câlin qu'ils se feraient. Elles ont souri, forcément. L'une a parlé de l'envoyer par train à Odessa pour qu'il prenne un bateau jusqu'à Marseille. Oui mais non, a dit l'autre. Trop tard, le tout dernier navire avait déjà quitté le port. C'est que le gentil papa n'était pas en avance, a-t-elle ajouté.

Ou quelque chose dans ce goût qui lui a fait voir rouge.

— Comment ça, trop tard ? ! J'étais en vacances, peut-être ?

Il ne se rendait pas compte qu'il leur gueulait dessus.

— Fallait venir nous chercher plus tôt ! Vous croyez que ça m'amusait de visiter la Sibérie ?

Bon, il a eu tort de s'énerver. Craquer, ça s'appelle. Si près du but, c'est idiot. Il n'y avait pas loin de son attitude à celle de bête sauvage. On ne sait plus trop ce qu'on raconte quand on est dans cet état. Il s'est mis à maudire l'Axe, l'Entente, les Alliés, tout ce bordel. Ah, et les méchant Russkoffs. Et même le gentil, tiens, qui lui avait foutu le cafard avec sa musique slave.

— *Calm down, sir, please calm down.*

— Je suis calme, il hurlait.

Fallait que ça sorte, quoi.

Des policiers se sont approchés. Les dames avaient pris leurs distances de sécurité, en continuant quand même de faire le boulot. Si on récapitulait, côté bateau, il n'y en avait plus. *No boat.* Du coup, restait le train. Le premier partait deux jours plus tard. Et encore, qu'on soit bien clair, il ne s'agissait pas d'un direct. Fallait voir l'état des voies ferrées en Autriche, tinrent-elles à préciser. En attendant, on pouvait lui proposer un lit de camp.

À quel jeu jouaient-elles ? Il devait de toute urgence connaître son fils, et ces dingues lui proposaient un plumard. La bonne blague. À ça de se remettre à hurler. Oh et puis non. Sur le fil, il a compris combien il était fatigué. Nouveau miracle, le lit de camp en question était un vrai lit de camp. Le choc de moelleux que ça a été ! Ce n'est pas tout. Il a pris une douche au DTT et pu en prendre une autre avec de l'eau qui jaillissait d'un pommeau. On lui a aussi trouvé une veste, une chemise propre et aucune maladie contagieuse. Une visite médicale de rien, faut dire. Un comprimé de vitamines à avaler, deux questions sur le moral, la prescription de prendre du repos, c'était fini. Un coup à mal dormir, tant de luxe. Ça n'a pas loupé. La première nuit, il n'a fait que se demander à quoi allaient servir les cinquante coupons de retour qu'on venait de lui remettre. Il ne savait pas du tout ce qui pourrait faire plaisir à Pierre. Qu'est-ce qu'on offre à un petit de cinq ans qui rencontre enfin son papa ?

Tiens, le train a démarré. Remarque, si ça se trouve, on roule depuis un bon bout de temps. Avec tout ce qu'il a en tête, il en oublie de faire attention au présent. Faudrait arriver à se concentrer. Dorénavant, c'est ce roulis qui compte. Il ne doit plus penser au reste. Il l'a compris, lui a eu de la chance. Il en revient vivant. Pendant ces cinq années, il a eu affaire à des hommes. Des enfoirés, des tordus. N'empêche, ceux-là sont à peu près restés humains.

Un employé ferroviaire est venu débloquer sa couchette, un Hongrois à bonne tête. C'était il y a plusieurs heures de ça. Pourtant, il ne viendrait toujours pas à l'idée d'essayer de s'allonger. Pas avec ce qui lui agite le cœur. Il garde le front collé contre la vitre froide, en se demandant à quoi peuvent ressembler les paysages qu'il traverse. Tant qu'il a fait jour, partout c'était des ruines.

On a dû changer de train par deux fois, à cause des voies ferrées explosées, puis d'un talus éboulé. Se retrouver à marcher en colonne lui a remis un sale coup au moral. Personne n'a rien vu, heureusement. Entre ceux occupés à se soulager sur le bas-côté, ceux qui mangeaient une poignée de terre par ce qu'elle était française, et les autres qui avançaient tête baissée, qui allait prêter attention à ses larmes ?

Quand la gare de l'Est le recrache sur le parvis parisien, il hésite à se dire que le voyage a été interminable.

Il a peut-être été trop court.

Parce que maintenant, la vérité, c'est qu'il a peur.

Paris, fin septembre 1945

Paris l'impressionne.

Autant que la toute première fois.

En un regard sur la ville, il voit qu'elle a changé.

Lui aussi, cela dit.

Au moins, sont-ils tous deux debout.

Ce qui le frappe, c'est le nombre de bicyclettes. Partout, et en tous sens. Même les femmes en robe vont à vélo. C'est étrange d'en voir autant. De femmes, il veut dire. Il n'y est plus du tout habitué. Elles sont belles, Dieu qu'elles sont belles.

Oh, un étal de fleuriste. Impossible de ne pas s'arrêter devant. Là-bas, les rares fleurs restaient en pleine terre. Personne n'aurait eu le début de l'idée de les cueillir. Si l'on découvrait une marguerite poussée pendant la nuit, on pensait saison. La retrouvant fanée, on songeait temps qui passe. Les matins optimistes, on y voyait un signe de renouveau.

— Comment s'appellent-elles ? demande-t-il au vendeur.

Sa première phrase française d'homme libre.

Des débuts modestes.

— Ça, des dahlias. Là, vous avez des cosmos. Magnifiques, hein ! Je vous en mets une botte pour votre dame ? Ou des violettes, bien sûr.

Pourquoi pas. Fernande adore les violettes. Il la revoit les arranger dans un petit vase en cristal.

— Est-ce que vous acceptez d'être réglé en coupons de retour ?

Incroyable, la réaction du marchand, qui lui offre carrément les fleurs et lui pose quelques questions. S'il arrive tout juste, oui moins d'une demi-heure, pourquoi il rentre si tard, oh ça, c'est une longue histoire, si ça n'a pas été trop dur, un peu, pas trop. Puis la conversation glisse sur la journée splendide et on se sépare bons amis.

Maintenant qu'il y prête attention, c'est vrai, il fait soleil radieux. On est en quoi, septembre. Fin septembre. Un balayeur de rue ramasse les premières feuilles tombées sur le boulevard Magenta. Le voyant s'employer, Elio voudrait lui souffler de ne pas s'embêter. Mauvais réflexe. Il va falloir se réhabituer à ces soucis de confort. Ne pas les juger futiles, ne pas taire l'importance des petites choses. Surtout, ne pas donner dans l'ancien combattant revenu de tout. Au contraire, PRO-FI-TER, comme dit Fernande. Pour l'instant, il n'a pas encore réussi à sourire. Patience, ça va revenir.

Des gens âgés vêtus de noir traversent la rue. Leur fils ne sera pas rentré.

Lui est bien là, et marche vers le sien.

Vertigineux de penser à tout ce qu'il a raté de vie avec lui. Quand il était au Stalag, il en tenait le compte. Il avait compté neuf mois après son départ de Paris, et déduit que Pierrot était né en juillet 40. Ça veut dire que le jour où Fernande s'était enfin décidée à lui avouer son existence, l'enfant marchait depuis longtemps. Il courait même déjà et parlait couramment. Que disait-il, est-ce qu'il demandait où était son papa, est-ce qu'un petit s'embête à prononcer les noms des choses qu'il ne voit pas ? L'anniversaire de Pierrot, Elio avait choisi de le situer à Noël. Parce que ce fils, c'était un cadeau, pardi. Il serait toujours temps d'apprendre la vraie date. De toute façon, il préférait l'imaginer en train de gazouiller dans son berceau. Oui, le plus souvent, il le voyait encore bébé, sans aucune dent dans la bouche. Y avait quelque chose qui l'en empêchait. Ça le mettait mal à l'aise vis-à-vis des seins de Fernande. Il préférait le voir comme ça, en nourrisson sur qui le temps n'avait pas encore eu de prise. Jusqu'au jour où il s'est pris au creux de l'estomac que Pierrot avait quatre ans passés. Un vieillard ! Tout ce qui peut se passer dans une vie en quatre ans, tout ce qu'on traverse, toute cette route que Pierrot aura déjà faite sans lui. Ça allait être tellement impressionnant de se retrouver face à un grand pareil. On n'allait quand même pas se vouvoyer, mais on ne pourrait pas non plus se sauter dans les bras. À quatre ans, cinq maintenant, on a sa fierté. On a le droit d'être timide et de ne pas vouloir qu'un étranger vous caresse la tête. Parce qu'elle était là, la bizarrerie, être si proches l'un de l'autre, s'aimer à ce point, et ne pas du tout se connaître. Quand même pas banal.

À cet instant, un bruit suspect arrache Elio à ses pensées. Serait-ce un avion ? Pareil ici que là-bas, pas plus de solution pour se mettre à l'abri, aucun endroit où se réfugier. Il peut seulement se précipiter en boule au sol, avec l'espoir absurde que ses bras vont pouvoir le protéger. Les bombardements de ces derniers mois lui ont appris la peur. Pas mourir ! Pas le jour où il les retrouve ! Aie pitié de moi, mon Dieu, selon Ta grande bonté.

Le bruit se rapproche.

Horreur –

Un camion-benne passe en pétaradant. Est-ce lui qui va exploser ? Non, le Renault s'éloigne, et avec lui le vacarme de son chargement métallique. Il faut quelques secondes à Elio pour comprendre que l'alerte est terminée. Il n'y a pas eu d'avion, que ce camion. Il doit avoir méchamment l'air bête en se relevant. Non, pas en 45. Par les temps qui courent, personne n'irait se moquer. Un soldat a beau rentrer entier, il a le droit de chercher partout ses morceaux.

Le temps de ramasser son bouquet, de s'épousseter les genoux, il repart en direction de la place de la République. Maintenant il déambule, il s'imprègne. Quoique regardant tout, il voie peu. En fait, il pense. Il imagine. Il avait cru partir pour une affaire de quelques semaines et en revient au bout de six ans. Comment a-t-il tenu ? En pensant constamment à ces retrouvailles.

Alors il ne veut rien brusquer.

Le premier mois au Stalag, peut-être les deux premiers, Fernande lui apparaissait souvent. Pas la Fernande coriace et opposante. La femme qui lui arrivait en rêve était offerte, affriolante. Juste en fermant les yeux, il la possédait. Les souvenirs de leurs nuits étaient suffisamment vivaces pour donner à ces fantasmes l'illusion du réel. Il sentait son odeur, il entendait ses cris. Les semaines passant, les rêveries sur leurs ébats ont perdu en netteté, se muant en autre chose. Ses besoins à lui avaient changé. Il cherchait de la tendresse.

À la naissance de Pierre, tout a encore été bouleversé. Il est devenu son papa du lointain. Comment s'occuper d'un enfant à des milliers de kilomètres de distance ? Comment s'en occuper tout court ? C'est que la vie n'abonde pas en exemples. Sacrément dommage de n'avoir jamais vu Giuseppe en famille. Il se disait qu'il pourrait lui demander conseil par courrier. Le plus difficile, ça doit être de gronder. S'il y a besoin, encore faut-il. Et pas non plus obligé de tout faire au carré. Pour l'instrument de musique, par exemple, c'est décidé, il laissera son fils choisir, son futur métier aussi. Des fois qu'il dirait tout seul médecin. Pierre a la chance d'être né français. Il parlera sans accent. S'il écoute bien ses maîtres, il ne fera pas toutes ces fichues fautes d'orthographe. Petit Pierrot… Bien sûr, il y aura aussi les promenades et un voyage au Mont-Saint-Michel. Voilà à quoi ont passé les trois dernières années de Stalag. L'extase récurrente que ça a été de tout imaginer. Un délice, et maintenant qu'il y touche presque, une grosse boule au ventre.

Oh, regardez ça, le Châtelet est intact ! Quel soulagement. Ça ne faisait qu'un minuscule détour de venir vérifier. Il aurait détesté découvrir qu'était arrivé quelque chose à ce théâtre. Sans y avoir brillé, il y tient. Une histoire sentimentale, sans doute liée à ses débuts. Comme si le ténor célébré pouvait venir en grand frère rassurer l'émigré fébrile qui s'en était fait virer.

Il y est.

À moins de cent cinquante mètres de chez lui.

S'il le décide, à moins de trois minutes des bras de sa femme et de son fils.

Non.

Il n'est absolument pas prêt.

C'est arrivé trop vite.

Il a besoin de s'asseoir. Voilà, un banc où faire halte. La dernière avant le paradis. Comment est-ce, un vrai papa ? se redemande-t-il pour la millionième fois. Il a quand même pu s'effrayer de la forme étrange que ça prenait chez lui. Quelque chose de dur, il lui semblait. Exemple, quand il a envoyé paître les copains-prisonniers qui fomentaient un projet d'évasion. Un père mort ne peut pas être un bon père, leur avait-il asséné. Avec le commandant de l'Armée rouge, est-ce qu'il a insisté assez longtemps pour obtenir la libération des autres Italiens ? Pas vraiment. Hors de question de risquer la sienne, a-t-il plutôt pensé. Plus grave encore, refuser aux mourants de l'infirmerie du camp les dernières prières parce qu'ils étaient contagieux. Ces réflexes lui ont fait percevoir la paternité comme une impitoyable délimitation de territoire. Très proche de l'égoïsme finalement. Tant pis, féroce ou pas, quelle aide ça a été, cet amour pour son fils. Ça décuplait sa capacité de résistance. Peu importaient ses pieds dans la boue, les engelures, la soupe claire et les gueulantes, le père en lui lévitait. Pierrot, c'était mieux qu'une armure. Il va maintenant falloir le redimensionner en simple petit garçon.

Les bouquinistes ont rouvert, peut-être n'ont-ils jamais fermé. Qu'a été la vie parisienne sous l'Occupation ? Il n'en sait rien. Fernande est restée vague à ce sujet. La vérité, c'est qu'elle n'a pas beaucoup écrit. À moins qu'il n'ait pas reçu toutes ses lettres ? C'est chose possible. Pour s'être débrouillée, il lui fait confiance. Elle a parlé d'un vélo neuf. À ce qu'il en sait, elle n'a pas contacté Mademoiselle. Jamais été le grand amour entre elles. Chacune un peu trop possessive à son égard, les deux tirant à hue et à dia. Espérons que la guerre leur aura fait du bien. Qu'elles auront enfin compris la phrase, ensemble on est plus fort.

Le client du bouquiniste vient de repartir avec un recueil de Robert Desnos. Lui aussi compte se remettre à lire. La lecture a toujours accompagné son chant, la voix intérieure nourrissant la voix extérieure. Qu'il a d'ailleurs hâte de vérifier avec orchestre. Il se donne une semaine en famille avant de contacter Gheusi et Pachon. Ses cordes vocales ont dû perdre en puissance. En brillance, aussi. On verra ce qu'en dit Mademoiselle. Il les a quand même entretenues et peut se targuer de vocalises quotidiennes.

Son mollet le gratte, le gauche. Il se l'est écorché jusqu'au sang. Le dos par contre va un peu mieux. Ce n'est pas gros, une puce. Le problème vient de ce qu'elles attaquent par centaines.

Allez.

Il y va.

Allons-y.

Allez, lève-toi, doit-il se redire.

Ça y est, il est parti.

C'est donc ça, le trac. Ce qu'il éprouve en face du 8 rue des Lavandières Sainte Opportune. La nuque raide, la salive qui manque, un froid glacial jusqu'à l'intérieur des os, et une chemise trempée de sueur. Comment font les artistes pour entrer en scène dans ces conditions ? Comment réussissent-ils à chanter ? On comprend mieux leurs attaques chevrotantes et les trous de mémoire. Ça vous siphonne, un état pareil.

Il pousse la porte cochère de l'immeuble. Dans son souvenir, elle était moins lourde.

La cage d'escalier n'a pas bougé. Bien sûr bébête, où serait-elle allée ?

Il voit des vélos entreposés. Note qu'il n'y a pas trace de la poussette de Pierrot. Bien sûr que non. À cinq ans et quelques, on est déjà un grand. Re-bébête. En mettre tellement à côté le fait presque sourire.

Il monte une première volée d'escalier. Il n'y pense que maintenant, peut-être ne seront-ils pas à la maison ? Quel jour de la semaine sommes-nous ? Mardi ou mercredi. Et s'ils ne sont pas là ? Comme il a fait depuis six ans, s'asseoir, prendre son mal en patience et les attendre. Il aurait dû manger quelque chose. Son ventre gargouille. Ça la fout mal.

Le temps de reconnaître le paillasson, qui n'est qu'un paillasson, d'un regard à son nom sur la porte, et c'est fait. Il a appuyé sur la sonnette. Avec l'impression de ne pas avoir réfléchi.

D'un coup parti tout seul.

Attention.

Ils sont là ! Des bruits de pas !!!

La porte s'ouvre.

Oh, Fernande.

Sur son visage à lui, un sourire gigantesque se fraye un chemin au ralenti et tout est dit.

Lentement aussi, son visage à elle se déforme et laisse passer un cri.

Un hurlement de terreur.

Les deux mains sur la bouche, les yeux exorbités, reculant en chancelant jusqu'au premier mur qui peut la retenir.

— Tout va bien, *amore*. C'est moi…

Elle le dévisage en secouant la tête.

— Qu'est-ce que tu fais là ? murmure-t-elle.

Il a l'impression de l'avoir entendue murmurer qu'est-ce que tu fais là.

— Qu'est-ce que tu fais là ? répète-t-elle.

C'est vraiment ce qu'elle dit.

Comment ça ?

— Comment ça ? Fernande, c'est moi. C'est Elio !

Elle ne le regarde plus. Elle est partie à se frotter le visage avec force, étirant ses paupières, lissant ses joues vers ses oreilles. Comme si elle préparait la grimace du poisson-lune.

Qu'est-ce qu'elle a ?

Qu'est-ce qui lui prend ?

— Fernande chérie, je suis rentré…

Il essaie de maintenir un sourire, mais c'est dur. De plus en plus dur à mesure que les secondes s'étirent.

— Tu ne peux pas être là, lui dit-elle.

Elle ajoute un non avec sa tête.

Début d'un vent de panique.

Peut-être qu'il n'y a pas de problème, mais ces retrouvailles ne sont pas banales, il faut le reconnaître. Tout simplement parce qu'ils ne forment pas un couple banal. Personne n'a écrit qu'il fallait absolument se jeter dans les bras l'un de l'autre en se retrouvant. Il existe d'autres voies pour l'émotion, n'est-ce pas. Oui, évidemment. Lui a eu du temps pour se préparer à ce moment. Elle, non. Normal qu'elle soit surprise. Assommée, même.

Voilà, elle paraît déjà un peu plus calme.

Elle prend le temps de le détailler des pieds à la tête, en arrêtant longuement son regard sur le bouquet de violettes. Devrait-il en profiter pour le lui offrir ? Pas sûr que ce soit le moment.

Comment être encore certain de quoi que ce soit ?

— Tu ne peux pas être là, Elio. Parce que tu es mort.

— Je suis quoi ? Pardon, tu as dit quoi ?

— Tu es mort.

Si c'était une blague, elle ne serait pas drôle.

Ça n'a pas l'air d'en être une.

— *Non capisco,* Fernande. Je ne comprends pas ce que tu dis.

— Attends, je vais te montrer.

Il la voit partir dans le fond de l'appartement, ouvrir la dernière porte à gauche. Leur chambre.

Lui reste à fixer le papier peint du couloir. Un petit motif floral qu'il adore, dans des tons de... Non, il a vraiment un mal de chien à rester planté sur son paillasson. Qu'est-ce qui le retient de faire ne serait-ce qu'un pas pour entrer ? Elle ne l'y a pas invité, voilà pourquoi. Il aurait l'impression de forcer le passage.

Elle revient, une feuille volante à la main.

— Regarde, lui dit-elle.

Un formulaire à en-tête de l'État français. Drapeau bleu blanc rouge dans le coin gauche. Liseré noir.

— Le chef du bureau spécial (...) avec tous les ménagements nécessaires (...) a le regret d'informer madame Fernande Leone de la mort du soldat Elio Leone.

N'importe quoi ! Il est en train de lire son avis de décès. Il y a son nom, sa classe, son régiment. Seul le numéro de matricule est inexact.

— (...) vous serais très obligé de présenter à la famille les condoléances de monsieur le ministre de la Guerre.

— Eh bien ils se sont juste trompés ! Tant mieux, non ? Ils devraient en rire.

Elle ne sourit même pas.

— Fernande, arrête ! Mais tu vois que je ne suis pas mort ! Tu me laisses entrer et on parle.

Quel silence.

Son regard tellement dur.

— Tu n'as pas idée à quel point ça a été difficile ici. Monsieur chantait pendant ce temps. Du moment que tu chantes, toi, pas de problème. Ensuite, ils m'annoncent que tu es mort et je les crois. Pourquoi je ne devrais pas y croire ? Puis tu te pointes et tu voudrais que je fasse semblant de…

Hein ?

Il ne se sent plus très bien.

Chanter, il en avait parlé juste comme ça. Pour la rassurer.

— J'aurais eu du mal à être mort… Je t'écrivais tout le temps.

Elle semble excédée par l'argument.

Comme s'il faisait exprès de la pousser à bout.

— Tu ne comprends pas ? J'ai refait ma vie, Elio.

Comment ça refaire sa vie ? On ne refait pas sa vie. On continue la même, décision après décision, parfois en bousillant celle des autres au passage.

À cet instant, un petit bonhomme traverse le couloir pour aller d'une chambre à l'autre. Il traîne derrière lui une boîte de conserve au bout d'une ficelle. De la musique ! Mon fils fait de la musique, comprend le papa avec une émotion immense. Mais la fierté n'a pas le temps de l'envahir.

Ce n'est pas un enfant de cinq ans.

Coup de grâce.

— Pierre a quel âge ?

— Arrête… On n'est pas obligés de s'infliger ça.

— Je t'ai demandé son âge !

Il n'a pas voulu crier. C'est sa voix. Elle a forcé d'un coup.

— Trois ans.

Trois ans ?

Il pourrait la tuer.

S'il allait encore bien, il étranglerait cette femme.

— C'est à cause de toi ! C'est toi qui m'as forcée à te mentir ! Comment voulais-tu que je m'en sorte ? Comme d'habitude, monsieur a foncé bille en tête ! Alors je t'ai laissé croire ce qui t'arrangeait. Sans doute que non… Oui, je n'aurais pas dû.

Mon Dieu, dis-moi que cette femme ne sait pas ce qu'elle fait.

— S'expliquer par télégramme, tu parles aussi si c'est pratique.

Silence.

— Je ne voulais pas d'enfant. Tu le sais. On en avait parlé. Je comptais d'abord lancer ma carrière. Mais ce sont des choses vite arrivées.

Des choses vite arrivées ?

Elle parle de son enfant.

De l'enfant auquel lui a cru.

— Est-ce que tu es folle, ou juste mauvaise ? lui demande-t-il.

— Qu'est-ce que tu veux ? Que je m'excuse ? Voilà, c'est fait.

Non, il voudrait qu'elle se taise.

— Tu es mort, Elio.

Ça fait vraiment un effet bizarre de se l'entendre dire.

Cinq minutes plus tard, dans la rue.

À nouveau devant le 8 rue des Lavandières Sainte Opportune.

Sonné.

Dernier regard aux fenêtres du quatrième.

Tiens, mais les rideaux ont changé. Il se souvient très bien les avoir choisis rouge théâtre. Ils sont désormais vieux rose. C'est maintenant qu'il le note.

Le soleil tape dur, il a l'impression. C'est parce qu'il préférerait qu'il fasse nuit. Que ce soit noir aussi dans le ciel.

Il se demande ce qu'il vient de vivre. Ce que c'était. Cette femme. Les gens comme ça.

Que doit-il faire maintenant ? Aller où ? Il ne poserait pas la question s'il n'avait déjà la réponse. Ses jambes l'ont compris. On va chez Mademoiselle, qui lui épargnera le petit air de triomphe. Elle a trop d'élégance pour ce genre de victoire. N'empêche, elle avait vu juste. Oh, elle n'avait rien dit de méchant. De simples « êtes-vous sûr de vous, Elio ? », « ne précipitez-vous rien ? » ! Il écoutait ces mises en garde mais sans les entendre. À quoi bon maintenant s'en souvenir ?

Nouveau gargouillis impétueux de son ventre. Viscères, boyaux, chut. Ne plus sentir la faim.

Tous ces vélos dans les rues.

Il aurait voulu dire au revoir à Pierrot.

Complètement idiot de penser ça.

Heureusement que le chemin avance tout seul. Toujours le même, fait des centaines de fois. Les quais de Seine, côté rive droite, jusqu'à Passy. Maintenant il les remarque, les stigmates de la guerre. Tel panneau écrit en allemand, pas encore enlevé mais qu'on a aspergé de furieux jets de peinture noire. Là où les pancartes nazies ont bel et bien été arrachées, seuls des clous subsistent, et des barbes de bois. À l'approche du Trocadéro, les façades bombardées sont plus nombreuses. Elio vient de passer devant le vide d'un bâtiment détruit. Et ça, là… L'immeuble tient étrangement debout, écorché vif, ses entrailles à vue. Chambres à coucher aux lits faits, la table mise dans une salle à manger, des lustres et une patère murale où pend encore un parapluie. L'ensemble forme une image curieuse qui évoque autant l'odeur d'une soupe en train de cuire que celle… de cadavres. Pourquoi rester à ausculter ces squelettes d'appartements ? Il a encore le regard fixé sur un papier peint au quatrième étage quand une douleur fulgurante lui transperce le crâne. Un terrible coup de poignard. Ouf, c'est passé. Il pense à Guillaume Apollinaire. Au bandage autour de la tête qu'on lui voit sur les photographies. À cause d'un éclat d'obus, croit-il se souvenir. Est-ce cela qui a fini par le tuer ? Au fond, de quoi meurt-on ? On peut évidemment mourir de la guerre. Plus rarement d'en être revenu, se dit-il.

C'est un comble ce qui lui arrive.

Apollinaire encore. Un vers de son *Cortège*.

Oiseau tranquille au vol inverse oiseau
Qui nidifie en l'air.

Nidifier en l'air, il comprend très bien.

Vol inverse, il commence tout juste.

Dire qu'il s'était imaginé passer la journée sous un édredon, allongé entre elle et lui. Jamais il ne pardonnera. Ce n'est pas de tromper qui est grave. Mais de torturer avec un faux espoir. Il aurait tout accepté d'elle, tout supporté. Sauf ça. Sauf qu'elle y mêle Pierrot. Elle n'avait pas le droit d'entraîner le petit dans sa chute. On ne touche pas aux enfants. On les sauve. Qu'est-ce qu'il va penser de la vie, ce gamin ? Remarque, il a une mère. Et un père aussi. Faut bien qu'il en existe tout de même un. Après tout, c'est peut-être un homme bien. Elio l'espère. Il a le cœur en feu mais oui, il l'espère. Il doit divorcer. Ce qui implique de commencer par trouver le bureau où l'on explique que non, on n'est pas mort. Plus jamais il ne veut entendre cette phrase. Au fait, il n'a pas d'argent sur lui. Que ses coupons. Il ne va quand même pas retourner là-bas fouiller au fond de ses boîtes en fer. Qu'est-ce que les dames de Budapest lui ont dit ? Qu'il devait se présenter dans un centre d'accueil pour obtenir sa carte de rapatrié et récupérer un petit pécule. Il va faire ça. Et ce soir, il dort où ?

Quelle garce.

Si Mademoiselle lui propose son canapé, il faut qu'il refuse. Il ne doit pas l'embarrasser. Ne pas devenir un poids pour elle. À moins qu'il y ait une chambre de libre dans la maison. Dans ce cas, ça pourrait être une possibilité. Au moins pour cette nuit.

Il se sent fatigué.

Il ne se sent pas bien.

Plus que quelques centaines de mètres. Allez.

Il aurait dû prendre de ses nouvelles pendant toutes ces années. Même si Mademoiselle comprendra qu'il ait réservé ses courriers à – soudain, c'est lui qui ne comprend plus pourquoi il a fait ça. *Che cretino* ! Il peut évidemment lui assurer avoir souvent pensé à elle. Il en parlait souvent aux copains. Il s'en est même trouvé un pour lui demander si Mademoiselle était sa mère. Paco, peut-être. Que répondre à ça ? Il a dit la vérité, Mademoiselle n'est pas ma mère. Pas par naissance, en tout cas. Il n'a pas ajouté qu'elle était plus que cela. Cette conversation, il n'ira évidemment pas la raconter à l'intéressée. Ce serait gênant et les emmènerait trop loin de leur pudeur habituelle.

Ça y est, le mal de crâne est installé. Il y est sujet désormais. La fatigue, la faim suffisent à le déclencher. Il a pourtant mangé avant de prendre le train. Ça fait, ah oui, déjà deux jours. On verra chez Mademoiselle s'il parvient à avaler un petit quelque chose.

Voilà, il y est. Impasse des Carrières. Ça fait du bien de revoir la serrurerie Hiret, le portail vert et les branches du grand marronnier.

Plus que quelques secondes pour décider du sort du bouquet de violettes. Soit il le jette dans le caniveau, soit il l'offre. Au fond, ces fleurs n'ont rien fait de mal, pourquoi s'en débarrasser ? De Mademoiselle, il n'a pas à redouter de réaction hostile. Ou alors c'est que le monde tout entier se sera détraqué.

Face à cette sonnette, il ne sent pas le moindre trac. Ici, il n'a rien à craindre, il est venu dans un refuge.

Il resonne. Elle en met du temps. En six ans, ses problèmes de hanche n'ont pas dû s'arranger. Laissons-la arriver.

Rien ne bouge.

Il ne faudrait pas qu'il lui soit arrivé quelque chose. Les volets du premier étage sont fermés. C'est inhabituel. Quel âge ça lui fait, à Mademoiselle. Soixante-quinze et quelques. Plus toute jeune, bien sûr.

Peut-être qu'elle aura préféré quitter Paris.

— Vous cherchez quelqu'un ?

L'homme qui lui adresse la parole se tient à quelques mètres. Son accoutrement vaut présentation. Une blouse surmontée d'un tablier de cuir, des lunettes de travail, monsieur Hiret en personne. Rare de le voir sorti de son atelier. Du soir au matin penché sur sa meuleuse, on n'avait jamais eu l'occasion de se saluer.

— *Si* ! Mademoiselle Renoult. Je pensais la trouver, mais… Elle n'est pas là ?

— Et vous êtes… ?

Sans être désagréable, monsieur Hiret paraît tendu.

— Elio Leone. J'étais son élève avant que, avant la…

— Mais oui, je vous remets ! Avec ma femme, on vous a entendu salle Favart. Mademoiselle Renoult nous avait invités. Il y a de ça un bon petit paquet d'années, combien, une dizaine, pas vrai ? Pour sûr que c'était beau ! Ah ça, vous chantez bien…

L'homme marque une pause.

Il se frotte le nez du revers de la manche.

— Henriette n'est plus là, non.

Ce n'est pas bon, Elio comprend.

Il ne veut pas avoir compris.

— Vous savez si… euh…

— Ce qu'elle a pu nous parler de vous… Elle s'illuminait, vous savez.

Respirer.

Espérer encore un peu.

— Mais j'ai peur d'avoir une mauvaise nouvelle à vous annoncer.

Pas ça.

— Ces saletés de Boches l'ont fusillée y a deux ans. Dans la Résistance, vous vous rendez compte ? ! Qui aurait imaginé ça, à son âge… C'est le beau côté de la guerre, si on peut dire. Au moins, ça fabrique des héros.

Non.

NON.

— Ça fabrique surtout des salopards, parce que c'est sûr, elle a été dénoncée. À leur descente dans l'impasse, les schleus sont allés droit chez elle. Des fous furieux, vous pouvez me croire. Vous ne devinerez jamais comment elle s'y prenait. Elle passait des messages codés au moyen de partitions. Le cran qu'il faut, quand même. Une grande dame, notre Henriette.

Ce n'est pas la première fois que monsieur Hiret doit informer des visiteurs. Chaque fois, les gens accusent le coup. Pour sûr, l'Italien n'a pas l'air de le prendre mieux que les autres. Quand même bizarre qu'il n'ait pas appris la nouvelle plus tôt, avec le bruit que ça a fait. C'est sans doute qu'un chanteur de cette trempe, ça a des relations. Le gars a dû passer la guerre, planqué. Si ça se trouve, il était à l'autre bout du monde. Mais c'est fini. Devant le chagrin, on redevient tous égaux.

— Je vous emmène à la serrurerie. Vous avez besoin d'un verre.

Aucune réaction.

Est-ce qu'il a seulement entendu ?

— Suivez-moi. Je vais vous trouver du remontant.

Merde, le type vient de s'affaisser comme un sac. Là, ça prend une tournure inattendue. Qu'est-ce qu'il faut faire ? Le laisser tranquille ? Remarque, il peut bien rester un peu sur le trottoir, qu'est-ce que ça dérange.

Les journées de travail sont longues. Depuis la Libération, et le retour des Parisiens, la maison Hiret est beaucoup sollicitée. Grand nombre de serrures forcées, ou bien nouveaux propriétaires qui veulent changer les leurs. Il est vingt heures, quand l'artisan se décide enfin à fermer boutique. Les yeux sont fatigués, c'est qu'on n'est plus tout jeune. Madame Hiret a fait sa caisse, et préparé les rouleaux de pièces qu'elle portera demain en banque.

— Pauvre gosse. Il est toujours là, dit-elle à son mari.

Maurice se poste à côté d'elle pour regarder. Le chanteur s'est longtemps tenu assis face au portail. Maintenant il s'est allongé à terre. Trois bonnes heures que ça dure.

— Faudrait pas que ce soit un dérangé.

Regard sur elle qui signifie tais-toi donc. Nouveau regard sur le malheureux.

— On peut pas le laisser comme ça. Je vais l'installer dans l'appentis. Au moins pour la nuit.

Monsieur Hiret va devoir insister. Il argue qu'il commence à se faire tard, qu'on attrape la mort à rester comme ça dans le froid. Faut venir boire une rasade, quelque chose de fort, et demain il fera jour, il sera temps. Le cabanon est juste là, vingt pas à peine, voilà, on se relève doucement, ça va aller. Pendant la guerre, du fait du charbon qui manquait, c'est dans ce cagibi qu'il avait coutume de travailler. Avec moins de vitres que l'atelier, la pièce était plus commode à chauffer.

— Vous n'avez pas de famille chez qui aller ? Du calme, du calme… Vous allez rester chez moi. Dans vos métiers, vous devez être habitués aux palaces. Cela dit, pendant la guerre, ils n'étaient plus trop fréquentables, les palaces. C'est qu'ils aimaient le luxe, les Nazis. Vous n'étiez quand même pas de leur bord ? Non, non, pardon, pardon… Bon, ici, vous serez mieux que le trottoir. Regardez, je vous déplie ce petit lit. Mettez mon manteau en couverture. Je vous borde, là, comme je faisais dans le temps avec mon fiston.

Sacrément mal en point, le gars. Sous le choc, quoi. Manquait plus que ça. Mais on n'allait pas le chasser. C'était l'élève préféré de Mademoiselle Renoult. On doit bien ça à sa mémoire.

— On avait du respect pour elle. Restée simple, avec ça. Faut voir le beau linge qu'a défilé dans l'allée, des directeurs de ci et de ça. Le célèbre là, celui de La Scala. Et le jeune chanteur en train de percer. Un Espagnol, mais si, vous savez… Mariano ! Elle n'en a pas voulu. Il roucoule, qu'elle nous a dit. Ça, elle avait ses idées. Mais vous, elle n'avait que des mots… Oh non, mon garçon, faut pas pleurer comme ça. Ah là là, je ferais mieux de me taire et de vous laisser vous reposer.

Monsieur Hiret prend garde de laisser la bouteille juste à côté du lit. Il l'a ouverte en août dernier pour trinquer à la Libération. Il la ressort parfois, si tant est qu'on ait de nouveau des choses à fêter. À l'occasion, ça peut aussi noyer et faire dormir. Ce garçon en a bien besoin.

Les époux Hiret reviennent tôt le lendemain matin, avec l'espoir que le jeune homme ait retrouvé ses esprits.

Dans l'appentis, ils trouvent le manteau plié, laissé bien en évidence sur le lit.

Il y a aussi un petit bouquet de violettes.

L'homme, lui, s'est envolé.

Ah bien, tant mieux. Ça veut dire qu'il a récupéré.

Du moins, il tient debout.

Il peut marcher.

C'est réfléchir qui est difficile.

En l'espace de quelques heures, il est devenu quelqu'un de différent. Prisonnier, ça allait encore. C'était rien à côté de devenir complètement étranger à soi, incapable de comprendre sa propre vie.

D'ailleurs, ce n'est plus la sienne.

Il est… Il ne sait pas. Quelqu'un d'autre. Ou plutôt il n'est plus personne. C'est ça, l'impression qu'il a.

Perdu.

Il voudrait qu'on lui explique pourquoi.

À qui demander ?

Il marche dans un grand silence. Frôle des voitures, ne voit plus rien. Il erre dans la ville et sait qu'il ne réussira pas à surnager très longtemps.

Bizarre, ce silence rue des Rosiers. Pourquoi les ateliers sont-ils fermés ? Les boutiques, vides. Qu'est-ce que vous dites ? Répétez-le lentement… Pas revenus ?

Mais non, mais…

Comment est-ce possible ?

Dites-moi que ce n'est pas vrai.

Ça ne peut pas être ça, l'Histoire.

Qui l'écrit ?

Qui décide ?

Ne surtout pas se tourner vers Giuseppe. Si ça se trouve, se dit Elio, le malheur, ça vient de moi. Quelle autre explication ? Tout ce qu'il touche, les gens qu'il aime… Il ne lui reste que Giuseppe à présent. Hors de question de le mettre en danger, ne pas risquer de le perdre aussi.

Quoi alors ?

Rien, justement.

Éteindre les lumières intérieures.

Normandie, fin 1945/ début 46

Comment réussit-il à avancer, où va-t-il ? Il l'ignore. À coups de kilomètres à pied, parfois grimpé sur la carriole d'un paysan, il fuit Paris. C'est tout ce qu'il sait. C'est ça qui compte.

La terre a sans doute l'intention de continuer à tourner. Tant mieux pour elle. Mais ça se fera sans lui. C'est étrange, comme état. Une journée chasse l'autre, sans différence entre elles. Il n'en attend plus rien. Fini, ce temps-là. Il vit comme font les bêtes, ni mieux, ni plus mal. La nuit l'arrête où il se trouve. S'il y a un ruisseau, il boit. Une pomme dans l'arbre, il mange. Son cœur a cessé de battre, c'est toujours ça de réglé. Le cerveau, non. Lui n'est pas tout à fait froid. Dedans, un fatras d'images et de souvenirs déchirés s'agite encore. Comment chasse-t-on un visage de sa mémoire ? Comment y faire taire une voix ?

Tu es mort, Elio, tu es mort, Elio, tu es mort, Elio…

La phrase s'est plantée dans son crâne comme une écharde. Elle y passe en boucle. Dire qu'au Stalag, il n'y avait pas un jour sans qu'il remercie Fernande d'exister. C'est grâce à elle qu'il se maintenait hors de l'eau. Ensemble, on a fondé une famille, se répétait-il. Avec quelle force il y a cru… Quel con, non mais quel con.

Parce qu'en ce moment, est-ce qu'il est dans ses bras en train de pleurer l'horreur de l'Histoire et la disparition de Mademoiselle ? Tu parles. Seul comme un chien, oui, et... Attention. S'il pense à Mademoiselle, la douleur va recommencer à le torpiller.

La seule solution, c'est d'arrêter les sentiments, de tous les geler.

Tiens, un fleuve. On ne l'a pas vu arriver, celui-là. Est-ce toujours la Seine ? Pour ce que ça importe... Elio ne sait pas depuis combien de semaines il erre. Il n'a pas prêté attention aux villages traversés, pas lu une seule pancarte. Il y a surtout eu des champs et des sous-bois où s'enfoncer. Rien remarqué d'autre. D'où sortent-elles, ces falaises ? En contrebas, un large méandre s'étire, dont l'apparition frapperait n'importe qui. Son réflexe à lui ? Imaginer à quel point ce paysage lui aurait plu, avant. Là, non. Il voit le soleil qui miroite sur l'eau, l'aquarelle des couleurs, les chapelets d'arbres, et ça ne lui fait plus ni chaud ni froid. S'il voulait une preuve, il l'a. C'est une autre vie qui a commencé, même pas sûr qu'elle mérite encore ce nom. Devenu un homme au cœur sec. Tellement sec que ça ne fait aucun effet de s'en rendre compte. Marche, se dit-il, et tais-toi.

Le fleuve continue d'exposer ses boucles couleur ardoise, un lent virage à droite, un autre sur la gauche. Un truc de peintre tellement c'est beau. Idem pour les à-pics vertigineux qu'on dirait fendus à la hache. Sauf qu'Elio en a fini avec le paysage. Il est reparti à regarder ses pieds. Les glorieuses inventions de la nature, le grand mystère, tout ce cirque, ça ne prend plus.

Ça dure comme ça des kilomètres.

Découvrir au loin la flèche d'une cathédrale le dérange. Pourquoi faut-il qu'il se passe tout le temps quelque chose. Des silhouettes d'immeubles noircis se dressent, certains amputés de leur moitié ou d'un toit. À cette distance, les habitants ressemblent encore à des fourmis. Qu'ils le restent, maugrée Elio en continuant d'avancer vers eux. Bifurquer exigerait une énergie qu'il n'a pas. Après tout, il s'en contrefiche des fourmis, suffira de leur passer au travers sans desserrer les mâchoires.

Un panneau indique qu'on est à Sotteville-lès-Rouen. Tu parles d'un nom. Il est mal placé pour se moquer. Avec sa dégaine de crevard, il s'appelle bien Leone. Même un cirque de village n'en voudrait pas, d'un lion comme lui. Ça a bombardé dru dans le coin. La ville qui se tenait ici, il n'en reste pas lourd. Le centre est complètement rasé. Le mien aussi, ne peut-il s'empêcher de grincer. On regarde différemment les ruines quand on est soi-même en morceaux. On les voit moins. Ton sur ton.

Un regroupement, là-bas. Peut-être une distribution de pain. Ça ne coûte rien d'aller voir. Vérification faite, il ne s'agit pas de ravitaillement. On embauche. Les gars sont là pour du boulot.

Une harangue est en cours.

— On vient de traverser le pire... Mais cette guerre, c'est nous qui l'avons gagnée ! C'est vous !

Hourras du public, accolades, beaucoup de sourires.

— Nous allons reconstruire le pays, vous allez voir à quelle vitesse ! Qui marche avec moi ? Qui a envie de se retrousser les manches ?

Elio, ça lui fait de l'effet de voir les gens taper bruyamment dans leurs mains. Beaucoup d'effet, et il ne veut pas savoir pourquoi. Tout gosse, il a appris à faire ça, savoir se montrer idiot, refuser de lier deux pensées, devenir une coquille vide. En revanche, il n'a jamais su trouver le remède contre les évidences physiques. Les mains moites quand il était petit, c'était la peur des coups. Sa tête faisait la bravache, mais son corps suait bel et bien froid. Des années plus tard, il a eu des maux de ventre pour dire son trac. Mais pas du tout, racontaient ses sourires. Mariole, va. La nuque électrique, c'était lors des bravos. Il affichait un air placide, se voulait indifférent et son cou se raidissait tout de même de plaisir. C'est difficile à mater, un corps. Ça parle trop. Qu'est-ce qui l'aidait à reprendre le contrôle ? Il y aurait urgence à s'en souvenir parce que ses jambes ont reconnu le bruit des applaudissements. Des frissons les parcourent, exactement comme lorsqu'il saluait la salle. Crétin, se dit-il. La maîtrise de la respiration, voilà, c'était ça. Et se concentrer sur n'importe quoi, tiens, même sur ce type en train de parler à la foule. Écouter les mots qu'il prononce, se fixer sur sa voix. Ça doit être un maire ou un député, quel besoin sinon de porter un costume au milieu des ruines. Il est en train de maudire les quatre cents bombes tombées pendant « La semaine rouge ». Vu le nom, on imagine. Une tonne chacune, insiste-t-il, d'où la gare de Sotteville devenue une clairière et le centre-ville un vieux souvenir. À Rouen, le quartier entre la Cathédrale et la Seine, avec les belles maisons à façade de bois, ne s'est pas relevé des incendies de 40. C'est qu'il y a eu ça, aussi, hein, personne n'a oublié. Elio, c'est bon, ça lui suffit. Fini, la sensation des feux de la rampe, la nostalgie ou ce que c'était. Le monsieur explique qu'après le temps des morts est venu celui de s'occuper des pierres. Ça fait atterrir, ces phrases-là. Mais contre le sanglot coincé dans la gorge, ça n'aide pas.

Faut reprendre la route, il n'y a que ça, et laisser ces gens aux travaux qui les attendent. Après, comment ça se passe, dans quel ordre les choses s'enchaînent, un gamin dans la foule fait ou dit quelque chose, son père lui retourne une torgnole, la mère s'interpose, toute câline, et ses larmes à lui jaillissent pour de bon.

Le lendemain, il se retrouve sur un chantier, un maillet à la main.

Henri Cabreuil n'est ni député ni maire. S'il porte ses habits du dimanche, c'est qu'on est bel et bien dimanche et qu'il se rend dans sa belle-famille pour le déjeuner. Avant, il tenait à s'adresser aux habitants. La sortie de la messe permettait de les trouver rassemblés, il n'a pas hésité. C'est qu'Henri Cabreuil est un homme d'action, un entrepreneur, tout le contraire de ces architectes de l'Ordre qu'ici on attend toujours. Experts en tergiversation, les pontes. Paraît qu'ils n'arrivent pas à se mettre d'accord sur les priorités, soit le relogement des sinistrés ou la réouverture du petit commerce. L'économie ou bien les gens, vieille comme le monde, cette engueulade. On imagine l'ambiance de leurs réunions. Pour s'inquiéter, par contre, ils tombent d'accord. Qui va payer la note, demandent-ils tous. L'Allemagne, répond le MRU [1]. Moralité, faut patienter. Typique de la bureaucratie, décréter qu'il faut des papiers en règle et des fonds avant de se lancer. Prévenez-moi quand vous verrez la queue du premier Deutsche Mark, a d'abord ricané Henri Cabreuil. Puis l'envie de rire lui a passé. Lui n'est pas le genre de type à attendre, bras croisés, un feu vert de Paris. Les travaux, on ne peut plus les repousser. C'est insupportable tout ce qu'on voit. Les affreux baraquements, les terrains vagues en pleine ville où des gosses et des rats s'amusent ensemble, et ces petits

1. Ministère de la Reconstruction et de l'Urbanisme.

vieux qu'ont tout perdu… Henri Cabreuil a tranché. L'argent, on fera sans. D'ailleurs, il lui reste quelques économies en banque. Les outils, il les a. Les gars, ça se trouve, et demain il fera beau.

Les choses vont se passer à peu près comme prévu, sauf pour la météo. Bonne volonté ou pas, la Normandie reste la Normandie. Mais Henri Cabreuil ne se décourage pas. La pluie, ça le connaît autant que les chantiers.

Ceux de la reconstruction sont quand même d'un genre particulier, il ne faut pas long pour s'en rendre compte. Et ils portent mal leur nom, en tout cas en phase initiale, parce que c'est d'abord au bélier qu'on y va. Il s'agit de terminer le sale boulot commencé par la guerre. Oui, si on y pense, reconstruire une ville implique de finir de la raser. Pour ce genre de mission, pas besoin d'être un cador. Tous les gars qui se présentent sont embauchés. Même les bizarres, s'ils sont costauds. Tiens, celui qu'on a appelé « l'Italien » par exemple. Sur le chantier, tu allais le voir gentiment pour lui demander son nom, le type se barrait deux mètres plus loin. Pas banal, hein. Fallait se lever de bonne heure pour l'entendre, son accent. Par contre, niveau boulot, chapeau. Premier arrivé, dernier parti. Il bossait comme quatre. Juste, pas du genre marrant. À la pause du midi, il s'asseyait sur un parpaing, à mordre lentement dans du pain sec. Les autres, ça finissait par leur gâcher le casse-croûte. Alors l'un d'eux allait lui proposer un bout de pâté. Le type souriait à vous faire pleurer, en faisant non de la tête. Si un gars arrivait avec un reste de gamelle à partager, il refaisait son cirque. Il se levait et partait se mettre ailleurs. N'insistez pas, ça voulait dire. Il mangeait à part, quoi. Et un air triste, avec ça. À se demander ce qui lui était arrivé. Côté Sécurité sociale aussi, c'était limite. Jamais voulu qu'on l'assure, qu'on le déclare, ni qu'on le paye autrement qu'avec une enveloppe à la semaine. Il a disparu sans venir récupérer la dernière. On s'est dit, il aura volé des outils. On a vérifié. Il ne manquait rien. Que le type bizarre, sans doute parti se poser sur une autre branche d'arbre. Sur le chantier, on l'a regretté. Rigolo ou pas, l'Italien faisait plus que sa part. Mais pour l'ambiance, on va pas se mentir, on était mieux sans.

Ce qu'Elio veut, c'est que personne ne prête attention à sa présence.

Dès que les gars se montrent insistants, il s'en va.

S'approchent-ils trop près, lui demandent-ils de taper le carton, il disparaît.

Il le sait, s'il accepte de faire le quatrième au rami, tôt ou tard les questions vont pleuvoir.

— Tu faisais quoi avant-guerre ?

— T'es marié ?

— T'as des gosses ?

NON.

Penser à Mademoiselle, il refuse.

Même penser qu'il s'y refuse, il refuse.

Sur son dernier chantier, ça se passe comme ça doit. Il ne prend plus la pause du midi pour s'éviter les problèmes. Les autres mangent ensemble, lui continue de déblayer les gravats et de remplir la grosse benne à la pelle. Ça lui va. Depuis des jours, il bosse à l'intérieur des quatre murs d'un ensemble grand comme un immeuble. Le quadrilatère, on l'appelle. Une carcasse solide ? Seulement en façade. À l'intérieur, c'est tout pulvérisé. Comme moi, est obligé de reconnaître Elio. Malgré ses efforts, il ne parvient pas à s'empêcher de gamberger.

Le coup de massue arrive quand il entend un gars dire qu'il n'y était jamais venu en spectateur.

Ça fait tilt.

— *Ma...* Le quadrilatère, c'était un théâtre, il demande.

Le type éclate de rire, à s'en taper sur les cuisses.

— T'en as de bonnes, l'Italien ! Tu croyais que c'était quoi ?

En train de fossoyer les ruines d'un théâtre.

— La vache, t'es bien pâle.

Il s'évanouit, avec la tête qui vient cogner contre une pierre, le sang qui se met à couler, tout le monde à s'occuper de lui. Exactement ce qu'il ne veut plus.

Encore plus que les yeux, c'est les oreilles qu'il faudrait réussir à fermer. Sur les chantiers, les hommes parlent une langue douloureuse.

Évaluer les dommages de la guerre.

Travailler l'espacement.

Travailler sur les vides.

Faire *tabula rasa*.

Reconstruire, reconstruire, reconstruire.

Ça n'est plus possible, ces mots-là.

Et maintenant réparer un théâtre... Ils veulent le voir crever ?

Il repart à travers bois.

Des jours, des semaines.

Il n'en finit plus de courir et de se noyer.

Par hasard, il se rend compte que prendre le train est supportable. À condition de ne faire que des allers et retours, sans quitter la gare. Là par exemple, départ de Rosporden, retour à Rosporden. Le mouvement pendulaire lui convient, l'oscillation l'apaise. La première fois, il achète son billet. Ensuite, il arrête. Six par jour, il ne peut pas se le permettre. Le contrôleur finit par se résigner et le laisse occuper gratuitement une banquette en bois de 3e classe. Sauf qu'à force de le croiser, le type se croit autorisé à engager la conversation. Alors comme ça on visite la Bretagne ? Mmm. Vous avez vu le triste état de nos voies ? Mmm. Ça fait qu'on ne dépasse pas les quarante kilomètres heure. Mais faut pas croire, bien lancée, la locomotive peut pousser à soixante-dix.

— Une sacrée bonne machine, que vous ne voyez pas sous son meilleur jour, empêchée qu'elle est de donner sa pleine mesure.

Une sacrée bonne machine, empêchée de donner sa pleine mesure…

Il le provoque ? C'est ça qu'il fait ?

— Silence ! Faut plus parler de moi sans le dire !

Le contrôleur passe à ça de se prendre un poing dans la face. Ça le fait taire net. Il a quelques secondes de stupeur, avant de remettre sa veste en place. Le col n'est pas déchiré, ouf. Y a pas eu de mal, juste été secoué.

— Faut se faire soigner ! Vous n'êtes pas bien, vous !

— Désolé.

— Descendez de mon train ! Et estimez-vous heureux que je n'engage pas de poursuites.

S'estimer heureux, ben voyons.

Fini, la berceuse du petit train de Rosporden. Dommage. Le sur-place, ça convenait.

Il a l'idée d'essayer les animaux. Sur le papier, travailler dans une ferme sonne reposant. Raté. Même pas foutu de faire illusion. Au bout de trois jours, on le vire.

La pêche ? Au moins, il a une petite expérience. Il aurait dû commencer par ça. Ne dit-on pas silencieux comme un poisson ? La compagnie idéale, ces bêtes-là. Il s'agit d'abord de quitter le Finistère. Quel sens aurait de proposer ses services à des marins qui le sont de naissance ? Impossible de leur être utile. De toute façon, repartir s'impose. La beauté de cette côte vous tape sur le système. Si Elio reste dans le coin, ça finira par lui faire quelque chose. Il ne veut plus qu'on lui fasse rien.

Il monte dans un autocar, dans un autre et encore un. Il marche. Sitôt la Loire-Inférieure, les paysages se font plus acceptables. Moins de transparences, de la vase, on respire mieux. Pas sauvé pour autant, loin de là. Deux nuits à la belle étoile et pas un instant le réflexe de s'abriter de la flotte qui tombe. Le chien du port le contourne sans s'approcher. Il a tout compris, ce cabot. Au troisième matin, un équipage l'embauche. D'ordinaire, les marins sont des taiseux. Pas de bol, ambiance de feu sur ce chalut, tout le monde à plaisanter. Le soir même, pas le choix, il se tire.

Qu'est-ce qu'il peut faire de sa peau ? Ce qui le tenait ne le tient plus. Ce qui marchait ne marche plus. C'est ça, le chagrin. Ça vous tue un homme à petit feu. Mademoiselle a eu une vie magnifique, qu'elle a perdue en la rendant encore plus belle. Il n'y a rien de triste là-dedans, tente-t-il de se raisonner. Passons à Fernande. C'est une salope, et alors ? Ils sont restés six mois ensemble. Le reste, c'était le temps de la guerre, seulement des rêves. On ne finit pas à genoux pour une peine de cœur. Allez, mon grand. Que fait cette mélancolie dans l'âme d'un Napolitain ? Secoue-toi.

Mais la tête n'obéit plus.

Il repart sur les routes du sud de la Loire.

Et continue de s'enfoncer.

Il alterne moments de colère et hébétude. Il a de plus en plus de difficultés à communiquer. Avec les gens, il se contente de monosyllabes. En lui aussi, les phrases se réduisent à un seul mot, toujours le même, *pourquoi*. Il a bien tenté de se remettre des cailloux dans la poche pour essayer de leur parler. Ça ne marche plus. L'enfance, c'est fini. En les rejetant sur la plage, il s'est dit qu'il les enviait. Oui, mieux aurait valu qu'il naisse pierre. Voire qu'il ne naisse pas du tout. Peut-être que des parents savent d'instinct si un enfant mérite qu'on le garde ? Il se dit que les siens auront avisé en conséquence. Pour lui, tout s'était arrêté avant même d'avoir commencé.

Ça y est, la douleur l'a repris. Il n'y a qu'elle pour être aussi fiable. Comment lui échapper ? Il a le choix, se foutre en l'air ou bien se couper la tête. Royal. Ça lui arracherait presque un sourire. Mais la détresse est là et le plie en deux. Il ne saurait pas décrire la sensation. Un obus qui lui troue le ventre ? Un lance-flamme ? Que des saletés d'images venues de la guerre.

Et puis il y a le silence. L'absence de musique en lui. Ça n'était jamais arrivé, ça. Il sait ce que les gens ont dans le crâne, des poèmes, des listes de courses, des choses à faire. Au Stalag, Maître Lefaucheux pensait nuit et jour à ses plaidoiries, il le lui avait dit. L'ingénieur Rombier refaisait des calculs de force portante de ponts. Marivin, le paysan, s'inquiétait pour les semailles. Chacun, c'était en fonction. Lui, sa tête était farcie de musique. Depuis Zannola, c'est comme ça. Il a quel âge maintenant, trente-quatre, trente-cinq ans ; alors vingt-cinq ans que ça dure. Pas forcément les élans de tout l'orchestre, parfois juste la trouée d'une voix. Toujours est-il que c'était là en permanence.

Et là, silence.

Silence absolu.

Il n'arrive même plus à trouver le changement inquiétant.

Par moments, il a l'impression de se mettre à hurler. C'est juste une impression. Aucun son ne passe ses lèvres. Il se croit mort et même pas. Nouveaux assauts de douleur, encore et encore, avec des jets d'acide qui lui explosent en plein cerveau. Quand ça arrive, impossible de tenir le choc, il s'affale.

Il n'est pas mort, non. Il est de moins en moins là. Difficile de mettre le doigt sur ce que c'est. Gagné par l'absence, peut-être.

Et qu'est-ce qu'il fout maintenant, entouré de tous ces sarments de ceps de vignes ? Faut voir la tronche de torturés qu'ils ont, ces arbres. Il ne fait pas bon pousser dans le Bordelais. Faut qu'il s'en aille de là. Son corps s'est mis à trembler. Ça doit faire des heures qu'il gît comme ça en chien de fusil. À attendre quoi, que ça s'arrange ?

Il est seul.

Seul, au point de ne pas pouvoir le dire.

Dans le ciel, la nuit est tombée.

Il n'a plus de femme.

Plus de fils.

Plus de professeur.

Il est mort et n'ira certainement pas expliquer le contraire à un guichet de mairie.

Il faut continuer le compte de ce qu'il n'a plus.

Il n'a plus la foi.

Du moins, ce qu'il appelait la foi. C'était quoi, au fond ? Comment il a pu se foutre autant de vent dans le crâne ? Ça a servi de tuteur, impossible de le nier. De moteur aussi. De là à être assez crétin pour croire au salut… Il se voyait gagner un jour le paradis. Si, avoue-le, crétin. Ah, ça fait drôle, hein. Regarde-toi maintenant, vautré par terre comme une limace. Dire qu'il s'était imaginé réussir des choses. Il a honte, tellement honte.

La foi, l'amour, l'espoir, tous ces risques absurdes qu'il a pris.

C'est ça qu'il paie.

Il n'en a même plus les moyens.

Port de Bordeaux, 1946

Le capitaine tarde à s'endormir. Comme toujours, une veille de lever les amarres. Est-ce l'excitation de retrouver sa couchette ? Non, la nervosité d'avant la traversée. Au Capitaine Brioude, l'expérience a appris qu'en mer, rien ne relève du détail. Ce soir, il passe à nouveau tout en revue dans sa tête. L'arrimage du fret ? Aucun problème. Les ballots de papier, calés par des rondins de bois, pourront supporter n'importe quel assaut de l'Atlantique, roulis ou bien tangage. Rien à craindre non plus des chaussures en vrac. Avec la farine, là, mieux valait se méfier. Une fois le chargement effectué, les mécaniciens sont restés à briquer les machines. Plus aucun dépôt, lui ont-ils certifié. Souhaitons qu'ils aient raison. Parce que la farine en nuage, c'est une chose. En grumeaux, mélangée à du cambouis, c'en est une autre. Pour le reste, contrôle effectué des rivets de la coque, cambuse ravitaillée, équipage au complet, pas de doute, les feux sont au vert.

Outre la météo de la troisième semaine, l'interrogation tient aux nouveaux. Il va sans doute falloir mater la grande gueule venue du Havre. Le muet compensera. Drôle d'oiseau, celui-là. Il a fait semblant d'écouter les explications et nous a signé son engagement sans poser de questions, combien de temps ça dure, où on va, à quoi vous m'employez. Pas de références à présenter, même pas de papiers d'identité, on l'a mis soutier. Plus subalterne, y a pas. Il a eu l'air content. Enfin pas vraiment content, indifférent. Les autres ont regardé ce forçat charger la marchandise à bord et ont compris. Équipier courageux, copain médiocre. Il en faut.

En mer, les bons signaux de départ se vérifient. Les caractères aussi. Le Havrais donne des leçons de marine à tout le monde, le muet intrigue. Pas méchant et pas muet non plus. Juste un taiseux de compétition.

Quand les gars de la chauffe s'octroient leur première virée sur le pont pour respirer l'air frais, monte avec nous en haut de l'échelle, qu'ils lui proposent. Non merci, il répond, avant de marmonner quelque chose, comme quoi il se sent mieux à fond de cale. Bon, comme tu veux. Ça dit quand même le caractère. Du fait du travail, les mains et les visages sont noirs de charbon. Crache-t-on par terre, c'est noir aussi. Ce n'est pas avec un seau d'eau de pluie pour la semaine qu'on peut se tenir propre. L'Italien, on voit que ça ne l'inquiète pas. La toilette, la lessive, il s'en contrefout. Les rations de table lui suffisent. Le gros temps ne le rend pas malade. Il ne semble même pas remarquer l'odeur de vomi des coursives. Pour ça, il a du bol. Pour le reste, pas sûr. Dans l'ensemble, il fait plutôt pitié.

Le temps calme se maintient, soleil et courants portants. Un matin, avec les Antilles en vue, l'excitation à bord grimpe en flèche.

— À nous les fruits exotiques ! s'enflamme Marcel.

— Écoutez-le parler ananas. À d'autres !

On le chambre un peu, Marcel, gentiment. Il est marié, le gars. Pas trop bien placé pour vanter les soirées arrosées au ti-punch et le cul des Guadeloupéennes.

— Et toi, Elio, t'es prêt à te faire violence ?

Quelques rires suivent, pas beaucoup. Va savoir pourquoi, ce gars te met mal à l'aise. Il impressionne. Il n'y a que Nono pour oser lui rentrer dans le lard. Et encore, c'est beaucoup dire, rentrer dans le lard. Le gus, tu lui souris, t'as déjà l'impression de le déranger.

— Ma machine est cassée.

Personne ne s'attendait à ce qu'il réponde, encore moins qu'il évoque l'état du matériel.

— Donne-toi ta chance. La latitude d'ici, leur façon de te manœuvrer le roméo, ça change tout, insiste Nono.

Le muet secoue la tête.

— Même au réveil, plus rien.

Finalement, on préfère quand il la boucle. Tu parles d'un bourdon dès qu'il l'ouvre. Le pire, c'est qu'il ne plaisante pas. Il refuse bel et bien la permission. Sitôt le rafiot à quai, il commence à décharger le fret sans attendre les ordres. C'est bien le seul. Les six autres « volontaires » ont dû être mis en vacation d'office. Ceux-là râlent sec en regardant leurs copains s'égailler au loin. Le muet ne montre aucun regret. Travail terminé, il retourne s'allonger sur sa bannette, sans fuir l'étuve ni qu'on le voie dans la cambuse se chercher à manger.

Vrai, ce lascar intrigue.

Brioude vient même le trouver.

— Spartiate, la chambrée, lance-t-il pour engager la conversation

— Suffisante, Capitaine.

— Si tu ne connais pas ce bout de France, ça vaudrait le coup d'aller découvrir.

— Non merci, Capitaine.

Cinq minutes plus tard, force est de constater que la discussion patine.

Peut-être qu'en l'invitant sur le pont, il se déciderait enfin à causer. Afin que ça n'ait pas l'air d'être un ordre, le commandant ajoute un petit quelque chose.

— J'aime bien essayer de connaître mes gars.

C'est la vérité. La mer, impossible de s'en lasser tant elle est imprévisible. Les hommes, pareil. En chacun, il y a toujours un petit quelque chose à découvrir.

Ils s'installent sur la passerelle délicieusement baignée d'une brise tiède. Ne reste qu'à se mettre une bière dans la main et à espérer que les vannes s'ouvrent.

— On n'est pas mal, là, hein, lance-t-il pour inciter.

Au lieu de reconnaître et d'embrayer, le matelot regarde les étoiles en silence. Trente ans de marine au compteur, Brioude. Autant dire que les constellations, il a amplement eu le temps d'en faire le tour.

Silence.

Un ange passe.

— Capitaine, vous connaissez Verdi ? Le compositeur.

Sacrebleu, enfin !

— Je sais qui c'est, oui, merci.

Silence.

— Verdi, tu disais…

— Oui.

Silence.

— Et donc… ?

L'Italien prend une profonde respiration.

— Il avait… des accès de mélancolie… Même célèbre et très riche, il en avait encore… toute sa vie… Alors il se réfugiait dans sa maison de Busseto…

Le gars parle à deux à l'heure et ajoute de ces pauses, mais de ces pauses.

On pourrait s'endormir.

— Il fermait les volets… se mettait au lit… sans voir personne. Et là… il jurait de ne plus jamais composer de musique.

Si l'histoire se finit comme ça, tu parles qu'elle est chouette, songe le capitaine qui réprime un rire nerveux.

— La différence… *La grossa differenza*… c'est qu'il finissait par se relever. Il triomphait sur la tristesse…

— Oui.

— Mais c'est Verdi… Personne ne peut se comparer.

Hum. Est-ce qu'il y a une suite, a priori non. Cette fois, le silence dure. Il ne faut pas montrer qu'on est, comment dire ça poliment, déçu. Le petit point positif, c'est que l'Italien n'en avait pas dit autant en trois semaines de mer.

— Toi aussi, tu souffres de mélancolie ?

— Ça va mieux.

Ah oui ? Bien dis donc.

Par une soirée aussi douce, le capitaine rêverait plutôt de savourer une langouste grillée. Tant pis.

— Elle est pas si mauvaise que ça, cette bière, hein ?

— Je ne sais pas.

Usant.

Dernière tentative.

— Alors comme ça, tu es féru de musique ?

— Féru… ?

— Tu aimes ça ?

— J'aimais.

Merci, bonsoir.

Quand le cabotage reprend, les marins semblent chauffés au fer-blanc. L'escale suivante, c'est Haïti, d'où la promesse de grands bonheurs. Même Marcel se laisse ouvertement aller à frétiller. Tout le monde sait qu'à Port-au-Prince la java coûte trois fois rien. On s'y amuse pour dix ou quinze gourdes, sans avoir à souffrir de la mauvaise conscience des économies du ménage parties en fumée.

Il faudra d'abord en passer par le laïus du capitaine.

— Je sais que les anciens me voient venir. Tant mieux, les gars, si vous vous souvenez des instructions. Je compte sur vous pour ne pas les oublier une fois à terre, n'est-ce pas Nono ?

Pourquoi moi, fait un Nono goguenard en prenant le monde à témoin. Sacré Nono.

La blague de pont passée, Brioude se tourne vers les nouveaux.

— Premier point, de loin le plus important : nous ne sommes pas chez nous en Haïti. On l'a été, mais on ne l'est plus. Les Américains non plus. Vu certains comportements, pas sûr qu'eux l'aient bien compris. Faut voir que pendant la guerre, ils ont continué de venir se servir en caoutchouc. Pour eux c'est vraiment tout récent. Bref, les Haïtiens ont repris le contrôle de leur île, c'est comme ça.

Ce passage ne passe pas bien.

— Silence !

Il n'y a que Verdi pour ne pas broncher.

Comme si, en plus du reste, il était sourd.

— Leur première révolution, c'était y a longtemps. Vous connaissez Napoléon ? Ils ne sont pas nombreux à avoir repoussé ses armées. Eh bien, les Haïtiens l'ont fait. 1804, ici, c'est une date. Pensez que le pays se proclame première république noire au monde !

Bruits de ronflements dans l'auditoire.

— Depuis, y en a eu d'autres, des révolutions, et d'autres occupations aussi. Jamais bien calme, ce coin.

Bref, à terre, tenez-vous à carreau. En ville, on paie ce qu'on consomme. Même si la dame vous raconte que sa prestation est cadeau, ça ne l'est pas. Je vous préviens, je ne viens chercher personne au poste. Aucune envie d'y laisser une demi-palette de chaussures en bakchich.

— Les chaussures, c'est du vrac, Capitaine.

Leguennec ne peut pas s'en empêcher, il faut toujours qu'il la ramène.

Dans le dos du capitaine, l'équipage appelle ces moments « le cours d'histoire ». On les redoute autant que les tempêtes.

— Paraît qu'un nouveau coup d'État vient d'avoir lieu. Fini, le règne des mulâtres. Aux dernières nouvelles, ce sont les Noirs qui sont au pouvoir. Les Noirs très noirs. Je le précise pour vous éviter une gaffe. Ah aussi, je ne sais pas où ils en sont avec le vaudou, si c'est encore interdit ou non. Dans le doute, abstenez-vous de prendre part aux cérémonies. Pas de potions magiques, pas de sacrifice d'enfant.

La tête des gars.

— Je plaisante ! Dernière chose : avant de descendre, vos lits faits au carré et votre bannette nettoyée de fond en comble. Voilà. Vous pouvez me remercier, pour une fois j'ai fait court.

En chœur :

— Merci, Capitaine !

— Allez, rompez.

Avec la carotte au bout, tous partent en courant faire leur ménage. Il n'y a plus que Verdi sur le pont. Sans réaction, évidemment. Il compte sans doute passer à nouveau l'escale à bord. Quelle tête de mule.

C'est compter sans les surprises de Port-au-Prince. Le premier lieutenant a mis une embarcation à l'eau pour faire l'entrée administrative au port. Il en revient avec un ordre de désinfection totale du cargo. Pas eu moyen d'y couper. Cette fois, graisser la patte n'a pas suffi. Dès lors, aucun autre choix pour le capitaine que de décréter un quartier libre obligatoire des personnels. Pour le déchargement, on verra après.

Pendant trois jours, plus personne ne sera toléré à bord. En l'annonçant, le pacha sait qui regarder dans les yeux.

— Que ce soit bien clair, quiconque refuse de descendre sera balancé par-dessus le bastingage !

Nuit et jour, des petits haïtiens restent postés sur le toit plat de la Capitainerie avec un boulot d'importance, prévenir dès que quelque chose bouge. Au premier signal des gamins, les marchandes s'empressent d'arriver, leur panier rempli de tissus en équilibre sur la tête. Un équipage qui se déverse en ville, c'est une aubaine qu'il faut attraper poches pleines, avant qu'ils aillent tout boire.

Les peintres aussi accourent.

— *Memwa d'Ayiti, mesye Franse* ! [1]

— André Breton, *li* veut mettre ma peinture au musée du Louvre !

Au Louvre, peut-être pas. Mais les Surréalistes se sont pris de passion pour l'art naïf et l'ont mis à la mode. Depuis, ces tableaux partent comme des petits pains. Aujourd'hui ne déroge pas à la règle. Les marins dépensent sans compter, d'où la joie d'Irézile qui chaloupe des hanches en riant. Que tu es belle, lui crie Similien, son fiancé. Un fringant, celui-là. Il n'en oublie pas pour autant l'autre soleil, un tout dernier Français en train de venir vers eux à pas lents.

---

1. Souvenir d'Haïti, messieurs les Français !

Depuis le ponton de commandement, Brioude et son second suivent eux aussi du regard leur marin aux yeux tristes. Une permission à coups de pied dans le cul, ce n'est quand même pas ordinaire.

— Qu'est-ce qu'il a, ce petit ?

L'animal est furax, voilà ce qu'il a. Il vit très mal d'être délogé de sa tanière.

Ça ne tarde pas à se remarquer sur le marché. Celui-là ne veut rien acheter. Il ne dit même pas *bonjou.* Elio n'a aucune envie de parler, non. Les cris, les sifflets, les danses, cet accueil qu'on lui réserve tient de l'épreuve. Y a même un gosse qui lui attrape la main.

— Lâche-moi, lui ordonne-t-il en se dégageant.

Trop douloureux d'être touché par un enfant.

— Féfé, reviens, crie la maman qui a vu la scène.

Encore un raciste, pense-t-elle. Pas *agweab,* ça.

Au tour des vendeuses de cotonnade de tenter leur chance.

— Regarde ces beaux tissus, fais-toi plaisir, l'encouragent-elles.

Coupon madras pour les belles robes, couleur unie pour les turbans, selon leurs explications.

— Ton copain Nono, il m'a acheté pareil pour sa femme et pour sa maîtresse. Comme ça, pas de jalousie ! Toi, non, tu veux rien ? Mais attends !

Pfff, c'lui-là est déjà parti. Souvent c'est comme ça, les trop jolis garçons. Ils boudent.

Pire que ça. Elio fuit. L'ambiance d'ici est taillée pour des bestioles à sang chaud. Rien n'est prévu pour les fantômes. Trop de regards sur lui, trop de pagaille, de volume sonore et de fruits inconnus.

Il se met à courir, pour ne s'arrêter que lorsqu'il a mis plusieurs kilomètres entre les fruits et lui.

Aurait-il changé de ville ? À regarder alentour, elle semble différente. Il y a moins de poussière dans l'air, pas de foule. Des maisons à varangue aux jardins entretenus bordent une avenue asphaltée. Au loin s'entend l'orchestre d'un dancing de plein air. Une Cadillac rose passe en roulant au pas. Le chauffeur, coude à la portière, se pavane.

Même ici, tremble Elio.

Jusqu'où faudra-t-il aller pour fuir les hommes ?

Quand est-ce que ça s'arrête ?

Avec maintenant un mal de terre carabiné. En descendant du cargo, ça allait encore. Plus maintenant. Le sol tangue et la luminosité accable. Où se réfugier ? Pas sur ces collines recouvertes de cases. L'instinct déconseille. Elles doivent grouiller d'un monde qui a l'air capable de tellement de joie. Reste la montagne à l'ouest, la plus haute, la seule à sembler inhabitée. Oui, c'est là qu'il va aller se cacher en attendant que les jours passent. Il en a trois à tuer avant de pouvoir retourner s'enfermer à fond de cale.

Au début du sentier, un chat s'enfuit dans un bruit de feuillage qu'on dérange. Quels autres animaux dans cette broussaille ? Des sangliers ? Des serpents ? À l'oreille, on n'entend que les criquets. Le sentier devient abrupt. Le front, la nuque, le dos se trempent de sueur. C'est une solution, l'effort. Au moins, ça abrutit. Une heure qu'il grimpe, peut-être deux. Le chemin se fait plus discret, moins taillé, avec de vilaines lianes qui jonchent le sol. À moins que ce ne soient des racines recrachées à l'air libre.

Une farinade de pluie commence à tomber. On croit à de la vapeur. Non, c'est bien de la flotte, rien de sérieux. Erreur. En Haïti, ça l'est. Un rideau noir fonce sur la montagne. Il y a d'abord quelques éclairs, des croassements de corbeaux, suivis du bruit de leur envol précipité. Puis un silence en suspension. Soudain, le sac se crève. Ce qui se déclenche ne va ressembler à rien de connu. Ce n'est pas une averse méditerranéenne, pas un grain atlantique, c'est plus puissant, une sorte d'avalanche tombée du ciel. Au sol, c'est la stupeur. Plus aucun aboiement, que le fracas des arbres en train de se faire assommer. Tout valdingue, les cailloux, les branches et lui. La pluie veut faire le coup de poing ? Les bourrasques, le foutre par terre ? Pas de problème, voilà, il se rend. Il s'allonge. Pas sur une terre chaude et grasse, mais dans un torrent de boue, une avalasse qui le charrie aussitôt comme une pierre.

Cet orage ou la fin du monde, c'est pareil.

Ça lui va.

Si bien qu'il s'endort.

Pas tout de suite, évidemment. Il faut d'abord que la bataille cesse. Dès que le ciel se calme, dès que les oiseaux reviennent se poser sur leur branche, il ferme enfin les yeux.

Il les rouvrira peu après l'aube, surpris par une vive douleur. Qu'est-ce qui vient de le piquer ? Insecte ? Vipère ?

Plus étonnant.

La pointe d'une machette, plantée au milieu de son front.

Le bandit qui la tient est d'une maigreur cadavérique, la peau sur les os, là-dessus quelques haillons. C'est son regard qui frappe, la détermination qui s'y lit, l'absence totale de mystère sur ses intentions.

Dans ces yeux-là, une vie humaine ne vaut pas cher.

— Vas-y. Te gêne surtout pas, l'encourage Elio.

Au fond, six mois qu'il attend ça.

Haïti, juin 1946

Pourquoi le Blanc n'a pas crié ? Pourquoi n'a-t-il pas eu peur ? Une seule explication, le Blanc n'a plus son âme. Faustin en frémit. Dire qu'à une seconde près, il lui tranchait la gorge. La gaffe. Tant pis pour les bonnes chaussures. Mieux vaut continuer d'aller sans que de voler celles d'un Blanc sans âme. C'est grave, sinon. Le *ti-bon-anj'*[1] devient *move zanj'* ! *Woy woy woy*, que de *pwoblems* !

Un changement de plan s'impose. Au lieu de se débarrasser du Blanc, il faut le ramener au village. Le sorcier s'en occupera.

— Lève-toi ! Allez !

Ça fait peur de marcher à côté de lui.

Très peur.

Il faut.

Jésus Marie la Sainte Vierge et tous les Saints, faites que rien de mal n'arrive en chemin.

Les femmes frappent le petit mil en cadence. Elles broient les grains au pilon de bois en chantant pour se

1. Le petit bon ange, sorte d'instinct vital dans la croyance vaudou. Le mauvais ange, l'inverse, un esprit frappeur.

donner courage, d'où le fait qu'elles n'entendent pas les cris de Faustin quand il arrive. Ce qui se passe dans l'esprit de ce garçon, même Dieu ne le sait pas. On a prié pour lui, le village a organisé des cérémonies. Rien n'y a fait. À force, on a perdu l'intérêt pour ses paroles et c'est à cause des aboiements des chiens qu'on finit par relever la tête.

O !!! Enkwayab !!! Un Blanc !!!

Un Blanc venu jusqu'ici et ce pauvre Faustin dans tous ses états.

— *Kyès sa* ? Raconte qui c'est !

Pas moyen qu'il se calme, Faustin. Le pauvre a l'air transi d'effroi. Il chancelle d'un pied sur l'autre, et parle entre ses dents gâtées sans qu'on n'y comprenne rien.

— *Bonjou mesye*, dit-on à l'homme blanc.

Le *mesye* n'a pas le temps de répondre aux salutations que Faustin s'interpose en hurlant.

— Silence ! Méfiance ! *Ti-bon-anj'* l'a quitté ! *Ti-bon-anj'* l'a quitté !

Woy woy woy, qu'est-ce que tu dis là, Faustin ? C'est mauvais ce que tu nous racontes, comment sais-tu que son *ti-bon-anj'* l'a quitté ?

En attendant les explications, on se signe plusieurs fois.

Faustin raconte. Il voit ce blanc, surtout il voit ses chaussures. Il les reconnaît tout de suite, c'est les chaussures qu'il cherche depuis toujours, les siennes quoi. Il ne sait pas ce qui lui passe par la tête, il prépare sa machette. Oui, pardon Jésus Marie la Sainte Vierge… Sauf que ce Blanc, il ne cherche pas à se défendre.

Il a raison, Faustin. C'est grave. Le Blanc voit sa mort et il ne crie pas ? Il faut immédiatement prévenir le hougan.

Aïe, dit quelqu'un. Malheureusement, renchérit un autre. Quoi, qu'y a-t-il ? Il y a que Clairvius n'est pas au village. Il est parti dans la forêt ramasser des baies pour ses remèdes. Aaah, malheur ! Pas une minute à perdre, deux jeunes sont aussitôt mandatés pour l'aller chercher. On envoie Séna et Jarive, les plus sérieux. Expliquez bien que c'est une urgence, leur recommande-t-on avant qu'ils partent en courant vers les bois.

En l'absence du hougan, ce Blanc doit être mis à l'écart. Emmenons-le dans l'ancienne case de Mimi. Bonne idée ! La vieille case n'a plus de toit, le clissage des murs a souffert, on voit tout au travers. C'est parfait. Si son âme se décidait à lui revenir, elle n'aurait aucun mal à le retrouver.

On lui ligote les pieds ensemble et les mains dans le dos avant de l'allonger dans la case abandonnée. Le sol battu n'a pas eu le temps de sécher. Fieffé orage. Penses-tu, la vase n'a pas l'air de le déranger. Si c'est pas affreux de le voir se laisser faire sans réagir. Les hommes sans âme, on en avait entendu parler, mais c'est la première fois qu'on en voit un. On dirait un *zonbi* en pire. Terrifiant, y a pas d'autre mot.

Encore plus parce qu'il est blanc.

C'est maintenant le mitan du jour. Tout est calme, même le coq au milieu des poules. Le soleil a commencé de jouer du tambour et tape sur les têtes. Tout à coup, les voix des jeunes s'entendent, bientôt rattrapée par leurs jambes déliées.

— Clairvius est avec nous ! crie Séna en accourant.

— Il arrive, préfère dire Jarive.

Il n'en a jamais fini avec sa blague, celui-là.

Clairvius apparaît loin derrière. Leur hougan est lent de mouvements, comme de paroles. Ça ne l'empêche pas de marcher droit et de parler sage. Il n'est pas en costume de cérémonie, évidemment pas. Il était parti à la cueillette, donc habillé en paysan. Avec eux, le hougan vit en homme, même si ça reste le hougan, leur prêtre vénéré. Comme il ne serait pas supposé habiter au sein d'un village, il a choisi le leur. Vivre ici, c'est vivre seul, explique-t-il, la solitude en moins. Quinze cases éparpillées sur un large échancrement de la montagne, rien d'autre. Ce plateau est loin des lagons poissonneux, loin des distilleries de vétiver et des commerces du marché. On ne s'amuse pas à faire le ferblantier quand on naît sur la montagne. Qui aurait envie d'endurer le trajet jusqu'en ville tous les jours ? Les touristes, une fois dans leur vie, ils pourraient. Même pas. Ici, on vit à la mode d'avant, comme les ancêtres, plutôt moins bien. Ces dernières années, le soleil a entrepris de sécher les sources, fâché qu'il était de voir les hommes s'attaquer aux arbres. C'est qu'il faut bien du charbon de campêchers pour allumer le feu, des troncs pour construire les cases, et d'autres encore à vendre aux cargos. Pas le choix. Alors on continue de couper d'un côté et de s'en excuser de l'autre en offrant au soleil de belles cérémonies. Avec le hougan à demeure, elles sont faciles à organiser. Attention, ce n'est pas gratuit pour autant et reste rare. Faustin aussi en a bénéficié. En vain. Le pauvre garçon est toujours coincé dans son histoire de chaussures.

Tout habitué qu'on est à fréquenter Clairvius, ça fait quelque chose qu'il arrive, tant on a besoin de lui. *Pwoblèm*, il interdit qu'on lui explique la situation et le fait comprendre d'un geste, la paume en avant. Le hougan dit qu'il veut d'abord faire pitance. On lui racontera pendant sa mangeaille. Hein, avec ce Blanc capable d'attirer le mauvais sort sur eux d'une seconde à l'autre ? *Woy woy woy*, Clairvius, est-ce vraiment *rezonab*...

Il en met un temps pour manger son petit mil. Il fait exprès ou bien ? Tout le monde louche sur les pois-congo dans son écuelle, à compter combien il lui en reste à avaler.

Bon Dieu, quand est-ce qu'il va se décider à prendre le phénomène en main ? Autour de lui, on n'irait pas jusqu'à parler de mauvaise humeur. Tension, ça oui. Pensez qu'en ce moment, il y a une âme errante qui se demande qui elle va pouvoir frapper. Une âme échappée d'un corps vivant, c'est qu'elle est envoûtée ! Derrière, il y a le pouvoir d'un *bokor* [1]. On a peur du *bokor*.

Le hougan écoute sans sourciller en léchant tranquillement ses doigts. Il ne voit pas la gravité de la situation ? Ah si, quand même. Il se lève enfin avec un sourire calme, et le voilà qui se dirige vers l'ancienne case de Mimi. Crédié ! Pas une once d'hésitation avant d'y entrer. C'est beau, le courage. Hors de question de l'abandonner à son sort, ni tellement envie de s'approcher. Les enfants donnent la main sans protester. *Enkwayab*, comme ils sentent.

Quoi, Clairvius ressort déjà ? ! Et pas le visage au beau temps. Il a vu le loup-garou lui aussi, ça n'a pas traîné. Comme un fait exprès, c'est le moment choisi par le coq pour se faire entendre, agressif avec ça, suivi du battement d'ailes affolé des poules.

— Manfred, baille-moi ta machette, tonne le hougan.

Kisa ? se demande Manfred. Il regarde autour de lui voir s'il n'y aurait pas quelqu'un d'autre pour s'appeler Manfred. Le pauvre. C'est le fils du ventre de Mariette et de papa Louis, et on les observe, eux aussi. Les braves vieux ne bronchent pas. Leur fils est pourtant en train de s'approcher à pas lents de la hutte pour tendre la machette qu'il porte à la ceinture. Le hougan s'en saisit et retourne aussitôt à l'intérieur.

1. Sorcier vaudou malveillant, passé du côté des forces du mal.

Le sorcier aura donc choisi la méthode radicale. Il faut chasser les petits. On les houspille pour qu'ils s'en aillent immédiatement. Emmenez boire les bourriques, leur ordonne-t-on. Quelle tristesse qu'il n'y ait aucun autre moyen. Si le hougan a décidé qu'il n'y avait que la machette pour lutter contre l'homme couleur de maladie, courage à lui. Il sait ce qu'il fait. Clairvius connaît son métier.

Les yeux sont rivés sur les jours entre les clisses. Ceux qui ont décidé de s'en détourner y reviennent sans le vouloir. Les larmes d'une commère dessinent des traînées sales sur son visage. On entrevoit Clairvius s'agenouiller à côté du Blanc, et armer son bras. Les respirations se suspendent. Il est vu, d'un coup sec, fendre les lianes qui entravent le possédé.

Eh, mais enfin quoi ?

À l'intérieur de l'ajoupa, le Blanc laisse échapper un merci. Son murmure a parlé, c'est un *mesye* français. D'allongé qu'il se tenait, il s'assied en se massant les chevilles. Dans le mouvement, des morceaux de vase séchée se sont détachés de son pantalon. Sur son visage, elle colle encore et lui fait la peau craquelée du lézard. Clairvius reste à le considérer sans mot dire, les mains posées sur les genoux. C'est un Blanc de grand format, aussi maigre qu'un nègre [1] de plateau, du calme dans les mouvements. Il ne porte pas des habits de riche, pas des hardes non plus, entre les deux. Sans doute un marin.

— Je m'appelle Clairvius. Toi ?

1. Le terme, littéraire et politique, est repris d'Aimé Césaire et de Léopold Sédar Senghor (entre autres) qui, ces années-là, ont commencé de l'employer avec fierté.

Le Blanc le regarde sans lui répondre.

— Tu as un nom, toi aussi ?

Il l'a oublié, il ne le sait pas, il refuse de le dire, que signifie son geste ?

— Faustin, le nègre qui t'a amené au village, raconte qu'il tenait sa serpette comme ça et que tu n'as pas crié.

Le Blanc gratte la terre sur ses joues et crache une salive couleur de café. À cause de la vase dans la bouche.

— Tu l'as effrayé.

— Pas fait exprès.

Ça commence à l'irriter, Clairvius, cette face sans lumière du Blanc. Pourquoi se comporte-t-il en âne fatigué ? Même indifférence aux mouches, mêmes prunelles désœuvrées.

— Tu vas retrouver quelqu'un sur le morne ? On t'attend quelque part ?

Non de la tête.

C'est l'heure du soleil aveuglant, l'heure où la vapeur sort de la terre. Cette case sans toit n'est plus une case, songe Clairvius en essuyant la sueur de son front. Avant, ici, il y avait l'ombre d'un bel avocatier. Un orage a arraché le toit en roseaux et fait se coucher l'arbre. Mimi était déjà au ciel quand c'est arrivé, on n'a pas cherché à réparer. Depuis, c'est le grand soleil qui habite chez elle.

Mais le Blanc répond que non, il n'a pas soif.

Faustin a raison, il y a un trou dans son regard. C'est le même œil vitreux qu'à la surface d'une mare croupie. Et quand il parle, son silence continue de peser. Drôle d'engeance.

— Clairvius a déjà décidé quoi faire de toi.

Il ne demande pas. Ça ne l'intéresse pas de savoir.

— Tu te souviens que c'est moi, Clairvius ? Tu comprends ce que je dis ?

Vague hochement de tête.

— Maintenant je dois convaincre le village. Je reviendrai te voir après l'assemblée avec eux.

Le Blanc acquiesce dans le vide et se rallonge en s'enroulant comme une couleuvre.

En sortant, Clairvius n'est pas surpris de découvrir ses gens arrangés en cercle magique autour de la hutte. Les braves veillaient sur lui.

— Mettez une grande marmite d'eau à bouillir, leur dit-il.

Elio a tressailli. Pour quoi faire la marmite d'eau bouillante ?

Ce n'est pas tant de crever qui l'inquiète. Des mois qu'il hésite. Bêtement, c'est la fatigue qui l'a retenu. Trop fatigué à l'intérieur, plus assez d'envie de rien, même pour en finir. Il attendait, il ne sait pas, que ça vienne tout seul. De là à terminer en bouillon-cube, non ! Ça, exclu. Ces sauvages ne le mettront pas à cuire. Il y a tout de même des limites à ce qu'on peut lui faire subir. Quelqu'un s'est donné la peine de le mettre au monde, ne serait-ce que par respect pour elle. Alors il doit s'enfuir. Le Noir – quel nom déjà, un nom d'empereur romain – l'a détaché. Puisqu'il se retrouve libre, il prend ses jambes à son cou et sauve sa peau, du moins pour aujourd'hui.

Attention ! La porte en paille se rouvre. Bon sang ne fait qu'un tour, il arme ses bras, prêt à…

C'est le vieux Noir, le même, un bol à la main, qu'il pose au sol sans un regard.

— Mange, fils.

Fils ?

Il repart.

Laissant deux oreilles brûler du mot qu'elles viennent d'entendre.

Installé à l'ombre d'un cèdre, le hougan reprend l'adresse à ses bonnes gens. Leurs visages sont inquiets. N'ayez crainte, leur répète-t-il en créole, ce Blanc a toujours son *ti-bon-anj*. Ce n'est pas non plus un *zonbi*. Juste un tout-seul, comme ces Blancs en fabriquent. Il n'est ni dangereux ni possédé. C'est même l'inverse. Il a frappé à notre porte, alors nous l'ouvrons. À sa manière il nous a dit « Honneur ». Nous devons répondre « Respect ».

— *Ayiti* est la perle des Antilles, ou pas ?

Siiii !

— Nous respectons la vie, ou pas ?

Si !

— Nous connaissons, nous aussi, le chagrin ?

Bah oui.

— Alors nous devons accueillir ce Blanc.

Euh.

Silence timide.

Au fond de leurs âmes, c'est de la peur que sentent les villageois, beaucoup plus qu'une quelconque envie d'aider.

En fin d'après-midi, la marmite a fini de refroidir, Clairvius peut enfin y remplir une cruche. Les intestins de ces Français ont la réputation d'être fragiles, mieux valait faire bouillir l'eau.

— Tiens, dit-il à l'étranger en lui apportant de quoi se désaltérer.

L'homme n'esquisse pas le moindre geste pour attraper la jarre.

— Ça suffit, le Blanc ! Tends ta main, puisque je tends la mienne.

Dire qu'il faut lui crier dessus.

Le pire, c'est que ça fonctionne.

— Tout le monde a deux jambes, y compris celui qui en perd une par la faute du serpent. Tout le monde a aussi un père et une mère. Que Dieu et ses saints viennent un jour les reprendre n'y change rien. Et tout le monde a un nom, même celui qui ne dit pas le sien.

Le Blanc écoute sans arrêter de boire. Bien sûr qu'il avait soif, évidemment.

Il parlera, un jour. Tous les hommes sont venus sur Terre pour ça. La vie les y porte, qu'elle soit juteuse comme une mangue, ou dure comme un caillou.

— Ça me fait mal de t'appeler « Bouche cousue ». Personne ne mérite ça.

Tiens, cette phrase a réussi à l'attraper. Le Blanc vient enfin de montrer deux yeux honnêtes.

— Elio…

— Aaah ! Bien content, Elio. Moi, tu sais déjà.

Ils se regardent.

— Notre croyance dit que tu dois maintenant rester trois jours et trois nuits dans la case. Pas sortir. *Dako,* Elio ?

Silence.

— Réponds-moi *wi, dako* !

— Oui, d'accord.

Clairvius lui adresse un bon sourire. C'est important aussi, le sourire. Ça fait partie du tout.

— Allez entre, Manfred !

Un Manfred intimidé apparaît. Gardant paupières baissées, il tend à Clairvius une coupelle de cire fondue et une immense feuille de plantain à déposer au sol.

— Allonge-toi dessus, Elio. Pas bouger. Tes besoins d'homme, tu sortiras la nuit pour les faire. Seulement la nuit. Il y aura un feu allumé et un flambeau pour te guider.

Sans transition, le hougan se met à jeter des gouttelettes d'eau aux points cardinaux de la hutte, en psalmodiant des paroles secrètes. Il joint les mains, les dirigeant successivement vers le ciel sombre puis vers la tête d'Elio.

— Toi, je ne crois pas que tu as besoin de ma magie. Mais le village, si, conclut-il dans un rire large et envoûtant.

Presque un rire communicatif, s'étonne Elio qui ne songe plus autant à s'enfuir. Il a l'impression de devoir à cet homme, Clairvius comme il s'appelle, d'avoir été sauvé de la casserole. Il se sent presque reconnaissant. On n'y peut rien quand c'est comme ça.

Rester sur la grande feuille sans bouger, au fond, pourquoi pas ?

Le soir tombe tôt ici, et vite aussi. Tout à coup, on ne voit plus rien, on n'entend plus d'enfants, ni d'adultes d'ailleurs. Fini, les jeux et les discussions dans leur langue étrange. Petit, quand Elio avait peur de la nuit, il imaginait ce qui se cachait derrière les silences ou derrière les bruits. Une gentille maman en train de marcher, un papa qui faisait grincer les battants d'une armoire, et il se rendormait, rassuré. On s'arrange de tout quand on est gamin. Il ne sait plus faire ça, se raconter des histoires. Il n'arrive plus à inventer. C'est même devenu rare qu'il écoute. Il s'y exerce à nouveau ce soir. Là, des chuchotements, un rire, et dans le lointain, un chien qui hurle -- ou bien serait-ce un loup ? L'animal qui lui répond est tout proche. Mieux vaut décider que ce sont des chiens. Le paquet d'étoiles au-dessus de sa tête vient de disparaître derrière un nuage. Une goutte. Une autre. Il pleut ? Ça va, rien à voir avec le déluge d'hier. Les petits doigts de cette pluie-là touchent tout doucement le visage. Ploc, ploc, ploc.

Oh, du chant…

Non, pitié, pas ça.

On chante même ici.
Une voix de femme.
En plus, c'est beau.
Ça remonte à tellement loin.

La journée du lendemain se passe. Le village vaque à son labeur. En fin d'après-midi, le hougan retourne voir son homme blanc, avec un nouveau bol de manger.

Quoi, il a laissé intacte la bouillie d'hier ? Tss, tss, tss… Pas bien content.

— Le village n'a pas de *pitimi* en suffisance. Tu dois manger celui qu'on partage avec toi.

Ici, les habitants pensent autant avec leur ventre qu'avec leur cerveau. Elio n'a pas le droit de *dérespecter* ce que le village lui donne. Ils n'ont pas beaucoup, ils donnent quand même, alors lui, il mange.

— *Dakò* ? !

— D'accord.

Le hougan décide de s'asseoir et d'allumer sa pipe. Les premières bouffées, il les aspire en silence.

Il veut garder une bouche prudente.

— Elio, tu as des jours de misère derrière toi…

Le Blanc ne répond pas avec des mots. Il dit une sorte de oui avec ses yeux de mulet têtu. Pourquoi est-il aussi glissant qu'une ombre ? Où se cache son feu intérieur ?

— Tu es venu sur un bateau ?

Il acquiesce sans développer.

— Tu repars avec ?

Partir, on voit qu'il n'y pense pas. Une mauvaise herbe, ce Blanc. Prêt à s'installer là où sa graine tombe. Sa famille de France ne lui a pas appris le bonheur ? Personne ne s'est inquiété de son air triste ? Peut-être sont-ils tous comme ça, là-bas en France. Maman macaque ne voit pas que son enfant est laid.

— Regarde les cheveux de Clairvius. Des grains de poivre blanc… C'est pour ça que les gens écoutent ma parole. Elle est respectée, comme dans ton pays, celle de ton vieux papa. On cherche ma sagesse…

Le Blanc a la face couverte de sueur et reste sans l'essuyer.

— Mais avec toi, je ne fais que des parlers inutiles.

— Je n'ai pas de papa ni de maman. *Dakò* ? Pas d'enfant. Je n'ai rien du tout !

Pourquoi s'énerve-t-il d'un coup ? C'est impossible d'avoir rien. On a toujours un peu.

Quelques bouffées de tabac.

— Si, fils, tu as quand même. Au moins, tu as du chagrin.

Le hougan n'a pas fini de prononcer ces mots qu'il ressent une forte démangeaison au creux de sa main. C'est un signe. Il faut écouter les signes. Sa main qui gratte, il la pose sur l'épaule du garçon et il attend. Oui, ça fait du bien. Au Blanc aussi, on dirait, qui se met doucement à pleurer. Les larmes pour ces gens sont comme les transes pour nous, songe Clairvius. Une manière de se purifier.

— Elio… Je te comprends.

— Oui ?

Il dit seulement oui, mais ce n'est pas seulement ce qu'il dit. Avec ses yeux, il appelle à l'aide. Il y a eu une lueur. On devrait faire fête à ce progrès. Il faut sourire quand les choses prennent meilleur pli.

— Je reviendrai te voir, fils. Tu attends demain.

C'est décidé, Clairvius va s'occuper de la mauvaise saison coincée dans cette tête. Le nuage épais doit être chassé. Pour commencer, il faut lui apporter moins à manger. Autre certitude, ça ne sert à rien de lui donner ce dont il n'a pas envie. Avec lui, les potions et les cérémonies ne marcheront pas. L'étranger ne partage pas leurs croyances. Il n'attend pas ça. Alors quoi ? Ce qu'il faut à cet *enfoudroyé*, c'est une secousse.

Mais bien sûr ! Il va l'emmener rencontrer Ti-Josef. Lui seul pourra l'aider.

Haïti, 1946

L'équipage est modeste, Manfred aux avant-postes, un Elio dolant en milieu de file indienne, le hougan pour fermer la marche. Si l'on peut parler de marche, vu que le sorcier va à dos d'âne. Une bestiole branlante dont les sabots roulent sur les cailloux. Mais personne ne tombera. Il ne leur arrivera rien. Clairvius a évidemment demandé aux esprits l'autorisation d'entreprendre le voyage et obtenu la réponse favorable de rigueur. Oui, ils pouvaient partir, et ça se vérifie. Aucun orage ne s'annonce. Au programme, ciel limpide et nature immobile.

Au soir, leur campement s'installe sur les galets chauds de soleil du fond de la ravine. Le village de Ti-Josef a beau se trouver très haut sur la montagne, il faut d'abord la descendre avant de la remonter. C'est la grande force des chemins que d'obliger les hommes à leur obéir.

Le Blanc ne pose aucune question. Où va-t-on, qui est Ti-Josef, quel est son pouvoir ? Son silence est une noix de coco, aussi difficile à ouvrir. À le voir dormir comme ça près d'un buisson de bayahondes, on dirait pourtant un enfant.

— Les abeilles autour de sa tête, est-ce que je les évente ? chuchote Manfred.

Clairvius mord le tuyau de sa pipe sans répondre. Il songe. Seule une très grande souffrance peut épuiser un homme de la sorte. Même le travail aux champs ne vous ruine pas autant. Puis il revient à lui et encourage Manfred d'un signe de la tête.

Sitôt l'aube, il faut commencer à grimper et voir les cannes à sucre de plaine redevenir des caféiers malingres. Dans la côte, la bourrique fatigue vite. Une plaie sur sa croupe attire les mouches, ça l'agace. Elle donne des coups de tête, fouette avec sa queue, il y a des écarts. On gagne tout ce qu'on peut, une cinquantaine de mètres, puis ce n'est plus possible. Il faut sauter à bas. Mieux vaut le faire de son plein gré qu'être foutu par terre. La suite se fera à pied, tant pis, avec le souffle court. Plus le sorcier ralentit, plus il est pressé d'arriver. Leur village doit être en train de se remettre de ses émotions, quand celui où ils se rendent ignore celles qui l'attendent. Les venues du hougan ne sont pas si fréquentes. Surtout au débotté, sans chaise à porteur, ni préparatifs. D'habitude, il faut un grand mal pour qu'il se déplace, une querelle à résoudre, un mourant à célébrer, on vérifie d'abord la lune. Si elle prend sa forme de serpette, comme la nuit dernière, ce n'est même pas la peine.

Ce sont d'abord des enfants qu'ils croisent. Les gosses, ça les laisse bouche bée de tomber nez à nez sur le sorcier et un Blanc. Ils font des yeux ronds, avant de retourner prévenir en criant. Quelles bonnes jambes ils ont. Impossible de leur emboîter le pas.

Quand ils arrivent enfin, les habitants ont eu tout le temps de se réunir. Ils attendaient. C'est un village traditionnel, une grappe de huttes, autour d'un vrai *lakou.* Il faut bénir la tête de chacun et les fétiches qui sont de sortie, plumes, guenilles, feuilles macérées. Le tour fini, reste à s'agenouiller pour baiser la terre et prononcer des paroles qui sont bonnes pour les vivants. Les suivantes, celles en l'honneur des ancêtres de Guinée, se perdent au milieu des bêlements de chèvres, tandis que Jan-Jan souffle dans sa conque des accords caribéens.

Les villageois n'ont jamais vu de Blanc d'aussi près. Les enfants, c'est carrément leur premier. Personne ne moufte. Pour l'instant, Clairvius ne donne aucun éclaircissement. Il dit Honneur, on lui répond Respect.

On s'assied.

C'est le moment où il faudrait échanger des nouvelles.

Les villageois hésitent. On n'a pas l'habitude de s'exprimer devant un étranger. Comprend-il le créole ? Impossible de le savoir, vu qu'il regarde par terre sans réagir à rien. Ce Blanc ne ressemble pas à un propriétaire d'usine ou de plantations. Plutôt à un prisonnier. Si le hougan veut expliquer, il expliquera.

Au lieu de ça, il prend son Blanc par la main et l'emmène trente pas à l'écart. Où vont-ils ? À la case de Ti-Joseph, on dirait. Ça alors.

Case, pas vraiment. Une simple terrasse sur pilotis surplombée d'une tôle.

— Voilà, Elio. Tu es face à Ti-Josef.

Elio ne voit personne. Quoique si, il y a un homme posé sur une natte, mais ce n'est pas Ti-Josef. Ça ne peut pas être lui. Trop chétif, trop vieux, trop immobile. Ils n'auraient pas fait autant de marche pour ce vieillard empaillé.

— *Bonjou* Ti-Josef !

Mince, c'est ça. Voilà le type supposé pouvoir le soulager. Clairvius s'est sacrément foutu de lui. Si Elio doit s'en prendre à quelqu'un, c'est à lui-même. Comment a-t-il pu croire qu'un sauvage portant des colliers en verroteries avec des vertèbres de couleuvre accrochées dessus réussirait à l'aider ?

— Approche, Elio, lui dit Clairvius. N'aie pas peur. Ti-Josef ne va pas te manger.

Comme s'il avait peur. Voilà, il s'est approché, ça change quoi ? L'homme ne bronche pas. Ils sont à deux mètres de lui, il n'a toujours pas pris conscience de leur présence. Il n'entend rien et reste à fixer une petite tortue en train de barboter au fond d'une bassine en fer.

— Ti-Josef, regarde-moi.

L'homme relève lentement le visage. Donc il n'est pas sourd. Aveugle ? Oui, ses yeux sont étranges. Ils fixent sans vous voir et semblent passer au travers des choses.

— Fais le tour de l'ajoupa, Ti-Josef.

L'homme fait l'effort de se mettre debout. Chacun de ses gestes se fait au ralenti, avec prudence, difficulté. Il réussit à descendre les deux marches de sa terrasse, aussi branlantes que lui. Apparemment, il a entrepris d'en faire le tour. Ah, voilà ce que veut dire « l'ajoupa », c'est la case. L'homme ne trébuche pas. Donc non, pas aveugle non plus. Mais terriblement étrange, d'une lenteur inhumaine.

La pluie se met à tomber.

En quelques minutes, ça n'a plus rien d'une averse d'opérette. C'est un nouveau déluge. Qu'est-ce qui ne va pas dans ce pays ? Clairvius, on voit qu'il est d'ici. Il se contente de se mettre sous le toit. Faut l'imiter.

À l'abri des trombes d'eau, mais en plein tintamarre.

— S'il tombait des mangues sur la tôle, ça ferait moins de bruit, dit le hougan en riant.

Étrange qu'il plaisante. Ce n'est pas le moment. Ça met mal à l'aise vis-à-vis de Ti-Josef qui finit péniblement son tour et se rapproche enfin de son point de départ. Ça lui aura pris une éternité. Il s'arrête pile devant la terrasse. D'ailleurs, pas certain qu'il se soit vraiment arrêté. On peine à distinguer la différence entre sa marche et son immobilité.

Non, là, il ne bouge plus.

C'est pire.

Il reste à se faire assommer par la pluie.

Au mieux, on dirait une marionnette.

— Viens ici, Ti-Josef.

Le type a réagi. Il ne fonctionne qu'aux ordres. Il les attend et leur obéit. S'approcher lui prend à nouveau du temps. Il ne semble pas souffrir. C'est plutôt qu'il n'a plus aucune vie en lui.

— Elio, je te présente un ami. Serrez-vous la main.

Ti-Josef tend la sienne, qui n'offre aucune prise et vous arrive molle, désagréable à toucher.

Elio se sent de moins en moins à l'aise face à ce qu'il n'ose appeler fantôme, mais qui lui apparaît de plus en plus comme tel.

— Quel âge as-tu, lui demande Clairvius.

— Trente-huit.

À peine plus que moi, s'effraie Elio. Que lui a fait la vie pour qu'il soit dans cet état ? Le blazer qu'il porte est hors d'âge. Son torse est nu, ses côtes décharnées. Un pagne rapiécé s'enroule autour de ses hanches maigres. Des dents lui manquent. Il comprend tout, oui, et il parle français, mais d'une voix affreusement caverneuse.

— Ti-Josef, écoute-moi bien. Elio, là… Il croit qu'il est comme toi.

Hein ? N'importe quoi ! D'où ça sort, cette idée ?

C'est affreux de voir Ti-Josef tourner vers lui son regard vide. On a peur de tomber dedans. Seuls ses sourcils broussailleux paraissent vivants.

— Tu es comme moi, murmure Ti-Josef.

Il y a eu un tremblement dans sa voix d'outre-tombe.

— Jamais de la vie, Elio rétorque.

Obligé de se défendre. Il ne va pas se laisser comparer avec ce… Avec cet…

— Raconte-nous qui tu étais, Ti-Josef, ordonne Clairvius. Cric, il ajoute.

— Crac, répond Ti-Josef.

La suite, il semble aller la chercher aux tréfonds d'on ne sait quels ravages.

— J'étais *pwofesè lekol.* J'étais monsieur l'instituteur.

Aucune pulsation dans sa voix.

— Qui es-tu maintenant ?

— Maintenant, je suis *zonbi.*

— Explique pourquoi.

— La famille de *Madam* s'est débarrassée de moi.

— *Poukisa* la famille a fait ça ?

— Pour prendre mes terres.

— Tu as *grangou* ?

— Je ne sais pas.

— Tu as soif ?

— Je ne sais pas.

— Tu es triste ?

— Je ne sais pas.

— Très bien, Ti-Josef. Merci.

Clairvius se tourne vers Elio.

— Alors ? Est-ce que tu es *zonbi*, toi aussi ?

Insupportable de lui voir un air aussi tranquille. Une seule envie, hurler.

— Arrête-toi, Clairvius ! À quoi tu joues ?

— Badimbidim, conclut le sorcier en esquissant un pas de danse.

Il n'ajoute rien. Sur son visage, son sourire habituel, comme si tout cela était normal.

Ti-Josef s'est remis à fixer la tortue, indifférent au reste.

Elio se sent pire que mal. Il ne sait plus quoi faire. Une envie qu'il reconnaît à peine, qu'il peinerait à traduire en mots, lui revient. Comment dire ça ? Il donnerait cher pour être ailleurs, voilà. Ça faisait longtemps qu'une idée pareille ne lui avait pas traversé le cerveau.

— *O Revwa*, Ti-Josef.

Le hougan a repris sa voix douce. Elle est belle, cette voix. Mais c'est une voix de sirène. Elle donne envie de la suivre, et vous noiera au large.

— Et mange ton *pitimi* !

Ti-Josef cherche aussitôt son bol pour y plonger sa main.

— Tu nous dis au revoir, toi aussi ?

— *O revwa.*

Mots prononcés la bouche pleine, le regard ailleurs. Plus là du tout.

Dans cette brousse, on n'a que du millet à manger, note Elio. Il bloque sur ce détail pour éviter de penser au reste.

Il étouffe sous la pluie, il étouffe en plein air. Il voudrait être à des milliers de kilomètres.

Il voudrait ne jamais avoir vu ça.

Les adieux au village, il les traverse dans un état second. Pas en zombie type Ti-Josef, non l'inverse. Dans son cerveau, mille pensées se présentent, qui sont autant de décharges électriques.

Le trajet du retour se fait en silence.

Personne ne parle.

Ils redescendent la montagne glissante de pluie, campent dans le lit devenu boueux de la ravine, puis remontent la pente.

Tout ça, sans un mot.
Des heures à réfléchir.
Clairvius prononce une phrase.
Une seule.
— Ti-Josef n'a pas le choix, lui.

À leur retour au village, le hougan décide de laisser le grand Blanc mariner. Même recette que pour une cuisse de cabri. On l'a assaisonnée d'épices, on a tapé dessus pour l'attendrir. Elle doit ensuite attendre.

Clairvius ne le laisse pas sans rien. Il lui parle. Que lui dit-il ? La vérité.

— Maintenant tu es libre, Elio. Tu peux sortir de la case de Mimi quand tu veux. Aussi souvent que tu veux. Tu peux même t'en aller pour de bon… mais si tu choisis de rester avec nous, tu nous honores. Tu es ici chez toi. Pas parce que tu es blanc. Non, en ami.

C'est ce qu'il lui dit.

Ensuite, il l'évite soigneusement. Il s'en cache. Il prend du repos dans sa hutte, il va trouver sa femme dans la sienne. Il rend visite aux campêchers pour leur demander de vite pousser. Il reste dormir avec eux afin d'assister au lever du soleil au-dessus du morne de Grand-Boucan. À l'aube, la terre prend sa couleur torréfiée. La belle fraîcheur du vert étincelle. Clairvius regarde ce pays sans repos être si beau dans la rosée.

En son absence, les villageois sont chargés d'observer le Blanc. Il a sorti la tête de sa case. Il s'est posté devant comme un balai oublié. Il a plusieurs fois demandé après toi.

— Et ?

Trop effrayés pour lui répondre, les villageois se sont enfuis à chaque fois.

Tant mieux.

Mais ils se plaignent. Ils n'en peuvent plus de cohabiter avec cet étranger qui ne vit pas.

— Ce Blanc tète la mort, lui répètent-ils. Il tète la mort !

On dit comme ça en *Ayiti.*

— Nigauds ! Celle-là, on la tète tous.

Clairvius accepte quand même de les rassurer. On va bientôt découvrir qui est notre étranger, leur promet-il.

L'heure est venue d'aller le retrouver.

Ce n'est plus le même homme, oh non. En lui, un petit feu a recommencé à crépiter. Sa bouche est pleine d'un piment qu'il doit parler pour éventer. Il brûle de questions. Il veut savoir qui est Ti-Josef, ce qu'il a perdu, ce qu'il a encore.

— Viens t'asseoir avec moi à l'ombre d'un pin, Elio. Je vais allumer ma pipe et te raconter une *istwa.* Cric.

Elio ne répond pas crac.

— Elio, tu dois répondre crac.

Ici, les palabres commencent comme ça, en se disant cric et crac.

— Crac.

Alors voilà. En France, en Amérique, les gens ont la justice. Ils ont le tribunal. En *Ayiti,* on n'a pas. Qui rend la justice ici ? Le village. Les gens doivent décider entre eux.

— Non, je voulais que tu me parles de Ti-Josef… C'est quoi ? Pardon, c'est qui ?

— Tais-toi, écoute Clairvius.

Parfois, une famille n'écoute pas la décision du village. Elle refuse la parole du bon hougan. Souvent, à cause de problèmes d'héritage. Le frère aîné ne veut pas partager le carreau de terre avec le cadet. Ou bien ce sont les parents d'une femme qui veulent récupérer les arpents de son mari. Alors ils visitent le *bokor*. Ils lui demandent de préparer un maléfice. On fait ça aussi pour ceux qui ont l'âme mauvaise. Eux, on les prévient. On leur dit, attention, si tu n'es pas meilleur, si tu bats ta femme, si tu ne t'occupes pas des enfants que tu as eus, il va t'arriver pire que la mort. *Zonbi*, tu as vu, Elio, c'est pire que la mort. Voilà ce qui est arrivé à Ti-Joseph. Le bokor lui a fait manger du poison pour que sa femme puisse lui voler ses terres.

— Du poison ? *Santo cielo* ! Mais il parle... Ça veut dire qu'il se rend compte ?

— Ti-Josef répond... Il ne parle pas.

Le Blanc est tout chancelant.

Elle est bonne pour lui, cette histoire.

— Ti-Josef vit sans le savoir. Il ne veut rien. Il n'attend rien. Il n'est même pas capable de colère.

À quoi ressemble le visage d'un Blanc qui blêmit ? Il devient couleur de calcaire.

— Ça arrive à tout le monde d'avoir les idées aussi épaisses que de la boue. On est tristes, la vie prend le goût d'une eau saumâtre. Ça, *dako*. Mais personne ne peut choisir d'être *zonbi*. Jamais.

Ça y est, le Blanc a eu son compte pour aujourd'hui. Demain, Clairvius essaiera de lui ramener de la lumière dans la tête.

Il faut plusieurs lunes avant que le Blanc ne dise cric. Un soir, il le fait. Certaines paroles ont besoin de la nuit pour naître. Au début, il n'y arrive pas. Ses phrases cahotent, comme la charrette sur le chemin de terre. Il dit, j'ai perdu l'usage de la parole. Il dit, moi aussi je suis un emmuré vivant. Il pleure, il se mouche entre ses doigts.

C'est bien, il est en train de poser bagage.

Il faut l'écouter sans bouger. Heureusement, ses problèmes ne sont pas compliqués. Sa femme ne lui a pas fait manger le poison. Il n'y a pas eu de bokor. Elle l'a seulement soulevé comme un fétu de paille. Il affirme qu'elle lui a fait subir le pire, qu'elle ne l'a jamais aimé. À l'entendre, elle est mauvaise, mauvaise, mauvaise. Elle a décrété qu'il était mort et lui a montré un papier où c'était écrit.

Il dit, elle m'a tué.

— Alors pourquoi tu l'aimes encore ?

— Je la hais ! Je la déteste !

— Tsss… Tu l'aimes.

Le grand Blanc redevient petit. Il frappe le sol de sa main. Il ne veut pas entendre ça. Il frappe une fois de plus. Qu'il se fatigue, si ça lui chante. Ça ne changera rien. Sa femme méchante, il l'aime toujours.

— Sinon, pourquoi tu lui obéirais ?

Ceci étant dit, il le laisse.

Sa mâchoire, le Blanc devra la refermer tout seul.

Brusque, l'atterrissage. D'abord le face-à-face avec Ti-Josef, maintenant cet uppercut. Clairvius ne lésine pas sur les moyens. Elio encaisse comme il peut. La fin d'après-midi y passe. Quiconque aurait l'idée de regarder de son côté ne verrait aucun changement. Hébété, mutique, le même. C'est à l'intérieur que ça se passe. Quelque chose bouge. Arriver à se réunir va prendre du temps. Personne ici n'a de baguette magique. Mais c'est parti. Sa première inquiétude ? Ne pas savoir si c'est la fin de son réveil ou seulement le début, avec d'autres coups qui se profilent.

Pour ne rien arranger, à présent il fait nuit. Tout le monde dort. Les cases du village sont seulement éclairées par le petit feu de braises devant chaque porte en paille. Laquelle pourrait être celle de Clairvius ? Aucune idée. Bon sang, pourquoi l'avoir laissé partir, il n'aurait jamais dû. Maintenant, il doit attendre demain pour lui reparler. Rageant. Ne reste qu'à s'allonger sur la natte. Elio bouge, il change de position, il cherche la bonne. Il lui faut un corps détendu, rien ne doit gêner. Ça y est, il a trouvé. Allongé sur le dos, mains croisées sous la tête, les yeux ouverts sur le grand ciel. Allez-y, mots de Clairvius, continuez de lui écarquiller les idées.

« Pourquoi lui obéir ? »

La force de cette phrase… Sur le coup, tout en lui a hurlé non. Mais au fond, il a senti que si. Ça n'enlève rien à la détresse qu'il a ressentie. Elle était vraie. À aucun moment, il n'a triché. Tout avait volé en éclat, le monde extérieur, intérieur, Dieu. Même l'opéra. Plus rien n'avait de sens. Au passage, lui aussi s'était évanoui. Il l'a senti. Il s'est senti disparaître. Le fait est qu'après, il a bel et bien fait le mort. Était-ce vraiment pour donner raison à Fernande ? Le cadeau d'adieu qu'il lui faisait ? Il n'en sait rien. Peut-être. Un peu. Comme un tout dernier lien avec elle.

En s'endormant, il entend encore les mots de Clairvius.

« Ti-Josef n'a pas le choix, LUI. »

La phrase le réveille en plein milieu de la nuit.

Moi, comprend-il, moi je l'ai.

Haïti, 1946

Les premières sorties sont timides. Assis devant sa case, les fesses vissées sur les talons, il observe les femmes moudre le petit mil, tandis que les grands-mères épluchent des légumes semblables à de grosses racines. Depuis des mois, ce qui se passait autour de lui l'indifférait, quand ça ne le révulsait pas. La vie des autres servait seulement à lui rappeler qu'il n'avait plus la sienne. Ce sentiment est en train de s'estomper.

Il recommence à s'intéresser. Ici, aucune comparaison possible avec sa vie d'avant, aucun point de repère, ça aide. La vaisselle se fait en frottant le fond des écuelles avec du sable. L'eau de pluie sert à cuisiner. Les hommes dans la force de l'âge, on les voit peu. Ils regagnent le village toutes les deux semaines, des tiges de canne à sucre dans les bras. Le soir du retour, les gars font peine à voir tant ils sont harassés. On ne les entend pas. Ils avalent la bouillie que leur servent les épouses et filent s'écrouler dans leur case. Au réveil, chaque fois le même rituel. Les hommes s'asseyent ensemble et présentent aux femmes leurs mains crevassées. Elles y déposent des poudres et des herbes, avant de bander les paumes malades avec des feuilles nouées comme des ficelles. La suite ressemblerait presque à un dimanche en France. Les pères s'amusent avec leurs enfants ou jouent entre eux aux dominos, cherchant sans doute à récupérer des longues heures passées à manier la houe. Le lendemain, ils repartent.

À lui, les villageois prêtent de moins en moins d'attention. Il ne leur fait plus peur, ça se voit. Les femmes qui déposaient son bol au loin osent le lui remettre en mains propres. Elles envoient même les enfants. Ça, il a eu du mal. Entre lui et eux, il y avait le fantôme de Pierrot. Il a fallu serrer les dents, s'accrocher aux mots du sorcier, « N'obéis pas à tes ennemis, ne les laisse pas diriger ta vie. » Parce qu'il a raison, Clairvius, ces choses-là se décident. Depuis, il commence à prendre un peu plaisir à leurs visites. Ils sont mignons, faut dire.

À propos de Clairvius tiens, il a vraiment disparu. Depuis la discussion remuante, on ne l'a plus revu. Les jours qui ont suivi, Elio n'a fait que penser à lui. Il avait encore besoin de l'entendre. Sa parole manque. Est-ce qu'on s'inquiète ? Non. S'il était arrivé quelque chose à leur hougan, les villageois ne seraient pas si calmes. Il va revenir, c'est une certitude. Faut même plutôt voir son absence comme une chance. Elle laisse le temps de progresser. Ne serait-ce qu'arriver à se plaindre des moustiques, se montrer plus causant ou rendre les sourires qu'on lui adresse, ça fait déjà des pistes.

Sans mode d'emploi en main, Elio y va à l'instinct, en essayant de deviner ce qu'il peut se permettre. Comme un animal dans son terrier, il sort une patte, vérifie l'alentour, hésite, fait marcher son flair. Allez, trois pas. On écoute à nouveau ses sensations, on continue, ou au contraire on retourne *presto* se réfugier à l'intérieur de la hutte. La fois suivante, ce sera six pas. Dix, qui sait. Se protéger, c'est quelque chose qu'il a su faire dès tout petit. Il serait vite resté sur le carreau, sinon.

À Zanolla, sa façon de procéder avait évolué. Dieu s'était déposé en lui, tout était devenu différent. Il croyait désormais à quelqu'un, là-haut qui décidait de tout. En bas, il suffisait d'exécuter les ordres. Avancer, attendre, laisser passer, accélérer, ce n'était pas des choix qu'on faisait. On obéissait seulement au programme. Rassurant, ça. Pas besoin d'avoir peur, puisque tout est déjà écrit. Si ça devait passer, ça passerait.

Ensuite il y a eu les, comment les appeler, les événements, et nouveau chambardement dans sa tête. Bien sûr que si, on a le choix. On peut même facilement faire le mauvais. Il n'y a qu'à voir avec Fernande. Il s'est trompé dans les grandes largeurs avec elle. On ne l'y reprendra plus.

Dorénavant, il compte protéger ses arrières, et prendre garde aux décisions qu'il prend. C'est pour ça qu'il est revenu à la bonne vieille méthode de l'enfance, la prudence. Ces histoires de destin qui protège, c'est du vent.

Un matin, c'est le bon, il se sent prêt. Il s'approche de villageoises en pleine activité, et leur prend le pilon des mains. Sous des regards un peu gênés, il se met à battre le mil. Eh bien, pas si simple d'attraper la bonne cadence. Son geste se décale sans arrêt d'un demi-temps, soit en avance, soit en retard. L'embarras des femmes devient de la goguenardise, avant qu'elles se mettent carrément à rire. Ça y est, tu l'as, ta farine, lui font-elles comprendre. Les petits cailloux au fond du mortier, pas la peine d'essayer de les moudre.

Les vieux assistent à ça du coin de l'œil. Est-ce pour ne pas être en reste, ils l'embarquent dans la forêt couper le campêche. Ensemble, on n'est pas encore à l'aise, malgré un début de bonne volonté de part et d'autre. Reste le problème de la langue. Au village, il n'y a que Clairvius pour bien parler le français. Il n'est toujours pas là. Parti *lòt koté*, répondent les paysans. Il t'a *byen sové lavi,* ajoutent-ils.

— En tout cas, il m'a mis un bon coup de pied dans le derrière.

Pour être sûr qu'on le comprenne, Elio mime le geste et les fait beaucoup rire. C'est bon, la simplicité. En lui, il la sent à la lutte avec des restes d'ankylose. Quitter la résignation, se remettre à vivre, ça ne peut pas vous arriver d'un bloc.

Tout l'étonne. L'embrouillamini des bayahondes, la forme d'une cabosse de cacao, les champs de coton et les nuages qui leur ressemblent. Sacrés spectacles, les cieux d'ici, bleu indigo, rouge flamboyant, couleur café ou semblables à de l'eau savonneuse. Une beauté pareille a surtout besoin de spectateurs. Le créateur, au fond, peu importe.

Pour l'instant, les forces d'Elio sont toutes consacrées au réveil. Il se redécouvre de modestes envies de lendemain. Le matin, il sent sur sa bouche l'amorce d'un sourire, très loin de la craquelure gercée dont il usait ces derniers mois. L'appétit lui revient. Au point de se surprendre à admirer une cambrure, à faire durer un regard. Aux enfants, il a entrepris d'enseigner les osselets. Dommage que Clairvius ne voie pas ses efforts. Pas efforts, progrès. Presque quatre semaines sans lui et les gens qui ne répondent à aucune question. Leurs gestes sans inquiétude balaient large, un piton rocheux, la forêt, l'horizon lointain.

Maintenant on lui confie de petits travaux. Tisser des chapeaux de paille de latanier, marcher jusqu'à la source pour en rapporter des calebasses remplies d'eau. Se rendre utile lui donne l'impression d'un peu mériter son *pitimi.*

Dans tout ça, le miracle, c'est le chant. Ici, rien ne se fait sans, tout est matière. Comment résister à une ambiance pareille ? Les villageois chantent la vie avec des voix qui sont comme elle, fêlées, rudes, sombres ou bien jeunes, allègres, futées. Les mélodies leur sortent directement du cœur, comme si elles remplaçaient la nourriture qui fait défaut et les mots qu'on ne connaît pas. Ça les apaise et les rassemble. Lors des veillées, n'en parlons pas. La musique devient joie, mémoire, récit, et semble démêler n'importe quel problème. Le plus admirable, c'est que ce chant n'a aucune conscience de son importance.

Elle est là, la leçon.

— Prévenez Clairvius que moi, je suis de retour, annonce Elio un matin.

Il n'en fallait pas plus. Tel un sorcier, Clairvius réapparaît.

Il se montre très content des avancées de son protégé et le serre longuement dans ses bras.

— La bienvenue, fils !

Ça rend émotif, une renaissance. Faudrait quand même voir à ne pas trop le secouer, le fils en question.

Une fête se prépare, sans doute en l'honneur de la réapparition du hougan. Bouillie sur le feu, visages épanouis, enfants surexcités. Tout bien considéré, ce ne sont que les ingrédients habituels. Si ça se trouve, la fête n'existe que dans ma tête, Elio finit par se dire. Non, c'en est une spéciale, avec un brasier de flammes hautes et tout le monde assis autour à chanter puissamment. Dans sa vie d'avant, ce moment se serait appelé un concert. Ce n'est pas pour ça qu'il y prend part, ni parce que Clairvius le surveille, mais parce qu'il y voit le moyen d'asséner à Fernande ses quatre vérités. *Sinistre petite personne, regarde-moi être heureux. Tu vois, tu n'as pas eu ma peau.* Ce soir, il compte aussi faire hommage au tafia, le rhum de canne distillé au village. Eh bien, mauvaise idée. Sa bouche, son œsophage, son estomac, prennent instantanément feu. Mieux vaut retourner s'installer aux pieds de Clairvius qui a le privilège de l'unique fauteuil. Sa grande main noire se pose aussitôt sur son épaule. C'est fort, ça aussi. L'éclairage des lumignons donne à la peau du hougan des reflets luisants, à sa posture de Seigneur des allures théâtrales.

— Comment tu as su, lui demande-t-il, que tu pourrais me…

Me sauver, a-t-il pensé, sans se décider à le dire. Ça ferait présomptueux. Pour trouver le courage d'une telle phrase, il aurait fallu réussir à siffler tout le godet de tafia.

— Tu es un Blanc honnête, Elio. Dedans, tu es bon. Mais je t'ai vu avec ta vie, et je me suis dit… Dis-moi ce que je me suis dit.

— Je ne sais pas, Clairvius.

— Il est jeune, je me suis dit. Il *dérespecte* sa vie parce qu'il croit qu'il en aura une autre. Clairvius connaît bien le rire de la mort… Quand je t'ai rencontré, j'ai écouté, et non… Je n'ai rien entendu. Tu as été frappé, ça, *dakò*. Mais ton chemin, il est encore sur Terre.

La musique continue de plus belle. Des danseurs embués de poussière virevoltent et piétinent le sol avec souplesse. Les enfants endormis battent la mesure de leur pied nu.

— De quoi parlent vos chants ? demande Elio.

— De ça qui compte. La terre, l'eau, les plantes, le recommencement et la fin, lui répond Clairvius d'une voix tendre.

Le sorcier se met à contempler la lune ronde à souhait, heureux d'entendre le tambour jubiler et de voir son village respirer l'odeur si particulière de la joie. Est-ce parce qu'il a concouru à sauver ce Blanc qu'il lui porte autant d'affection ? Chaque fois qu'il regarde de son côté, il se sent *byen kontan* du chemin fait ensemble.

— Le morceau de glace en toi a fondu. Tu connais, la glace ?

Elio opine en souriant.

— Et toi, Clairvius, comment tu sais ce qu'est la glace ?

— Parce que Clairvius est un très grand hougan !

Quel beau rire il a, ce très grand hougan.

Les jours et les semaines suivantes, Clairvius continue de se réjouir. Plus il observe Elio, plus il est heureux de ce qu'il voit. C'est beau, une vie qui renaît. Il veut profiter de la moindre goutte d'un spectacle qui ne va plus durer longtemps.

Car il l'a décidé, Elio doit partir.

— C'est vraiment marin, ton métier ? lui demande-t-il un soir.

Le Blanc leur a seulement rapporté des histoires de musique. Parfois il disait cric et leur confiait l'histoire d'un sorcier italien qui faisait chanter son pays. Pas une seule fois le Blanc n'a dit cric pour conter l'océan.

Elio hésite un peu avant de lui répondre.

— J'ai été chanteur, finit-il par confier.

— Ah oui ? ! Ton travail, ça ? ? ? Alors Clairvius veut t'écouter !

Hein ? ! Mais non ! C'était il y a très longtemps et il a oublié. Une voix, ça se prépare. Il faut assouplir les cordes vocales par des vocalises. Il n'a plus travaillé la résonance depuis longtemps, ni vérifié le soutien de son diaphragme.

Il ignore ce qu'est devenu son *vibrato*. Bref, ce n'est pas du tout possible.

Plus Elio croit se défiler, plus il se surprend à jargonner. Les mots du lyrique le reprennent, un peu de l'émotion aussi.

Clairvius n'a rien compris. Même pas sûr qu'il ait écouté. Il est resté sur sa lancée.

— Montre ton travail au village ! Sinon, le mauvais Clairvius te transforme en *mabouya* ventru.

— C'est quoi, *mabouya* ?

— Surprise…

Ce rire, irrésistible.

Il veut être seul pour essayer et choisit de le faire sur le chemin de sa corvée d'eau, à l'abri des grands pins. Il cherche à comprendre où se sera fichu son timbre lyrique, dans quel entrelacs de muscles. Il essaie, plusieurs fois. C'est bien ce qu'il pensait. Impossible. La colonne d'air ne fait plus vibrer ses cordes vocales comme avant. Il ne comptait pas accrocher un si aigu, hein, juste arriver à desserrer cette maudite gorge. Tricher, il s'y refuse. Il n'abaissera pas son larynx. Il ne veut pas d'une voix mate. C'est dans les cavités du masque qu'il veut réussir à la projeter, comme il le faisait avant, des pommettes au front. Avec ce point qu'il avait l'habitude de viser, entre les deux yeux.

Ça ne marche plus.

Il y a un voile, une couche de rouille, aucune souplesse dans le *legato*.

Il vient d'arriver à la source, qui n'en est d'ailleurs pas une. Une simple fente dans la montagne, un filet d'eau qui s'en échappe, les grandes calebasses à placer dessous. Ce goutte-à-goutte laisse du temps pour réfléchir. Est-il triste ?

À un point qui le surprend. Refuser de chanter est une chose. Ne plus pouvoir… Horreur des sons opaques qu'il vient de produire, de l'impression de forcer qu'il a eue. Il a tout donné à sa voix, elle lui a tout apporté en retour. Faire sans, il ne saura pas. Il ne veut pas. Sûr et certain que non, pense-t-il en regardant les calebasses se remplir très lentement. C'est alors qu'il comprend. Ça va être pareil pour sa voix. Ça prendra juste le temps que ça prendra.

Un peu chaque jour, comme au bon vieux temps. Des ma ma ma, mi mi mi en pagaille, des gammes, des exercices de respirations, main posée sur le ventre. Laisser entrer l'air dans les cavités, le laisser flotter, s'y libérer des grands espaces pour retrouver la clarté, la puissance, la chaleur des notes d'antan. Le *mabouya* serait un gros lézard, a-t-il découvert. Il échappe à ça, en rigole avec Clairvius et fait en sorte de pouvoir chanter quelques partitions en coupant le bois de campêche ou la canne, et voilà.

Quelques semaines plus tard, à la nuit tombée, on est bien. Il y a le feu central, le monde autour. Elio sent que c'est maintenant, et il y va.

Il n'a pas le silence quand il démarre. Il ouvre la bouche au milieu des éructations, des rires, des aboiements et du charivari des petits. À la vérité, s'imposer sur une place de marché au Moyen Âge devait être plus simple. C'est qu'il s'en fiche, de s'imposer. Absolument rien d'héroïque dans sa façon de prendre *Una furtiva lagrima*. Au contraire, il tend à la romance de Donizetti une voix douce et fondante.

Tout de suite décontenancés par le rythme, les tambours se suspendent. Que pourraient-ils marquer, chaque vers commence en mineur et s'achève en majeur. Ce passage de la douleur à l'espoir, sans cesse recommencé, est écrit pour une voix sensible, pas pour de grosses caisses. Dans sa tête, Elio a néanmoins l'appui d'un orchestre. Il entend la longue plainte du basson et y répond de toutes ses tripes. Zéro bluff là-dedans, seulement de la passion, habité comme jadis. Aucune chance qu'il puisse remarquer les regards incrédules qui s'échangent. Vieux papa Louis est visité par un rire étrange, Faustin aussi. Lui, c'est normal. D'autres se contentent de sourire ou d'oublier de respirer. Les enfants cherchent à venir dans les bras. Clairvius s'est figé et garde les yeux écarquillés jusqu'à la dernière note chantée.

Elio peut alors entendre le profond silence qui s'est fait.

De quoi en être gêné. Les villageois sont tellement volubiles d'habitude.

Eh, c'est juste moi, éprouve-t-il le besoin de penser, le Blanc qui dort dans la case de Mimi. Votre copain !

Il n'a pas envie de les voir ébahis.

Je les aime, se dit-il.

Depuis des semaines, il le leur montre. Avec Clairvius, ça a été facile. Il a suffi de se relever. « Suffire » et « facile » n'étant sans doute pas des mots bien choisis. Il se comprend.

Il voit le sorcier terminer un rapide conciliabule avec ses voisins et se lever pour prendre la parole.

— Elio, est-ce qu'il existe un autre chant comme ça ?

— Oui, Clairvius. Plein.

Leurs visages s'illuminent. Pas grâce à la lumière du grand feu, non, ils brillent vraiment. L'ouverture d'esprit et la générosité de ces gens rendent grâce au genre humain, songe Elio, qui doit se ressaisir. Pas déjà chialer.

— S'il te plaît, chante encore pour nous, lui demande Clairvius.

Le sorcier ne se serait tout de même pas incliné, il n'aurait pas fait ça ? Qu'est-ce que c'était, son mouvement de tête ?

— Une chanson de mon sorcier italien, leur annonce-t-il.

Il entame pour eux *Libiamo ne'lieti calici*, la plus belle valse de *La Traviata*. Lors de ses années de conservatoire, les étudiants appelaient ce morceau *Brindisi*. Ils en avaient fait une chanson à boire, la mascotte de leurs fins de soirées. L'air est si entraînant, pom pah pah, pom pah pah, que l'idée lui vient de faire chanter tout le village. Venez ! Allons-y !

Il accélère le rythme, articule à outrance.

— *Li-bia-mo ! Li-bia-mo !*

Il les invite de la main. Il encourage.

Voilà, il en tient un.

Là, un autre.

— *Li-bia-mo, li-bia-mo ne' lie-ti ca-li-ci* !

Ceux qui ne chantent pas tapent du pied. D'autres se mettent à tourner sur eux-mêmes ou sautent par-dessus les flammes sous les applaudissements. Les tambours reviennent au galop. Ça y est, le sol est martelé en rythme par des corps déchaînés. On vibre, on s'exalte. Jamais Verdi n'aura été dansé torse nu, hurlé à l'unisson par un village aussi heureux, ni porté en triomphe à ce point.

La version créole n'en finit plus, Elio n'a plus aucune idée de ce qu'il chante et Clairvius s'éloigne faire quelques pas.

Un grand hougan ne doit pas pleurer en public.

— Il faut que tu partes avant que je te demande de rester, dit-il à Elio le lendemain. Tu dois rentrer dans ton pays retrouver ton sorcier italien. Il t'attend.

Elio ne proteste pas. Il ne se réjouit pas non plus. Il reconnaît le nœud de la gratitude dans sa gorge et se tait. Ça veut dire qu'il sait. Depuis des jours, il refuse d'y penser. Depuis hier, il l'a compris. Il va les quitter.

Le plus impressionnant lors de leur scène d'adieux, c'est le silence. Le village s'est réuni, personne ne manque. Chacun regarde le sorcier et son Blanc se donner une dernière fois la main. Aucune effusion. Ni pleureuses ni discours. Une émotion nue. On ne pourra pas s'écrire, ni se téléphoner. Se quitter, c'est à jamais et c'est maintenant.

Elio a un ultime geste. Il enlève calmement ses chaussures, marche en direction de Faustin et les lui donne. Ça ne le guérira pas, mais reste une façon de lui dire merci. À lui et aux autres. Parce qu'au village, le bonheur ou le malheur d'un seul est l'affaire de tous.

— Relève-toi, Faustin ! Je t'en prie…

Faustin s'entête à lui baiser les pieds. Pourquoi fait-il ça, qu'il arrête.

— Clairvius, s'il te plaît, dis-lui de se relever !

Clairvius ne dit rien du tout.

Personne ne pipe mot.

Qui songerait à bouger ?

Elio libère ses chevilles de l'emprise de Faustin et revient en tremblant vers son hougan.

Il ne sait pas comment lui dire.

— Grâce à vous, mon chagrin n'aura pas duré longtemps.

— La vie non plus ne dure pas. Souviens-toi de ça, mon fils.

Clairvius prononce ces mots avec la voix du géant qui parle à un enfant.

Ils se regardent.

— Maintenant, va.

Oui.

Non.

Dako et *pa dako.*

C'est un moment impossible.

Il part à reculons.

Il fait ses premiers pas d'homme qui s'en va.

— Tu chanteras pour *Ayiti*, lui crie le sorcier.

Nantes, 1957

Nantes, honnêtement, ça se sera joué au hasard. Qu'Elio soit monté sur un cargo belge suffit à expliquer son débarquement à Antwerpen. Ça ne l'arrangeait pas. En plus, il y avait eu le problème de la langue. Fallait voir l'affreux grabuge dans son tympan. De toute façon, il voulait revoir la France. Une partance maritime s'était ensuite trouvée pour le port de Nantes, et voilà.

Il avait eu de la chance.

Déjà, de s'être épargné une arrivée en train. S'il allait mieux, il se savait fait d'un matériau friable. Nettement plus prudent de s'éviter le *bis repetita* des grandes émotions en gare. La vérité, c'est qu'il était surtout soulagé d'éviter Paris. On pourrait parler de rancune.

Nantes, donc. Dix ans plus tard, il sourit encore de ses premières impressions qui n'avaient pas été folichonnes. La ville manquait de tout, avait-il trouvé. De fantaisie, de sauvagerie, de douceur. Il arrivait d'Haïti, faut dire. Une autre planète, question poésie. Vise la Loire, lui avaient conseillé les Nantais, qui avaient eu le front d'ajouter les grands mots, sauvage, capricieuse, indomptable. Ça donnait envie de rire. Ici, on s'emballe à peu de frais, avait-il pensé.

Du moins jusqu'à ce qu'il assiste à une colère de l'endormie couleur d'oignon. Les jours précédents, la pluie était tombée sans discontinuer. Au lieu des habituelles branches mortes, le fleuve s'était mis à charrier des troncs entiers, racines comprises. Un *bokor* haïtien avait dû intervenir ici aussi, comment sinon. On a commencé à voir passer des bicyclettes et de pauvres bêtes au ventre gonflé. Une main humaine appelant à l'aide depuis les flots n'aurait pas surpris. *Woy, woy, woy.*

Devant les immeubles des quais, des sacs de sable avaient été empilés à la va-vite. En vain. Toutes les caves s'étaient retrouvées noyées. Même les rez-de-chaussée, inondés. Les pauvres gens cherchaient à sauver ce qui pouvait l'être. Guéridons de famille, têtes de lit et buffets bretons se retrouvaient étalés sur les trottoirs, comme à la brocante, et que je t'astique la boue au chiffon, et que j'assiste impuissant au gonflement du bois. La bonhomie de la Loire en prenait un méchant coup. Depuis ce jour, Elio ne se fie plus à ses airs campagnards. Que ce soit lors des guinguettes dominicales sur ses rivages, pour la pêche à la civelle sur les îlots, ou pendant une sieste à la Renoir sur l'herbe tiède, il s'en méfie. Ça reste un fleuve, tu n'es qu'un homme, se dit-il.

En dix ans, il a aussi appris à connaître la ville. Son austérité de façade s'est révélée simple modestie et ses habitants aussi gentils qu'ailleurs. Juste têtus. Ils ne veulent pas être bretons, pas non plus vendéens. Ni marins, ni paysans. Nantais. Ces gens font de bons copains. Des amis ? Peut-être pas jusque-là. Clairvius était un ami. Les Nantais auxquels il raconte s'appeler Toni, plutôt des copains. À son arrivée en ville, il lui avait évidemment fallu se trouver un toit. Une chambre louée à la semaine s'était trouvée. « Pour célibataire sérieux », disait la pancarte. Il la payait rubis sur l'ongle grâce à son petit salaire de choriste. Ah oui, parce qu'il s'était tout de suite fait engager au théâtre Graslin. Au culot, comme il aurait pu le faire à vingt ans, sauf que ce jour-là il en avait trente-cinq. C'était très exactement le 2 mars 1947, une date gravée depuis dans son marbre personnel.

Il leur avait raconté n'importe quoi, qu'il était bronzé parce qu'il rentrait d'une tournée en Amérique du Sud, qu'il avait derrière lui une carrière de choriste en Italie, qu'il lisait un peu la musique, enfin couci-couça. Cette audition était tout sauf une formalité. Il devait réussir à se faire engager, sans non plus éveiller les soupçons. Deux choses ont joué en sa faveur. Premièrement, le théâtre montait à ce moment-là le *Requiem* de Verdi, qui requiert du monde. Les miasmes hivernaux ayant décimé les rangs, les chœurs avaient besoin de renforts. Deuxièmement, ce n'étaient plus les équipes dirigeantes d'avant-guerre. Une nouvelle génération avait émergé, qui ne connaissait pas sa tête.

Il faut ajouter une troisième raison. Il n'avait pas avoué s'appeler Elio Leone. Toni, voilà le nom qu'il s'était trouvé. Il avait pourtant des papiers en règle qui disaient la vérité. L'administration française n'avait fait aucune difficulté pour reconnaître son erreur. Elle devait même lui présenter des excuses écrites pour l'avoir déclaré mort. Une carte d'identité flambant neuve était ensuite venue remplacer son ancienne carte d'étranger. Au comptable du théâtre à qui il dût la présenter, il s'entend encore expliquer que Toni était son nom d'artiste. Pourquoi monsieur Renaudin serait-il allé raconter cette histoire de pseudonyme ? À qui surtout ? Isolé dans un minuscule bureau, l'homme alignait des colonnes de chiffres sur les bulletins de salaire en se concentrant exclusivement sur les retenues. Il n'avait, et c'est une chance, aucune culture musicale, et pas non plus le goût des bavardages de couloir.

Un petit mois après son intégration dans la troupe, Elio se retrouvait fondu dans la masse. Victoire ! avait-il pensé en voyant écrit sur l'affiche un anonyme « mesdames et messieurs les choristes ». Il était second ténor des chœurs, même pas premier. C'est exactement ce qu'il avait espéré, pouvoir être là sans être trop vu. Un comble tout de même que ses débuts se fassent à nouveau avec Verdi. Énième sourire du destin, s'était-il dit. Pas tout à fait. Loin d'être des rails engageants pour la suite, ce premier spectacle entérinait au contraire la fin d'une époque. Au moment des solos du ténor, il avait dû se mordre l'intérieur des joues. Il se souvient très bien de ce moment. Le regard vissé sur le bout de ses souliers, il avait attendu que ça passe. Côté plaisir, zéro. Pour l'émotion, énorme. Faut savoir ce que tu veux, se répétait-il. Il le savait, ce qu'il voulait. Fouler à nouveau les planches, retrouver l'activité fébrile d'un théâtre, sans guigner de foutue première place. Plus jamais. De toute façon, s'était-il dit, la question ne se posait pas. Il ne tenait plus la forme vocale de ses débuts. Le train était passé.

Monsieur Rousseau aussi s'en souvient bien, de cette année 47. L'homme se rappelle évidemment des tickets de rationnement et de sa femme qui continuait de se peindre des coutures à l'arrière des jambes pour faire croire à des bas. Mais c'est surtout en tant que directeur de théâtre qu'il n'a pas oublié. Cette année-là, il avait dû composer son tout premier programme sans solistes « maison ». Encore s'estimait-il heureux d'avoir toujours deux troupes de répertoire à demeure, opérette et ballet. Les opéras de grand genre, c'était fini. Aujourd'hui, avec le recul, il dirait que ça ne tombait pas si mal que cela. Depuis la guerre, en effet, le public s'est mis à préférer les pièces légères.

Alors si, une ou deux fois par saison, Graslin achète un spectacle parisien, livré clé en main, avec décors, chef d'orchestre et voix. Surtout histoire de faire plaisir au préfet et au maire, tout heureux de ressortir leur queue-de-pie du placard pour l'occasion. Faut les voir, les deux à l'entracte, distribuer salamalecs et baisemains. Comme Monsieur Rousseau peut détester ces ambiances ! La province y perd son honneur, trouve-t-il. On n'en finira donc jamais avec la loi de la capitale ? Le pire, ce sont ses coulisses qui se mettent à froufrouter sous prétexte que des Parisiens les occupent. Parlez d'une humiliation ! Sans mentionner la vilaine saignée que ça laisse dans les comptes. Que voulez-vous, l'attrait des noms célèbres… De temps à autre, monsieur Rousseau met donc son mouchoir sur sa fierté, et va accueillir à la gare des vedettes aux valises parfois plus imposantes que le talent. Il faut ensuite supporter qu'elles infligent à Graslin tarifs et caprices que même Garnier leur refuse.

Notables en pâmoison devant les soirées estampillées « Paris » et complexe d'infériorité chronique de la troupe atlantique, Elio aussi assiste à cela depuis dix ans sans moufter.

A-t-il un pincement au cœur en songeant à ce qu'il aurait à offrir ? En éprouve-t-il des regrets ? Du tout. À lui, sa modeste fonction tient lieu de franc succès. Simplement le public n'en sait rien, monsieur Rousseau l'ignore, le chef des chœurs n'y voit que du feu. Il est bel et bien choriste maintenant, dans des opérettes le plus souvent charmantes. Les rires de la salle, la légèreté du propos, il lui a fallu apprendre. Fondre sa voix dans celles des autres aussi. Après tout, briller seul ou tirer sa force du nombre, quelle différence ? Aucune, a-t-il essayé de se convaincre. Si, quand même. Il serait malhonnête de prétendre le contraire. Au moins, s'agit-il toujours de chanter. Eh bien là aussi, oui et non. Puisque Elio peut comparer, il juge son emploi actuel aussi ressemblant à l'ancien qu'un tour de village à un marathon olympique. Pour dire que la difficulté n'est pas la même. D'ailleurs, le plaisir non plus. C'est comme ça.

Mais il a un secret. Certains jours de relâche, bien sûr il ne faut pas qu'il pleuve, il déjeune d'une copieuse assiette de pâtes avant d'enfourcher son vélo. Quelques coups de pédales et il y est, à Carquefou. La suite se fait à pied. Dans sa tête, c'est déjà la fête. Il pense plaisir, respirations, intentions. Il révise, il entend, il se prépare. Arrivé au bord de l'Erdre, il salue le premier pêcheur de sandres qu'il rencontre. Sous couvert de politesse, ce sont autant d'informations qu'il lui soutire sur l'emplacement des autres. Il marche encore. Il s'éloigne. C'est amusant d'avoir à semer tous les témoins. Son mauvais coup, on peut dire qu'il l'entoure d'un grand soin. Quand il a enfin la certitude d'être seul, il démarre. À pleins poumons. Quel bien ça fait ! C'est bête, hein, à quel point ça peut le rendre heureux. Il aime ça. Il aime tellement ça. Lutter à voix nue contre le vent, envoyer des notes au loin, emplir l'air de musique.

Il est beau, ce bocage, la plus belle salle qui soit, tout en simplicité. Elio y répond sobriété. Il fait le travail de toujours, il gomme ce qui n'est pas nécessaire. Ça n'a peut-être l'air de rien comme exercice, eh bien c'est une ascèse sans fin. « Faites entendre le sens, disait mademoiselle, cachez l'effort, espérez l'émotion. » Il espère. Il essaie. Pas de déguisement, pas de mise en scène. Sortir les grands gestes au milieu des joncs, avec pour seul public des coléoptères et des loutres, il aurait l'air fin. Non, il ne veut que du chant et des mots. Qui ont changé, eux aussi. Ils ont pris de l'âge. Est-ce à cause de mes quarante-cinq ans, se demande Elio. À cause de sa vie, en tout cas. On ne prononce pas pareil le mot « mort » quand on en revient. « Tristesse » aussi, c'est un sac qu'il a eu l'occasion de soupeser. « Tendresse » et « joie », il voudrait parvenir à les chanter de façon qu'ils restent translucides. Avec quelque chose de fendillé au centre qui laisserait passer la lumière.

En suivant la rivière, parfois jusqu'au port de la Patache, à Champtoceaux, il est Alfredo ou Manrico. Il est Werther, Nadir, ou Faust. Il s'est même essayé à Otello pour voir. Quelle surprise de découvrir des quadruples *pianos* dans la partition, là où la tradition veut qu'on chante fort. Il obéit évidemment à la délicatesse de ce que Verdi a écrit. Dans ces moments-là, il redevient l'élève de Mademoiselle. Sa voix, il ne sait pas trop ce qu'elle en dirait. L'interprétation, elle en serait contente, il pense. Avec vous, je ne perds jamais mon temps, lui avait-elle glissé un jour. La date de cette phrase ? Début 39, croit-il se souvenir. Chaque minute était devenue terriblement importante pour elle. Peut-être avait-elle deviné qu'ils n'en passeraient plus beaucoup ensemble ? La mort qui vient interrompre le temps, maintenant il comprend. La vie qui vous le ferait perdre, moins. Ça l'intrigue de plus en plus. N'en a-t-il pas énormément appris sur le métier en cessant de l'exercer ? Comme si l'interruption faisait partie intégrante de la carrière. En tout cas, la sienne s'en est trouvée bonifiée. Tout l'a nourrie, les bons comme les mauvais moments, un Clairvius autant qu'une Mademoiselle. Au fond, qu'aura-t-elle jamais voulu lui enseigner d'autre ? C'était sa grande leçon. On ne chante pas seulement avec ses cordes vocales.

On chante avec tout ce que l'on est. Le diaphragme sert d'appui ? L'existence au moins autant. Le miracle, ce n'est pas tant la réussite, que d'ouvrir les yeux le matin. La vie, Elio n'a plus du tout envie de jouer avec, ni de la pousser dans ses derniers retranchements. Il veut la respecter. Il ne chante pas pour être le meilleur. Il le fait de tout son être, simplement parce qu'il aime ça. Quelle chance j'ai, se dit-il à nouveau.

En saison, il cueille des mûres sur le chemin du retour. Il les mangera chez lui, à la nantaise, écrasées sur une tartine de pain de campagne avec une épaisse couche de beurre demi-sel. On appelle d'ailleurs ça une beurrée.

Ces escapades, y a pas mieux.

Le lendemain, il se sent comme neuf. Il peut retourner à Graslin.

L'absence de lauriers, il s'y est habitué. Il n'espère plus qu'on le félicite. Lors des saluts, il se débrouille pour rester à l'arrière de la troupe. Si un spectateur avait l'idée saugrenue de faire attention à lui, il lui verrait un sourire calme, sans plus.

Alors certes, il arrive qu'on le reconnaisse. Nantes est une petite ville, le quartier du théâtre un repère de connaisseurs.

— *Dam* vous, vous êtes de Graslin, lui dit-on.

— Eh oui.

Ça lui plaît beaucoup d'être de Graslin, comme d'autres sont de Marseille.

— Vous y faites ?

— Choriste.

Impayable, la déception. Ça ne rate jamais. Ouh là là, le petit métier, disent les moues. Il ne prend pas la peine de détromper. Tant mieux si personne n'a l'idée de gratter derrière la façade. Ça le laisse être qui il souhaite.

Au quotidien, il ne pense plus à son secret. Il est vraiment devenu ce Toni qu'il prétend être. Pourquoi cette identité serait-elle fausse ? Elle est autant la sienne que la précédente. Au travail, il sait dissimuler sa voix à la perfection. Plus besoin de se forcer à marquer, même plus conscience de la retenir. Si quelqu'un est à portée d'oreille, la sourdine se met automatiquement. Il n'y a vraiment que sur les bords de l'Erdre ou du lac de Grand-Lieu qu'il y va franco. C'est agréable, bien sûr. D'ailleurs, il découvre encore de nouvelles choses du côté des aigus. En contrôlant mieux sa colonne d'air, en pensant très fort à sa position, les notes ne craquent jamais. Ça reste spectaculaire, c'est devenu simple.

Il commet une seule erreur.

Même pas une erreur. Un simple moment d'oubli, une seconde d'inattention.

Depuis deux semaines, le théâtre répète le *Rigoletto* d'une vieille connaissance. Le service du matin vient de s'achever, Elio s'attarde un peu dans la salle pour papoter avec Annick Rabosseau, la pianiste répétitrice. Une femme merveilleuse qui sait rire aux éclats et dont les nombreux bijoux tintinnabulent sans cesse. Plus difficile de décrire son mari, Alexis. Lui, ce serait presque l'opposé. Il donne rarement l'impression d'être là, et semble plutôt vivre dans ses souvenirs. Le couple aime donner des soupers très gais où se mêlent poètes, industriels et simples amis de passage. Fins connaisseurs de la région, les Rabosseau ne sont jamais avares en conseils touristiques. Aujourd'hui, Annick y va carrément d'un ordre.

— Il ne connaît pas Noirmoutier ! Comment est-ce possible, une chose pareille ? Joséphine ne t'a pas emmené ? Mon coco, écoute-moi bien. Vous allez prendre un car Drouin jusqu'à Fromentine, monter sur le bac, et me réparer tout de suite cette lacune.

— Bien, chef.

— *Dam*, je ne plaisante pas.

D'ailleurs, c'est chez eux qu'Elio a fait la connaissance de Joséphine. Vendeuse chez Decré la journée, c'est une peintre talentueuse, joliment secrète. Ils se fréquentent de loin en loin depuis trois ans.

En rangeant la partition de *Rigoletto* dans son cartable, Annick évoque l'eau claire de la plage des Dames, les pins qui l'ombragent, et le triporteur peinturluré d'un certain Gino, païs à lui tiens, qui vend les meilleures glaces de l'île.

— Puisque demain tu ne travailles pas, tu préviens Joséphine et vous foncez là-bas. Promis ?

Il y est déjà. Des images ont surgi. Il est de retour en Haïti. La mer turquoise, les bois de campêche et les visages amis.

Happé par ses souvenirs, il ne se rend plus compte du départ d'Annick.

Au même moment, le directeur de Graslin accueille Eugène Vanzo, le chéri de l'Opéra Garnier, rien de moins. Monsieur Rousseau a décidé de lui faire les honneurs de La Cigale. D'ordinaire, le somptueux plateau de fruits de mer attend le soir de la représentation. Cette fois, on commence par ça, et qu'on ne dise pas que la province ne sait pas recevoir ! Il y a aussi qu'au déjeuner, un ténor ne prend pas de vin. Financièrement, c'est intéressant.

Bon point pour l'invité de marque, il se montre sensible à l'atmosphère du restaurant.

— Ne me dites pas que vous n'en avez pas de semblables à Paris, minaude monsieur Rousseau.

— Rien de comparable, lui répond lentement l'artiste.

Ne pas croire à de simples roucoulades. Cette salle l'hypnotise bel et bien, à cause des photographies qui la tapissent. Là, Björling, José Luccioni, Thill, ici Géori Boué, Rita Gorr, Kathleen Ferrier et les immenses Chaliapine et Caruso. Comment ne pas être sensible à ces présences ? Le plus émouvant, c'est de découvrir leur écriture et le mot gentil qu'ils ont laissé au-dessus de leur signature.

— Soyez certain que vous y ajouterez bientôt la vôtre !

Sapristi, revoilà la flatterie. Le bout de son nez, disons. Mérite-t-elle une autre réponse qu'un sourire pincé ?

Tss tss, juge le directeur, ce monsieur Vanzo a bien tort de jouer les modestes. Alors que l'Opéra Garnier n'en finit plus de s'enfoncer dans la crise, lui jouit d'une notoriété éclatante. Il est réclamé partout, à l'international aussi. Lui trouver une date de libre a été un casse-tête. Deux ans pour y parvenir ! D'où, en cet instant, l'embarras de voir pareille vedette nouer la serviette de table autour de son cou. Il est Eugène Vanzo, que diable ! Qu'est-ce qu'on se fiche des éclaboussures de langoustines quand on est Eugène Vanzo !

Le ténor connaît ce regard. Il sait que le directeur a repéré ses manières de fils de maçon.

— Permettez que je vous rapporte un mot de Toscanini, lui annonce-t-il, du pain de seigle exprès plein la bouche.

— L'immense Toscanini ! Je suis tout ouïe.

— « N'oublions pas qu'en musique, nous sommes seulement les serviteurs, pas les seigneurs. »

— Magnifique humilité des grands hommes, s'enthousiasme monsieur Rousseau.

Qui coûte tout de même à Graslin la bagatelle de deux mille francs par soirée, songe-t-il aussitôt.

Un détour par l'hôtel pour se rafraîchir et Eugène Vanzo file à son rendez-vous d'essayage de costumes. Il découvre un théâtre qui ressemble au Panthéon de Paris en modèle réduit. Même colonnade, même mise en scène très réussie du bâtiment sur la place. Avec ici de beaux immeubles aux façades arrondies pour lui faire face.

Dans le hall, le buste d'une éminence l'accueille, celui du fameux monsieur Graslin. Fameux, parce qu'il a donné son nom à l'édifice, à la place et partant à tout le quartier. Pour le reste, Eugène plaisante, ce monsieur lui est parfaitement inconnu. Une plaquette lui apprend qu'il s'agit du mécène à l'origine du théâtre. Merci, monsieur.

Les statues de Molière et de Racine entourent l'escalier principal. Au moins n'est-il pas nécessaire de se les faire présenter. Ça s'arrête là ? Euh non, ça ne peut pas. Comment ça, aucun musicien ? Bel accueil, grince le ténor. À la seconde, une blague lui vient. Eugène Vanzo adore les blagues. Il ferait irruption dans ce vestibule en hurlant laissez-moi passer, l'air très en colère, très agité. Il brandirait une carte supposée faire croire à un insigne et expliquerait au directeur être venu constater officiellement l'absence de buste de musicien dans le hall. Ensuite, il prendrait un air affolé, genre ne me dites pas que… et déclarerait devoir s'assurer sur-le-champ de la présence d'une fosse pour l'orchestre.

— Monsieur Vanzo, vous cherchez quelque chose ?

C'était trop beau. Des trucs des temps d'avant ça, pouvoir se promener incognito, imaginer des farces.

— J'avais l'idée de tester l'acoustique de la salle, je peux, vous pensez ?

— Je vous en prie, monsieur Vanzo. Souhaitez-vous que je fasse prévenir monsieur le directeur ?

— Je le quitte à l'instant et j'aime autant être seul pour mon petit tour.

Il espère ne pas avoir été discourtois. Son statut a de nombreux avantages, mais entraîne aussi de ces lourdeurs. L'empressement autour de sa personne, les courbettes à rendre et l'impossibilité de s'asseoir tranquillement face au rideau rouge sans qu'on vienne lui proposer un thé ou un massage des pieds. Dire que sans son premier prix au concours international des ténors, il chanterait encore Borsa... Et le voilà au contraire duc de Mantoue, à partager la vedette avec Mady Mesplé, la magnifique *coloratura*.

Première répétition demain. Pas une formalité, n'exagérons pas, *Rigoletto* reste quelque chose de grand. Raison de plus pour se réjouir d'avoir en musette leur récent succès à Garnier. Pour la confiance, rien de tel. D'où, à présent, ses déambulations tranquilles dans un théâtre où il s'enfonce au hasard, quasi en sifflotant, grimpant des escaliers en colimaçon les uns après les autres, songeant la musique est ma patrie, je suis partout chez moi.

Tiens, quelqu'un est justement en train d'écouter un enregistrement de *Rigoletto*.

Eugène Vanzo repère la pièce d'où s'échappe la musique. Comprendre musique au sens d'une voix seule, parce que l'événement, c'est de l'entendre sans orchestre. Un duc de Mantoue *a cappella*, tu parles d'une rareté. C'est la voix de Björling. Personne d'autre ne chante *Questa o quella* avec autant d'insolence et de clarté. Écoutez-moi cette facilité ! Mazette, pas de chance d'être tombé là-dessus. À côté, on se sent aussitôt tout petit. Oh là là, que c'est beau ! Tiens, pourquoi ce passage est-il repris ? Qu'est-ce que c'est que ce disque ?

Eugène Vanzo toque doucement à la porte.

Le silence se fait à la seconde.

Il attend.

Frappe à nouveau.

Rien.

Plus le moindre bruit.

Il pousse le battant qui ouvre sur une simple salle de répétition. Des pupitres vides, un piano fermé et un homme debout, main sur la bouche, comme s'il venait de se mordre la langue ou de faire une grosse bêtise.

— Bonjour, monsieur. Excusez mon intrusion, c'est Björling que je viens d'entendre ? Il m'a semblé reconnaître…

Minute, comment pouvait-il l'écouter ? Au moyen de quoi ? Pas de tourne-disque en vue. Pas non plus de transistor ou de magnétophone. Est-ce que… Meuh non. Si ?

— Je vais vous poser une question étrange… Un peu ridicule. J'hésite… Bon, est-ce vous qui étiez en train de chanter ?

L'homme le regarde sans rien répondre.

— C'était vous ? ? ?

Le type s'est laissé tomber sur une chaise et se passe la main sur le visage.

— Si je vous dis que non…

Dernier regard à la pièce qui n'offre aucun recoin, ni stratagème possible.

— J'aurais du mal à vous croire. Cela dit, que ce soit vous n'est guère moins… Je ne le dis pas de façon désobligeante, c'est juste que… Vous me comprenez, n'est-ce pas ? Vous vous rendez compte de ce que j'ai entendu ? Eh bien oui puisque c'est vous qui… Pardon, je ne suis pas clair, c'est que… Bon sang, c'est vraiment vous qui chantiez comme ça ? ? ?

Elio s'en veut à un point, mais à un point. Comment a-t-il pu se faire attraper ? Mais quelle idiotie, et maintenant on fait quoi ? En plus, il aura fallu que ça tombe sur Eugène Vanzo… Il ne devait pas arriver que demain, lui ? Et qu'est-ce qu'il fiche au troisième étage ? Les solistes ont une loge privée et une salle de répétition réservée au premier. Il n'a absolument rien à faire là.

— Je ne me suis pas présenté, Eugène Vanzo. Ténor, moi aussi.

Très drôle. Comme si Eugène Vanzo avait besoin de se présenter. Qu'il se taise et disparaisse.

— Et vous, pardon d'insister, vous êtes… ?

Woy woy woy. Il ne va plus le lâcher.

— Toni.

— Un deuxième Tony ! Sauf que vous faites deux fois la taille de mon copain Poncet ! Sacrée voix, lui aussi. Enfin, rien à voir avec la vôtre.

Se lever avec naturel, arborer un sourire poli, quitter les lieux d'un pas ferme. Ça se tente.

Mais non. Vanzo lui court après.

Le pire, c'est que l'homme a l'air délicieux.

— Ça va comme ça maintenant, doit lui asséner Elio. Laissez-moi tranquille ! Vous n'avez rien entendu. Ce n'était pas moi et je vous salue. Au revoir, monsieur.

En pleine répétition du lendemain, qui se pointe ? Vanzo, et il le cherche du regard. Qu'est-ce qu'il lui veut encore ? Et s'il avait l'intention de lui faire du chantage ? Si, il y a un risque. Comment fera-t-il pour le payer ? Avec quelles économies ? Il serait obligé d'emprunter. À Alexis et Annick peut-être. Elle qui n'en fait jamais vient d'ailleurs de jouer une fausse note en le voyant entrer. Elle devine tout, cette femme.

Le chef des chœurs a baissé sa baguette alors que Vanzo lui faisait signe que non, mais non, continuez, faites comme si je n'étais pas là.

— Cher monsieur, votre présence fait beaucoup d'honneur à notre petite répétition.

— L'honneur est pour moi. Reprenez, je suis là en petite souris.

Le salopard.

Il ne le quitte pas des yeux.

Même chose lors de la première répétition générale sur le plateau. Au point que la vedette se fait reprendre par son metteur en scène.

— Non, monsieur Vanzo, pas si près des hommes. On perd votre voix, si vous allez avec eux. Revenez à jardin, s'il vous plaît.

Chaque fois que le chœur a une partie, Vanzo rapplique se coller à lui pour tenter de l'écouter.

— Monsieur Vanzo, il y a un problème avec ce qui était prévu ? Pourquoi ne respectez-vous pas vos positions ?

Ça va mal finir.

— C'est incompréhensible que vous soyez simple choriste, s'étouffe Vanzo, lorsqu'Elio le retrouve au café Molière.

Salle du fond, précisait le mot trouvé dans son casier.

Il a décidé de se rendre au rendez-vous que Vanzo lui fixait. Pas tellement d'autres choix.

— Je vous demande de ne rien dire. Je vous en supplie.

L'autre le regarde, l'air un peu perdu.

— Qui êtes-vous, lui demande-t-il.

Il l'a presque chuchoté.

— Je me suis renseigné. Choriste à Graslin depuis dix ans, ça ne colle pas. J'ai entendu votre voix, moi ! Sur scène, vous ne chantez pas. Vous n'y allez pas. Eux croient que si et je sais que non. Qui êtes-vous ?

Vanzo ne se montre pas menaçant. Même gentil.

— Toni comment... ?

C'est un supplice de soutenir son regard.

Pourquoi ne le laisse-t-il pas tranquille. Qu'est-ce que ça peut lui faire, la vie des autres ?

— Monsieur Toni, je veux vous emmener à Paris avec moi. Pas pour auditionner à Garnier. Non, la boutique a trop de soucis en ce moment. Voyons plus grand, pour vous visons tout de suite l'international. Personne ne va résister à votre voix. Vous savez, moi non plus, il y a cinq ans, je ne connaissais personne, et aujourd'hui voilà...

Il a un sourire désarmant, Vanzo.

— Vous, choriste, non, non... C'est une mauvaise blague. Ça n'a aucun sens.

— Détrompez-vous, ça en a un.

Pas pleurer.

— C'est justement ça qui en a.

Deux fois que le garçon renonce à prendre leur commande. Il fait trois pas, s'arrête, les regarde, et repart. Une rencontre de chefs de la mafia ne l'intimiderait pas plus. D'ailleurs, s'il y pense, ce nom de Vanzo sonne dangereusement italien.

— Monsieur Vanzo, je vous remercie mais je n'irai pas à Paris avec vous.

Hein, quoi, voilà qu'il lui attrape les mains.

— Oh que si, Toni. Et je vais être franc avec vous, je ne réussirai plus à chanter le duc de Mantoue si je ne comprends pas pourquoi vous n'êtes pas à ma place. Ça fait deux nuits que vous m'empêchez de dormir. Vous savez comment c'est, ce métier… Ou bien non, vous ne le savez pas. On marche à la confiance, et là, moi… Depuis que je vous ai entendu, je… Pas une histoire de timbre ou de phrasé, ni à cause de la technique. C'est votre émotion. Il y avait, je ne sais pas. De la nécessité. Qui êtes-vous, Toni ?

Un type bien, ce Vanzo.

— Je vais vous le dire, je suis quelqu'un qui pense que choriste est un bel emploi. Le chœur des patrouilles de *La Périchole*, les pèlerins du *Tannhaüser*, les soldats du *Faust* de Gounod, les esclaves de *Nabucco*, les bohémiens du *Trouvère*… Je continue ? Prenez les courtisans de notre *Rigoletto* et notre air bouche fermée, ce n'est rien peut-être ? Verdi n'a pas écrit ces mesures ? Il ne s'est pas donné cette peine ? Alors ne *dérespectez* pas son travail, ni le mien…

— On s'est mal compris, Toni. Je respecte évidemment les chœurs. Je n'ai jamais dit le contraire. Ce n'est pas du tout ce que j'ai en tête.

Le garçon de café a définitivement renoncé.

— Imaginez que vous venez de goûter de délicieuses pâtes au *pesto,* poursuit Elio. De quoi allez-vous parler ? De *pesto !* Est-ce que pour autant la farine de blé n'est pas importante ? Vous voyez où je veux en venir ? Sans elle, il n'y aurait pas de pâtes du tout.

Les pâtes et la farine, alors là, se dit Vanzo. Les bras lui en tombent.

— On n'y pense pas et elle compte, insiste Elio, plus très loin de se faire rire tout seul.

L'éloge de la farine sur un ton sentencieux, dans quoi s'est-il embarqué ? En tout cas, il peut souffler. L'hypothèse du racket semble s'être éloignée. Eugène Vanzo est un type bien. Un visage sympathique, l'œil qui frise. On aurait pu devenir copains s'il n'était pas venu fouiner dans les étages.

— Est-ce que je peux compter sur votre discrétion ? C'est tout ce que je vous demande.

Vanzo ne comprend pas. Il déteste le gâchis. Dans la famille, on n'était pas riches, alors on faisait fête de tout. Là-dessus, la guerre a fini de lui rentrer la leçon dans le crâne. Profite de ce que tu as. Ce que tu peux faire, fais-le. Cet énergumène assis en face en lui, il ne le saisit pas. Pourquoi dissimuler au monde ce qu'il abrite dans son gosier, pourquoi s'en priver ?

— Puisqu'on se dit tout nous deux, sauriez-vous où l'on joue aux boules dans cette ville ? Ça me détend, la pétanque. Vous m'avez tellement énervé, maintenant trouvez-moi où faire une partie !

Vanzo se risque à un beau rire franc qu'Elio rejoint de bon cœur.

Normalement, un ténor, ça rit peu. Ce n'est pas très bon pour la voix.

Ils grimpent dans un taxi sans s'expliquer pourquoi. On n'est personne l'un pour l'autre, on ne se raconte rien et déjà plus trop l'envie de se quitter. Direction le boulodrome ? Du tout. Sur un coup de tête, Elio vient de décider d'une balade au bord de l'Erdre.

Une heure plus tard, un cri ébranle le paysage champêtre.

— Au secours !

Comment Eugène s'est-il débrouillé pour se retrouver de la boue jusqu'aux chevilles ? À chaque tentative pour s'en extirper, il s'enfonce un peu plus. Très digne, pourtant.

Elio le voit retrousser le bas de son pantalon de flanelle afin d'éviter de le tacher.

— Venez m'aider, lui redemande Vanzo en riant.

Sa tête est toute rouge. Les mimiques de l'enfance y défilent, la crainte d'être grondé, l'incompréhension, l'hilarité qui guette.

Auparavant, ils ont observé des grenouilles en se disant qu'ils reviendraient avec du matériel de pêche. De gros cormorans les ont survolés, les fougères marécageuses tapissaient l'horizon et la lumière jouait sur la rivière. Un spectacle dont ils profitaient sagement depuis le sentier.

À quel moment ce nigaud d'Eugène s'est-il égaré dans la prairie humide ?

— Enfilez des bottes, lui crie Elio.

On entend l'autre maugréer. Sans doute pas un *Ave Maria*.

Il s'agit de s'asseoir sur un gros caillou, de délacer ses souliers, d'enlever ses chaussettes et de se débarrasser de son pantalon avant d'aller s'employer à secourir le Parisien.

Tous deux finissent à quatre pattes, hilares, en train de chercher dans la vase la chaussure qui y est restée.

— J'avais demandé de faire une pétanque…

— Avec la nature, vous êtes à l'aise, vous. Ça fait plaisir à voir.

— *Va fan'*, lui répond Vanzo.

Ça a beau être prononcé avec le sourire, le mot n'en devient pas plus joli.

— Je l'ai ! s'écrie Elio.

Le soulier pèse son bon kilo de vase.

— Comme neuve, ajoute-t-il en se bidonnant.

Ça les fait marrer un bon moment.

On s'entend bien, v'là autre chose.

— Je ne peux vous donner ni son nom, ni quoi, ni qu'est-ce. Mais un professeur de ma connaissance avait une phrase qui collerait pile-poil, reprend Elio. Savez-vous ce qu'elle disait ?

— Ça vous ennuierait qu'on s'installe sur un banc pour en discuter ?

Au risque qu'en les séchant, le soleil les transforme en figurines de carton-pâte.

— Ça me fait penser que j'ai loupé mes essayages-costumes, se rappelle Vanzo.

— Je ne peux pas vous laisser dire ça, s'esclaffe l'autre.

Derrière ces deux bonshommes maculés de boue, qui irait reconnaître un ténor de la grande boutique et un choriste qui devrait y être aussi ?

— Je me fais l'effet d'un espion d'ambassade, qui aurait…

— Été envoyé par erreur dans une mission-commando en Guyane.

Vanzo acquiesce avec une gravité surjouée, avant de pouffer de rire.

Un vrai clown, songe Elio.

Un chouette gars, pense Vanzo, qui se souviendra longtemps de cette école buissonnière. Vu son emploi du temps, les occasions sont rares. D'ailleurs, il s'agirait tout de même de ne pas trop tarder. Il ne faudrait pas qu'un monsieur Rousseau inquiet lance la gendarmerie à ses trousses.

— Alors les mots de ce professeur ? Dites vite.

Elio, tranquillement adossé au banc, a le visage dardé vers le soleil, ses longues jambes nues allongées droit devant lui.

Séance délicieuse de séchage-bronzage.

— « La scène, c'est la vie », répond-il sans ouvrir les yeux. « Mais la vie, ce n'est pas seulement du théâtre. Ça mouille. » Voilà ce que répétait Mademoiselle.

Eugène Vanzo tique à l'instant.

— Quelle Mademoiselle ? « La » Mademoiselle ? Renoult ???

Les yeux d'Elio se sont rouverts brutalement.

Sa bouche aussi.

L'un et l'autre réfléchissent à toute vitesse.

— Nom d'un chien ! C'est vous ! Vous êtes Elio Leone !

Vanzo a bondi sur ses deux pieds pour lui faire face. L'immense Elio Leone ! Ceux qui l'ont entendu en parlent comme de leur plus belle émotion d'opéra. Un souvenir qui les aura marqués à jamais. Une voix encore citée en référence, doublée d'un comédien, paraît-il, prodigieux.

— On vous croyait mort. Vous le savez, ça ?

Il se saisit des épaules d'Elio, dont le regard affolé se dérobe.

Nantes, 1957

Dans le taxi qui les ramène vers le centre-ville, Eugène Vanzo a encore l'impression d'un rêve. On vient de lui offrir le moment le plus fort de sa carrière. Pas de la carrière, non. C'était la vie, ça.

Ils ont chanté ensemble.

Leurs voix mêlées, personne pour tirer la couverture à soi, aucune rivalité. Une jubilation musicale gravée à jamais. Ce n'était plus du tout un duo, c'était un dialogue.

Jamais Eugène Vanzo n'aurait imaginé connaître un tel bonheur.

Comment ça a commencé ? Comme ça commence toujours. Par du silence, par des mots qui ne venaient pas. Chantons, se sont-ils dit. D'abord Alfredo, avant de continuer avec « *Je crois entendre encore* » de Nadir.

Miraculeux. Rien d'autre à dire.

Là oui qu'ils se parlaient. Ils rivalisaient de douceur. C'était à celui qui nuancerait au mieux le *pianissimo*. Le cœur d'Eugène s'y est vidé. Il a fini, il tremblait de partout. L'autre avait les larmes aux yeux.

— On a l'air malin, hein Elio.

— Ne m'appelez pas comme ça.

Ah bon. D'accord. Tout ce qu'il voulait.

On sait quand c'est beau. Parfois, on ne sait pas. Là, on savait.

Toni, on ne l'entend pas respirer. Impossible de repérer à quel moment il fait ses prises d'air. L'impression en face est que chaque note pourrait durer infiniment. En rendant ça simple en plus, jamais dans l'épate. Sa justesse d'intention ébranle. Elle ne commente pas, elle vous creuse. Ça va bien au-delà de la beauté d'une couleur, ou de la perfection du son. C'est autre chose. On ne sait pas ce que c'est. Aucune idée. Même en étant du métier, on ne comprend pas. C'est de là qu'arrive la certitude d'être en présence d'un don. On chante avec lui, en s'émerveillant de l'entendre et l'émotion vous inonde.

Si Pierrette avait vu ce qui lui passait par la tête, elle aurait été jalouse. Il n'y avait évidemment pas de quoi, il ne s'agissait pas de ça. Mais oui, c'était aussi fort.

Quelque chose pour toute la vie.

Il n'a pas réfléchi avant de lui parler, c'est sorti tout seul.

— Remontez sur scène, Toni !

— J'y suis, sur scène.

— Vous m'avez compris. Je vous demande de recommencer à chanter.

— Non.

— Faites-le avec moi, l'a-t-il supplié.

— Non.

— Pour moi, alors.

— Ça ne va pas, la tête ? !

— Comme on vient de le faire là, en récital ?

— Non.

— Nous deux, avec un piano. Peut-être des duos ? Ou pas des duos, si on n'en trouve pas assez. Des arias chantés à deux voix. Ce que vous voulez. Vous décidez du programme.

— Non !

— Des disques ? On s'enferme en studio.

— Arrêtez ça.

— Je connais les gens de Pathé-Marconi.

— Taisez-vous !

Ça restait calme comparé à la tension qui a suivi. En un mot, ils ont failli se battre. Il venait de lui parler des fées, elles s'étaient penchées sur son berceau et il se devait d'en rendre un peu. Il avait obligation de partager avec le public le cadeau reçu à la naissance.

— Un talent pareil, on s'en sert ! Sinon on est un âne et un égoïste. Et je ne parle même pas de la bêtise de renoncer aux honneurs et à l'argent. Ou alors vous êtes un fils de milliardaire ? Monsieur est rentier ?

— Pour quelqu'un qui n'aime pas l'argent, vous en parlez beaucoup.

— Je n'ai jamais dit que ça ne comptait pas. Léniniste, c'est ça ce que vous êtes ?

— Ce qui est important pour moi ne s'achète pas.

— Oh, le refrain de l'artiste pur ! Les somptueux « je ne suis pas à vendre ! » Laissez ces foutaises à ceux dont personne ne veut, c'est leur seule défense. Vous, votre cas est différent, vous êtes un planqué. Un paresseux !

— Je vais vous mettre mon poing dans la figure !

— J'aurai grand plaisir à vous le rendre !

Leurs habits n'étaient plus à ça près, ils pouvaient très bien supporter qu'on les roule à nouveau dans la vase.

C'était maintenant la décision, en venir aux mains ou pas.

Finalement pas. Parce que Toni a décidé de faire une confidence. Il a dit que depuis toujours il se sentait bizarre à l'intérieur. Bah, qu'est-ce que ça voulait dire, tout le monde se sent bizarre à l'intérieur.

— Moi, je suis fragile, je crois.

— Pour être têtu à ce point, il faut au contraire avoir une grande force. Qu'en dit votre famille ?

Toni a fait un geste pour s'excuser, disant que les mots allaient trop vite, que c'était beaucoup d'émotion d'un coup, qu'il n'était pas prêt pour tout ça et qu'il partait marcher. Seul.

À son retour, l'orage était passé.

Ils ont un peu réussi à se parler.

— Pourquoi vous refuser à la lumière ?

— Je ne sais pas. C'est compliqué. Peut-être que... Non, je ne sais pas.

— Mais votre place est là !

Il ne s'en inquiète pas, de sa place. Il le dit d'un grand geste du bras, sourire d'excuse à l'appui.

— Je préfère admirer les autres. Moi, ça ne m'intéresse pas d'être une vedette.

Sacrément prétentieux, le gars.

— Et si vous revenez sur scène, vous en serez une ?

— Ben...

Le pire, c'est qu'il a raison. À la seconde, il redeviendrait une référence mondiale.

— Et vous ne voulez pas.

— Non.

— Pourquoi, déjà ?

— Aucune idée. Quelque chose en moi.

— Donc être porté en triomphe, signer de beaux contrats, dédicacer des photos...

— Ce n'est pas mon histoire.

Il l'a dit et on voit qu'il le pense.

Impossible de le faire changer d'avis. L'impression qu'Eugène a eue, c'est que rien ni personne n'y réussirait. Alors tant pis si ça heurtait sa conscience et lui malmenait les tripes, sa décision était prise. Il ferait ce que Toni lui demandait.

Il se tairait.

D'homme à homme, il le lui a promis.

En descendant du taxi place Graslin, ils se serrent longuement la main.

Tous deux savent ce que cela signifie.

Il se croiseront sur scène lors des trois représentations de *Rigoletto*, et plus jamais.

Nantes, quatre mois plus tard.

Cher Toni,

Je voudrais à nouveau chanter avec vous.

Tout pareil, au bord de l'eau, devant les aigrettes qui passent et les fleurs qui poussent.

Qu'en dites-vous ?

Votre,
E. Vanzo

PS : Mais cette fois, soyons prévoyants. Dégottez-moi une paire de bottes, taille 41 et demi. Merci, l'ami.

Il suffirait de ne pas répondre.

C'est impossible.

Elio aussi rêve de recommencer.

Il y a leurs retrouvailles, qui sont formidables. Puis une deuxième fois, qui est bouleversante. Eugène rapporte de Paris des lettres adressées à un certain monsieur Leone. Faute de savoir quoi en faire, la direction commune de Favart et de Garnier s'était contentée de les stocker.

Il y en a une pleine valise.

— Elles te reviennent, lui dit Eugène.

Elio y passe et y repasse la main, comme il jouerait avec du sable. Non, il ne les ouvrira pas, décide-t-il. Sauf une. Celle du *professore* Tropeano. Celle-là, évidemment. Ce n'est pas la vie d'avant, ça. C'est toute la vie.

Sans adresse où lui écrire depuis la guerre, Giuseppe explique poster son courrier à l'Opéra, persuadé que c'est une maison possible pour Elio. Il a d'autres phrases gentilles, des phrases qui vous serrent le cœur. Il tient à lui écrire parce qu'il va bientôt dire au revoir à une vie qui lui aura apporté beaucoup de satisfactions. Il n'a pas assez fait pour les enfants, il espère avoir quand même fait un peu. La lettre est datée de 1952. Cinq ans que Giuseppe est mort, calcule Elio avec une boule dans la gorge. Continue de lire, s'encourage-t-il, ce n'est pas grave de pleurer. Il voit un nom, Musetta, et celui d'un village, San Giorgio. Giuseppe s'excuse de ne pas lui transmettre d'autres informations que son lieu de naissance et l'identité de sa maman. Il termine sa lettre en répétant l'immense confiance qu'il a toujours placée en lui et lui réitère toute son affection.

L'écriture tremblante s'arrête là.

Musetta…

Il ne savait pas.

— Merci Eugène.

Il va falloir laisser passer l'émotion. Comment justifier son soudain silence, comment l'expliquer. On ne se connaît pas assez pour dire, les larmes aux yeux, ma mère s'appelle Musetta.

— Mauvaises nouvelles ?

— Pas toutes, non.

Il regarde à nouveau l'enveloppe, son nom écrit dessus, suivi de l'adresse de l'Opéra. Les timbres des postes italiennes ont changé depuis le temps. C'est peut-être le moment de se parler origines.

— Tu es né, où, toi ?

— En France, explique Eugène. Mais je me suis fait traiter de rital toute mon enfance. C'est loin maintenant, ajoute-t-il en souriant.

Est-ce qu'Elio peut dire la même chose ? Est-elle si loin que ça, son enfance ?

Entre eux, l'habitude des visites ne tarde pas à se prendre. À Paris, Eugène surveille son emploi du temps. Chaque fois qu'il y découvre une fenêtre, il prévient Nantes. Pour Elio, c'est ensuite l'émotion de voir la date approcher, puis celle de se tenir au bout du quai. Il n'a pas de bouquet de fleurs à la main, ne court pas se jeter dans les bras d'Eugène. Ça n'empêche, ils sont aussi heureux de se retrouver que deux hommes osent se le montrer.

Discrétion oblige, aux hôtels chics du quartier Graslin, Eugène préfère une pension de famille de la Chapelle-sur-Erdre. Autant se réveiller déjà sur site. La soupe de légumes s'y révèle être un régal, la fricassée de cuisses de grenouilles une institution. Aux beaux jours, la patronne pousse la gentillesse jusqu'à leur préparer de quoi pique-niquer, nappe à carreaux rouge et blanche comprise. Ne manque qu'un filet à papillon.

Ils marchent le long de la rivière, ils chantent et c'est tout. Pour eux, c'est énorme. Leur bonheur est émaillé de fous rires incompréhensibles au commun des mortels. Un « r » bizarrement roulé les fait se tordre. Un excès de *vibrato*, chanter un bémol au lieu d'un dièse les rend hilares. Pas de doute, ils se sont trouvés. Même caractère joyeux, même passion du chant, même simplicité de manières. Au vu de leurs statuts professionnels respectifs, la modestie d'Eugène paraît la plus méritoire. Sauf qu'ils se fichent de ces questions, mais à un point. Ici, personne ne juge personne. On ne frime pas non plus.

— Ça y est, j'ai trouvé ! Je sais à qui tu ressembles ! s'écrie un jour Elio. Les traits fins, l'espièglerie du regard, ça me disait quelque chose...

— Fais attention à ce que tu vas dire...

— Mozart enfant !

Tiens, c'est vrai.

— Quand même pas de bol. Imagine si, au lieu de son physique, j'avais eu son talent.

— Pas de minauderie. J'en connais des plus à plaindre.

Eugène l'admet, il a plutôt été verni. Ça ne le dispensait pas de travailler. Lire la musique, comme d'autres le journal, n'a pas été un cadeau de naissance. Mais son timbre juvénile et corsé, si. Sa science instinctive des demi-teintes, idem. Le résultat ? Une voix qui respire l'énergie, avec un relief naturel, et la possibilité de culminations vertigineuses.

— *Santo cielo*, s'exclame parfois Elio.

Pas forcément bon signe.

— On a besoin de tout ça, tu crois ?

Paf.

Encore une leçon de Mademoiselle. En mettre juste ce qu'il faut, non tout ce qu'on a. Elio se souvient de ses plaidoyers contre les effets faciles. Une scène d'opéra n'est pas un concours de rossignols ni de bûcherons, disait-elle. Rentrez vos muscles, pensez dentelle.

— La difficulté, la seule, est de n'en laisser paraître aucune, ajoutait-elle.

C'était sa théorie, un bel artiste doit rendre le rôle simple, ne surtout pas le transformer en leçon de chant. Il fallait laisser les démonstrations à ces messieurs les scientifiques.

— Elle est marrante, Mademoiselle. Qu'elle m'explique comment faire du sentiment avec un contre-ré aigu, se défend Eugène.

— Je sais… Disons qu'il faut voir ça comme un idéal, sourit Elio.

Une heure qu'ils se font plaisir avec tout ce qui leur passe par la tête, *Paillasse* de Leoncavallo, le chevalier Des Grieux de Massenet et les tubes du *Chanteur de Mexico*. À ce propos, Elio vient d'en apprendre une bonne, Eugène a été doublure de Luis Mariano. Si ! Et où l'a-t-il été ? Au Châtelet ! Le monde est décidément bien petit.

Cette fois, Pierrette les accompagne. Sa présence est un cadeau. Plus rien à voir avec la femme qui s'imposait *manu militari* à eux il y a deux ans. On la sentait méchamment nerveuse, à l'affût. Habituée aux voyages professionnels d'Eugène, elle n'avait jamais cru nécessaire de s'inquiéter. L'amour entre eux servait de garant, la confiance suffisait. Avec les escapades à Nantes, elle avouerait plus tard avoir senti que les choses étaient différentes. Cette fois, il y avait quelque chose. Elle a supporté quatre voyages en silence. Au cinquième, elle était montée d'autorité dans le train aux côtés de son mari. Lui s'amusait beaucoup de la situation. Il faut être sacrément sûr de soi et de son couple pour jouer ainsi avec le feu, avait pensé Elio. Il s'était dépêché d'avouer. C'est moi qu'Eugène vient voir, avait-il dit, juste moi.

— Il n'y a pas d'autre femme, aucune rivale, avait-il ajouté. Comme je refuse de mettre un pied à Paris, les voyages incombent à Eugène. Voilà.

Quant à ce qu'ils faisaient ensemble, elle le voyait. Ils chantaient. Pierrette avait ri. Elle trouvait très amusant qu'Eugène ait essayé de la faire marcher. Sale bonhomme, lui disait-elle en l'embrassant. Depuis, elle les rejoint disons une fois sur quatre, bénéficiant même d'une autorisation spéciale afin de les écouter. Cette femme a une délicatesse de pâquerette. Elle est aussi radieuse que simple, et la voir émue émeut.

L'autre raison de la belle humeur d'Elio ? Étrangement, c'est Mademoiselle Renoult. Elle est de plus en plus vivante et le mérite en revient tout entier à Eugène. Deux ans qu'il la fréquente, manière de dire bien sûr, et qu'il mène son enquête. Comment s'y prenait-elle, sur quoi elle insistait, ce qu'elle ne supportait pas. Eugène écoute ses conseils attentivement, en se permettant même de les contredire. Non, il ne contredit pas, précise-t-il, il défend de temps en temps une autre façon de voir, nuance. Pour la vitalité de Mademoiselle, ce dialogue est une aubaine. Pour tout le monde, d'ailleurs. Une renaissance pour elle, un mentor pour Eugène. Elio, en intermédiaire comblé. Joie incroyable de pouvoir transmettre à quelqu'un ce qu'elle lui a appris. Elio se paye même le luxe de démystifier sa légende, reconnaissant que la grande dame pouvait aussi se tromper. Par exemple lorsqu'elle avait prétendu qu'il chanterait Alvaro à La Scala. *Dam*, l'affaire est quand même mal engagée ! Il en sourit. Cette prédiction mise à part, Mademoiselle avait raison sur tout, en tout cas sur l'essentiel, savoir qu'on ne triche pas avec ce qu'on est. Peu importent les moyens, petits ou grands, chacun peut faire sa part. Ce qui compte n'a rien à voir avec la difficulté de ce que l'on chante. L'important, c'est, primo, de comprendre pourquoi on le fait. Deuzio, l'humanité qu'on y met.

Pendant quatre ou cinq ans, Elio et Eugène y réfléchissent ensemble. Cette parenthèse enchantée dure, oui, presque cinq années. Au milieu de ses engagements à Garnier et à l'Opéra-Comique (merci la réunion des théâtres lyriques nationaux), de ses succès à Chicago, à Salzbourg, à Vienne, sur toutes les scènes qui comptent, Eugène saisit la moindre opportunité d'attraper son train pour Nantes. Dans les faits, deux ou trois fois par an. Impossible de faire mieux. Au téléphone, Elio le sent parfois éteint. La voix, non. La voix, ça va. L'usure s'attaque au ressort intérieur, au feu sacré, et ce n'est pas une bonne nouvelle. Ne viens pas, lui dit-il parfois, reste te reposer. Au contraire, répond Eugène.

— Ça me fatigue, mais ça recharge aussi mes accus. Comme faire l'amour à Pierrette, pareil.

En ce qui concerne les nuits avec Pierrette, Elio se contente de le croire sur parole. Pour les séances au bord de l'Erdre, il sait. L'entente musicale absolue. Accord parfait des timbres, harmonie des voix au point d'évoquer le récital d'un seul piano, et bien sûr connivence de copains. D'amis, pardon. Toujours d'accord sur les rôles qui leur apportent quelque chose et sur ce qu'eux apportent aux rôles. Verdi mis à part. Verdi, c'est le seul point noir entre eux. Eugène n'aime pas qu'on le force à pousser. Il déteste jouer au gros ténor et refuse de se transformer en gueulard. Chanter Verdi, c'est prendre tous ces risques à la fois.

— Je ne suis pas un ténor héroïque, moi.

— Tu es une mauviette, oui.

Eugène dit que son registre de prédilection, ce sont les émotions subtiles d'un Werther, de Faust ou de Roméo. Il aime la nuance.

— Tu dis n'importe quoi. Le duc de Mantoue, Alfredo, Radamès ou Riccardo sont parfaitement nuancés.

— J'ai quand même le droit de dire ce que je préfère ! Je ne critique pas Verdi, je dis…

— Des sottises !

Au lieu de se taper dessus, ils foncent vérifier dans les partitions. La meilleure façon de savoir, n'est-ce pas.

Et si Verdi était le seul endroit où leurs dix ans d'écart importent ? Le reste du temps, ils ne les sentent pas. Ils rient des mêmes blagues, regardent les mêmes femmes et ont autant de cheveux l'un que l'autre. Côté vocal, si, ça marque une petite différence. Avec l'âge, la voix d'Elio a acquis une parfaite homogénéité sur une octave et demi. Toujours désarmante de facilité dans l'aigu sans avoir rien perdu en éclat, expressive dans le médium, elle a vu son registre bas s'étoffer. Les richesses harmoniques des graves ont gagné en densité. Monsieur barytonne, se moque Eugène. Écoutez-moi ce jaloux, rétorque Elio en riant. À cinquante ans, l'un est en pleine possession de ses moyens vocaux. À quarante, l'autre se contente d'occuper le haut de l'affiche. Il en est conscient et revient à Nantes chaque fois qu'il le peut pour continuer d'apprendre.

Un trou de quatre jours au retour de Miami ? Zou, il fonce à La Chapelle-sur-Erdre et y débarque somnolant, victime du décalage horaire.

Une autre fois, sitôt arrivé, il doit repartir à Hambourg remplacer un collègue enrhumé.

Le déclic survient quand Elio a la surprise d'accueillir toute la famille sur le quai de la gare, un papa, une maman et Jean, six ans.

— Il ne voit pas beaucoup Eugène, explique Pierrette. Alors on s'est dit que ce serait bien de rester ensemble.

Ce n'est plus possible, Elio comprend.

La solution, il croit l'avoir trouvée.

C'est assis sur la plage de La Baule, face à la mer, qu'il en fait part à Eugène.

— Doublure ! lui annonce-t-il, l'excitation affleurant dans la voix.

L'autre éclate de rire.

Attendons, ça devrait lui passer.

— Comment ça, doublure ?

Plus Elio y pense, plus ça lui paraît être la solution idéale.

— Chaque fois que tu te produiras à l'étranger, je serai ta doublure officielle. Aucun trajet supplémentaire pour toi. C'est moi qui t'accompagne, pour qu'on répète ensemble ce que tu dois chanter.

Silence. Eugène ne sourit plus. Il réfléchit. Il est en train de comprendre que c'est une très bonne idée.

— C'est une très mauvaise idée, dit-il.

— Pourquoi ? ? ?

— Avec quarante de fièvre, je chante encore.

— Bravo.

— Jamais été aphone.

— *Per carita* !

— Donc tu ne monteras jamais sur scène.

— Je n'en serai pas loin.

Une solution parfaite, vraiment. Eugène ne peut pas ne pas l'admettre.

— Impensable. Toni, tu te rends compte de ce que tu proposes ? Tu deviendrais, je ne sais pas… Un fantôme !

S'il savait, songe Elio.

Au contraire, il ferait exactement ce qu'il aime, aux côtés d'un homme qui compte.

Juste, il le ferait dans l'ombre, comme tout le monde et rien de plus.

Nantes, 1962

Ça ne s'avère pas compliqué du tout à mettre en place. Eugène se contente de laisser son statut écraser les négociations. Monsieur Rousseau saurait-il se montrer arrangeant qu'Eugène se ferait un plaisir de revenir ensuite se produire gracieusement à Graslin. Voilà. Affaire réglée.

C'est aussi vulnérable que cela, un directeur de théâtre.

— Je me répète pour que tout soit clair. Vous libérez Toni à des périodes qui vous seront communiquées à l'avance. Le reste du temps, il continue de faire partie de vos distributions.

Le mot doublure n'est pas prononcé. En France, Toni est et restera choriste. L'histoire flamberait tout de suite, sinon. Si Eugène a su deviner le pot aux roses, d'autres aussi le pourraient.

Leur projet ne vise que les scènes étrangères, par souci de discrétion et pour bénéficier de plus de temps ensemble. La durée du transport pour décortiquer la partition, sur place la possibilité de plusieurs répétitions. Mais l'international, mieux vaut laisser l'impresario d'Eugène gérer ça. Alfonse Roulier, il s'appelle, c'est le meilleur. Comment ce monsieur compte-t-il procéder ? Le plus simplement du monde, en prévenant ses prestigieux interlocuteurs que

Monsieur Vanzo souhaiterait être engagé avec sa doublure. Personne n'irait imaginer l'énormité en train de se jouer derrière cette simple phrase.

Les réactions, c'est selon. Les maisons qui ont une culture de la chose acceptent d'ajouter un avenant au contrat et de prendre en charge les frais de voyage et d'hôtel de Toni ainsi que ses défraiements. D'autres, plus étonnées, demandent à entendre l'animal avant de donner leur accord. Cas de figure qui peut rendre Eugène un peu nerveux. L'audition, tu y vas mollo, répète-t-il à son éblouissant copain. Devoir passer derrière lui et sentir de la déception, merci bien.

En fin de compte, l'unique annonce délicate revient à Elio. Malheureusement, elle touche Joséphine. *Cavolo*, ce qu'il est pénible d'avoir à lui asséner le sale refrain. Tu mérites mieux, je suis trop âgé pour toi, quelqu'un saura te donner plus, etc. Il vient de le lui infliger et accueille sa tristesse avec la plus grande douceur possible.

— Rappelle-toi, Jo, on a toujours su que cette histoire ne serait pas sérieuse.

Une belle idiotie s'il devait être sincère. Toute histoire est sérieuse.

On ne peut pas dire non plus que Joséphine leur facilite les adieux, vu sa réaction magnifique.

— C'est une opportunité incroyable, murmure-t-elle en s'efforçant de sourire. De choriste à doublure d'Eugène Vanzo, je suis tellement heureuse de ce qui t'arrive !

Merveilleuse Joséphine. Existe-t-il quoi que ce soit de plus triste que de faire souffrir les gens bien ? Puisqu'Elio reste vivre à Nantes, pourquoi quitte-t-il sa fiancée ? Il le fait en y mettant tout son amour. Autant qu'il peut, disons. C'est d'ailleurs là le problème, et bien pour ça qu'il juge préférable de mettre un terme à leur histoire. Joséphine doit rencontrer quelqu'un d'autre, quelqu'un qui lui donnera tout. Lui en est incapable, sans réussir à s'en expliquer la raison. Un frein en lui, une entrave, une sorte d'ombre. Seule certitude, le problème n'a plus rien à voir avec la cicatrice laissée par Fernande. Ça, il s'en est remis depuis longtemps. À se demander même comment ce chagrin a pu être aussi grave. N'y pensons plus. Toujours est-il que Joséphine va lui manquer et qu'il n'a même pas le droit de le lui avouer. Fais ça pour elle, se répète-t-il, reste cohérent.

Sa nouvelle carrière de doublure commence fort, par une *Bohème* au Covent Garden de Londres. C'est évidemment le nom des lieux qui impressionne, plus que la partition.

— Tu parles anglais, toi ? lui demande Eugène.

— Du tout.

Ni l'un ni l'autre, donc.

Il est rare de voir leurs visages afficher un tel sérieux.

— On ne va pas pouvoir draguer les filles, soupire Eugène.

Ils rient, et hop, se ressemblent à nouveau. Apparaissent la tour de Big Ben, Hyde Park, Buckingham Palace. Elio n'en revient pas, il fait face à Buckingham Palace ! Quelques semaines plus tard, ils donnent une *Traviata* au Sao Carlos de Lisbonne. Eugène retourne ensuite à Garnier pour un Massenet, Elio à Nantes pour une opérette. Puis ils se retrouvent au *Staatsoper* de Vienne. Bonne surprise, parlé gentiment, l'allemand devient très musical. Long séjour à Nantes, avant de s'envoler pour Toronto. Mi-avril, la ville est encore recouverte de neige. Un coup la langue, un autre le froid, ça ne va quand même pas me rappeler le Stalag à chaque fois, s'insurge Elio, mince quoi.

À New York, fini de comparer. Ici, on ne pense plus. On admire en silence. Ils prennent des billets pour voir *Singin' in the rain* à Broadway. Eugène lui fait la surprise d'un dîner au Elio's. Ah ah ah, comme c'est amusant. Et rien encore comparé au fou rire qui les attend à la page 3 du menu.

— Qu'entendent-ils exactement par « bœuf sauce moucheron » ?

La mine d'Eugène qui vient de découvrir l'appellation et le scepticisme dans sa voix en demandant confirmation au maître d'hôtel.

— *È una salsa con funghi, sir. Molto buona* !

— Aaah ! s'enthousiasme Eugène. *Mushroom* signifie donc champignon… Ça me rassure, ajoute-t-il avec un sérieux de pape.

Oh non, ce que c'est drôle. Elio n'arrive plus à s'arrêter de rire. Ce n'est pas gentil de sa part, il le sait et s'en excuse d'un geste, mais c'est plus fort que lui. Plié en deux sur sa chaise, il en pleure.

— Ça doit être nettement meilleur que les moucherons, réussit-il à dire en s'essuyant les yeux du coin de sa serviette.

Quelle vie c'est, New York.

Roxanne, une des milles assistantes du Carnegie Hall, boule d'énergie bilingue haute comme trois pommes, les trimbale partout où ils veulent. D'abord au Metropolitan Museum of Arts où Elio tombe amoureux d'une toile de Vermeer, puis au Museum of Modern Arts où il choisit Andrew Wyeth et Edward Hopper. Sans qu'il ait prémédité son coup, ses tableaux préférés représentent à chaque fois des femmes seules. Il veut aussi aller à Ellis Island et approcher la Statue de la Liberté. On le voit courir partout.

— Est-ce que tu aurais un tout petit peu de temps pour bosser ? finit par lui demander Eugène.

— Comment peut-on construire des immeubles aussi hauts, répond Elio, la tête renversée vers un improbable soixante-dix-septième étage.

— Moi, je trouve plus mystérieux le secret des pyramides.

— Tout à fait, et ça m'impressionne aussi beaucoup moins.

Avant le récital, trois répétitions sont prévues avec chef et orchestre. Elio demande à en chanter une. Décidément, cette ville lui fait de l'effet.

— C'est promis, hein, tu retiens les chevaux.

La jeune soprano, une certaine Montserrat Caballé, est douée. Vraiment impressionnante. Répéter avec elle, à nouveau entouré de musiciens, dans la salle vide du Carnegie Hall, est un moment d'une poignante beauté. Le soir même, Elio s'endort comme un bébé.

Tôt le lendemain, il entraîne les autres dans Central Park. Un homme l'aborde, Roxanne traduit. Le type se présente, producteur de cinéma de la Metro-Goldwyn Mayer, il a l'œil pour repérer les stars. Ce grand monsieur en est une, s'est-il tout de suite dit. Qu'importe l'âge quand on a un charisme pareil. L'élégance, la virilité et maintenant qu'il les découvre, les beaux yeux verts. Français ? Le pompon !

Trop long, son baratin hollywoodien, pense Elio.

— *Thank you*, non merci et *gooodbye*, répond-il avec une franche bonne humeur.

Il ne s'occupe plus du magnat qui tangue. Il s'en va.

— Non mais tu es sûr ? s'enquiert Eugène au bout de quelques pas.

Lui, le producteur l'a bigrement impressionné.

— Je suis ta doublure, mon pote. Je ne peux pas être partout.

L'année suivante, le monde entier entend Martin Luther King déclarer *I have a dream*. Si j'avais eu la peau noire au lieu de ma bonne bouille, où serais-je aujourd'hui ? s'interroge Elio. Ou bien si les fascistes avaient décidé d'une ségrégation contre les orphelins, quid de sa vie ? Il aurait aussi pu ne jamais rencontrer Mademoiselle, ni Giuseppe ou Clairvius. Qu'est-ce qui ressort du hasard, qu'est-ce qui ressort du combat ? On n'en sait rien. Où est le mérite, où est la chance, on ne le sait pas plus. Reste à espérer, pour les causes justes, qu'elles mêlent les deux. C'est ce qu'Elio se dit. Quand survient l'assassinat du président Kennedy, là vraiment il ne sait plus. Pendant leur tournée dans les théâtres de Miami, Denver et San Francisco, évidemment qu'il sent la nervosité du pays. Que peut-il faire ? On vient de frôler la guerre nucléaire et il paraît qu'un « téléphone rouge » entre Américains et Russes devrait pouvoir leur épargner la fin du monde. En Haïti, le dictateur Duvalier massacre son peuple. Au Viêt-Nam… Comme ça partout où on regarde et Elio, pendant ce temps, où est-il ? En coulisse. A-t-il honte d'être aussi petit ? Un peu, pas trop. Il a la certitude d'être à sa place. Important sans que ça se sache.

Caché à jardin, maquillé, costumé, prêt à jaillir sur scène sans jamais y aller, il ne quitte pas Eugène des yeux. Il l'encourage du regard, le récupère entre les actes, lui tapant dans le dos avant de le renvoyer sur scène, la confiance décuplée. Il sait les passages difficiles et entend si leur travail a porté. En bref, il fait équipe et réussit ce qu'il n'aurait jamais cru possible, chanter et se taire en même temps. Aucun doute n'est permis, il est heureux.

Il fallait cependant que la chose finisse par arriver. Cela fait cinq ans qu'ils voyagent quand Eugène reçoit une invitation provenant d'Italie. De Turin ? Venise ? Non, carrément du *San Carlo* de Naples. Les pieds dans le plat, pense Elio en s'installant dans le train-couchettes pour une nuit blanche. Le *San Carlo* qu'ont dirigé Rossini et Donizetti, là où il a assisté à seize ans à son premier opéra.

En sortant de la gare de Napoli Centrale, Elio se rend compte qu'il n'est plus habitué à rien et qu'il reconnaît tout. Les cris en patois, le parler avec les mains, les façades décrépies. Il est parti d'ici à vingt ans, il y revient à cinquante-trois. Ça a changé. Concerts de klaxons, zigzags des Vespa, soutiens-gorge et culottes étendus à la vue de tous sur les fils à linge. De son temps, on n'aurait pas osé. On se permettait à peine d'y faire sécher les draps. Si certains détails lui sautent aux yeux, la plupart du temps il ne voit rien. Au lieu de regarder la ville, il s'en souvient. Au point de s'entendre expliquer à Eugène que telle église ne s'est jamais trouvée sur telle place.

— Qu'est-ce que tu racontes ? Toni ! Elle date du dix-septième siècle !

— Je te parle de l'emplacement. Je t'assure que je ne la revois pas ici…

Naples, c'est une tonne de souvenirs et quelques questions. Retourner ou pas à Marechiaro, essayer de savoir où est enterré Giuseppe, entrer dans le conservatoire de musique San Pietro a Majella ou fuir la rue. Il tranche et décapite tout projet de pèlerinage. En plus, il ne se voit pas embêter Eugène avec ça. Si encore il avait des choses intéressantes à lui montrer, mais pas vraiment. Ses souvenirs sont loin d'être tous présentables.

Une exception pour San Giorgio, où il décide d'aller. Parce que l'information vient de Giuseppe. Parce qu'il veut découvrir les paysages que ses parents ont vus. Parce que si ça se trouve, ces gens y vivent toujours.

Le théâtre leur fournit une voiture, et même un chauffeur, un gars du nom de Pietro.

— Y a rien à voir là-bas, les prévient-il en soufflant la fumée de sa cigarette.

Il tient son volant d'une seule main, celle avec la gourmette dorée.

— Vous feriez mieux d'aller à Pompéi, ajoute-t-il.

Ça revient au même, pense aussi sec Elio.

Qu'y aura-t-il au bout de la route, quelles traces ? Qu'il puisse tout à coup se retrouver face aux protagonistes de son histoire, il n'y croit pas. Ça ne l'empêche pas de l'espérer. Leur Fiat a quitté Naples par le nord. On ne longe pas la mer, hélas, ni les belles collines en restanque. Un vague buffle apparaît. À se demander ce qu'il fiche là. Des chèvres trouvent encore à brouter dans la rocaille. Mais un buffle ?

À vrai dire, plus on roule, plus c'est moche. Une prouesse, dans la région.

— Je vous dépose où à San Giorgio ? demande le chauffeur.

À l'entendre, il n'y a pas l'embarras du choix. Soit la pépinière De Luca, soit la concurrence, l'entreprise horticole Ruggiero. Tout dépend des arbres ou des outils qu'on veut acheter.

— Plutôt au cœur du village, répond Eugène depuis la banquette arrière.

Phrase qui lui vaut un long regard dans le rétroviseur intérieur. Pietro porte des lunettes de soleil. Sans voir ses yeux, quelque chose fait qu'on devine. À Denver, un employé du Ellie Caulkins Opera House leur avait demandé si Paris était au bord de la mer. Eux aussi avaient eu ce regard-là.

— Dans ce cas, vous y êtes, annonce Pietro en gardant son sérieux.

Ah.

En effet.

Quelques habitations rurales et des granges à l'abandon. Un ancien four à pizza. Une chapelle en haut d'un talus, avec un cimetière attenant. Au loin, une grande demeure bourgeoise, qui a dû être magnifique avant d'être à moitié détruite. Ses écuries et les étables, également en ruines. Bombardées ?

Les champs autour sont redevenus campagne sauvage.

Si l'ensemble a un jour mérité le nom de village, il flotte aujourd'hui sur l'endroit comme un costume trop grand.

— Je peux vous emmener ailleurs, leur propose Pietro avec flegme.

Elio ne prononce pas un mot. Il promène un regard impavide sur les bâtisses et Eugène croit pouvoir deviner ce qu'il pense. Est-ce que j'essaie de frapper à une porte ou en ai-je vu assez ?

— San Giorgio, je vous l'ai dit, c'est surtout connu pour les pépinières, répète le chauffeur.

Un qui aime bien avoir raison ou que le silence angoisse.

— San Tamarino, ça, c'est vrai un village. Je vous emmène ? Y a des magasins, vous pourrez acheter des souvenirs.

Ce ne serait pas plus mal qu'il se taise, se dit Eugène.

— Merci, Pietro.

Il a compris. Ça y est.

Un homme âgé débouche à pas lents d'un chemin de terre. Comme ça, au milieu de rien, il surgit en tirant une charrette à bras moitié remplie de petit bois.

Faut essayer, Elio décide.

— *Buongiorno Signore* !

Le monsieur s'est arrêté et tire de sa poche un large mouchoir pour s'éponger le front.

— Je cherche une certaine Musetta.

Musetta… Musetta, entend-on le vieil homme marmonner.

— C'était pas cette pauvre malheureuse ? Non, je ne sais plus. Demandez voir à Tullia, si c'est un jour qu'elle a sa tête.

D'une main, il a indiqué la maison, avant de repartir avec sa brouette.

Quand on frappe à la porte, personne ne répond.

Quand on regarde par la fenêtre, il y a une femme.

Assise, immobile, un ramassis d'étoffes sur les épaules, un fichu sur le crâne. Elle a froid malgré le cagnard ?

Elio toque au carreau, encore et encore, jusqu'à obtenir son regard.

Commencent les grands gestes, ouvrez-nous, on doit vous parler, regardez je vous souris, je ne vous veux pas de mal, ouvrez.

— Faut passer par l'arrière, lâche Pietro.

On voit ce qu'il pense. Ces Italiens, c'est devenu des Parisiens. Ça ne sait plus s'y prendre. Lui, il l'a, le coup de main. En trois minutes, il entre dans la maison qu'il ouvre de l'intérieur.

Sans doute pas un bon jour pour Tullia qui réagit peu.

— Désolés d'arriver chez vous comme ça, lui dit Elio. C'est un peu… Mais je cherche Musetta.

Deuxième fois en dix minutes qu'il dit cette phrase. La dernière, il espère. Il a tenu cinquante-cinq ans sans et n'a aucune envie de prendre l'habitude.

La femme éclate de rire.

Personne ne s'y attendait.

C'est longuement dérangeant.

— Musetta… répète-t-elle.

Le prénom semble l'émerveiller, jusqu'à ce qu'il lui provoque un accès de larmes, une sorte de crise, on ne sait pas, émaillée de regards perçants, de plaintes et de silences pesants.

Il faudrait partir. On ne peut pas avoir envie d'autre chose. Pourquoi ne le font-ils pas ? Parce que Tullia prononce aussi des bouts de phrases sensées. « Ma Musetta chérie » et un « c'était mon amie » qui fige.

Elle aussi a dit « c'était ».

— Elle est morte ? lui demande doucement Elio.

On n'apprend pas à poser ce genre de questions.

Il ne s'est pas assez préparé à ce moment.

Une moitié seulement de son cerveau vit la scène. De l'autre, il se surveille. À la moindre réaction excessive, au premier signal inquiétant, il quittera cette maison.

Tullia s'est levée de son fauteuil sans répondre à sa question. Elle fait pire, elle leur propose un café, ouvrant déjà un placard, une boîte en fer, un tiroir de cuisine, commençant à remplir un percolateur de poudre moulue, avant de le mettre à chauffer sur sa cuisinière à bois.

— Elle n'a pas mis l'eau, chuchote Pietro à l'oreille d'Eugène.

Elio l'entend ou bien avait-il remarqué. Poussant le café hors du feu et la femme hors de sa cuisine, il la ramène s'asseoir. D'accord pour être suspendu à ses lèvres, pas à ses gestes.

Il lui repose sa question. Il redemande, en supportant les larmes, les gestes bizarres, et les phrases inachevées qui ne sont pas des réponses. Il guette là-dedans toute information valable. En vain. Ça ne rime à rien, Tullia ne fait qu'évoquer un bébé en train de téter le sein de sa mère morte.

— Je sors fumer, marmonne Pietro en se signant. Je vous attends dehors.

Au lieu de prendre le briquet dans sa poche, il porte une deuxième cigarette à ses lèvres. Plus du tout la tête à ce qu'il fait.

— Tullia, écoutez-moi. C'est Musetta qui est morte ?

— Ma Musetta... Toute raide. Lui, qui la tète.

Elle imite un bruit de succion avec sa bouche.

Silence glacial autour.

— Ok. Stop. Viens, mon Toni. On s'en va !

— Tullia n'aura jamais d'enfant, s'emporte Tullia.

Secouée par la colère, elle lève un index menaçant.

— Donner la vie me tue !

— Complètement cinglée. Elle ne t'apprendra rien. Partons, insiste Eugène.

Il a sans doute raison, se dit Elio.

Pietro aussi a l'attitude du gars fermement décidé à foutre le camp, la main déjà sur la poignée de la porte. On les comprend, tous les deux. Qui aurait envie de rester dans ce trou à rat à écouter une bouche d'ombre ?

— Allez à la voiture, je vous rejoins.

Le laisser seul avec cette folle, s'alarme Eugène. Jamais de la vie.

— Viens avec nous, Toni. On se sauve. Je le sens pas...

— Moi non plus, je le sens pas... Juste cinq minutes.

Aussi absurde que cela puisse paraître, il a l'impression d'avoir rendez-vous.

Pietro et Eugène vont l'attendre dehors. Il n'y a pas de rues où se balader, à peine une flaque d'ombre où se tenir. Au bout d'un quart d'heure, Eugène n'y tient plus. Il retourne se planter devant la fenêtre. Rien, Toni et Tullia se parlent calmement. À la surveillance suivante, il voit que son ami s'est rapproché d'elle et qu'il lui tient les mains. S'ils ne se disent plus rien, à quoi leur sert de faire durer ?

Encore une grosse heure avant que Toni quitte la maison. Ce n'est même pas pour les rejoindre à la voiture. Il a un geste de la main qui signifie j'arrive. Le petit cimetière, c'est là qu'il court. Au secours, il a retrouvé ses parents.

Qu'il est difficile ensuite de se remobiliser pour le récital. Il faut penser raison première de leur venue au San Carlo, revenir à ça, s'y accrocher. Ne pas juger dérisoires les partitions. Non, ce ne sont pas de simples bouts de papiers.

Jour J, heure H. Elio ne se tient pas en coulisses. Pour la première fois depuis qu'il accompagne Eugène, il n'y est pas. Il s'est assis dans la salle en simple spectateur. Ce soir, la musique joue gros avec lui. A-t-elle encore du sens sous les bombes ? Voilà le test qu'il lui fait passer.

Pour la défendre, il y a du beau monde. Le jeune Luciano Pavarotti, la légende Mario del Monaco et mon Eugène réunis pour un hommage à Enrico Caruso dont Naples est la patrie. Né et enterré ici, Caruso. Adulé en Amérique, célébré dans le monde entier, mais un héros d'ici. Pas étonnant qu'aux premières notes des trois ténors, le public du San Carlo prenne feu.

Elio, les larmes lui montent aux yeux.

C'est l'hymne de son enfance, *Ò sole mio.* À Marechiaro, on le chantait tout le temps. À la plage, aux veillées, en balade. Idem à Zanolla, en remaillant les filets ou lors des navigations tranquilles. Sœur Annamaria le fredonnait en ravaudant. On ne connaît que ça. Un air qui mériterait d'avoir été composé par Verdi tellement il leur coule dans les veines.

Elio a le regard fixe de l'homme qui se souvient. C'était il y a combien ? Plus de trente ans, son premier récital sous l'égide de Mademoiselle. Il avait absolument tenu à associer Caruso à son programme, les chansons napolitaines entreraient en même temps que lui à l'Opéra-Comique. Alors oui, ça avait râlé. Provocation, faute de goût, tout avait été dit et écrit. Était-ce vraiment de l'insolence ? Un caprice ? Exactement le contraire. Il suivait seulement son fil rouge, avec Caruso et Verdi pour grigris.

Pareil ce soir. Pauvre de tout, il est riche d'eux.

C'est l'enseignement du moment qu'il vient de vivre. Non, mille fois non, la musique ne l'a pas abandonné. Elle vient à nouveau de le bouleverser. Peut-être d'autant plus qu'il n'était pas bien vaillant. Sur scène ou dans la salle, peu importe, ça a du sens pour lui et en aura toujours.

La surprise, c'est qu'être italien vient aussi d'en regagner.

Mexique, 1969

— Comment tu vas ? lui demande Eugène.

Cette question, tout dépend qui la pose. En général, les gens font semblant. Il faut répondre très bien, ça leur suffit, on peut passer à autre chose.

Ils viennent de s'attabler à l'Opera Bar, une institution de Mexico qui leur a été chaudement recommandée. Plafonds richement ouvragés, long comptoir de bois sombre, faux airs du restaurant La Coupole à Paris. C'est bien la peine d'avoir fait treize heures d'avion.

— Tu parles espagnol, toi ?

— Non, et toi ?

— Mince, comment on fait pour les filles ?

Leur vieille blague. Évidemment que si, ils le baragouinent. Suffisamment pour avoir pu commander les tapas qu'ils voulaient et pas d'autres. Ils se débrouillent aussi en anglais, en allemand et en russe.

— Finalement, peut-être que ça sert à quelque chose d'avoir de l'oreille.

— Et une coquetterie de cabot, une !

Ils n'ont pas eu une seconde depuis leur arrivée. Dès l'aéroport, ça a été quelque chose. Fleurs et tout le toutim, manquait juste la fanfare. Le directeur de l'Opera Nacional avait peut-être vu un peu grand. Non, leur a répondu ce monsieur, rien n'est trop beau pour fêter leur venue. Le chef d'orchestre abondait en parlant d'un « événement ». Musiciens fin prêts, spectacle évidemment *sold out*, presse surexcitée. Entre eux quatre, la discussion a été agréable, le courant passait bien. Il a surtout été question d'un regard novateur posé sur le *Manon* de Massenet, avec transposition de l'histoire au Mexique. C'est un vrai point de vue, ça. On n'est pas dans une volonté bébête de faire moderne. L'entreprise s'annonce intelligente, sincère, il va falloir être à la hauteur. Les Mexicains ont fini par se taper sur le front, ils se rappelaient qu'ils devaient les laisser se reposer. On se réjouissait de se retrouver le surlendemain pour une première répétition.

Se reposer ? C'était mal les connaître. Leurs voix, d'accord. Les précieuses devaient se remettre des grosses émotions du voyage. La pressurisation et la climatisation de l'avion, ce n'est pas bon du tout. Un jour ou deux avant que les cordes vocales décongestionnent. Mais côté jambes, tout va bien. Ils sont partis sur-le-champ à la découverte de la gigantesque Mexico City. Ciudad, dit-on ici. Trois heures plus tard et les pieds en compote, ils ne sont pas malheureux de se poser à l'Opera Bar. Leurs cerveaux réclament café au lait et tartines matinales. Non, c'est l'heure de l'apéro.

— Maintenant, mon chou, tu vas me dire comment tu vas…

Après sa visite au cimetière, Toni ne lui a rien raconté. Ils n'en ont plus jamais reparlé. Ça fait cinq mois. Depuis, ils ont beaucoup travaillé, débattu avec ardeur, rien de personnel. Le sujet du moment, c'est Pavarotti. Le métier ricane parce que Luciano est incapable de déchiffrer une partition. Les imbéciles ! Il y a plus de musique chez ce gars-là que dans trois orchestres réunis. Eugène en est certain, une carrière époustouflante l'attend. Ce qu'il se garderait bien de dire à voix haute. Avoir Toni pour frère choisi incite à une certaine prudence sur les pronostics. Et vous fait relativiser la valeur du succès.

Le cadre est idéal pour qu'ils recommencent à se parler. Un pays inconnu, du temps devant eux et la fatigue qui fait céder les dernières défenses.

— Je vais bien, lui répond Toni.

Il dit la vérité.

Bien sûr qu'écouter Tullia a été une épreuve. Et alors, on s'en fiche qu'une parole soit agréable à entendre si elle est importante. La vie, ce n'est pas de protéger son petit confort. Faire la lumière sur qui on est compte nettement plus. Qu'est-ce que je vais faire de ce bazar ? s'est-il d'abord demandé. Il n'en voulait pas de cette histoire. Elle lui faisait horreur. À ça de la rendre, s'il avait pu. Trop tard, il y pensait sans arrêt. Pire, la nuit. C'est d'ailleurs un cauchemar qui l'a aidé à y voir clair, comme quoi. Il venait de se réveiller en nage. Il a eu besoin d'allumer des lampes, d'aller chercher un verre d'eau, prêt à prendre une douche si ça avait pu aider. Les images poisseuses de la grange lui cognaient dans la tête. Tout à coup, il a mis des mots dessus, tout s'est éclairé, ça y était. Il avait compris.

Ta maman t'a tout donné, s'est-il dit. Elle t'a aimé infiniment, aussi fort qu'une mère peut aimer son enfant. Tu as été ce qu'il y avait de plus important pour elle. Combien de temps ? Aussi longtemps que cela lui a été possible. Jusqu'à ta naissance. Un tout petit peu au-delà.

La suite, sa mère n'a pas pu l'empêcher. Sa mort, le sein glacé, elle n'a évidemment jamais voulu ça.

Lui a reçu l'ensemble. La force, l'amour et le poison dont on a forcé sa mère à le nourrir.

Ça ne va pas être simple à résumer autour d'une assiette de tapas.

— Tu vois, Eugène, ce qui m'est arrivé, c'est que… C'est de…

Il s'interrompt. Pourquoi accabler son ami ? « J'ai tété ma mère morte, c'est peut-être de là que me viennent ma force et mes limites. » Sérieusement ? Il s'est vraiment imaginé balancer ça à la figure d'Eugène ? N'importe quoi ! Elle est laide, cette vérité. Qu'il ait réussi à la faire sienne, tant mieux. Ça ne la rend pas bonne à dire pour autant.

Il veut au contraire transmettre de la joie.

Celle, toute nouvelle, de mieux se comprendre.

Il va juste dire qu'il est heureux d'avoir appris un pan de son histoire, parce qu'il se reconnaît dedans.

— Je sais ce que je tiens de ma mère.

Comme elle lui plaît, sa formulation. Totalement passe-partout. Comme s'il évoquait le banal héritage de ses cheveux bouclés.

— Elle chantait ?

Magnifique ! Eugène est tombé dans le panneau.

Crucial d'y aller doucement, a décidé Elio. S'il lui a fallu plus d'un demi-siècle pour se comprendre, il ne peut pas espérer être entendu à la seconde par son ami. Il va d'abord falloir le rassurer, Eugène. Ensuite, il lui expliquera par petites touches. Cette histoire de tiraillements entre des courants contraires reste délicate à saisir. Tentation de la lumière, versus celle de l'obscurité. Comment présenter avec des mots simples ce combat intérieur ? En moi, la vie et la mort sont autant à l'œuvre l'une que l'autre, pourrait-il dire. Et qu'on ne s'avise pas de lui rétorquer que c'est le cas pour tout le monde. Non, tout le monde ne boit pas le calice à la naissance. Lui l'a réellement fait. Ce n'est pas quelque chose d'ordinaire.

Le savoir l'a plutôt libéré d'un poids.

Ça lui donne de nouvelles envies pour la suite.

Lesquelles ? Trop tôt pour le dire, mais quelque chose est en train de germer. Vu sous cet angle, on se demande quelle urgence le presse à en informer Eugène dès ce soir.

Ça le concerne, voilà pourquoi.

— J'ai quelque chose à t'annoncer, qui va te faire plaisir.

— Tu as rencontré une petite Mexicaine ! Cœur d'artichaut, va…

Il n'y a pas grand monde pour taquiner Toni sur son surprenant célibat. Eugène doit être l'un des rares à se le permettre. Il peut témoigner du nombre de têtes qui se retournent quand ils se promènent. Sa propre mère s'est presque inquiétée. Ne me dis pas que vous deux… Mais non ! Toni n'aime pas les femmes ? Si, si. Alors comment se fait-il qu'un aussi beau garçon ne soit pas marié ? *Non si sa*, mystère. Elio est à l'apogée de sa séduction. On l'a sans doute dit aussi de ses vingt ans, de ses trente et quarante. Ça ne se défait pas, ce genre de physique. D'une gentillesse, avec ça. Pierrette a même pensé à lui pour sa sœur qui est veuve. Pas eu moyen. Bon, il y a eu Joséphine. Aux dernières nouvelles, il entretiendrait maintenant une correspondance avec une Américaine. New York, ce n'est tout de même pas très pratique. C'est justement parce que l'histoire est impossible que je la vis, lui a répondu Toni. Il a ses bizarreries, notre copain. Tout ça pour dire que la petite Mexicaine, c'était juste histoire de plaisanter. Alors quoi ?

— Je vais arrêter de t'encombrer.

— C'est-à-dire ?

— J'arrête.

— Les voyages ? Nous deux ? Tu arrêtes ?

— Oui.

Elio le sait, Eugène n'a accepté leur drôle d'attelage que par gentillesse. Parce qu'il a senti combien ça le rendrait heureux. À Eugène, qu'est-ce que ça apportait ? Sans doute rien. Chanter, il y arrive très bien tout seul. Si quelqu'un mérite la place qu'il occupe, c'est bien lui. En France, personne n'a les moyens de rivaliser. Sa sensationnelle cavatine dans *Faust*, la façon dont il accroche le contre-ut final, qui est capable de ça ? Son Werther, son Nadir… Un ténor de grâce, un vrai. Et tout de l'honnête homme. Jamais il n'a laissé peser les complications liées à cette histoire de doublure. Pas une seule fois. Des théâtres ont sans doute fait des difficultés. Les billets d'avion, les chambres d'hôtel avec salle de bains, il a bien fallu que quelqu'un les paye. Eugène a toujours donné l'impression que c'était simple. Pure élégance de sa part. D'autant qu'au fond il n'a jamais été à l'aise avec leur collaboration. Où ça, une collaboration, passait-il son temps à demander. L'un livre tout ce qu'il sait, tous ses secrets, et c'est l'autre qui se fait applaudir, tu parles d'un marché de dupes. Combien de fois a-t-il pu le bassiner avec ça. Ta place est devant, Toni. Je me fais l'effet d'être complice d'un crime, répétait-il.

Non, Eugène. Tu as été une chance.

— Tu me lâches ? Tu ne plaisantes pas ?

Mince, quel coup ça lui met. Le comble, c'est qu'au début il n'était pas du tout pour. Il l'a détestée cette idée. Comment supporter d'être mêlé à pareil gâchis, se demandait-il. Ça a été pénible. Toni était meilleur que lui en tout, la voix, l'interprétation, le jeu. Pourtant, il restait derrière. Allez-y, entrez sur scène avec ce poids sur le cœur. Maintenant qu'Elio s'arrête, il faudrait se sentir soulagé. Bah non, il a plutôt envie de chialer. Elles ont été tellement formidables, ces années. Toutes les partitions et les villes visitées, les nuits à se parler de musique et à refaire le monde, la sauce moucheron, les bons restos, les pince-fesses. Et les rôles ! Qui lui dira la vérité maintenant ? Un exemple, il y a cinq ou six ans de ça, avec *Les Pêcheurs de perles* de Bizet. Tout le monde avait l'air content, la presse aussi. Il n'y a eu que Toni. Il a été le seul, dès le lendemain, à lui proposer de réfléchir à la différence entre sirupeux et sentimental. Attention, a-t-il dit, c'est un piège, ce Nadir. On en fait un type mièvre. C'est quand même un chasseur de fauves, le gars.

À la représentation suivante, un critique a titré : « Vanzo, une voix aussi attachante que dangereuse. »

Merci, Toni.

— Heureusement que tu as prévenu vouloir me faire plaisir… Imagine si tu comptais m'annoncer un truc triste.

Humour faiblard. Ils essaient de se sourire. Sans grand succès non plus.

Il y a tout de même matière à se consoler, se raisonne Eugène. On ne se lâche pas la main, personne n'abandonne personne. Toni a enfin décidé de faire de sa propre vie une priorité. C'est une grande nouvelle.

— Tu restes choriste, ou ça aussi tu arrêtes ?

— Je crois que… sans vouloir paraître prétentieux, hein… j'aimerais bien essayer d'être utile.

Eugène pourrait répliquer qu'à lui il l'était. Il n'ose pas. Toni voit sans doute beaucoup plus grand que ça. Quel que soit son projet, il le soutiendra.

Ce *Manon* au Nacional Opera est donc leur dernière collaboration.

La chance, c'est les douze jours sur place et les deux représentations devant eux. C'est aussi d'être tombé sur une troupe avec un cœur énorme et un public qui restera parmi les plus chaleureux qu'ils aient connus.

Des adieux rêvés.

Sauf que ce sont des adieux.

Sitôt rentré à Nantes, Elio prend rendez-vous avec monsieur Rousseau. Le directeur de Graslin ne représente qu'une étape vers les autorités municipales. C'est de leur aval dont Elio a besoin, et d'autorisations. Son intention est d'entrer dans les hôpitaux de la ville, dans les maternités et en prison. Pour quoi faire ? Comment ça, pour quoi faire ? Pour amener la musique où elle n'a pas l'habitude d'aller. La faire entendre aux malades, aux bébés, aux prisonniers, à tous ceux à qui elle fera du bien. Personne n'a jamais fait ça ? Oui, c'est une drôle d'idée. Depuis qu'Elio l'a eue, il n'en démord pas. Il se pense bien placé pour en témoigner, il suffit d'une rencontre, d'un éclair de beauté, peut-être même d'une seule note pour changer une vie.

Eugène aussi s'agite. Pour une fois, c'est depuis les coulisses qu'il le fait. Il lui faut d'abord s'assurer la complicité d'Alfonse Roulier. Rattrape-moi ce contrat, lui dit-il. Eh bien maintenant, je l'accepte. Non, l'argent, on s'en fiche. Mais non, je ne joue pas gros. Ni ma carrière ni ma réputation. D'ailleurs, je ne joue pas du tout, je suis très sérieux. Surtout, tu ficelles bien le contrat de Toni en doublure officielle. Bah, tu te débrouilles.

Ensuite, Eugène doit convaincre les gens de Pathé-Marconi de dépêcher une équipe sur place. Pour un enregistrement en public, tout à fait. Non, on ne peut pas connaître la distribution. Est-ce qu'ils n'ont pas confiance en lui ? S'il leur dit que c'est historique et qu'on est en train de parler de la plus belle voix au monde ? Il peut déjà leur écrire la plaquette du disque. « Une intelligence musicale d'exception, une fougue communicative, un lyrisme sensuel associé à une miraculeuse tendresse. » Ça vous va ? Parfait, on tient notre accord.

Reste le plus délicat, prévenir Toni. Lui mentir n'est pas agréable du tout, même pour la bonne cause.

Pas simple, le coup de fil.

— Pardon de te déranger, lui dit-il au téléphone. J'ai vraiment besoin de toi. Ton idiot de copain s'est fourré dans la mouise.

Il s'explique. Il y a quelque temps, on lui a proposé un Verdi. Il avait évidemment pensé qu'ils le travailleraient ensemble, ce qui était rassurant. S'il avait su qu'il se retrouverait seul, jamais il n'aurait accepté. La date approche. Pour tout dire, il panique un peu.

— Quel rôle ?

— Alvaro.

La vache.

— Où ça ?

— À La Scala.

Elio en a le souffle coupé.

La Force du destin à Milan.

Qu'est-ce qu'il peut répondre à ça ?

Qu'est-ce qu'il faudrait dire ?

— Toni, entends-moi bien, je suis vraiment désolé. Je sais que tu es pris par tes projets. Mais comment je me sors de ça sans toi ?

La Force du destin à La Scala.

Verdi.

Mademoiselle.

— On s'y met quand ?

Vu l'enjeu, il n'y a pas à réfléchir. On sort les grands moyens. L'arrière-pays nantais à ciel ouvert ne convient plus. Il leur faut un toit. La solution arrive de Tony Poncet, le copain de Garnier, qui leur prête sa petite maison de campagne. Quatre murs qui ne ressemblent pas à grand-chose, entourés de champs qui, eux, ne ressemblent franchement à rien. Au mois de novembre en Eure-et-Loir, il ne faut pas trop en demander. C'est idéal, décide Elio. Ils pourront chanter à toute heure, sans crainte de déranger les voisins puisqu'il n'y en a pas.

— Mince, et pour les filles ?

La ville la plus proche se trouve à vingt kilomètres et s'appelle Vernouillet. Comme ça, c'est réglé. Ils se donnent deux semaines de travail, trois s'il le faut. Le gros du ravitaillement fait, les placards remplis, ils s'enferment pour préparer le concours d'entrée à Polytechnique. Ce genre d'ambiance.

Elio a une idée fixe, un problème qu'il veut tout de suite évacuer.

Réglons ça, annonce-t-il.

— Eugène, on a forcément entendu les mêmes anecdotes, toi et moi. Tu le sais, j'en parle quand même, le public de La Scala est le pire qui soit AU MONDE. Exigeant à l'extrême, éruptif à outrance… Avec ces gens, prépare-toi à souffrir. La Scala n'est pas une salle ordinaire, c'est une arène. Tu y entres pour livrer un combat. La chose étant dite, au travail !

— Non attends ! Deux secondes… Vraiment, ils sont durs à ce point ?

— Oui.

Eugène blêmit.

— Pour que tu te fasses une idée : quel est le mot d'ordre à Milan à la fin de la guerre ? Sachant que les trois quarts du centre historique viennent d'être détruits par des bombardements alliés…

— Je ne sais pas.

— « Du pain et un théâtre ! » Ça plante un peu le décor, hein… La Scala a été le premier bâtiment reconstruit. Ils ne plaisantent pas avec l'opéra, les Milanais !

Et si c'était une très mauvaise idée, se demande Eugène. Prendre un risque pour soi est une chose, mettre en danger quelqu'un qu'on aime en est une autre. Hors de question d'envoyer son ami se faire lyncher.

Un souvenir. Était-ce leur deuxième opéra ensemble ou le troisième ? Un *Trouvère* en tout cas, que Toni lui avait fait travailler. C'est lui qui aurait fait un Manrico éblouissant. Pourtant il était resté muet, doublure inemployée. Pourquoi tu te sacrifies pour moi, pourquoi tu me donnes autant, Eugène avait eu besoin de lui demander. Je ne donne rien, je rends, lui avait répondu Toni. Eh bien nous y sommes, à chacun son tour de rendre. Pas d'inquiétude à avoir. Si cruel qu'il soit, le public de La Scala a du talent. Ces gens reconnaîtront immédiatement la beauté qui leur arrive dans les oreilles. Ou alors ce sont des couillons.

Oups, Toni vient de lui parler.

— Pardon, tu disais ?

— Tu connais la partition, redemande Toni.

— À peu près.

— Oublie-la. On se concentre sur le livret.

Plus l'heure de réfléchir, démarrage en trombe.

La tarte à la crème, commence Toni, c'est de reprocher à cet opéra ses invraisemblances. Mauvais procès ! L'intérêt de cette histoire repose sur la psychologie des personnages. Si on comprend ça, on comprend tout. Qu'avons-nous au départ ? Le quatuor classique. Un père possessif, une fille amoureuse, un frère vengeur, et Alvaro, l'amant malheureux qui a tué par accident le père de sa dulcinée. C'est involontaire, plaide-t-elle devant son frère. Ça reste un meurtre, rétorque-t-il. Les piliers de la tragédie sont posés, le destin va pouvoir s'en donner à cœur joie.

Elio s'interrompt brutalement.

— Au fait, version russe ou version italienne ?

— C'est-à-dire ?

— Dans la première, donnée à Saint-Pétersbourg, tout le monde finit par s'entretuer. Mais Verdi n'était pas très content de cette mouture. Il l'a remaniée avant que son opéra ne soit remonté à La Scala en 1869.

Ah bon ?

Renseignements pris, on jouera à La Scala la version de… La Scala.

Comme c'est étonnant.

— Moque-toi. C'était important de vérifier, se défend Toni. Ce que Verdi fait dire au destin est différent selon la version.

Pour Eugène qui aime travailler dans la décontraction, c'est râpé. Du lever au coucher du soleil, que d'ailleurs on ne voit jamais, son copain affiche un sérieux de pape. Des heures à ergoter sur la différence de signification entre hasard, fatalité, fortune. Euh, ce ne serait pas de la philosophie, ça ? On n'a peut-être pas besoin d'avoir répondu à toutes ces questions pour réussir à bien chanter.

— Si ça ne t'intéresse pas de comprendre ce que tu dis… Attends, on allait oublier la malédiction. Tu sais, les oracles grecs, ou dans les contes, les paroles autour du berceau.

Misère, songe Eugène, dans quoi me suis-je embarqué ?

— En fait, ça revient à se poser la question de notre liberté. Du Verdi tout craché, ça. Il a mis toutes ses obsessions dans cet opéra, toutes ses colères. Vis-à-vis du joug politique, de la censure, de la bien-pensance et du déterminisme. Note que j'en oublie sûrement… Tu vois le tableau ? Passionnant, hein !

Comment l'arrête-t-on ? Jamais vu le grand Toni dans un état pareil. Aucun répit, même quand il cuisine. Il a beau éplucher, tailler, tisonner les cendres dans la cheminée pour y faire cuire les pommes de terre, il discourt encore.

— Je ne te connaissais pas moulin à paroles…

— Ça me fascine, ces questions. La chance, la volonté… Et la force de la vie qui déroule. Je ne t'ennuie pas, j'espère ?

— Tu veux rire ? C'est palpitant.

— Oh, ça me fait plaisir, Eugène. Tu n'imagines pas à quel point !

Dès le petit déjeuner, ça recommence.

— La grande question de chacun de ces personnages, je crois que c'est : comment trouver la paix intérieure malgré ce qui me tombe dessus et la violence des sentiments qui m'animent ?

— Toni…

— Oui ?

— Tu as encore de la mousse à raser sur le visage.

— Mince alors. Où ai-je la tête, moi…

On se le demande.

Milan, 1970

Qu'on aime ou pas le lyrique, tout le monde sera d'accord pour le reconnaître, La Scala possède une aura mondiale. Le nom claque. Les amateurs d'opéra disent que c'est un temple. Les ténors, qu'y chanter est une consécration.

Ils avoueront plus difficilement qu'une première fois dans ces murs fiche une trouille colossale.

Peu importent le brouillard, l'humidité et les températures glaciales de ce mois de février, Eugène et Elio ne sont transis que d'émotion. Pour le froid, il faut dire qu'ils sont parés. Habillés comme au ski, manteau épais, bonnet, écharpes et gants. Chacun des deux a dû penser la même chose en quittant sa chambre d'hôtel : pas le moment de tomber malade. Ils marchent sans un mot, le pas raide, le regard hypnotisé par le monument devant eux dont la modestie les surprend. La fastueuse salle rouge et or, ils l'ont vue reproduite sur nombre de croquis et de photographies. La façade toute simple, d'une pudeur très XVIIIe siècle, ils la découvrent seulement maintenant et lui sourient en silence. Une petite buée d'hiver en profite pour s'échapper de leurs lèvres. Leurs yeux pleurent, disons à cause du vent.

Aucun des deux n'était jamais venu.

Un instant d'hésitation avant de se décider et de prendre par… Oui mon coco, par l'entrée des artistes.

L'accueil est aimable, sans plus. Pas très expansive, la gente milanaise. Est-ce culturel ou bien le message serait-il un autre ? Vous avez dit comment, votre nom ? Eugène Vanzo ? Laissez-moi réfléchir, voir si ça m'évoquerait quelque chose, je cherche, hein…

Un truc fait pour intimider.

Ne le prenez pas mal, c'est qu'on en voit passer beaucoup ici, et de tellement célèbres. Cet élégant *Signore* en train de lire dans le foyer des artistes, oui, c'est Herbert Von Karajan. Assis à sa place il y a peu, Visconti faisait rire Maria Callas. Oh, et je ne vous ferais pas l'insulte de vous présenter un autre habitué de la maison, ce ténor-miracle qu'est Luciano Pavarotti… Au fait, le grand monsieur qui vous accompagne et qui ne dit rien, ce serait ? Comment ça, votre doublure ? ? ? Ah non, sûrement pas. Vous pensez bien que la maison gère et pallie en cas d'infortune. Jamais de solution extérieure, non, non, non. On n'entre pas à La Scala comme dans un moulin.

Ne pas se laisser démonter.

Rester calme.

— Je vous le répète, Toni est ma doublure. Vérifiez dans nos contrats.

— En effet. Ça alors.

Ces petites vexations n'entachent en rien la solennité du moment.

Dire que les difficultés ne font que commencer, songe tout de même Eugène.

J'y suis, se répète Elio. Combien de triomphes Verdi a-t-il connus ici, dans ce théâtre que Toscanini a dirigé à deux reprises et dont Mademoiselle gardait la maquette dans son salon.

Il faut se pincer.

Même en se pinçant.

Les portes qu'on lui claque au nez aident tout de même à atterrir. Quand il est avec Eugène, les gens sont tout sourire. Sitôt qu'il est seul, le ton change. On se charge de lui rappeler qu'il n'est personne à La Scala. Non, vous n'entrerez pas dans le réfectoire. Les coulisses ? Faites plutôt le tour. La salle de répétition, n'y pensez même pas.

— Mais je…

— Niet.

Eugène est seul à enchaîner les rendez-vous. Avec les couturières pour les costumes, le metteur en scène pour découvrir sa vision, sans oublier les présentations à l'orchestre. Entre solistes, la glace est vite rompue. Tout le monde se détend, chacun est à son affaire. L'endroit a beau être légendaire, tétanisant, une fois dans l'action, les repères habituels reprennent évidemment le dessus.

S'il faut y aller, c'est maintenant, sait Eugène.

En pleine répétition, il s'arrête net en portant une main à son cou. Tout le monde connaît ce geste affreux. Rupture d'une corde vocale ! Une catastrophe. Un mouchoir préalablement imprégné d'une pointe de mercurochrome confirme les craintes de l'assemblée. Ça va, monsieur Vanzo ? Non, ça ne va pas. On lit de la panique dans son regard, une immense détresse. On est acteur ou on ne l'est pas, n'est-ce pas. Prévenu, le directeur musical envoie sur-le-champ son ténor consulter. Les assurances sont contactées, ainsi qu'Alfonse Roulier.

Pourvu que tout marche comme prévu, se dit Eugène tandis qu'il patiente dans la salle d'attente cossue d'un ponte de la gorge.

Le directeur de la musique a déjà mal au crâne. L'impresario de Vanzo vient de lui rappeler son obligation contractuelle. C'est ce Toni qui doit reprendre le rôle. On parle quand même d'un Verdi à La Scala ! Comment un sombre inconnu pourrait-il faire le poids, soyons sérieux. Sans compter qu'il a plutôt l'âge de raccrocher les gants.

— Allez me chercher ce type, bougonne le directeur Abbado. Quelle idiotie d'être obligé d'en passer par là.

Il va l'auditionner, rigoler un bon coup et se défaire du contrat.

— Et appelez-moi Mario, tonne-t-il.

Mario Del Monaco. Ça, voilà un artiste exceptionnel. Espérons qu'il ne soit pas engagé au Met en ce moment. Il n'y a que lui pour leur sauver le rôle au débotté.

Quand les nouvelles tombent, elles sont mauvaises. Le Toni en question n'est pas à son hôtel. Comment ça, il n'y est pas ? Cherchez en ville ! Côté Vanzo, ce n'est pas mieux. L'ORL n'a rien diagnostiqué. Mais du sang sur un mouchoir, ça ne trompe personne. Une petite veine a sans doute éclaté le long d'une corde vocale. On préconise du silence. Bref, il ne chantera pas. Quant à Mario, fichu aussi. Il est bel et bien à New York. Peut-être essayer le grand Corelli ?

Comment faire, se lamente le directeur. Plus jamais, qu'on l'entende bien, plus jamais il ne montera cet opéra. On l'avait prévenu, l'œuvre est maudite. Même sa création avait dû être reportée. Maladie soudaine de la soprano. Verdi était rentré à Busseto, avant de retourner en Russie l'année suivante. Combien de représentations depuis à avoir subi le même sort ? Lumbago d'un tel, mort d'un père, voire du chanteur lui-même. Le 1er septembre 39, jour de l'invasion des troupes nazies en Pologne, quel opéra tenait l'affiche du théâtre *Wielki* de Varsovie ?

C'est le porte-poisse du répertoire.

Eugène parcourt le musée des Beaux-Arts au pas de charge. Aucune trace de Toni. Où peut-il être fourré ? La cathédrale ? Bingo, il tombe dessus en pleine visite du *Duomo*. Viens bonhomme, c'est une urgence. Il ne peut rien lui expliquer. Pas avec des mots, en tout cas. Il a interdiction de parler. Non, ne t'inquiète pas, rien de grave. Suis-moi, lui fait-il comprendre par des signes. Tu auditionnes !

Tu parles d'une perte de temps, songe le directeur en voyant débarquer Vanzo, flanqué de son grand type muet. En être réduit à auditionner un figurant alors qu'il y a le feu au lac. On le retient, Alfonse Roulier. Crapule, va !

Eugène déteste ce qu'il voit, la morgue du directeur, son air d'ennui. Ce monsieur Abbado n'en finit plus d'aggraver son cas, alors que dans cinq minutes, il sera en larmes et devra manger son chapeau.

Vas-y, Toni. Montre-lui. Tous les petits de ce monde comptent sur toi.

— Vous êtes supposé connaître le rôle, c'est le cas ?

— Je crois. À peu près, oui.

— À peu près ? Elle est bonne, celle-là !

Abbado laisse échapper un rire fatigué. Le geste qu'il a avec sa main n'a pas vocation à encourager. Finissons-en, ça signifie.

C'est la dernière fois qu'il emploie ce petit ton avec Toni.

Contente-toi de chanter, se souvient Elio avant de commencer. Rappelle-toi ce que disait Mademoiselle, pas d'effets de manche, pas de démonstration. Ne pense qu'au rôle. Sois sincère. Sois courageux.

Il y va. Il chante. L'air de l'acte III, le *cantabile*. Puis une attaque à froid de la version russe afin de montrer une couleur différente, un autre phrasé.

Quand il s'arrête… Rien.

Un grand silence.

Personne ne parle.

Eugène, parce qu'il n'a pas le droit.

Abbado, parce qu'il en est incapable. Où suis-je, se demande-t-il. Qu'est-ce que c'était que cette torche humaine ? D'où ça sort, une pureté pareille ? Il va mettre du temps pour atterrir. Peut-être n'a-t-il jamais été autant touché par une voix.

— Qui êtes-vous ?

— Je m'appelle Elio Leone.

C'est sorti tout seul.

Il a suffi de penser très fort à Mademoiselle.

Il n'est jamais trop tard pour dire merci.

— Le… vrai ?

Le directeur peine à articuler.

— Vous êtes Elio Leone ?

Elio Leone était mort. On le croyait mort.

— Il n'était pas… ? Euh, vous n'étiez pas… Enfin, je veux dire… Et la façon dont vous venez de chanter… C'était…

Miraculeux.

Tout le monde le sait, Elio Leone a été l'immense promesse du métier. Son renouveau, paraît-il. À l'époque, il avait trouvé refuge en France. Devenu une star là-bas, au grand dam des fascistes qui l'avaient fait zigouiller. À peu près ce qui se raconte. La météorite Elio Leone… La légende Elio Leone… Ceux à avoir eu la chance de l'entendre à Paris avant-guerre… Il paraît que c'était… Comment est-ce possible ? Le revoilà, et qui chante… *Santo Dio,* qu'est-ce que ça chante ! Des sons éblouissants. Comment s'en remettre ? Tout directeur qu'il est, Abbado se sent complètement assommé. Une telle souplesse, les nuances, une sensibilité d'exception dans un coffre d'airain. Verdien en diable, sans jamais aboyer. Inouï. Cette voix. Elio Leone...

Le tremblement de terre que ça va être !

Ordre est immédiatement donné de faire modifier les affiches du spectacle. Le nom de Vanzo disparaît. Trois mystérieuses croix le remplacent. On n'a jamais tenté un coup pareil.

Les journées suivantes, les répétitions, Elio les vit pris dans son rêve, avec autant d'acuité et le même sentiment d'irréel. Un costume est cousu à sa taille, on le bichonne, on l'écoute. Le directeur loue la « profondeur psychologique » de son interprétation. Paraît qu'elle donne à son personnage une épaisseur qu'il n'a pas. Comment ça, « qu'il n'a pas » ? Sur le coup, ça démange rudement de rétorquer. Inutile de s'embarquer là-dedans. Elio tient tout de même à préciser une chose. Si monsieur Abbado déplore tellement qu'Alvaro soit émondé dans cette version, il n'avait qu'à monter l'autre. Et puis, il reste tout de même pas mal de mérite à ce petit métis d'Alvaro, non ? Affronter sans trembler un destin dès le départ hostile, ça n'est rien, peut-être ?

Mince, à force.

Pendant les répétitions, on n'entend pas une mouche voler.

Tout se passe idéalement.

Tout, sauf une chose. Il est impossible de ralentir le temps.

Le soir de la représentation arrive trop vite.

On y est déjà.

Il faut s'empêcher de penser à demain.

Il faut être là maintenant.

L'orchestre fait entendre son capharnaüm. Derniers accords des bois, présence tutélaire des trombones. Dire que dans quelques minutes, à peine quelques minutes…

Calme-toi, doit se dire Elio.

Tu chantes Alvaro à La Scala, se répète-t-il.

Tout à coup, une envie, une brûlure.

— Je dois aller à l'œilleton, annonce-t-il au directeur.

— Non ! Trop tard !

Est-ce que je viens de dire non à Elio Leone ? s'étonne Abbado. Quel imbécile je fais.

— D'accord. Tu as une minute !

Elio y court, traversant le décor austère, presque vide, qui va sans doute faire hurler. Il se hâte jusqu'à l'œilleton caché dans le rideau rouge. C'était plus fort que lui, il avait besoin de voir la salle. *Woy woy woy*… Elle est pleine à craquer ! Plus un strapontin de libre, et d'observer les smokings, les robes de soirée, la confrérie scaligère, le saint des saints, une Bastille imprenable. Se choisir quelqu'un. Voilà, ce couple âgé, environ dixième rang au centre. Il va chanter pour eux, c'est décidé, quand… Nom d'un chien, mon Eugène. L'air concentré, son écharpe de soie blanche nouée autour de la gorge. C'est bouleversant qu'il soit là. Depuis treize jours qu'il s'est blessé, il aurait pu rentrer chez lui. Je reste à tes côtés, lui a-t-il dit. Les deux inconnus du dixième rang sont oubliés à la seconde. Eugène, ce soir, c'est pour toi que je chante.

Il y a un siège vide à côté de lui.

Le seul de toute la salle.

Ça hypnotise le regard.

Est-ce qu'Eugène attendrait quelqu'un ?

— Elio !!! Range-toi ! On démarre.

Les musiciens ont fait silence.

On entend des applaudissements nourris accompagner l'arrivée du chef d'orchestre à son pupitre.

Elio a bondi se replacer en coulisses, en souriant de tout son être à Leonora et à son père qui entrent les premiers.

Il ne fait que repenser à ce siège vide.

Est-ce qu'Eugène aurait fait ça ? Réserver une place à ceux qui ne sont pas là ?

Je vais chanter pour ce siège vide, décide-t-il.

Tout à coup un doute l'étreint. Tu t'es vraiment fait mal, Eugène, n'est-ce pas ?

Ouverture instrumentale de l'opéra, énième coup de génie de Verdi. À deux reprises les trois coups du destin, et une mélodie haletante qui tente en vain de lui échapper. Tout à tour, espoir, foi ardente en l'amour, menace et fuite impossible. Qui triomphe ? Évidemment personne. Le final de cette prouesse musicale est en forme de tourbillon, comme un éternel recommencement.

Le rideau se lève lentement. Stupeur de la salle devant le plateau quasi nu.

— Achetez-vous des meubles ! entend-on hurler.

Un éclat de rire collectif suit.

Aïe, ils sont en forme. Va-t-on même pouvoir chanter ?

Leonora et son père commencent sous les quolibets et ne doivent de continuer qu'à leur courage.

— Pauvre Giuseppe, hurle un spectateur.

Verdi va très bien, se récrie intérieurement Elio. Il a plein de choses à vous dire si vous ouvrez grand vos oreilles et votre cœur.

Nous y voilà, scène 3. Son entrée ! Il sent la force pousser dans son dos et entend vaguement les *toï toï* d'usage. Verdi, mon Verdi, je viens vers toi, pense-t-il en arrivant sur scène.

L'accueil du public est glacial. Des dizaines de « Vanzo ! Vanzo ! Vanzo ! » fusent. Personne n'a digéré les croix anonymes sur l'affiche. La galerie s'époumone en grands noms. Corelli, Di Stefano, Pavarotti, tous y passent. Quel inconnu ferait le poids à côté ? Alors comme ça on a voulu se moquer de nous, raillent les spectateurs. Ils sont féroces, sifflent, huent. C'est terrible un public, quand il ne vous veut pas. Ont-ils apporté du fromage et des œufs ? Elio le sait, les choses peuvent aller jusque-là. Ne bronche pas, se dit-il. Est-ce la première fois qu'on t'insulte ? Tu t'en fiches, se répète-t-il. Ces gens ne sont pas méchants, ils veulent seulement jouer. Explique-leur calmement qui est Alvaro. Ferme un instant les yeux pour t'en souvenir. Elio, plongez en vous, disait Mademoiselle, ne revenez que lorsque vous êtes certain d'être là. Chantez, jusqu'à sentir que vous ne gênez pas la musique. Chantez, au point de ne plus vous interposer.

Chanter, au point de ne plus s'interposer.

Ça y est.

Il est Alvaro.

Il ne s'occupe plus des rires de La Scala. Il raconte l'histoire d'un homme. Un homme tragique, amoureux fou de Leonora, et qui va causer sa mort.

Il va chercher les spectateurs un par un.

Il les aimante.

Lentement, la salle se calme.

Mieux que ça, elle écoute.

Mieux que ça.

Elle admire.

En coulisse, toutes sortes de gens viennent s'agglutiner, descendus des bureaux, sortis des loges en catastrophe au premier javelot vocal, certains en peignoir. On s'interroge du regard. Les répétitions étaient belles, bien sûr. Rien à voir avec ce qui est en train de se passer. Aura magnétique, générosité émotionnelle hors norme, une vérité humaine au-delà de l'incarnation.

L'auditoire est sidéré.

Sidéré.

Le directeur de la musique aussi. Les mains jointes devant le visage, Abbado sent à peine les tapes sur son épaule. Qu'on le félicite, qu'on le remercie, qu'on lui triple son salaire, il s'en fiche. Il pleure. Combien de ténors de ce calibre par siècle ? Quatre ? Cinq ? Toute une carrière d'emmerdements, de prises de bec, de trahisons, de solitude est justifiée par cet instant. Il avait l'intuition, la croyance, qu'un jour ça existerait. Il en verrait naître un.

Quinze jours que les techniciens de Pathé-Marconi ne comprenaient pas ce qu'ils fichaient là. Ce projet était mal ficelé, sa raison d'être floue, les moyens trop limités pour un enregistrement en direct. La beauté qu'ils sont en train de recevoir dans leurs casques les laisse incrédules. Avec des gestes fébriles, ils vérifient que les bandes magnétiques passent correctement. Ce disque doit absolument exister. C'en est un qui fera date.

Elio Leone chante comme on ne chante pas. Il se déboutonne sans se laisser déborder. Pas une once de vulgarité ou d'impudeur. C'est juste déchirant. L'homme est céleste, la salle complètement retournée. Ces spectateurs pourront dire qu'ils y étaient. Ils n'y pensent pas, avalés par la beauté de l'instant. Tout entiers occupés à le vivre.

Au salut final, ils se lèvent.

Tous, y compris les très vieux.

Même Eugène, malgré ses guiboles qui flageolent.

Même les absents du fauteuil vide.

Tous debout.

Elio jette un regard réflexe côté cour.

Elle n'y est pas, bien sûr.

Puis il s'incline devant la salle, en ne laissant voir que sa tignasse ruisselante de sueur. Ses yeux, il les cache.

Ça dure quinze longues minutes.

Suit la cohue des grands soirs dans sa loge. Les accolades à n'en plus finir, les phrases dans lesquelles il ne se reconnaît pas, le bruit des bouchons de champagne qui sautent, lui qui décline poliment la coupe qu'on lui tend, qui décline également les invitations à souper, celle du surintendant de La Scala, celle du maire de Milan. Il ne sait pas combien il en refuse. Il attend Eugène.

Eugène est presque là. Il arrive. Il fait la queue dans le couloir. On ne laisse entrer les gens que par groupes de quinze. Il n'a pas la possibilité d'expliquer à voix haute qui il est. Impensable d'avoir tenu jusque-là et de se trahir maintenant. Il en profite pour glisser une lettre à un type de Pathé-Marconi. Elle explique tout. Ils doivent appeler Alfonse Roulier pour la sortie du disque. Celui-là et les prochains. Ça ne sert à rien de voir avec monsieur Leone. Ce soir, il dira non.

Ils parviennent enfin à se retrouver. Et, non sans mal, à s'éclipser. Elio doit d'abord déclarer d'une voix ferme qu'il remercie tout le monde du fond du cœur, mais qu'il a besoin de repos. Ils s'en vont en laissant en suspens un nombre absurde de propositions, changement d'hôtel, nouveaux contrats et réception en son honneur dans le foyer de La Scala dès le lendemain. Tant qu'on y est, faites-nous citoyens d'honneur de la Lombardie, s'amuse Elio.

Ils s'enfuient en courant, comme deux garnements, et se réfugient dans la première *trattoria* ouverte qu'ils trouvent. Une faim de loup les a saisis. Deux jours qu'ils n'arrivaient plus rien à avaler. Maintenant qu'ils sont enfin tous les deux, ils sont heureux de le prendre, ce verre. Ce ne sera pas du champagne, la nappe est un peu collante, on n'est plus au Ritz.

Au moment de trinquer, les yeux s'embuent.

Quelque chose retombe, la tension. Une autre s'échappe, l'émotion.

Devant les yeux trop brillants d'Eugène, Elio n'a plus aucun doute. Il sait.

— À l'amitié, parvient-il à bredouiller.

Dire merci ne serait pas suffisant.

L'immense cadeau que vient de lui faire Eugène, c'est de lui avoir permis de donner raison à Mademoiselle. Ça y est, ainsi qu'elle l'avait prédit, il vient de chanter Alvaro à La Scala. Quelle émotion… Maintenant faut-il confondre Eugène ? Elio n'arrive pas à se décider. Souligner l'élégance de son ami, ne serait-ce pas déjà l'abîmer ? Que faire d'une telle générosité ? Peut-être les questions les plus difficiles auxquelles Elio ait eu à répondre.

Eugène continue de lui sourire sans rien dire, et pour cause. Coincé par son mensonge, il est contraint au silence. Heureux pourtant, comme rarement la vie peut vous rendre.

— Je te propose de lever un verre au siège vide. À tous ceux qui permettent qu'on soit là, toi et moi. Non, ne t'inquiète pas. Pas besoin de parler. Il suffit de filer dans nos têtes.

Elio, les premiers visages qui lui viennent à l'esprit sont ceux des parents d'Eugène. Forcément. D'autres arrivent. Les rencontres d'une vie. Au fond, il n'y a que ça, que les gens. Tellement précieux d'en avoir à aimer.

— À toutes les demoiselles Renoult au monde !

Ça se devait d'être prononcé à haute voix.
Ils trinquent en faisant déborder leurs verres.
Le cœur aussi, trop plein.
Cette gorgée de prosecco aura un goût inoubliable.

Dès le lendemain, Eugène doit reprendre le train.

— Je suis désolé que les assurances t'embêtent avec cette visite médicale. Mais je ne m'inquiète pas beaucoup. Je suis certain qu'on aura vite des nouvelles rassurantes de ta gorge. J'appellerai Pierrette pour savoir.

Quelques gesticulations, des sourires.

— Non, c'est décidé, moi je reste. Ce que je comptais faire à Nantes, je vais le faire ici. Des prisonniers, des enfants, des bébés, il y en a partout. Allez, vas-y, monte dans ton wagon !

Une dernière accolade, suivie d'un regard qui n'en finit plus. S'ils n'en disent mot, ils sont encore vibrants d'hier soir.

Un triomphe à *La Scala*.

Pour chacun, la sensation du devoir accompli.

— On se revoit vite, mon Eugène. Prends soin de toi. Et fais un gros baiser à Jean de la part de son oncle Elio.

Milan, 1972

Il ne faut pas asséner un refus trop ferme aux gens de La Scala. Leur dire « non pour l'instant » est un maximum. Non, sans les vexer, vu qu'il s'agit d'obtenir d'eux un coup de pouce décisif. Elio ne demande pas de subvention, le mettre en contact avec les autorités de tutelle suffirait. Oui, un essai, il ne sait pas exactement combien de temps, il avisera. Sous forme de jeux, d'exercices de respiration, peut-être de chorale. Ce qui marchera le mieux en fait, ce qui plaira.

En moins de deux, il glane les contacts utiles et obtient des entrevues. Elles sont brèves. Aucune oreille ne se montre très réceptive. Vous avez entendu parler des morts de la piazza Fontana, des blessés de la Foire de Milan ? lui assène-t-on. Les bombes, les attentats, les enlèvements, ça vous dit quelque chose ? Les Brigades rouges, les anarchistes, les néofascistes mettent le pays à feu et à sang, et vous voudriez aller chanter en prison ? Oui, se défend-il. Un peu gêné quand même. Il doit plaider qu'il n'espère pas transformer des terroristes en enfants de chœur. À aucun moment il ne prétend contrer les risques d'une guerre civile par des chansons. Ce qu'il compte faire est très différent. Il voudrait qu'on continue à chanter *malgré* les attentats. Bon courage, lui répond-on en lui octroyant les autorisations nécessaires.

Forte émotion la première fois qu'il pénètre dans la prison San Vittore. La taille des trousseaux de clés, le bruit des portes en fer qui claquent les unes après les autres, le contraste entre sa fébrilité et les vingt visages fermés devant lesquels il se retrouve. Sans oublier les quatre plantons surarmés. Qu'est-ce qu'il croyait, qu'on allait l'applaudir ? Allez, au boulot. Sauf que personne ne répond à ses questions. Pas un gars ne daigne ouvrir la bouche. Ne parlons même pas de chanter.

— Qui était d'accord pour venir à ce rendez-vous ? demande-t-il aux détenus. Levez la main.

Pas un.

— Je vois… Désolé, messieurs. Ce n'est pas du tout ce qui avait été vu avec la direction. Un malentendu qui ne se reproduira plus.

La fois suivante, ce sont des volontaires. Pour preuve, il n'y a personne. Elio ne s'en va pas. Il reste les trois heures, comme prévu, et les passe à chanter. Son appel s'entendra peut-être à travers l'épaisseur des murs moisis. Il faudra quatre séances, quatre longues séances à s'époumoner dans le vide avant qu'un détenu finisse par se montrer. Un Napolitain à qui certaines chansons ont donné le mal du pays. Dans ces prisons du nord, ils sont nombreux à venir du sud. Pour l'État italien, c'est un moyen commode d'afficher sa lutte contre la mafia. Voyez comme on isole ses membres. D'où ce gars très ému de sortir de sa cellule pour entendre du napolitain. Découvrir qu'il connaît le répertoire de Caruso par cœur ferait presque oublier qu'on n'est pas en face d'un tendre.

Deux autres prisonniers rejoignent ce premier volontaire. Eux, avec des envies de Johnny Cash.

— Je ne connais pas, je vais me renseigner, leur promet Elio.

Au rendez-vous suivant, il a appris « I Walk The Line ».

— Vraiment bien, ce blues. Merci, messieurs.

Ils sont d'accord pour essayer de le chanter. On s'y met, avec un résultat plutôt chouette. La nouvelle parcourt les couloirs, jusqu'aux cerveaux les plus endurcis. Ils se retrouvent à quinze. La fois suivante, vingt-deux. Ah non, c'est trop, s'alarme l'institution. Mesures de sécurité, et patati. Hein, de quel risque d'émeutes parle-t-on ? Les gars sont juste en train d'apprendre à respirer dans l'espoir que ça les aide à gérer leur anxiété. Ils jouent de l'harmonica, commentent les chansons du festival de Sanremo ou chantent Celentano et Mina. Tant pis, on ne dépassera pas les vingt participants. Un roulement sera institué. Il leur faut six mois pour présenter un petit concert. Leur répertoire s'est étoffé, entre autres, des inévitables esclaves de *Nabucco.* Évidemment un gros succès. Je n'y croyais pas, reconnaît le directeur, et j'avais tort. Du gardien aux familles, tout le monde le constate, les prisonniers sont plus détendus.

Les nouvelles d'Eugène aussi sont bonnes. Sa voix va très bien, et pour cause. Ah, et La Scala vient de le réinviter. Ces gredins avancent masqués. Ce n'est évidemment pas lui qu'ils veulent. Leur rêve secret est de récupérer sa prodigieuse doublure. À lui, un marlou serait chargé de casser les deux jambes la veille de la première, si tu vois ce que je veux dire. Une fois son compte réglé, tout s'enchaînerait à merveille, comme la dernière fois. Au téléphone, ils en plaisantent.

Finalement, Elio n'œuvre pas dans une maternité. Il a choisi un service de néonatalogie. Il ignorait que ça existait, c'est un pédiatre de réanimation qui lui a fait découvrir. Blousé, masqué, les mains lavées, ça y est, il murmure des berceuses à des créatures pas plus grandes qu'une main. Aucun ne parvient à s'oxygéner seul. Des machines les ventilent, des tuyaux les transpercent. Voilà l'impressionnant paysage technologique qu'Elio doit dépasser s'il veut soutenir ces minuscules vies dans leur lutte. Il module peu ses notes, ne les tient pas longtemps. Ce qu'il fait entendre aux bébés, c'est un chemin vers l'apaisement. Parfois, un prématuré soulève une paupière, et lui flanque son regard droit dans le sien. Ça arrive. Leur si difficile respiration s'apaise. Sont-ils moins inquiets, prennent-ils un peu confiance, impossible de le savoir avec certitude. Ils halètent moins, ça, on le constate. Vous êtes des merveilles, vous êtes forts, vous allez y arriver, leur répète Elio. Accrochez-vous à ma voix, leur propose-t-il. Les parents s'habituent à la présence rassurante de ce gentil sorcier. Tu penses, tout ce qui fait du bien à leurs bébés. Les infirmières sourient au bel homme. Elles, elles n'ont pas le temps de chanter, mais notent un grand bénéfice à ses visites, et c'est une sacrée surprise.

Avec les grands des classes de maternelle, la musique est une évidence. À cet âge, les enfants ont tout compris. Ils n'ont ni pudeur ni gêne et sentent tout de suite que chanter fait du bien. Les élèves se montrent très heureux de lui apprendre leurs chansons. En échange, il leur fait découvrir les siennes. On les compare, on rit, on s'aime beaucoup. En outre, la mère d'une maîtresse d'école a une amie qui… Bref, il se trouve bientôt quelqu'un pour les accompagner au piano.

La femme arrive vêtue d'une veste noire de velours lisse, d'un chemisier à petites fleurs et d'un troublant pantalon blanc. En 1972, quelle quasi-septuagénaire se permet un pantalon blanc dans les rues de Milan ? Ses cheveux mi-longs ont la blondeur des femmes de Trieste. Raides sans être plats, ils lui tombent sans arrêt devant le visage. Elle doit les relever comme ça, avec un joli geste qu'elle fait en souriant. C'est surtout lui qu'on voit. On le regarde, on sourit aussi.

Orsa, pour le prénom la dame.

— Ça alors… Mon nom de famille est Leone.

L'ourse et le lion, beau programme. Entre eux, tout commence par ce clin d'œil. Amplement l'âge d'être grand-mère, douce et très gaie, Orsa devient rapidement l'alliée indispensable des après-midi musicaux. Elle devient plus que ça, ils le sentent. Ça ne lui est jamais arrivé, dit-elle. Pardon, elle se reprend, elle voulait dire pas depuis neuf ans qu'elle est veuve. Prête à être sincère, pas à se montrer inélégante avec la mémoire de Luigi. Elio non plus, ça ne lui est jamais arrivé. Lui ne le dit pas. Les réflexes habituels l'ont repris. La lutte intérieure, la résistance, les limites à ne pas dépasser. À sa grande surprise, sa stratégie échoue. Elle reste sans effet contre la douceur d'Orsa. Chut, doit-il se redire à lui-même, fais taire tout ça. Tout ça quoi ? Les sentiments, l'élan, le désir de la connaître, l'envie de la revoir, le besoin de plus. Sauf que cette fois, il est incapable de contrer la vague. On ne parle pas encore d'abandon. D'émerveillement à coup sûr. D'évidence.

Ils se parlent, énormément. Ils partagent. Ils s'apprennent. Elle non plus n'a pas eu d'enfant et les aime. Elle aussi place très haut la musique. Presque aussi haut que les voyages. Elle est généreuse, Orsa. Elle est solaire.

L'invitation à un dîner chez elle arrive sans rien de scandaleux. Naturel, ça semble. Elle habite un quartier excentré aussi charmant qu'un village. Placettes, entrepôts d'artisans, ateliers d'artistes et surtout la présence des canaux. Son minuscule appartement donne justement sur le *naviglio grande*. Quelle chance de voir de l'eau couler, s'exclame Elio en arrivant. Encore intimidé, c'est pour ça. Il a apporté des fleurs, qu'il lui offre en ajoutant un petit quelque chose sur celles de son chemisier. Aussitôt il se maudit. Est-ce qu'il va se détendre ou enchaîner toute la soirée les petites phrases de salon ? La pièce est chaleureuse, remplie de livres jusqu'au plafond. Ce n'est pas qu'un décor, Orsa a enseigné la littérature. Il y a un piano et un chat dont il vaut mieux se méfier, paraît-il. Le vieux Simone a parfois des réactions imprévisibles. Peut-être a-t-il de l'arthrite, lui aussi. Ils mettent un disque de Liszt, qu'ils changent pour Chopin. Ils picorent en se parlant. Toujours cette mèche de cheveux qui lui tombe devant les yeux et qui donne envie d'oser un geste pour la relever. Ils se regardent sans mots. Un silence patient, empli des milliards de choses qu'ils auraient à se dire. Rien ne presse. Ce soir-là, Elio doit se forcer pour prendre congé. Se faire violence, vraiment.

Ça leur prendra des mois, quasiment une année. C'est là depuis le début et n'arrive que très lentement. Une nuit, il reste. Comme lorsqu'ils étaient jeunes, sauf qu'ils ne le sont plus. C'est encore mieux et ils ne mentent pas. Ils se caressent comme ils se parlent, avec délicatesse, avec franchise, avec bonheur. Entre eux, ça change tout et au fond ça ne change rien. Ils vivent une histoire d'amour. Est-ce la première fois ? La dernière, en tout cas. Tout est beau, tout est important, tout est simple. Tellement simple. Ce n'était donc que cela ? Pas plus difficile que cela ?

Il aura fallu l'attendre si longtemps, Orsa.

Elio se raconte à elle comme à personne. Elle ne l'a jamais vu sur scène. Ce n'est pas Elio Leone qu'elle aime. Ce n'est pas le ténor qu'elle veut. Pour elle, il est seulement Elio. Il peut parler du petit choriste qu'il porte en lui, évoquer cet enfant qui n'a jamais grandi. Elle ne pousse pas de grands cris, ne pleure pas à sa place, ne lui dit pas d'écrire. Elle l'écoute. Il a l'impression qu'elle comprend.

— Ton histoire t'a tué et la vie t'a sauvé, lui dit-elle un jour.

La délicatesse d'Orsa.

Elle lui fait découvrir la ville hors des sentiers battus, lui présente ses amis qui sont comme elle à la retraite. Pas qu'Elio soit beaucoup plus jeune qu'eux. C'est qu'entre la prison, les bébés et les classes, il est très pris. Demandé partout. Des institutrices le sollicitent par écrit, glissant dans l'enveloppe des dessins d'enfants avec des notes de musique qui volent dans le ciel. Comment refuser ? Alors il court d'une école à l'autre à longueur de semaines. Au bout de deux ans, ses rares quartiers libres épousent très exactement les contours du calendrier scolaire.

C'est fou, à quel point le temps file quand on est heureux. Formidable façon de vérifier qu'on l'est. On se réveille dans les bras l'un de l'autre dans l'émotion du premier jour avant de constater, stupéfaits, que ça fait un peu plus de quatre ans qu'on s'aime. Comment ça, quatre ans ? ! Est-ce que je ne serais pas en train de m'habituer, s'effraie Elio. Ça se prend peut-être vite, ce genre d'habitude. Mais pas lui. Il ne peut quand même pas être tombé dans ce piège. Si. Presque. Le bonheur est décidément un fichu poison. Ses airs tranquilles font tout pour vous endormir. Heureusement que ce matin il vient d'y avoir piqûre d'alerte. Orsa traversait la chambre pour aller ouvrir les volets, un rayon de soleil a dardé, sa femme souriait et Elio en a eu la certitude, banal ou pas, cet ensemble de choses n'est pas fréquent. Ni aussi simple qu'il y paraît. Je devrais pourtant le savoir, pense-t-il avant d'attraper au vol la main d'Orsa. Il la regarde et se souvient de Fernande le serinant qu'il fallait PRO-FI-TER ! Elle n'y connaissait décidément rien. Il faut d'abord aimer.

L'été approchant, ils parlent de faire un grand voyage. Finalement non, ce sera le tour du lac de Côme. Je vais mourir sans connaître l'Inde, sourit Orsa, les cheveux devant les yeux. Pas de chemisier à fleurs aujourd'hui. À la place, elle porte un pull blanc à col roulé. Toujours la même élégance et ce naturel beaucoup plus mystérieux que la beauté qu'on appelle le style. L'Inde ? Bigre. Elio se fait quand même à l'instant la promesse de l'y emmener. Non que côté finances ça coule à flots, loin de là. Les petites économies du temps d'Eugène se sont envolées et ses nouvelles activités sont hélas bénévoles. Délicat de revenir sur une parole donnée. Encore plus d'aller sourire aux gens de La Scala. Tant pis, il y va. Il demande rendez-vous au surintendant Ghiringhelli. Par chance, le *signore* l'aime bien. Un que son refus de remonter sur scène n'a pas braqué. À quoi servirait de se rouler par terre pour convaincre un ténor qui ne veut plus l'être, avait été son unique commentaire. Je crois avoir honoré mon rendez-vous avec le métier, avait expliqué Elio. Vous avez fait plus que ça pour lui, lui avait répondu Ghiringhelli. Ils en étaient restés là. Fait rare, cet homme de pouvoir sait se montrer attentif aux questions sociales et promeut de longue date une politique tarifaire susceptible d'ouvrir l'opéra aux foyers modestes. C'est donc bien à l'homme de la situation qu'Elio vient proposer ses services. Il se déclare prêt pour toutes sortes de missions. Sauf chanter, évidemment. L'âge, n'est-ce pas. L'âge a fini par régler la question. Il ferait n'importe quoi d'autre. Contre un petit salaire, il précise. Cette fois, ce ne serait pas de refus.

Les beautés du Rajasthan sont sur le point de se rapprocher quand il s'écroule. Il était sur le canapé en train d'écouter un disque, alors il ne tombe pas de haut. S'il avait été debout, oui, il se serait affalé. Bras, jambes, mots. D'un coup, plus rien ne fonctionne. Ictus apoplectique, diagnostiquent les médecins. Une attaque cérébrale.

Si jeune ?

— Soixante-cinq ans tout de même, rétorque la doctoresse du service des urgences.

— C'est jeune, maintient Orsa. Vous comprendrez un jour. Je vous le souhaite.

Pas d'humeur, Orsa

Ça la met en colère de voir Elio alité, sans pouvoir l'aider. Les médecins ne font aucune proposition. Ce qu'ils disent ? Attendre. S'ils n'agissent pas, autant quitter l'hôpital. On sera mieux à la maison.

Évidemment qu'on va s'accrocher, garder le moral, essayer d'en rire.

Ghirindhelli est mis au courant. Comment, par qui, ça restera mystérieux. Toujours est-il qu'il comprend immédiatement la situation et trouve moyen d'y remédier. Lui n'a qu'un coup de fil à passer.

Il en donne un second à Orsa.

— Un appartement vous attend dans la Casa Verdi. Deux chambres, salon, cuisine et une terrasse en rez-de-jardin. Notre ami y sera bien.

Si Elio y est bien, Orsa n'a aucun doute, elle le sera aussi. La rencontre de sa vie, cet homme. Elle n'ira pas le crier sur les toits, ce n'est pas le genre de la maison.

N'empêche, l'éblouissante certitude est là. Se seraient-ils rencontrés à vingt ans, qui sait ce qu'ils auraient vécu... Une pensée idiote, et comment l'empêcher ? Ils auront déjà eu leurs belles années. Beaucoup d'autres à venir, espère-t-elle. Peu importe qu'Elio soit diminué. L'entend-on se plaindre ? Le voit-elle malheureux ? Quasi muet, infirme, il en remontre encore à tout le monde côté joie. Il savoure chaque seconde. Enthousiaste, curieux de tout, drôle, que dire de lui, Elio, mon amour.

La Casa Verdi, il n'en a jamais entendu parler. C'est quand même fort de découvrir son existence au moment d'y emménager. L'histoire du lieu est fichtrement belle. À la fin de sa vie, le maître de Bussetto a décidé de la construction d'un palais milanais, l'inaugurant en grande pompe sans préciser à quoi servirait le bâtiment. Seule certitude, il avait comme d'habitude vu grand. Cette dernière œuvre achevée, sa plus belle, disait-il, il est mort. Son souhait d'une inhumation simple fut respecté, et on lui offrit une cérémonie sobre, néanmoins suivie d'un deuil national, de drapeaux en berne, de Toscanini dirigeant le *Va, pensiero* chanté par huit cents choristes et d'une marée humaine pour suivre le cortège funèbre. Où allait-il ? Elio l'apprend avec stupeur. Dans la crypte de la Casa Verdi, où il repose encore aujourd'hui, sa femme Giuseppina Strepponi à ses côtés. Mais ce n'est qu'à l'ouverture du testament qu'on a vraiment mesuré l'ampleur du lieu. L'intégralité des droits d'auteur de son fondateur irait au fonctionnement de cette résidence, sommée, selon ses propres termes, de venir en aide « à des collègues qui auront été moins chanceux que lui ». Pourquoi une entreprise si généreuse menée en cachette ? Pourquoi sa révélation posthume ? Par modestie. Pour s'éviter les regards de gratitude, pardi.

Elio, ça le bouleverse. L'épaisseur humaine du bonhomme. En plus du reste.

Maison de repos, de retraite, les résidents n'aiment pas trop employer ces mots. Verdi le premier préférait évoquer des « hôtes ». C'est une vraie maison qu'il a voulue pour eux, pas un hangar. Y vivent des musiciennes et des musiciens sans grandes ressources financières, où chacun participe comme il le peut à la vie. Qui, en donnant une somme modique pour le loyer. Qui, simplement sa présence, ou bien des leçons. Le conservatoire envoie ses élèves y passer des après-midi, La Scala, ses chanteurs. Des moments qui portent le beau nom de transmission.

C'est dans cet univers qu'Orsa et Elio s'installent. Il arrive de mieux en mieux à marcher. Parler, toujours pas. Alors il sourit. Il y a d'autres chanteurs parmi les pensionnaires, des instrumentistes, des professeurs et des chefs d'orchestre. À longueur de journée, on écoute de la musique ou on en fait. Chaque fin de semaine, un concert est joué dans le salon d'honneur. Ces garces de maladies s'amusent souvent à compliquer la donne. Elles produisent aussi des miracles. Gestuelle intacte d'un pianiste Alzheimer, que l'amour du métier ramène soudain de son désert. Cet homme, on ne le voyait plus. Il n'était plus là. Tout à coup, il joue. Il n'enfonce pas les touches mais si, il joue. C'est ça, un artiste. Ça obéit jusqu'au bout à sa nécessité intérieure. Ça n'a pas tellement d'autre choix.

Certains élus, très rares, sont couverts d'or durant leur carrière. Ce sont les autres qui vivent ici, les impécunieux. Au fond, on s'en fiche des titres, des moyens, des médailles… Arrive un moment où il n'est plus temps de faire le beau. Tous ces gens l'ont compris. Ils partagent la même passion. Il n'y a que ça qui compte.

Elio est ébloui par l'énergie du lieu. La force qui poussait dans son dos, il la sent partout. Tout le monde l'a. Joue-t-on du violon dans une chambre du deuxième étage, aussitôt un piano lui répond du premier. Nuit et jour, on entend chanter. Voix chevrotantes, évidées, peu importe. À la Casa Verdi, anciennes sopranes et vieux ténors ne sont plus condamnés à l'exploit. Finis, les Jeux du cirque de la carrière. Comme si une nouvelle s'ouvrait, et qui serait la vraie, libérée de la quête exténuante des notes surhumaines. Reste la profonde révérence à la musique. Reste l'humanité à fleur de peau. Il n'y a plus la peur. Moins d'ego.

Que l'émotion.

Peut-être est-ce dû à l'effet apaisant des bustes du Maestro ? Ou du tableau de Boldini qui le représente en habit noir, sans son chapeau. Oui, ce même portrait qui figure sur les billets de mille lires. La modeste épinette sur laquelle il a appris à jouer, enfant, est ici. Les peintures jadis accrochées aux murs de ses maisons, tout son mobilier gravé à ses initiales, aussi. Forcément, sa présence influe. Elio se sent porté. Il continue de faire des progrès. Orsa, aussi. Elle comprend de mieux en mieux ce qu'il essaie parfois de dire.

Les étudiants du conservatoire qui le croisent lui lancent des regards admiratifs. Ils l'entendent par-delà son silence et ne font pas attention à sa canne. Ils savent qui c'est. Évidemment qu'ils ont entendu le disque de *La force du Destin*. L'enregistrement en direct d'une soirée mémorable que tous les mélomanes dignes de ce nom connaissent. Dans leurs regards, les mille questions qu'ils voudraient lui poser. Dans celui d'Elio, son habituelle tendresse.

Un jour, il décide de s'adresser à eux. Orsa, tu traduis ? Oui, chéri.

Il aurait peut-être un conseil à leur donner.

— Chère jeunesse… N'obéissez pas à votre histoire. Faites-la.

Peu de temps après cette rencontre, une autre.

C'est la nuit.

Tout le monde dort.

Une vieille connaissance surgit pour l'emporter.

Ça se passe sans bruit.

Elio Leone meurt discrètement, exactement comme il pensait avoir vécu.

La cérémonie a lieu dans la chapelle de la Casa Verdi. L'enterrement, dans son petit cimetière. Eugène et Pierrette ont pris l'avion en catastrophe. Leur regard est vide, les mains tremblent. Sont aussi présents le maire de Milan, le directeur de la prison ainsi que des maîtresses d'école, des parents d'élèves et le personnel de La Scala. De l'inaccessible surintendant au plus modeste électricien.

En respect de la tradition, aucune note de musique n'est jouée. Ce profond silence est le plus bel hommage des musiciens à l'un des leurs.

La présence d'une chaise à côté de la tombe intrigue. On la regarde sans comprendre ce qu'elle fait là. Ni pourquoi on la regarde. Personne n'aurait l'idée de s'y asseoir.

Il n'y a pas d'ouverture de testament. Elio n'en a laissé aucun. Ce n'était pas un homme de directives. Quelques livres, des partitions annotées, une garde-robe maigrelette ne méritent pas qu'on s'appesantisse dessus, aura-t-il pensé.

L'assemblée le sait, ce qui compte, il l'a déjà partagé. Son legs, cet homme l'a fait de son vivant.

Orsa reste seule, y compris pour le choix de l'épitaphe. Si Verdi avait écrit son autobiographie, c'est là qu'elle serait allée chercher. Elle trouve la phrase dans sa correspondance.

Le succès n'est pas la seule des réussites, ni peut-être la plus belle.

Giuseppe Verdi

Remerciements.

À mes filles, Adèle et Lucie ; à Annick Legoff et Charlotte Burel ; à Philippe Cassard ; à Nathalie et Daniel Benoin ; à Roberto Alagna et Jean-Louis Grinda ; à Gaëlle Nohant ; à Alix Penent et toute la maison Flammarion.

Et à Susanna Lea.

Cet ouvrage a été mis en pages par

<pixellence>

Achevé d'imprimer par Dupliprint
à Domont (95) en octobre 2022

N° d'impression : 2022102367
Dépôt légal : février 2023
N° d'édition : 554371-0

Imprimé en France